기억 읽기와 소설교육

현대문학
연구총서

28

기억 읽기와 소설교육

정래필

푸른사상
PRUNSASANG

처음으로 책을 내면서 기쁨보다는 두려움과 부담감이 크다. 대학원에 진학해 처음 세미나에 참석할 때 느끼는 기분이다. 나름대로 준비를 한다고 했지만 선배 동학들의 거침없고 유려한 토론을 보며 부럽기도 했고 나 자신이 모자란 듯싶어 부끄럽기도 했다. 그러면서도 나도 언젠가 선배들처럼 잘할 수 있을 것이라는 꿈을 갖고 열심히 공부하던 기억이 난다. 세월이 흘러 학위를 받고 또 책을 내었다. 처음 대학원 세미나에 참석했던 날을 떠올리며 초심으로 돌아가겠다는 다짐을 한다.

이 책의 1부는 소설 읽기에서 독자의 재형상화 과정을 탐구한 것이다. 그동안 문학교육은 수용이론이나 해석학 등을 교육적 관점에서 수용하여 '공감, 적용, 자기화, 전유' 등의 개념을 동원해 독자의 수용 메커니즘을 밝히려는 시도를 해왔다. 그런데 이들은 독자의 심리적이고 정신적인 현상을 가리키는 개념이기 때문에 그 작동 양상과 과정을 가시적인 독서 모형이나 방법으로 구체화하기에는 한계를 지닌다. 독서방법에 대한 논의가 기능적인 전략 중심으로 갈 수밖에 없는 상황도 이에 연유한다고 판단된다. 1부는 문학교육의 목표를 '문학 소통능력의 신장'으로 보고, 소설 읽기에 작용하는 기억 행위에 주목했다. 그리고 이를 중심으로 독자의 정신현상의 메커니즘을 밝혀 그것을 교육의 방법으로 구체화하였다. 독자는 독서과정에서 자신의 경험을 떠올리고, 이 경험을 텍스트의 기억과 통합하여 새로운 기억으로 구성한다. 이 과정에서 독자도 기억 재형상화의 주체가 된다. 이때 독자에 의해 수행되는 형상화는 텍스트의 기억을 매개로 이루어진다는 점에서 '재형상화'의 성격을 갖는다고 할 수 있다. 텍스트의 기억과 독자의 기억이 통합되면서 새로운 기억이 생성되는 원리를 탐구했으며, 그 과정에서 소설 읽기에 적용할 수 있는 기억 재형상화 방법을 제시했다.

2부에 수록된 글들은 학위를 받기 전 학위논문의 아이디어를 모색하는 과정에서 학술지에 발표했던 논문이다. 주로 자전적 기억을 형상화한 자전소설을 대상으로 소설교육의 방법을 모색한 연구 결과물이다. 본질적으로 서사는 세계를 있는 그대로 모사하는 장르가 아니라 주체의 기대와 욕구를 바탕으로 세계에 대한 이해를 표현하는 장르이다. 이 점에 착안해 주체의 입장이나 태도에 따라 기억의 서술 내용이 달라지는 양상을 검토했다. 그리고 자서전의 대표적인 양식 중 하나인 자전 소설의 양식적 특징을 고려해 읽기 방법을 제시했다. 마지막으로 동일한 기억이라도 주체의 현재 상황이나 맥락에 따라 다른 의미를 띠며 형상화된 소설을 대상으로 기억의 구성원리를 밝혔다. 2부에 실린 논문들의 서지를 밝히면 다음과 같다.

- 기억의 서술방식과 소설의 의미 탐구 : 「김소진의 〈자전거 도둑〉에 나타난 기억의 의미 연구」, 『한중인문학연구』 21집, 한중인문학회, 2007.
- 자전 소설의 읽기 방법 : 「자전 소설의 읽기 방법 연구」, 『독서연구』 18호, 한국독서학회, 2007.
- 기억 구성원리와 표현교육 : 「서사의 기억 구성원리와 그 표현교육적 의미」, 『어문연구』 138호, 한국어문교육연구회, 2008.

지금까지 공부를 하면서 도와준 많은 분들이 없었다면 이 책이 세상 밖으로 나오는 것은 불가능했을 것이다. 먼저 국어교육과 문학교육의 연구 방향을 알려주시고 학문하는 이의 자세를 일깨워주신 서울대학교 대학원 국어교육과 선생님들께 진심으로 감사를 드린다. 또한 학위논문을 쓰는 과정에서 많은 가르침을 주셨던 심사위원 선생님들께 진심으로 감사를 드린다. 그리고 학문과 생활의 경계에서 고민할 때 많은 도움을 주시고 격려를 아끼지 않았던 박인기 선생님, 정병헌 선생님, 최병우 선생님. 세 분의 은혜는 죽어도 잊지 못할 것이다.

항상 따뜻한 눈빛으로 세심하게 배려해주시고, 학문하는 태도뿐만 아니라 세상을 사는 지혜까지 가르쳐주신 우한용 선생님께 특히 감사드린다. 무뚝뚝하신듯하지만 부족한 제자가 안쓰러워 늘 염려하시던 정호웅 선생님을 잊을 수 없다. 언제나 관심과 애정으로 제자를 지켜보시는 박일용 선생님과 이승복 선생님께 감사드린다. 치열하게 세미나를 하면서 정을 나누었던 대학원 선후배 동학들에게 고마움을 표한다.

양가의 부모님께 감사드리고, 동생과 처제, 그리고 조카 영진에게 고맙다는 인사를 전한다. 함께 학위 논문을 썼던 아내를 생각하면 늘 미안하다. 힘들었지만 서로를 의지하면서 보냈던 그 시간들이 너무 소중하다. 존경하는 친구인 김용식, 임종오, 박호용, 현태영에게 고마움을 표한다. 평생 종손의 책임감을 가슴에 안은 채 한 많은 삶을 사셨던 백부 故 鄭龍洙(司果公派 十九世 宗孫) 님께 이 책을 바친다.

  마지막으로 책이 나오도록 흔쾌히 출판을 허락해주시고 꼼꼼하게 검토해 주신 푸른사상의 한봉숙 사장님과 편집진에게 감사를 드린다.

2013년 9월
정 래 필

제2부 소설교육에서 기억의 역할

제1장 기억의 서술방식과 소설의 의미 탐구 •245

제1부
기억 재형상화 원리 중심의 소설 읽기

제1장 ⫶ 기억 재형상화 논의의 필요성

1. 문학의 소통과 기억 재형상화

　독자는 텍스트의 세계와 자신의 경험을 비교하는 과정에서 자아를 발견하고 새로운 자기 정체성을 확립한다. 이에 독자는 텍스트를 분석하여 이해하는 능력과 더불어 텍스트의 세계와 자신의 경험을 연관시킬 수 있는 능력을 갖추어야 한다. 이는 텍스트와 독자가 대화적 관계를 형성하고, 이를 통해 독자가 의미를 생성한다는 점에서 문학교육의 목표를 '문학 소통능력의 신장'으로 보는 관점과 상통한다. 그런데 텍스트의 의미를 발견한 뒤 전유하는 과정에서 독자의 정신세계에는 어떤 변화가 일어나는 것일까?

　이러한 문제의식을 바탕으로 이 연구는 소설 읽기에 작용하는 독자의 정신현상의 메커니즘을 밝히고자 한다. 또한 그 과정에서 소설 읽기 교육에 적용할 수 있는 내용과 방법을 마련하고자 한다. 그동안 문학교육은 수용이론이나 해석학 등을 교육적 관점에서 수용하여 '공감, 적용, 자기화, 전유' 등의 개념을 동원해 독자의 수용 메커니즘을 밝히려는 시도를 해왔다. 그런데 이들은 심리적이고 정신적인 현상을 가리키는 개념이기 때문에 그 작동 양상과 과정을 가시적인 독서모형이나 방법으로 구체화하기에는 한계를 지닌다. 독서방법에 대한 논의가 기능적인 전략 중심으로 갈 수밖에 없는 상황도 이에 연유한다고 판단된다.

문학의 소통은 '문학언어의 특성이 작용함으로써'[1] 정보전달이나 설득을 목적으로 하는 실용문의 '읽기/쓰기'와는 구별되는 특성을 보인다. 문학언어의 특징은 비평활동을 통해 확인될 수 있는데, 이는 문학 소통에 대한 본질을 규명하는 데 많은 시사점을 준다. 독자가 작품을 읽고 감상문을 쓰는 행위는 별개의 것으로 진행되는 것이 아니라 하나의 뭉텅이 안에서 상호작용하며 순환하는 형태로 실현된다. 이런 점에서 문학의 '읽기/쓰기'를 '비평활동'이나 '해석 텍스트 쓰기'로 재개념화하여 문학의 소통현상을 규명하는 논의가 설득력을 얻는다.

'언어능력의 증진, 개인의 정신적 성장, 개인의 주체성 확립, 문화 계승과 창조능력 증진, 전인적 인간성 함양' 등과 같은 문학교육의 목표는 단기간에 성취될 수 있는 것이 아니다. 체계적인 교육의 과정을 거치면서 어느 정도 시간이 지나야 그 효과를 볼 수 있다. 따라서 이 목표들을 실천하기 위한 구체적이고 세부적인 목표를 제시하는 것이 요구된다. 이 논문에서는 그 목표를 '문학 소통능력의 신장'으로 보고자 한다.

---

1)　일반적인 읽기와 구별되는 문학독서의 특성에 대해서는 다음의 논의를 참조하였다. 우한용, 「문학교육과 인문학적 독서문화」, 『문학교육과 문화론』, 서울대 출판부, 1997.

소통은 문학작품이 출판되어 판매되는 과정에서 판매부수가 평가 잣대로 작용하여 작품의 가치를 판가름하는 측면이 있기도 하며, 문학작품을 읽은 독자가 텍스트를 정리하여 재구성하여, 자신을 이해하는 밑거름으로 삼거나 사회적 제도 안에서 비평과 같은 글쓰기를 통해 다른 사람들과 의미를 공유하는 측면이 있기도 하다. 즉 소통은 독서과정에서 작중 인물에 대한 독자의 사유방식을 의미하기도 하며, 감각과 인식의 주체가 대상을 이해하는 과정에서 자아를 탐색해가는 과정을 의미하기도 한다. 더 나아가 하나의 작품에 대해 독자와 독자 간의 메타적인 담론을 형성하는 과정을 의미하기도 한다. 이처럼 소통은 중층적인 의미를 지니기 때문에 이에 대한 면밀한 검토가 필요하다.

문학교육의 목표를 '문학 소통능력의 신장'이라고 구체화한다면 소통주체로서 학습자는 텍스트의 생산과 수용과정에서 관여하는 사회·역사적인 맥락이나 문화적인 배경 등도 소통의 관점에서 바라볼 수 있는 능력을 길러야 한다. 이러한 과정을 통해 학습자는 텍스트에 제시된 경험의 의미를 이해하면서 문학교육의 거시적인 목표인 자기 이해와 성찰, 그리고 성장의 계기를 마련한다.

문학교육의 목표를 문학 소통능력의 신장에 둔다면 문학 소통현상에 주목할 필요가 있다. 문학 소통과정은 문학을 읽고 쓰는 전 과정이라고 할 수 있다. 학습자가 문학 텍스트를 통해 의미를 발견하고 자기화하는 과정을 보여주는 것은 곧 문학교육에 대한 소통적 관점이라 할 수 있다. 그렇다면 문학 텍스트를 통해 소통되는 의미는 어떠한 과정을 통해 구성될 수 있는 것일까?

매킨타이어 식으로 보자면 소통은 텍스트에 대한 독자의 이해가능성을 점차로 확보해가는 과정이라 할 수 있다.[2] 이런 점에서 읽기는 텍스트를 통해 독자가 의미를 구성하는 과정이다. 문학 텍스트에 나타난 경험의 의미는 독자에게 그대로 전달되지는 않는다. 텍스트를 대하는 독자의 태도나 입장에 따라 경험의 의미는 달라질 수밖에 없다. 따라서 문학 텍스트의 소통과정에서 독자가 텍스트를 수용하는 방식을 명확하게 이해하려면 그 과정에 참여하는 독자의 역할을 탐구해야 한다.

소통론적 관점에서 문학교육은 텍스트를 읽고 쓰는 것을 넘어서 텍스트의 의미와 독자의 의미가 소통하면서 발생하는 상호작용적 대화의 국면까지를 포함하는 것으로 보아야 한다. 독자의 편에서 보자면 '자기 이야기'가 있는 상태에서 텍스트를 수용할 때 텍스트에 대해 보다 창의적이고 생산적인 관점을 취할 수 있다. 텍스트에 대한 이해(understanding)만큼이나 중요한 것이 자신에 대한 선이해(preunderstanding)이며, 두 차원이 통합될 때 비로소 자기 이해(comprehension)가 완성된다고 할 수 있다.[3] 요컨대 '비평활동'이나 '해석 텍스트 쓰기'에 선행되어야 하는 것이 자신에 대한 선이해이다.

작가-텍스트-독자의 소통과정은 문학의 장르에 따라 달리 나타난다.

---

2) A. MacIntyre, *After Virtue*, 이진우 옮김, 『덕의 상실』, 문예출판사, 1997, 310~315쪽.

3) 리쾨르는 '이해'를 소박한 추측(필자 판단으로는 분석을 통한 텍스트에 대한 설명)을 의미하는 'understanding'과 설명의 확인을 거쳐 도달하게 된 전체적이며 새로운 이해를 의미하는 'comprehension'을 구분하여 사용한다(P. Ricoeur, *Interpretation Theory*, 김윤성 · 조현범 옮김, 『해석 이론』, 서광사, 1994, 124쪽).

근대 소설은 시간성의 지속을 통해 근대적 시간성의 개입으로 인해 깨진 총체성을 확보하는 것을 목표로 하는 장르인데, 이 글은 이를 가능하게 하는 것을 '기억'으로 보고자 한다. 독자가 텍스트를 통해 작가와 소통하면서 생성하는 기억의 의미를 탐구하는 것이야말로 독서의 수용 메커니즘을 규명함과 동시에 독자의 삶 읽기와 텍스트 읽기가 통합된 형태의 독서과정을 밝힐 수 있는 첩경이라 판단된다.

독자는 텍스트에 제시된 인물의 기억이나 작가의 기억을 수용하면서 의미를 생성한다. 독자는 텍스트의 기억을 소극적으로 수용하는 차원을 넘어서 보다 적극적으로 자기 기억을 가진 채 텍스트의 기억과 마주한다. 이에 이 글은 텍스트 이해와 관련하여, 독자 자신의 기억이 텍스트 해석에 작용한다는 면에서 '수용'이라는 용어보다는 '재형상화'라는 용어를 사용하고자 한다. 독서과정에서 독자의 주체적이고 능동적인 역할을 강조하고, 문학 소통현상을 창작이 아닌 수용에 무게를 더 싣는다면 '재형상화'는 독자에 의한 '형상화'[4]라고 재규정될 수 있다. 이렇게 재규정한 이유는 해석의 과정에서 텍스트에 대한 독자의 경험과 그 경험을 떠올리는 기억 행위를 부각시키는 데 효과적이기 때문이다. 독자는 텍스트에 수동적으로 반응하는 대상이 아니라 텍스트를 매개로 자기를 성찰할 수 있는 또 다른 텍스트를 만들어내는 주체로서의 권위를 갖는다.

이와 같은 문제의식에 비추어 이 글이 제기하여 해결하고자 하는 과제

---

4) 리쾨르는 스토리가 생산되고 수용되는 과정을 삼중의 미메시스로 설명하면서 텍스트와 독자와의 관계를 '재형상화'라는 용어로 설명한다(P. Ricoeur, *Temps et récit I*, 김한식 · 이경래 옮김, 『시간과 이야기 1』, 문학과지성사, 1999, 127쪽, 317쪽 참조).

는 다음과 같다. 첫째, 기억의 속성과 작용 양상을 검토하여 기억 재형상화의 개념과 역할을 분명히 밝히는 일이다. 작가와 동일한 수준은 아니지만 독자도 수용의 과정에서 기억을 형상화한다. 독자는 텍스트를 매개로 형상화하기 때문에 실제로는 '재형상화'를 수행한다. '재형상화'는 해석과정 중에 수행되는 활동인데, 독자의 기억 재형상화 행위가 교육적으로 어떤 의미를 지니는지 밝혀야 한다. 즉 '재형상화'가 기존의 '수용'이나 '감상' 등과 차별되는 점이 무엇인지 명확히 규명할 필요가 있다.

둘째, 소설 읽기에 작동하는 기억 재형상화의 원리를 제시하고자 한다. 이를 위해 소설의 장르적 특징과 소설 읽기에 작용하는 독자의 기억이 결합될 수 있는 가능성을 탐색해야 한다. 소설 장르가 지니는 시간적 특징, 구조적 특징, 상징적 특징을 제시하고, 각 특징별로 기억의 속성과 작용 양상이 중층적으로 결합하는 양상을 고찰할 것이다. 이 과정에서 독자가 기억을 재형상화할 때 작용하는 원리를 제시할 수 있을 것이다.

셋째, 소설을 읽는 고등학생 학습독자에게 적용할 수 있는 기억 재형상화의 방법을 제시하고자 한다. 물론 여기에는 학습독자가 기억 재형상화 능력을 갖고 있다는 것이 전제된다. 기억 재형상화를 통해 소설을 읽는 방법이 그렇지 않은 것보다 훨씬 더 독자 지향적인 해석으로 이끌 수 있다고 판단된다. 이는 학습독자의 감상문 분석을 통해 검증하고자 한다.

2. 해석주체로서 독자의 위상

문학교육은 문학교육의 대상을 문학현상으로 보면서 문학교육의 이론적인 틀을 마련하고 실천적인 가능성을 모색하면서 학문적인 틀을 갖추기 시작했다.[5] 그러나 문학교육의 소통이 문학의 소통과는 다르다는 인식하에 문학교육의 대상은 문학교육현상이 되어야 한다는 논의가 제기되었다.[6] 문학의 소통에 관여하는 요소는 작가, 작품, 독자, 비평가 등이며, 문학교육의 소통에 관여하는 요소는 작가, 작품, 독자로서의 교사와 학습자, 학습독자의 조력자로서의 교사 등이다. 비평가가 일반 독자에게 할 수 있는 일과 문학교사가 학습자에게 할 수 있는 일은 유사한 성격을 지니지만, 교사와 학습자의 소통 공간이 교실 현장이라는 특수성을 고려한다면 문학교육의 소통은 문학의 소통과 달라질 수밖에 없다. 교실 현장에서 진행되는 문학 읽기에서 정서적인 공감을 언어화하는 것은 어려운 일이기 때문에 언어화하기 위해서는 다른 형태의 글쓰기를 요한다.[7] 즉 문학 읽기는 새로운 형태의 글쓰기를 통해 작품에 대한 메타적인 관점을 제시하는 형태로 구체화될 수밖에 없다.

문학 읽기에서 '감상'이나 '정서 체험'이 수용의 핵심이 되어야 한다는 전제하에 '감상'이나 '정서 체험'의 문제를 학문적 수준에서 본격적으로 다루는 연구들이 발견된다. 문학 감상에 대한 학문적 연구의 필요성을 제기한 후[8], 작품의 구조를 분석하고 그것을 감상의 절차로 제시한 연구가

---

5) 구인환 외, 『문학교육론』, 삼지원, 1989.

6) 우한용, 『문학교육과 문화론』, 서울대 출판부, 1997.

7) 우한용, 「문학독서 교육의 이론과 실천을 위한 기반 검토」, 『문학독서교육, 어떻게 할 것인가』, 푸른사상, 2005, 35쪽.

8) 김대행, 『국어교과학의 지평』, 서울대 출판부, 1995.

나오기 시작했다.[9] ‘감상’이라는 용어를 전면적으로 드러내어 감상의 과
정을 작품에 내재된 가치를 찾아가는 과정으로 본 연구[10], 문학 감상을 교
수학습방법의 차원에서 다룬 연구[11], 학습자의 정서 체험을 대상으로 문
학 감상방법을 모색한 연구[12] 등은 정의적 범주에 속하는 ‘감상’이나 ‘정
서 체험’ 등을 문학교육의 중요한 목표로 설정한다. 최근 감상 개념을 검
토하여 감상의 과정과 함께 교육 내용의 생산까지도 함께 다루는 연구가
눈에 띈다. 이 연구는 문학 감상을 문학교육의 중요한 목표 중의 하나로
설정하고, 감상교육의 내용과 그 교수학습방법을 체계적으로 제시한다.[13]
이 연구는 교육방법의 구체성 측면에서 기존의 감상교육보다 진일보했
다는 평가를 받는다. 하지만 문학 감상이 지니는 소통적 측면을 치밀하게
탐구하지 않은 점은 한계로 남는다.

문학교육의 대상을 문학교육현상으로 삼아야 한다는 관점이 제기되면
서 문학작품을 읽고 쓰는 활동에 대한 실천적인 방법에 대한 문제의식이
대두되었다. 문학교육이 메타비평적인 속성을 지닌다는 관점에서 읽기와

---

9) 김대행, 『문학교육의 틀짜기』, 역락, 2000.

10) 김중신, 『소설감상방법론 연구』, 서울대 출판부, 1995.

11) 최지현, 「문학감상교육의 교수학습모형 탐구」, 『선청어문』 26, 서울대 국어교육과,
    1998.

12) 최지현, 「문학정서체험 : 교육내용으로서의 본질과 가치」, 구인환 외, 『문학 교수 · 학습
    방법론』, 삼지원, 1998.
    김남희, 「현대시의 서정적 체험 교육 연구」, 서울대 박사학위 논문, 2007.

13) 조하연, 「문학 감상 교육 연구」, 서울대 박사학위 논문, 2010.

쓰기가 하나의 통합된 순환 구조를 지닌다는 점을 밝힌 논의가 있다.[14] 물론 이 연구는 문학교육의 평가방법을 포괄적으로 검토하는 과정에서 문학 읽기의 소통이 읽기와 쓰기의 통합적 순환 구조를 띤다는 점을 부각시킨다. 이후 문학 읽기와 쓰기의 통합을 강조하면서 실천화될 수 있는 논리를 개발하려는 논의들이 등장한다. 비평의 지배적 속성에 따라 비평활동의 교육 내용을 구성한 연구에서 비평활동의 실천태로 '읽기를 바탕으로 한 쓰기'를 제안한 논의[15], 시교육의 내용을 체계화하는 연구에서 학습자의 해석능력이 시의 이해 및 표현활동능력을 원활하게 증진시킬 수 있다는 논의[16], 구성적 놀이의 관점에서 시 읽기 교육의 방법을 모색하고 있는 연구에서 학습독자가 시 읽기 과정을 조절하기 위해 쓰기를 활용하는 것을 시 읽기 방법의 하나로 제시하고 있는 논의[17] 등이 대표적이다. 이 연구들은 문학교육의 소통현상에 주목해 실제 학습자들이 문학을 읽고 쓰는 활동을 모색한다는 점에서 문학교육 논의를 진일보시켰다. 다만 문학을 읽고 쓰는 과정에서 소통의 구조와 그 내용을 구체적으로 밝히지 못했으며, 읽기 과정에서 학습독자의 경험이 외연화되는 상황을 상세히 설명하지 못한 한계를 지닌다. 문학교육은 독자에게 작품을 통해 실제적인 감흥을 느끼고 존재론적 이해를 완성하는 방법을 구체적으로 제시해야

━

14) 우한용, 「문학교육의 평가—메타비평의 글쓰기 평가를 중심으로」, 『국어교육』 제100집, 한국국어교육연구회, 1999.

15) 김성진, 「비평 활동 교육의 내용 연구」, 서울대 박사학위 논문, 2004.

16) 김정우, 「시 해석 교육 내용 연구」, 서울대 박사학위 논문, 2004.

17) 김미혜, 「지식 구성적 놀이로서의 시 읽기 교육 연구」, 서울대 박사학위 논문, 2007.

한다. 즉 문학교육 연구는 작품을 수용하는 사람의 수용현상을 고려하는 방향[18]으로 전개될 필요가 있다.

이러한 한계를 극복하고자 학습자의 해석 텍스트 쓰기를 매개로 서사교육의 방법을 제시한 연구가 눈에 띈다. 이 연구는 서사 텍스트를 읽고 쓴 학습자의 해석 텍스트를 분석하여 해석논리를 구성하는 양상을 밝혀 서사교육의 방법으로 활용할 수 있는 가능성에 대해 논의한다. 그러나 여기서는 해석 텍스트라는 소통의 결과물을 통해 학습독자의 해석논리과정을 추론해 서사교육으로 활용할 수 있는 방법을 제시하는데, 정작 소통의 대상인 의미가 구축되는 과정, 서사 텍스트의 읽기 과정에서 학습자가 소통하는 의미의 실체, 변화된 의미의 내용 등에 대한 논의는 구체화되지 않고 있다. 즉 해석 텍스트라는 읽기의 결과물이 읽기 과정에서 학습독자의 경험과 관련되는 지점에 대한 상세한 논의는 이루어지지 못한 한계를 지니며, 문학 읽기의 소통과정에서 학습자의 변모 양상이나 성찰의 실체를 검증하는 데는 한계가 있다.[19] 따라서 학습자의 읽기 결과물을 분석하여 그들의 해석능력의 실체를 밝히는 논의가 문학교육의 실천 차원에서 생산적이기 위해서는 텍스트를 읽는 과정에서 학습자가 소통하는 '의미'의 실체에 대한 고려가 필요하다. 그것을 구체화하려면 학습자가 텍스트와 소통하면서 하나의 해석 텍스트를 생산하기까지의 과정에 대한 논의가 필수적이다.

---

18) 임경순, 『국어교육학과 서사교육론』, 한국문화사, 2003.
19) 양정실, 「해석 텍스트 쓰기의 서사교육 방법 연구」, 서울대 박사학위 논문, 2006.

　이상의 연구사 검토 결과 문학교육은 문학이론이나 문학현상에 근거해 읽기의 원리를 제시하는 단계를 넘어서고 있으며 문학교육 소통현상에 주목해 소통주체가 읽고 쓰는 과정에서 나타나는 읽기 방법과 내용을 제시하는 단계로 나아가고 있다. 전문 비평가의 비평문이 아닌 학습독자의 글쓰기 결과물을 분석해 실제 교육 현장에서 활용할 수 있는 읽기 방법을 모색한 논의가 주목을 받는 이유도 이 때문이다. 하지만 이 연구도 전문 비평가의 비평문을 분석해 글쓰기 방법을 모색하는 과정과 동일한 방법으로 학습독자의 해석 텍스트를 분석해 읽기 방법을 모색하고 있기 때문에 텍스트와 학습독자 간 의미가 소통되는 과정을 구체적으로 보여주지 못한다는 한계를 지닌다.

　학습독자의 경험에 따라 텍스트의 의미는 얼마든지 새롭게 구성될 수 있다는 점을 염두에 둔다면 텍스트와 학습독자 간 소통에서 그 무게중심을 학습독자로 옮길 필요가 있다. 이 글은 그 방법으로 독자의 기억이 텍스트 해석에 작용해야 하다고 주장한다. 독자의 기억은 언어화되면 그 자체가 하나의 이야기가 된다. 즉 작가의 이야기를 읽는 동안 독자 역시 자신이 지닌 이야기의 질료인 기억을 가지고 텍스트와 대면한다. 이 과정에 작용하는 소통현상을 규명한다면 보다 능동적이고 적극적인 독자의 역할을 강조하는 해석의 관점을 확보할 수 있다.

　이에 이 글은 기억의 소통 문제에 주목하면서 독자의 편에서 기억을 형상화하는 원리와 방법을 탐구하고자 한다. 이는 보다 적극적인 해석의 주체, 즉 형상화의 주체로서 독자의 위상을 강화하는 작업이다.

3. 기억 재형상화의 탐구방법

1) 연구 대상

이 연구는 자전소설, 텍스트에 대한 작가와 비평가의 비평문과 감상문, 대학생 학습독자의 감상문, 고등학생 학습독자의 감상문을 대상자료로 하여 기억의 재형상화를 통한 읽기의 방법을 탐구하고자 한다.

첫 번째 대상은 자전적 기억을 형상화한 소설[자전소설]이다. 이러한 소설에는 현재의 서술주체가 과거의 경험주체와 대화적 관계를 형성해 존재론적 의미를 생성하는 과정이 잘 나타난다. 자전적 기억을 형상화하는 작가도, 소설을 통해 자전적 기억을 읽는 독자도 모두 자신만의 기억을 가지고 있다. 따라서 자전소설을 읽는 독자는 작가의 기억에 자신의 기억을 적용하는 과정에서 텍스트를 이해하는 차원을 넘어서 독자 자신을 정체성을 형성하는 차원인 재형상화의 기회를 갖는다. 다음은 모두 작가의 자전적 기억을 스토리의 질료로 하여 형상화된 작품들이다.

김소진, 「개흘레꾼」, 『열린사회와 그 적들』, 문학동네, 2002.

김소진, 「고아떤 뺑덕어멈」, 『열린사회와 그 적들』, 문학동네, 2002.

김소진, 「두 장의 사진으로 남은 아버지」, 『장석조네 사람들』, 문학동네, 2002.

김소진, 「자전거 도둑」, 『자전거 도둑』, 문학동네, 2002.

김소진, 「쥐잡기」, 『열린사회와 그 적들』, 문학동네, 2002.

김원일, 『마당깊은 집』, 문학과지성사, 1988.

박완서, 『나목』, 세계사, 1995.

현기영, 『지상에 숟가락 하나』, 실천문학사, 1999.

이 연구가 자전적 기억을 형상화한 자전소설에 주목한 이유는 다음과 같다. 첫째 모든 소설은 근본적으로 기억과 회상의 내적 형식을 갖는다. 그런데 자전소설은 다른 소설의 하위 장르에 비해 '기억'이 분명하게 텍스트에 제시되고, 다른 소설 양식에 비해 기억을 스토리의 중핵으로 삼는다는 점에서 기억의 문제를 본격적으로 다루기에 적합하다. 둘째, 기억의 소통과정을 논의하는 과정에서 작가의 기억과 텍스트의 기억을 제시해야 하는데 자전소설에서 작가와 서술주체는 동일 주체로 판단되기 때문에 텍스트를 통해 작가와 독자가 소통하는 기억의 성격을 분명히 파악할 수 있다는 장점을 지닌다.

두 번째 대상은 비평가의 평론이나 대담을 정리한 글, 그리고 일반 독자의 감상문이다. 모두 자신의 기억을 제시하면서 작품을 감상하고 있다는 공통점을 지닌다. 이들 자료를 통해 텍스트에 제시된 기억에 대한 작가의 입장, 그 기억을 수용해 재형상화하는 비평가의 입장, 그리고 기억 소통의 양상을 확인할 수 있다.

권기숙, 「제주 4 · 3의 사회적 기억」, 『한국사회학』 제35집 5호, 한국사회학회, 2001.
김윤식, 「천의무봉과 대중성의 근거」, 권영민 엮음, 『한국현대작가연구』, 문학사상사, 1991.
김우종, 「그해 겨울과 『나목』」, 호원숙 엮음, 『裸木을 말하다』, 열화당, 2012.
김원우, 「밤낮없이 일만 하는 나의 형님」, 권오룡 엮음, 『김원일 깊이 읽기』, 문학과지성사, 2002.

「김원형(88세, 표선면 성읍리) 씨의 증언」, 제민일보 4·3취재반 편, 『4·3은
　　말한다』 5, 전예원, 1994.
박완서·권영민·호원숙, 「나에게 소설은 무엇인가」, 『박완서 문학앨범』, 웅
　　진, 1992.
박진숙 외, 『마당발, 김원일의 '마당깊은 집'을 찾아가는 발걸음』, 청동거울,
　　2002.
제주도경찰국, 『제주경찰사』, 1990.
최옥희 외, 「『나목』 첫 독자들의 감상」 편, 호원숙 엮음, 『裸木을 말하다』, 열
　　화당, 2012.
허영선, 「불온서적, '지상에 숟가락 하나'」, 『경향신문』, 2008. 8. 5.

세 번째 대상은 기억의 재형상화 원리를 검증하면서 동시에 교육방법
을 구체화하기 위해 실험한 대학생 학습독자와 고등학생 학습독자의 감
상문이다. 감상문자료를 통해 기억 재형상화를 통해 소설 읽기의 방법이
기존의 소설 읽기 방법보다 효과적인가를 검증할 수 있었고, 기억 재형
상화를 통해 소설 읽기의 방법이 기존의 소설 읽기 방법보다 어떤 점에서
효과적인지 확인할 수 있었다.

2) 연구방법

시간적 질서의 관점에서 기억과 기다림의 변증법적 관계를 '전형상화–
형상화–재형상화'의 도식으로 제시한 리쾨르의 논의는 주체의 정체성 형
성에 관여하는 기억의 문제를 다룬다는 점에서 이 글의 관점과 상통한다.
소설의 '읽기/쓰기'는 통합된 형태로 진행되는 소통적 특징을 지니는데, 이

는 독자와 작자가 서로 자신의 이야기로 대화하고 소통하면서 의미를 교환하는 과정을 통해 자신을 이해하는 존재론적인 특징과 연결된다. 리쾨르식으로 본다면 문학의 '읽기/쓰기'는 '형상화'의 과정이라고 할 수 있다.

> 해석학은 미메시스 Ⅱ를 미메시스 Ⅰ과 미메시스 Ⅲ 사이에 위치시키는 데 만족하지 않고, 미메시스 Ⅱ를 그 매개기능으로써 특징짓고자 한다. 따라서 해석학의 그 목적은 실천적 영역의 전–형상화와 작품의 수용에 의한 재–형상화 사이를 매개하는, 텍스트의 형상화 작업의 구체적 진행과정이다. 그 결과 분석의 최종단계에서 독자는 자신의 행동–독서 행동–을 통해 미메시스 Ⅰ에서 미메시스 Ⅱ를 거쳐 미메시스 Ⅲ에 이르는 여정의 통일성을 책임지는 탁월한 조작자라는 사실이 드러날 것이다.[20]

리쾨르의 논의는 문학교육에서 서사 표현과 이해의 유용한 틀을 제공하는 것으로 알려져 있다. 그래서 그의 서사이론에서 전형상화와 형상화 단계를 서사 표현교육의 모델로서, 형상화단계에서 재형상화 단계를 서사 이해교육의 모델로서 원용할 수 있다는 논의를 심심찮게 발견할 수 있다.[21] 그러나 인용에서도 언급되고 있듯이, 미메시스 Ⅰ·Ⅱ·Ⅲ 모두에 관여하는 존재는 '독자'이고, 독자의 독서 행동을 통해 텍스트의 의미는 재구성된다는 점을 염두에 둔다면 그의 해석학 이론은 텍스트를 읽는 녹

---

20) P. Ricoeur, 김한식 · 이경래 옮김, 앞의 책, 127쪽.

21) 조현일은 리쾨르의 서사이론에서 전형상화와 형상화 단계를 서사 표현교육의 모델로서, 형상화단계에서 재형상화 단계를 서사 이해교육의 모델로서 유용한 틀을 제공할 수 있다고 논의한다(조현일, 「리쾨르의 서사이론과 서사 교육」, 『국어교육학연구』 제22집, 국어교육학회, 2005 참조).

자에 초점을 맞추고 있는 것이라 판단된다. 따라서 그의 논의를 문학교육에 적용할 때 표현과 이해로 구분 짓는 것은 애초의 리쾨르의 의도에서 벗어난 것이다. 독자가 텍스트를 접하면서 시간적 질서 속에서 자신의 존재를 확인하는 과정을 형상화의 세 단계로 설명하는 것이 리쾨르의 본래의 의도이다. 또한 그는 읽기/쓰기를 구분하지 않고 통합된 순환론적인 구도 속에서 읽기/쓰기를 다루기 때문에 그의 이론을 원용해 읽기와 쓰기를 명확히 구분하여 소설교육의 방향을 모색하는 것은 문제가 있다고 본다. 즉 텍스트의 기억을 수용하는 독자는 작가와 함께 자신의 기억을 형상화의 장에 함께 펼쳐 보이면서 새로운 의미를 생성한다. 이는 작가뿐만 아니라 독자 역시 '기억'에 대한 형상화의 주체가 될 수 있음을 의미한다.

리쾨르의 논의는 사적 기억과 공적 기억의 범주에 모두 해당될 수 있다는 점에서 기억 행위의 보편적인 특성을 논의하는 데 적합하다. 그런데 그의 재형상화는 기억의 시간성을 현재와 과거에 가둠으로써 주체의 가능성이나 전망 등에 대한 생산적인 논의를 가로막는 한계를 지닌다. 기억의 재형상화는 기억의 시간적 속성과 관련해 이해되어야 한다. 리쾨르는 기억을 현재주체의 의미 구성에 영향을 주는 과거의 경험으로 본다. 그런데 독자가 텍스트의 기억과 만나 독자 자신의 기억을 재형상화하는 과정에는 과거와 현재뿐만 아니라 '미래'의 요소까지 개입이 된다. 독자는 기억을 통해 현재의 자신을 반성하고 성찰할 뿐만 아니라 자신의 가능성까지도 탐색한다. 즉 리쾨르의 미메시스 Ⅲ에서 진행되는 재형상화에도 '기억'이 작용할 수 있다. 기억은 단순히 과거와 현재의 관계 속에서만 그치는 것이 아니라 미래를 전망하는 데까지 연장해 작용한다.

이 연구는 기억현상과 그 역할을 탐구하기 위해 프로이트, 베르그손, 들뢰즈의 기억이론을 참조하고자 한다. 프로이트는 기억의 정리가 인간의 삶에 중요한 의미를 지닌다는 점을 언급한다.[22] 이 연구는 기억 정리의 필요성, 기억과 망각의 관계를 살피는 데 프로이트의 논의를 참조하고자 한다. 그리고 베르그손과 들뢰즈의 이론은 잠재적 기억이 의식화되는 현상을 바탕으로 독자의 재형상화 과정과 방법을 설명하는 데 도움이 된다.[23] 또한 개인적 기억이 공적 기억으로 전환되는 현상을 살피기 위해 알브박스의 집단기억이론, 아스만의 문화적 기억이론을 참조할 것이다.

베르그손은 기억을 순수기억, 이미지 기억으로 구분해 인간의 기억과 지각이 존재에 미치는 영향을 탐구한다.[24] 베르그손의 기억이론은 주로 사적인 기억의 성격과 그것이 표현되는 과정에 초점을 맞춘다. 그의 이론이 너무 개인적이고 주관적인 기억의 성격을 다룬다는 점은 그의 제자인 알브박스(Halbwachs)와 얀 아스만(Jan Assmann) 등에 의해 비판을 받기도 한다. 이 중 알브박스는 사회학자 뒤르켕의 '집단의식'을 '집단기억'으로 발전시켜 기억의 역사 문제를 집중적으로 연구한다.[25] 즉 개인이 기억을 통해 자신을 성찰하고 정체성을 추구하듯이, 집단이나 공동체사회 역시

---

22) S. Freud, *Studien über Hysteria*, 김미리혜 역, 『히스테리 연구―프로이트 전집 4』, 열린책들, 1994, 21~22쪽.

23) 기억의 작동방식은 베르그손의 관점을, 기억을 통한 존재론적 의미 생성의 과정은 들뢰즈의 관점을 참조.

24) H. Bergson, *Matière et mémoire*, 박종원 역, 『물질과 기억』, 아카넷, 2005, 233쪽.

25) M. Halbwachs, *On collective memory*, University of Chicago Press, 1992.

기억을 통해 정체성을 유지한다.[26] 얀 아스만은 이러한 '집단기억'의 문제를 기억의 사회성과 연관시켜 문화적 기억을 언급한다. 얀 아스만의 문화적 기억은 '확정적 객관화'와 '상징적 코드화'를 거친 '완전한 과거'로서의 기억을 의미한다.[27] 즉 얀 아스만의 문화적 기억은 공동체의 정체성과 관련된 기억이기 때문에 이 논문에서 다룰 '공적인 기억'과 관련된다.

이상의 기억이론을 바탕으로 독서교육에서 적용할 수 있는 교육의 원리와 방법을 제시하고자 한다. 먼저 학습독자가 감상문을 쓰는 실태를 조사하기 위해 대학생 학습독자 117명을 대상으로 두 차례에 걸쳐 김소진의 「자전거 도둑」을 읽고 감상문을 쓰도록 했다. 1차 감상문은 어떠한 조건 없이 고등학교 때까지 배운 해석 텍스트 쓰기 방법에 따라 김소진의 「자전거 도둑」을 읽고 작성한 자료이다. 2차 감상문은 1차 감상문을 쓴 뒤 '기억 재형상화를 통한 소설 읽기의 방법'을 배우고 3개월이 지난 후에 동일한 텍스트를 대상으로 작성되었다. 두 자료를 비교하면서 기억 재형상화를 통해 소설 읽기의 방법이 기존의 소설 읽기 방법보다 효과적인가를 검증할 수 있었다. 그리고 기억 재형상화 방법에 따라 고등학생 학습독자 50명을 대상으로 김소진의 「쥐잡기」를 읽고 감상문을 쓰도록 했다. 또한 기억 재형상화 방법이 갖는 문학교육적 가능성을 탐색하기 위해 대학생

---

26) 해석학자인 리쾨르 역시 기억의 문제를 사회 정치적인 문제로 제시하면서 역사적 기억이 갖는 의미를 망각과 연관지어 논의한다(P. Ricoeur ; translated Kathleen Blamey and David Pellauer, *Memory, History, Forgetting*, The university of Chicago Press, 2004).

27) 이광복, 「문화적 기억과 상호텍스트성, 그리고 문학교육」, 『독어교육』 제39집, 한국독어독문학교육학회, 2007.

학습독자 34명을 대상으로 현기영의『지상에 숟가락 하나』를 읽고 감상문을 쓰도록 했다.

　이러한 연구 관점과 방법을 바탕으로 2장에서는 기억 재형상화가 지니는 문학교육의 의미를, 3장에서는 소설 읽기에서 기억의 재형상화의 원리를, 4장은 기억 재형상화를 통한 소설 읽기 교육의 실제를 논의하고자 한다.

1. 기억 재형상화의 개념

1) 기억의 재생과 형상화, 재형상화

독자는 작가가 제시한 의미를 해독하는 수동적인 주체가 아니라 텍스트에서 불완전한 의미를 완성하여 작가와 더불어 하나의 작품을 완성하는 적극적인 주체이다. 표현론적 전통이 강했던 시기에 독자는 그 존재 의미를 부여받지 못했지만, 텍스트의 해석에서 독자의 능동적인 역할을 강조하면서 그 위상이 점차 상향되었다. 이에 따라 독자는 작품의 의미를 완성시키는 주체이자 독서과정의 중심에 있는 주체로서 인정받는다.

텍스트에 대한 '독자'의 능동적인 역할을 강조한 인가르덴은 독서과정을 텍스트의 구체화(concretion)의 과정이라 본다. 구체화는 개별 독자들에 의해 이루어지는 활동이기 때문에 독자가 지닌 지식과 경험 등 다양한 조건들에 따라 다르게 나타난다. 물론 동일한 독자일지라도 첫 번째의 구체화와 두 번째의 구체화가 동일할 수도 없다. 이러한 구체화의 개념은 이 저에 의해 '독서 행위'로서 설명된다. 이저에 의하면 독서 행위는 독자가 능동적인 읽기를 통해 미정성(indeterminacy)의 '틈(빈자리)'을 채워넣음으로써 텍스트를 구체화한다.[1] 그리고 이 구체화된 실체가 작품이며, 이는 작가와 독자가 함께 공동창작한 결과물이다.

> 무엇보다도 거기에서는 한 독자가 다른 독자들에게 이러한 구체화들에 대해서 이야기하든가 또는 작품에 대한 자기의 파악을 보고함으로써, 작품의 개별적인 구체화들을 위해서 특징적인 계기들의, 구두로 또는 문서상으로 수행된, 다른 독자들에게 대한 전달이 나타난다. 모든 '비평적인' 논설들, 논문들, 소론들, 논의들, 해석 시도들, 역사적이며 문학적인 관찰들 등등은 이러한 영역에 속하며 작품의 계속적으로 새로운 구체화들의 성립에 있어서 매개의 역할을 수행한다.[2]

인가르덴과 이저의 관점에서 보자면 텍스트는 독자의 미정성의 틈을 채워넣는 행위를 통해 구체화된다. 인가르덴은 구체화의 성립에 있어서 매개의 역할을 수행하는 것들을 '다른 독자들에 대한 전달'의 방식의 차원에서 제시한다. 이러한 것들은 텍스트의 의미를 발견하고 해석하는 데 실천적인 방법을 보여준다. 즉 하나의 텍스트를 접한 어느 독자가 자신이 발견한 의미를 다른 독자에게 전달하는 과정에서 구체화는 성립된다. 문제는 홀럽이 지적하고 있듯이 독자는 미정성의 틈을 채워넣기 위해 독자

---

1) Wolfgang Iser, *Der Akt des Lesens*, 이유선 역, 『독서행위』, 신원문화사, 1993, 289~291쪽.
2) Roman Ingarden, *Das Literarische Kunstwerk*, 이동승 역, 『문학예술작품』, 민음사, 1985, 387쪽.

가 실제로 텍스트의 다양한 기법과 구조를 분석하는 등의 전통적인 비평가들이 하는 것과 다름없는 일을 한다는 점이다. 홀럽은 이저가 추구하는 독서 행위라는 것이 분석으로 해석되는 한 텍스트 중심 비평의 한계를 벗어날 수 없음을 지적한다.[3] 이러한 비판적 관점에도 불구하고 이저의 독서 행위이론은 문학교육 논의에 시사점을 준다. '빈자리'를 채우기 위해 '독자는 텍스트를 수용할 수 있기 위해서 표현된 텍스트를 자신을 위해서 다시 한 번 정리 표현해야'[4] 한다는 이저의 언급에서 알 수 있듯이 그는 독자의 역할을 강조하는 가운데 텍스트와 독자의 소통관계에 주목했다.

이 글은 독자가 중심이 된 해석의 과정을 규명해야만 텍스트 분석에 머무는 독서가 아니라 독자 자신의 관점에서 의미를 구성할 수 있는 독서가 될 수 있다고 판단했다. 그렇다면 '독자 자신의 관점에 의한 의미 구성'은 어떠한 방식으로 확인할 수 있을까?

이 문제에 대한 해답을 찾기 위해 '형상화'라는 개념에 주목하고자 한다. 국립국어원 표준국어대사전에서 '형상화'는 '형체로는 분명히 나타나 있지 않은 것을 어떤 방법이나 매체를 통하여 구체적이고 명확한 형상으로 나타냄'이라고 정의된다. 사전적 정의를 보더라도 '형상화'는 대상을 명확하게 표현하는 것과 관련된 개념이다. '형상화'는 문학에서는 작가의 이념이나 인식의 문제와 관련지어 문학 생산의 중요한 개념으로, 문학교육에서는 표현주체와 텍스트의 관계에서 중요시되는 개념으로 사용된다.

---

3) Robert C. Holub, *Reception Theory*, 최상규 역, 『수용이론』, 삼지원, 1985, 151~154쪽.
4) Wolfgang Iser, 이유선 역, 앞의 책, 292쪽.

그런데 수용미학과 해석학이 등장하면서 형상화에 대한 관점이 변하고 있음을 발견할 수 있다. 기존의 작가—텍스트 중심의 관점에서 이해되었던 형상화는, 텍스트 해석에 독자의 적극적인 참여가 이루어진다는 관점에서 보자면 텍스트—독자 차원에서도 새롭게 이해될 수 있다.

> 도서관은 읽혀지지 않은 책들로, 즉 잘 형상화되어 있지만 아무것도 재형상화하지 못하는 책들로 가득하다…… 즉 텍스트를 따라가는 독자가 없다면 텍스트 속에서 실현되는 형상화 행위도 있을 수 없으며, 텍스트를 자기 것으로 삼는 독자가 없다면 텍스트 앞에서 펼쳐지는 세계도 없다.[5]

형상화는 작가와 독자가 만나는 자리, 즉 텍스트의 쓰기와 읽기가 만나는 지점에서 완성된다고 할 수 있다. 이때 형상화는 작가와 텍스트의 관계에서 이루어지는 행위라는 전통론적 관점을 넘어선다. 즉 형상화는 작가와 텍스트의 관계, 텍스트와 독자의 관계, 작가와 독자의 관계에서 이루어지는 행위이다. 리쾨르는 스토리가 생산되고 수용되는 과정을 삼중의 미메시스로 설명하면서 텍스트와 독자와의 관계를 '재형상화'라는 용어로 설명한다. 독서현상이 독자의 주체적이고 능동적인 역할을 강조한다는 점을 고려하고, 문학 소통현상을 창작이 아닌 수용의 측면에서 보자면 '재형상화'는 독자에 의한 '형상화'라고 재규정될 수 있다. 즉 독자의 재형상화는 독자 자신의 경험을 바탕으로 텍스트를 해석하는 행위이다. 그렇다면 독자의 경험이 텍스트 해석에 적용하는 양상을 규명할 수 있을까?

---

5) P. Ricoeur, *Temps et récit III*, 김한식 옮김, 『시간과 이야기 3』, 문학과지성사, 2004, 317쪽.

이 글은 이 질문에 대한 답을 '기억'에서 찾고자 한다. 독자의 정신 속에서 진행되는 해석 행위의 중심에는, 경험을 떠올리고 그 경험을 텍스트와 마주하게 하고, 그 과정에서 새로운 의미를 생성하게 하는 '기억' 행위가 자리 잡고 있다. '기억'은 작가에게는 형상화의 원재료가 되며, 독자에게는 해석의 근거가 된다. 작가와 독자 모두 자신의 기억을 가지고 있는데, 이 기억은 특별한 계기를 통해 지각화되면서 언어로 재생된다. 재생된 기억에 질서를 부여하고, 그것을 통해 의미를 생성하는 차원까지 나아가면 '형상화'가 완성되는 것이다. 여기서 주목할 점은 독자 역시 기억을 재생하고, 그 기억을 형상화하는 주체가 될 수 있다는 점이다. 그러나 작가가 이야깃거리의 원재료로서 기억을 구성하는 것과는 달리 독자는 독서과정에서 떠오른 기억을 바탕으로 텍스트를 해석하기 위해 기억을 구성한다. 이러한 점에서 독자에 의한 형상화는 텍스트를 매개로 이루어지는 '재형상화'의 성격을 지닌다.

굳이 '재형상화'를 독자에 의한 '형상화'라고 쓰는 이유는 해석의 과정에서 텍스트에 대한 독자의 경험을 부각시키는 것이며, 더 나아가 텍스트를 매개로 독자가 자신을 분석하고 이해하는 것이 문학교육의 목표라고 판단했기 때문이다. 즉 독자는 텍스트에 수동적으로 반응하는 대상이 아니라 텍스트를 매개로 자기를 성찰할 수 있는 또 다른 텍스트를 만들어내는 주체로서의 권위를 갖는다.

2) 기억의 층위와 재형상화

독자는 텍스트를 읽으면서 독자 스스로의 기억을 형상화한다. 그리고 그 결과를 바탕으로 작품을 해석한다. 이 글은 이 과정을 '기억의 재형상화를 통한 읽기'라고 본다. 독자는 읽기과정에서 잠재적인 상태로 존재하는 과거의 기억을 현재의 관점에서 재구성하여 미래의 가능성을 탐색한다. 이런 점에서 기억은 과거와 현재, 그리고 미래에까지 영향을 미칠 수 있는 정신의 세계이다. 그런데, 그 기억이 독자의 의식세계로 수축되기 위해서는 독자의 직관이 적극적으로 작용해야 한다. 즉 독자의 재형상화 과정에는 정신세계에서 존재하는 '기억'을 현재로 이끌어내는 독자의 능력이 요구된다.

재형상화는 다양한 기억의 교섭과 작용에 의해 진행된다. 그렇다면 재형상화 과정에 사용되거나 작동되는 기억에는 어떤 것들이 있을까?

첫째, 독자의 정신세계에서 잠재적으로 존재하는 기억[잠재적 기억]이 있다. 잠재적 기억은 독자가 현실세계에서 의식하지 못하거나 의식하지 않는 기억이다. 이 기억은 평상시에는 독자의 정신세계에서 존재하다가 독서라는 특별한 계기를 통해 구체화된다. 잠재적 기억에는 '나는 8살 때 초등학교에 입학했다.', '나는 10살 때 『장발장』을 읽었다.'와 같이 독자의 삶에서 지극히 명료한 사실에 해당하는 '사실적 기억', '중학교 때 소풍을 가서 장기자랑을 했는데, 나는 특별히 할 게 없어서 〈선구자〉라는 가곡을 불렀다. 그때 아이들은 대부분 최신 유행가를 불렀는데, 가곡을 부르는 내 모습을 보고 깔깔 대며 웃었다. 나는 너무 창피해 노래를 멈췄다.

선생님께서는 아이들을 꾸짖었지만 나는 소풍이 끝날 때까지 부끄러웠다.'와 같이 직접 체험한 일을 하나의 스토리로 구성할 수 있는 '체험적 기억', '나는 배곯으면서 자라서 지금도 음식만 보면 배가 부르도록 먹는다.'와 같이 현재 독자의 습관이나 행동의 원인이 되는 '원기억' 등이 있다. 각 기억들은 별개로 존재한다. 그런데 이 기억들은 독서과정에서 독자의 필요에 의해 서로 관련을 맺거나 통합될 수도 있다. 이렇게 독자의 의식적 작용에 의해 별개의 기억들이 서로 연결될 수 있는 성질을 기억의 계열성이라 하며, 그 각각의 기억들을 '계열적 기억'이라 한다. 즉 잠재적 기억은 사실적 기억, 원기억, 계열적 기억 등을 포함한다.

둘째, 독자가 기억 속 경험을 의식의 세계로 이끌어내어 독서과정에서 새로운 의미를 생성하기 위해 작용시키는 기억[작용적 기억]이 있다. 작용적 기억에는 '흐드러지게 동백꽃이 핀 장면을 보면서 어린 시절 개울가에 핀 꽃의 향긋한 냄새가 떠올랐다.'와 같이 독서과정에서 어떤 장면에서 떠오른 감각적인 것과 관련되는 '이미지 기억', '소설 속에서 경찰과 대학생들이 대치하고 있는 장면이 내가 직접 참여했던 촛불집회의 상황과 유사했다.'와 같이 독서과정에서 독자에 의해 제시된 기억인 '투사된 기억', 독자의 기억을 투사하여 텍스트에 제시된 기억을 이해한 후 새롭게 생성한 기억을 '통합적 기억'이라 한다.

독자가 독서과정에서 텍스트를 해석하기 위해 잠재적 세계에 존재하는 기억을 이끌어낸다. 그런 후 독자는 자신의 기억과 텍스트의 기억을 비교하고 연관 짓는 작업을 한다. 이 과정에서 독자는 원래 자신이 지니고 있던 기억보다는 한층 심화되고 확장된 새로운 기억을 갖는다. 이 글은 이렇게 독자가 자신의 기억을 바탕으로 텍스트의 기억과 만나는 과정을 기억의 재형상화 과정이라고 본다. 좀 더 구체적으로 기억의 재형상화를 의미를 파악하기 위해 '기억'이 갖는 본질적인 속성과 그것이 현실세계로 구체화되는 양상을 살펴본다.

과거의 사건들은 우리의 뇌 속에 어떠한 형태로 저장되어 있으며, 어떤 과정을 거쳐 현재주체에게 영향을 주는가? 딜타이에 의하면 일상적인 경험이 문학 텍스트로 재창조되기 위해서는 '변형'을 겪어야만 한다.[6] 이 '변형'은 사건들을 연관 짓고, 인물을 재현하는 등의 미적 플롯화를 말한다. 이 과정에서 전체 경험 속에서 의미를 구성해내며, 현실에 유용하게 적용될 수 있게끔 이미지[7]들을 종합화하는 역할을 하는 것이 바로 '기억'이다. 벤야민은 삶의 통일성의 의미를 설명하는 브레히트의 견해에 대해 '기억'을 삶의 중요한 척도로 보고 다음과 같이 설명한다.

> 삶의 진정한 척도는 기억이다. 기억만이 뒤를 되돌아보면서 마치 섬광처럼 삶을 한번 쭉 훑어볼 수가 있다. 재빨리 몇 페이지를 거꾸로 펼쳐보면 볼수록 <u>기억은 그 이웃 마을에서, 말을 탄 사람이 처음 길을 떠나고자 작정했던 바로 그 장소에 다시 도달할 수가 있는 것이다.</u> 삶이 글자로 탈바꿈을 하고 나타나는 사람만이 마치 고대의 사람들처럼 거꾸로 그가 쓴 글을 읽을 수가 있을 것

■

6) Wihelm Dilthey, *Des Erlebnis und die Dichtung*, 김병욱 외 옮김, 『문학과 체험』, 우리문학사, 1991, 40~41쪽.

7) 베르그손은 기억은 지각할 수 있는 이미지의 형태로 뇌 속에 저장되어 있다고 본다. 물론 지각 이미지들 각각은 순간적인 상에 지나지 않는다. 이것들을 연계성 있고, 연속적으로 연결해주는 기능을 하는 것이 '기억'이다(황수영, 『물질과 기억, 시간의 지층을 탐험하는 이미지와 기억의 미학』, 그린비, 2006, 89~91쪽).

이다. 오로지 이렇게 해서만이 그는 그 자신과 마주칠 수 있고, 또 그렇게 해
서만이 현재로부터의 도피 속에서 그의 삶은 이해될 수 있을 것이다.[8]

그에 의하면 주체는 기억을 통해 경험을 되살릴 수 있으며, 자신의 삶
을 새롭게 구성할 수 있다. 즉 주체는 기억을 작동시킴으로써 자신에게
의미가 있는 과거 경험을 재구성한다. 일상생활에서 '문득' 떠오른 과거
의 경험을 현재주체의 입장에서 의미를 부여하지 않는다면 그 경험은, 베
르그손식으로 말하자면 순수기억 속의 사건에 지나지 않는다. 따라서 주
체는 자신의 현재 삶과 과거의 경험을 연관 짓는 일이 필요하다. 독서는
주체에게 과거의 경험을 떠올리게 하는 매개체 역할을 할 수 있으며, 독
서과정에서 주체는 작가의 기억과 자신의 기억을 연관시켜 새로운 의미
를 만들어낼 수 있다.

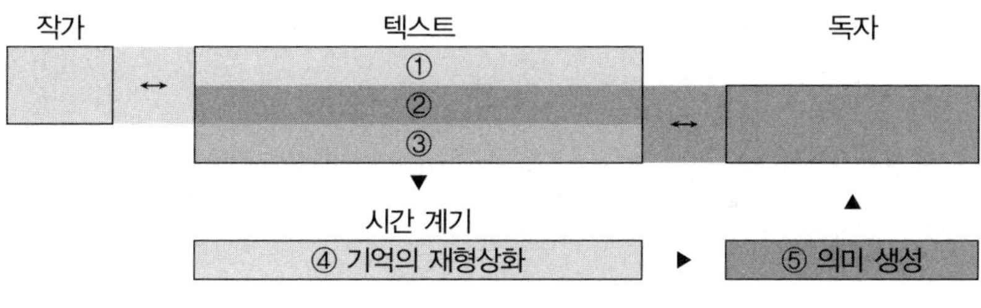

〈표 1〉 기억 재형상화의 일반적 양상

도식적으로 보자면 작가의 기억과 독자의 기억이 만나는 양상은 '① 작
가의 기억, ② 작가와 독자가 공유하는 기억, ③ 독자의 기억' 등과 같이

---

8)   W. Benjamin, 반성완 편역, 『발터벤야민의 문예이론』, 민음사, 1983.

나타난다. ①은 작가가 생애의 시간적 질서 속 특별한 공간에서 벌어진 개인적인 경험을 형상화한 기억이며, ②는 작가의 기억과 유사한 경험을 한 독자의 기억이며, ③은 작가의 기억과는 다르지만 텍스트를 읽는 동안 떠오른 수많은 독자의 기억이다. 즉 ②, ③은 원래 구분되지 않은 상태로 한 덩어리를 이루며 존재했으며, 작가의 기억을 읽기 전에는 독자의 무의식세계에 잠재적으로 존재했던 순수기억에 속했다. 그런데 작가의 기억을 읽는 독서과정에서 ②, ③은 독서에 필요한 기억에 따라 나누어지면서 ②는 점점 독자의 의식세계를 향해 수축되고, ③은 다시 독자의 잠재적 순수세계에서 머물러 있게 된다. 이제 작가의 기억과 독자의 기억은 상호 작용하면서 독자에 의한 기억의 재형상화가 완성되며(④), 최종적으로 이를 매개로 독자는 새로운 의미를 생성(⑤)한다. 이처럼 ①에서 ⑤의 각 요소들의 작용방식을 검토할 때 기억의 재형상화의 본질을 규명할 수 있다. 이러한 점에 주목하여 김원일의 『마당깊은 집』을 읽는 독자의 기억 재형상화 과정을 살펴보자.

『마당깊은 집』은 '많은 부분이 자전적'이라는 작가의 고백에서도 알 수 있듯이 자전적 기억을 형상화한 텍스트이다.[9] 텍스트의 기억은 독자에게 독자 자신의 기억을 떠올리게 한다. 독자가 떠올린 기억은 서사의 질료가

---

9) 『마당깊은 집』는 작가 김원일의 실제 경력과 차이점을 보이기도 한다. 중학교 입학 시기라든지 막내 아우의 죽음 등의 시기가 서로 다르다. 그러나 권성우가 지적했듯이 이러한 미세한 차이는 작품을 해석하는 데 본원적인 사항은 아니며, 중요한 점은 작품 전편을 통해 일관하게 흐르는 자전적인 분위기와 시각이다(권성우, 「김원일의 〈마당깊은 집〉 1954~1955:실존의 우울한 풍경」, 『문학사상』, 문학사상사, 1989. 8).

되어 하나의 스토리로 구성된다. 이 지점에서 독자는 형상화의 주체가 된다. 물론 독자는 작가와 같은 형상화의 주체라기보다는 작가의 기억을 매개로 한 재형상화의 주체이다. 독자의 재형상화 과정을 검토하려면 먼저 텍스트에 제시된 기억의 실체와 그 기억을 통해 작가가 전달하려는 메시지를 이해할 필요가 있다.

김현은 『마당깊은 집』의 줄거리를 '(1) 떨어져 살던 나를 어머니가 데려온다 ; (2) 어머니와 내가 싸운다 ; (3) 화해한다'와 같이 간단하게 제시한다. 그는 이 작품이 '작은 삽화들에 의해 지탱되고 있다고 할 정도로 자질구레한 삽화들의 도움을 받'고 있지만, 이 때문에 작품이 풍부한 구체성을 획득한다고 평가한다.[10] 실제로 작품 전편에는 '미군 부대에서 근무하던 경기댁의 딸 미선이 미군과 결혼하고 도미하게 되는 일, 상이군인 준호 아버지가 고무팔에 쇠갈고리를 달고 다니며 행상을 하는 일, 평양댁 아들 정태가 월북 미수로 체포된 일' 등 '마당깊은 집'에서 살아가는 여러 인물들의 주변 사건들이 제시되는데, 그 사건들이 조화를 이루면서 통일성 있는 이야기로 구성된다. 그중에서 작가는 어머니에 대한 기억을 '사실 그대로' 소설 속에 형상화했다고 고백한다.

실제로 당시의 현실 문제, 사상 문제에 대해서 관심을 못 갖게 하셨지요. 아들을 강하게 키워야 아버지처럼 되지 않는다고 말씀하셨지요. 특히 장남인 저에게는 더했지요. 그 마당깊은 집이 있었던 골목을 여러 차례 이사 다녔는데, 어머니는 계약을 하거나 할 때 저를 데리고 다녔습니다. 어린 제가 뭘 알

10) 김현, 「이야기의 뿌리, 뿌리의 이야기」, 『문학과 사회』, 문학과지성사, 1989. 봄.

앗겠어요. 그래도 그게 경험이라고 어머니는 언제나 저를 입회시켰어요. 소설에는 다 쓰지 않았지만, 실제 맞기도 무지하게 맞았습니다. 숯포대라는 게 있는데, 그걸로 맞으면 무지하게 아프지요.[11]

김원일의 작품은 '아버지의 부재'로 인해 나타나는 강하고 엄한 어머니의 모습, 동생을 향한 형의 뜨거운 연민의 모습 등을 주요 모티프로 한다.[12] 작가의 동생인 김원우는 '별것도 아닌 꼬투리를 잡아 형님에게 매타작을 퍼붓기 시작하면 언제 끝날지 알 수도 없을 지경이었고 누구도 믿기지 않겠지만 가죽 허리띠로 어쩌자는 것인지 당신의 맏자식 목을 조르는 경우도 비일비재했다'[13]라고 고백한다. 이처럼 그의 어머니는 매우 엄격하게 장남인 작가를 대했는데, 이 상황은 소설 속에서 구체적으로 형상화된다.

"길남아, 비 오는 날은 신문팔이도 쉬어라. 신문도 안 팔릴 낀데 고생이 너무 많구나." 어머니가 이렇게 말로 위로해주어도, 나는 "괜찮심더. 할 때까지 열심히해볼랍니더." 하고 대답했을 터였다. 그러나 어머니는 생쥐 꼴이 되어 오들오들 떨며 집으로 들어서는 나를 봤음에도 아무 말이 없었다.[14]

나는 순간적으로, 이 기회에 집에서 나가버려야 한다고 결심했다. 어머니는 나를 보고 집을 떠너라 말했고, 만약 그 말에 굴복하여 숯포대 회초리를

---

11) 김원일, 「기억의 저편, 아름다운 상처에 대한 기록」, 박진숙 외, 『마당발, 김원일의 '마당 깊은 집'을 찾아가는 발걸음』, 청동거울, 2002, 195쪽, 204쪽. 이하 제목과 면수만 표기.

12) 조남현, 「'긴장'의 인간학, 그 분광」, 『한국현대작가연구』, 문학사상사, 1991.

13) 김원우, 「밤낮없이 일만 하는 나의 형님」, 권오룡 엮음, 『김원일 깊이 읽기』, 문학과지성사, 2002, 68쪽.

14) 김원일, 『마당깊은 집』, 문학과지성사, 1988, 51쪽. 이하 제목과 면수만 표기.

가지고 직수굿하게 방으로 들어온다면 전에 없는 가혹한 매타작이 시작될 터였다. "뒈져라, 니 같은 종자는 밥마 축낼 뿐 살 필요가 없다. 자슥새끼 하나 전쟁통에 죽었다고 생각하모 그뿐, 내사 아무렇지도 않다!" 어머니는 이렇게 지청구를 떨며 삿매질을 해댄 끝에 내가 입에 거품을 물고 늘어질 때서야 회초리를 거둘 게 분명했다(『마당깊은 집』, 204쪽).

'길남'을 엄하게 대하는 어머니의 훈육은 '장자의 사회적 성공에 필요한 악착같은 자기 규율'[15]로 읽히기도 하며, 아버지를 대신한 가짜 아버지 역할을 강요하는 모습으로 분석되기도 한다.[16] 작가는 어머니와의 관계를 중심에 두고 자신과 주변 인물에 대한 이야기를 한다. 신문팔이를 했던 경험도 자신에게 냉정하게 대했던 어머니에 대한 기억으로 옮겨간다. 기억은 과거 속에 묻혀 있는 고정된 대상이라기보다는 언제든지 현재주체의 삶에 영향을 줄 수 있는 역동성을 지닌 실체이다. 현재주체는 '어머니로부터 모질게 맞았던 일'이라는 경험을 떠올리면서 '어머니에 대한 원망이나 증오심'의 감정을 느끼기도 하고, 현재의 상황 조건에 따라 어머니를 '강한 생활력과 함께 정직함과 근면 성실함을 강조하는 도덕성'을 지닌 존재로 인식하기도 한다.

그렇다면 독자는 텍스트를 매개로 해 자신의 기억을 어떻게 형상화하고 있는가? 읽기에서 독자의 주체성을 강조하면 기억도 작가 중심에서 독자 중심의 관점을 취해야 한다. 베르그손은 기억을 순수기억, 이미지 기

15) 황종연, 「성장소설의 한 맥락」, 『문학과 사회』, 문학과지성사, 1996, 여름호.
16) 김현, 앞의 글.

억으로 구분해 인간의 기억과 지각이 존재에 미치는 영향을 탐구한다. 이 때 순수기억은 한 주체가 지닌 기억의 전체를 말하는데, 이는 '본질적으로 잠재적이어서, 그것이 어둠으로부터 빛으로 솟아나오면서 현재적 이미지로 피어나는 운동을 우리가 따르고 채택할 때만 우리에게 과거로 포착될 수'[17] 있다. 즉 주체의 현재적 입장에서 무엇인가의 매개를 통해 포착될 때 그 기억은 주체의 존재 규명을 위해 의미가 있다. 따라서 포착되기 이전의 순수기억은 '무력하고 비활동적'이며, '잠재적'인 성격을 지닌다. 즉 순수기억은 주체의 무의식 상태에서 잠재적으로 존재하는데, 항상 현재주체를 향하고 있으며, 특별한 계기로 현재주체의 의식에 의해 포착된다. 베르그손은 순수기억이 주체의 현재에 관여하는 과정을 다음과 같은 원뿔 도식으로 설명한다.

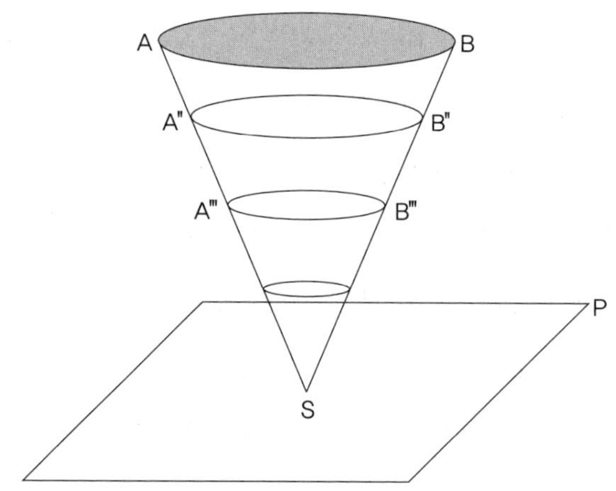

〈그림 1〉 베르그손의 원뿔 도식(S : 주체, AB의 면 : 순수기억, P : 세계)

17) Henri Bergson, 박종원 역, 앞의 책, 233쪽. 베르그손의 원뿔 도식은 260쪽과 275쪽 참조.

〈그림 1〉은 베르그손의 원뿔 도식인데, 이는 잠재적으로 존재하는 무의식적 기억이 주체의 현재 세계와 결합이 되면서 의미를 생성하는 과정을 보여준다. 원뿔 도식에서 원뿔 바닥 AB는 순수기억, 즉 보존된 기억의 전체를 가리키며, 세계(P) 속에서 현재의 주체 행위(S)와 관련하여 A′ B′, A″ B″와 같이 점점 더 수축되는 형태로 그려진다. 인간의 정신이 S에서 AB 쪽으로 향하면, 그 정신은 '꿈꾸는 삶을 살아가려는 것'을 반영하고, 반대로 S로 집중되면 될수록 '정신은 행동으로' 나아간다. 다시 말해서 주체(S)가 무의식의 세계인 순수기억 AB로 향한다는 것은 과거를 지향하는 현재 주체의 상태를 말하며, AB가 주체(S)로 향한다는 것은 과거의 기억이 구체화되면서 현재의 주체에게 영향을 주는 상황을 의미한다. 물론 정상적인 자아는 결코 이 극단적인 입장들 중 어느 하나에 고정되지는 않는다.[18] 즉 S에서 AB, AB에서 S로 나아가는 것이 조화를 이루면서 현재적 의미를 구성한다. 다시 말해서 주체의 의식은 주체로 향하는 무의식 상태로 존재하는 순수기억의 세계와 결합하면서 의미를 생성한다.

원뿔 도식에서 보듯이 베르그손은 주체의 현재 행위에 작용하는 기억의 심층을 수직적으로 수축되는 형태로 나타낸다. 기억을 주체와 나란한 수평 형태로 둘 경우 과거 기억 속 사건이 흐른 시간만큼 연새에 그 기억을 떠올릴 때에도 그만큼의 시간이 걸릴 수밖에 없다. 예컨대, 초등학교 때 있었던 2박 3일의 수학여행에 대한 경험을 기억하는 데 2박 3일만큼의 시간이 걸리지는 않기 때문에 주체와 과거 기억이 나란하게 수평 형태로

---

18)　Henri Bergson, 박종원 역, 앞의 책, 260쪽, 275쪽.

진행되지는 않는다. 따라서 기억은 현재주체로 수축되고 집약되는 과정을 보이며, 베르그손은 이를 고려해 주체와 기억의 관계를 위의 원뿔 도식과 같이 나타낸다.

베르그손의 원뿔 도식은 과거 기억을 현재주체의 관점에서 재해석해 형상화한다는 차원에서 창작이나 글쓰기 교육에 원용될 수 있는 가능성을 지니지만 독서나 읽기 교육에서는 작가와 독자의 소통 국면이 드러나야 하기 때문에 그 한계를 드러낼 수밖에 없다. 창작에서 원뿔 도식의 S는 자기 기억을 형상화하여 이야기를 만드는 작가로서의 주체를 설명하는 데는 유용할 수 있다. 하지만 독서과정에서 텍스트와 자신의 기억을 연관시켜 텍스트의 의미를 해석하는 독자의 주체 문제를 설명하기 위해서는 '독자' 변인을 고려하여 그의 기억이 작동되는 현상을 원뿔 도식에 추가할 필요가 있다. 즉 작가의 기억을 매개로 형성된 관념에 의해 독자의 기억이 작동하는 방식을 고려해야 한다.

독자는 작가의 기억과 마주하면서 어떠한 관념을 형성한다. 그리고 그 관념을 매개로 독자는 자신을 향하고 있는 무의식적 순수기억 중 작가의 기억과 유사하거나, 작가의 기억을 해석할 수 있는 기억을 이끌어낸다. 그 과정에서 잠재적 기억은 의식의 차원으로 구체화되면서 작가의 기억과 새롭게 결합하여 의미를 구성한다. 물론 이 과정에서 독자는 지속적으로 자신을 향하고 있는 잠재적 기억과 만나며, 직관과 주의력의 수축과 이완을 통해 기억의 새로운 흐름을 형성한다.[19]

---

19) 잠재적 기억과 관련한 '지속, 직관, 주의, 수축, 이완' 등에 대한 논의는 3장 '기억의 재형

독자의 순수기억은 경험에 의해 누적된 과거의 모든 것이 될 수 있다. 이 순수기억이 독서 행위와 관련해 점점 더 수축되는 과정, 즉 이미지 기억화가 진행되는 과정에는 텍스트에 제시된 기억을 향해 독자의 순수기억도 수축되는 양상을 띤다. 이와 관련해『마당깊은 집』을 읽은 독자가 기억을 형상화하는 과정을 살펴보자.

    김원일의『마당깊은 집』을 읽으면서, 나는 어느덧 30년이 훨씬 넘는 시간 저쪽을 헤매고 있는 나를 찾아내었다. 그 시절 그러니까 유월 이십오일 이후의 뜨겁고 지루했던 여름과 배고픔 · 무서움 · 어두움으로 점철된 그해 가을 · 겨울, 그리고 또 그 다음해 봄 · 여름…… 몇 해가 더 계속되었는지 불분명한 세월을 나는 앓고 지냈던 것이다. 가족과 헤어졌고, 엄청난 폭격을 피해 기었으며, 등가방 위에 작은 이불 보따리를 메고 정처없는 산길을 걸었고, 낯선 곳에 쓰러져 잠을 잤고, 때로는 허기에 지쳐 밥통을 들고 구걸까지 나서야 했던 시간들. 달리는 기차의 짐칸에 대롱대롱 매어달리던 일, 충청도 옥천에선가 사흘을 굶고 외나무다리를 건너다 강물에 빠진 채 실신했다가 백사장에서 깨어났을 때 바라본 파란 하늘과 밝은 햇빛의 기억이 지금도 서럽게 다가온다. 그때 나는 혼자였었다. 열 살에서 열한 살, 열두 살 즈음의 기억들이다. 그 가운데 부산 피난 시절의 것들이 꽤 많다. 신문 열 부를 옆구리에 끼고 "신문……" 소리를 내지 못해 하염없이 낯선 도시를 쏘다니기만 했던 일과 "신문……"을 부르는 소리를 쫓아 뛰다가 밤개천 아래로 주락한 일, 신문필이 때문에 학교조차 결석하고 있는 사실이 알려져 급우들이 동정 사업에 나섰던 일마저 손에 닿을 듯한 가까운 시간으로 나타난다.[20]

<hr>

상화 원리'에서 구체화함.

20)   김주연, 「모자 관계의 소외/동화의 구조」, 『마당깊은 집』 초판 해설, 문학과지성사, 1998(초판은 1988), 261~262쪽. 이하 제목과 면수만 표기.

김원일의 『마당깊은 집』을 읽은 한 비평가의 기록이다. 자전소설의 독서는 작품 속에 형상화된 기억을 읽어내 그 의미를 밝히는 과정으로 독서가 진행된다. 그런데, 이 비평가는 『마당깊은 집』을 읽으면서 이 작품이 '개인적 동질 연상을 불러' 준다면서 자신의 유년 시절 기억을 자연스럽게 떠올린다. 심지어는 비평가가 '초등학교' 때 직접 창작했던 소설을 언급하기도 하면서 『마당깊은 집』과 관련시켜 의미를 이끌어낸다. 특히 비평가는 유년 시절 가족과 헤어져 힘들게 지낸 경험, 그중에서도 신문팔이를 했던 경험을 떠올린다.

비평가의 잠재의식 속에 남아 있는 유년 시절의 모든 경험은 베르그손 식대로 말하자면 순수기억에 해당한다. 이 기억은 작가가 지닌 그것과는 전혀 다르지만, 텍스트에 제시된 작가의 기억을 매개로 형상화된다. 즉 독자는 독서과정에서 텍스트에 드러난 기억 중 자신의 유년 시절의 경험과 유사한 것, 예컨대 '신문팔이'와 같은 힘들었던 경험을 떠올린다. 이 과정에서 비평가는 그런 비참하고 궁핍한 생활을 하게끔 만든 사회 · 역사적 조건에 눈을 돌린다. 이제 비평가가 지닌 순수기억은 '뜨겁고 지루했던 여름과 배고픔 · 무서움 · 어두움으로 점철된 그해 가을 · 겨울'과 같이 특별한 의미를 지니는 이미지로 현실화된다. 이 과정에서 비평가는 인물들이 불구적 삶을 살 수밖에 없었던 원인으로 한국전쟁을 제시하며, 그로 인해 겪어야 했던 피난민들의 육체적, 정신적 상처에 주목한다. 이에 비평가는 '길남'의 어머니에 대해서도 '남편과의 생이별, 생활고에 의해 모질어진 설움'을 지닌 존재와 같은 해석을 이끌어낸다.

비평가는 『마당깊은 집』을 매개로 자신이 창작한 소설을 떠올리기도 하고, 유년 시절을 기억해내기도 한다. 물론 비평가가 늘 그 소설을 생각하고 유년 시절을 떠올리는 것은 아니다. 『마당깊은 집』이라는 텍스트가 독자로 하여금 그것들을 기억하게 만들었고, 독자는 자신의 기억과 『마당깊은 집』에 제시된 작가의 기억과 관련지으면서 독서를 진행한다. 즉 독자는 자신의 기억을 제시하고, 그 기억을 재형상화함으로써 텍스트를 자신의 관점에서 해석할 수 있다.

2. 기억 재형상화의 역할

1) 해석의 근거

기억의 재형상화는 해석의 과정에서 일어나는 정신적인 활동이다. 독자는 텍스트의 기억을 매개로 자기 기억을 재형상화하면서 텍스트 해석에 참여한다. 해석의 목적은 텍스트의 의미 구성에 있기 때문에 어떤 기억을 어떻게 재형상화하는가에 따라 해석의 결과는 달라진다. 이는 기억 재형상화가 곧 텍스트 해석의 근거로 작용할 수 있다는 점을 말해준다.

교육과정은 '다양한 관점과 방법으로 작품을 해석한다.'[21]를 성취 기준으로 제시하여 독자의 작품 해석능력을 신장시키는 것을 읽기 교육의 중요한 목표로 삼는다. 작품에 대한 해석은 독자의 인식 수준, 경험, 가치관 등에 달라질 수 있으며, 작품 해석방법에 따라 달라질 수도 있다. 물론 독

---

21) 교육과학기술부, 『국어과 교육과정』, 교육과학기술부 고시 제2011-361호 [별책 5], 64쪽.

자는 타당한 근거를 들어 작품을 해석해야 한다. 이 근거에는 문학이론, 작가의 이력, 사회·역사적 맥락뿐만 아니라 독자의 인식 수준이나 경험 등도 포함될 수 있다.

특히 독자의 경험은 기억 행위를 통해 구체화되는데, 이 과정에서 독자의 기억 재형상화가 이루어진다. 독자의 경험이 해석의 근거가 된다면 독자의 기억과 그 기억을 재형상화한 결과물 역시 해석의 근거가 될 수 있다. 그렇다면 독자의 기억과 그 기억의 재형상화가 텍스트 해석의 근거가 될 수 있는 이유는 무엇이며, 그것들을 해석의 근거로 활용함으로써 얻을 수 있는 장점은 무엇인가?

독서과정에서 성립하는 경험을 세분화해 살펴보면, '선이해로 존재하는 경험, 텍스트를 이해하기 위해 동원되는 경험, 텍스트를 통해 반성된 개별적인 경험'[22]이 있을 수 있다. 이 중에서 '텍스트를 이해하기 위해 동원되는 경험'이 기억의 재형상화 과정에서 독자가 떠올리는 경험이다. 독자의 기억세계에는 다양한 경험이 존재한다. 독자는 자신이 가진 경험을 바탕으로 텍스트를 이해하면서 또다른 경험을 구성(경험의 확장)할 수 있다. 그런데 독자가 경험을 지니고 있다고 하더라도 텍스트 이해과정에서 그 경험이 저절로 해석의 근거로 작용하지는 않는다. 경험이 주체의 현재적 입장에서 발현되고 적용되기 위해서는 '기억'하기라는 주체의 능동적이고 적극적인 행위가 필요하다. 즉 경험은 기억의 질료가 되며, 기억은

---

22) 김혜영, 「문학독서 교육의 평가」, 『문학독서교육, 어떻게 할 것인가』, 푸른사상, 2005, 136쪽.

텍스트를 읽는 과정에서 그 경험을 해석하고 재구성한다.

독자는 텍스트를 이해하기 위해 텍스트에 제시된 기억과 관련 있는 자기 경험을 떠올린다. 그리고 독자는 자기 기억을 재형상화한 내용을 근거로 텍스트를 해석한다. 물론 그 내용에 따라서 텍스트에서 발견한 의미도 다르게 나타난다.

예컨대, 어떤 주체가 어릴 때 문방구에서 물건을 훔친 경험, 고등학교 때 한 동네에 사는 여학생을 짝사랑했던 경험, 대학 시절 학생운동을 했던 경험 등의 기억을 가지고 있다고 가정하고, 이 주체가 빅토르 위고의『레미제라블』을 읽는 독자가 된 상황을 상상해보자. 신부가 은그릇을 훔친 장발장을 용서하는 장면에서 독자는 문방구에서 물건을 훔친 경험을 떠올리면서 용서의 의미를 발견할 수 있다. 이 독자는 코젯과 마리우스의 운명적인 사랑, 마리우스를 짝사랑하지만 그를 보낼 수밖에 없던 에포닌의 비극적인 사랑을 보면서 고등학교 시절 짝사랑했던 여학생을 떠올릴 수도 있다. 또한 앙졸라와 시민들이 죽음을 두려워하지 않고 투쟁하는 장면에서 독자는 대학 시절 '바리케이트'를 치고 그 안에서 시위를 했던 경험을 떠올리며 부당한 현실에 대한 저항의 의미를 발견할 수 있다. 이 독자는『레미제라블』에서 '용서, 사랑, 저항'의 의미를 이끌어냈다. 여기서 독자가 어떤 기억을 이끌어내어 재형상화하는가에 따라 재구성한 의미도 각각 다르게 나타난다는 것을 확인할 수 있다. 이는 곧 독자의 기억이 텍스트 해석의 근거로 작용할 수 있다는 점을 말한다. 그렇다면 기억과 기억의 재형상화를 해석의 근거로 활용함으로써 얻을 수 있는 장점은 무엇인가?

첫째, 해석의 근거로서 기억의 재형상화는 다른 어떤 해석의 근거보다

독자의 삶을 구체적으로 드러낼 수 있는 장점을 지닌다. 왜냐하면 독자의 기억은 곧 독자의 삶의 역사이고, 이것을 텍스트 해석에 직접 적용하기 때문이다. 다음은 『마당깊은 집』을 읽은 후 독자가 자기 기억을 재형상화한 글이다.

> 잠시 내 기억 속의 풍경을 더듬어 보면 이러하다. 시내를 조금만 벗어나면 논과 개울이 이어졌고, 기와집을 개조한 구멍가게에는 콧물을 주렁주렁 단 아이들이 복작거렸으며……도시와 시골이 무차별적으로 공존하던 과도기의 시대는 내게는 '소읍'이라는 한 단어로 압축된다. 내게 소읍은 단순히 행정 단위를 넘어 문화와 삶의 정서를 아우르는 뜻을 지닌다. 김원일의 『마당깊은 집』이 고달픈 삶에 대한 연민과 달착지근한 향수를 함께 불러일으키는 것은 소읍에서 성장한 나의 유년과 관련이 깊다. …… 길남이어머니가 어린 아들을 앉혀 놓고 '너는 우리집 가장이다. 니가 얼른 커서 이 과부 에미의 설움을 풀어주어야 한다'라고 끊임없이 주입하는 것은 가난의 보상이 어떻게 이루어지는가를 보여준다.……고통스러운 현실이 발전적인 결말로 해소되는 점은 독자에게 뿌듯한 충족감을 안겨준다. 이 지점에서 고통은 행복한 변형과 망각의 단계로 접어들고, 그 고통이 형성한 내면의 풍경과 정서의 선연한 빛깔만이 남는다. 이 오래된 풍경과 정서가 어떻게 지금의 나의 것이 아니라고 말할 수 있을까?[23]

독자는 자기의 기억을 재형상화하면서 『마당깊은 집』을 해석하고 있다. 독자는 작가의 기억과는 다르지만 작품을 해석하는 데 기여하는 자신의 기억을 제시한다. 왜 독자가 작품을 해석하는 과정에서 '내 기억 속의 풍

---

23) 김수이, 「한 시절을 견딘 내면의 집」, 박진숙 외, 『마당발, 김원일의 '마당깊은 집'을 찾아가는 발걸음』, 청동거울, 2002, 119~129쪽. 이하 제목과 면수만 표기.

경'이라는 자신의 기억을 제시했을까? 단순히 『마당깊은 집』을 읽는 동안 그 기억이 독자에게 다가왔기 때문만은 아닐 것이다. 오히려 독자는 『마당깊은 집』을 해석하는 데 필요했기 때문에 의식적으로 그 기억을 포착한 것이다.

독자는 '김원일의 『마당깊은 집』이~나의 유년과 관련이 깊다'고 고백하면서 작가의 기억과 자신의 기억이 관련이 있음을 분명히 밝힌다. 즉 독자는 '고달픈 삶에 대한 연민과 달착지근한 향수'를 불러일으킨다는 점에서 작가의 기억이 자신의 기억과 닮았다고 평가한다. 그리고 독자는 '길남이어머니'의 말을 직접 인용하면서 그 말이 지닌 의미를 해석한다. 그리고 최종적으로 '이 오래된 풍경과 정서가 어떻게 지금의 나의 것이 아니라고 말할 수 있을까?'라며 작가의 기억이 독자에게 전유되었음을 확인한다.

독자는 재형상화 과정을 통해 텍스트의 의미를 이끌어낸다. 만약 텍스트 해석에 독자의 기억이 제시되지 않았더라면 작가의 기억에 대한 독자의 공감이 설득력을 얻기 어려웠을 것이다. 이 감상문을 읽는 또다른 독자는 '왜 이 독자가 작가의 기억을 자기 것이라 말할까?'라는 의문을 품을 수도 있다. 결국 독자가 자신의 기억을 재형상화하면서 작품을 이해했기 때문에 우리는 그 독자의 감상 결과를 타당하다고 인정한다.

이러한 독자의 해석은 텍스트의 분석과 독자의 기억이 동시에 반영되어 이루어진다. 따라서 독자는 해석의 과정에서 자신의 삶을 되돌아보는 기회를 갖는다. 작품에 대한 공감이 독자의 자기 삶에 대한 성찰로 자연스럽게 이어진다. 이처럼 독자의 기억 재형상화는 작품 해석의 과정에 독자 자신의 삶을 구체적으로 드러낼 수 있다는 점에서 의미를 갖는다.

둘째, 기억의 재형상화는 작가의 경험을 독자의 현실 감각에 맞게 수용하도록 한다. 독자는 작가와 별개의 존재이기 때문에 작가의 경험을 완벽히 이해할 수는 없다. 작가의 경험과 독자의 경험에는 거리감이 존재한다. 그래서 독자는 그 거리감을 좁히고자 작가의 경험과 유사한 것을 이끌어낸다. 김원일은 시간상으로는 해방직후, 공간상으로는 대구의 '마당 깊은 집'에서 겪은 경험을 기억하여 한 편의 소설로 형상화한다. '1970년대에 중부지방의 한 작은 읍에서 자'란 이 독자가 작가의 기억을 있는 그대로 수용하기에는 한계를 지닌다. 즉 작가의 기억과 독자의 기억 사이에는 시공간적인 거리감이 있다. 이 거리감 좁히기야말로 소설뿐만 아니라 다른 문학 장르의 읽기 교육의 중요한 목표라고 판단된다.

> 경험하지 않았지만 경험한 것, 기억에 없지만 기억할 수 있는 것. 아프지만 그리운 것을 어떻게 단지 소설 속의 세계라고만 말할 수 있을까? 나의 내면이 뿌리내리고 있고, 급변하는 첨단의 현실에서 이탈해 내가 언제나 돌아가고 싶은 곳. 탁 트인 '넓은 집'이 아니라, 엷은 어둠이 드리운 듯 '깊은 집'. 한 시절을 견뎌낸 내면의 집. 김원일의 『마당깊은 집』은 이러한 행복한 귀환의 장소로 나를 데려간다(김수이, 「한 시절을 견딘 내면의 집」, 129쪽).

독자는 작가와 동일한 시공간을 공유하지 않았기 때문에 작품의 시대적 분위기나 공간적 특성을 정확히 알지 못한다. 그러나 독자는 기억의 재형상화 과정에서 '경험하지 않았지만 경험한 것'으로 인식한다. 이는 '내 기억 속의 풍경'을 떠올리며 독서를 했기 때문에 가능한 것이다. 작가와 독자의 기억은 서로 일치하지 않는다. 따라서 독자는 자신의 기억 속 경험을 동원하여 작품을 해석할 수밖에 없다. 작가의 기억과 독자의 기억은 다르기 때문에 텍스트를 이해하는 과정에서 불협화음이 발생할 수밖에 없다.[24) 그렇지만 독자는 기억의 재형상화를 통해 불협화음을 줄이면서 자신의 현실 감각에 맞게 작가의 기억을 의미화한다.

2) 경험의 재구성

독자는 기억의 재형상화 과정에서 텍스트의 해석에 필요한 자신의 경험을 떠올린다. 기억의 재형상화 과정은 독자에게 자신의 과거 경험과 텍스트의 기억을 비교하면서 텍스트를 해석하도록 하며, 그 결과를 바탕으로 새로운 경험을 재구성할 수 있도록 한다. 즉 기억은 텍스트라는 허구 세계와 독자의 경험세계를 연결시킨다. 숄즈는 이러한 능력을 기르는 일이 문학적 능력을 발달시키는 것이라고 본다.[25) 즉 독자가 텍스트에 제시된 경험과 자기 경험을 현재적 관점에 따라 기억할 수 있는 능력은 문학 능력의 한 부분이 된다.

경험이 되기 위한 조건으로 칸트는 '직관에서 마음의 변양인 표상들을 포착하는 종합, 그것들을 상상에서 재생하는 종합, 그리고 그것들을 개념에서 인지하는 종합' 등 세 겹의 종합을 제시한다.[26) 즉 단편적으로 존재

---

24) P. Ricoeur, 김한식 · 이경래 옮김, 앞의 책.

25) R. Scholes, *Semiotics and interpretation*, 유재천 옮김, 『기호학과 해석』, 현대문학사, 1988, 51~52쪽.

26) I. Kant, *Kritik der reinen Vernunft*, 백종현 옮김, 『순수이성비판 1』, 아카넷, 2006, 320~329쪽. 칸트는 각각의 종합을 '직관에서 포착의 종합', '상상에서 재생의 종합', '개념에서 인지의 종합'이라 칭한다.

하는 여러 인상들이 감각지각에 의해 종합이 되고, 처음에 가졌던 인상이 변하지 않고 시간적 질서 속에서 동일하게 존재하여야 한다. 또한 두 조건을 만족하는 인상이 개념으로 자리 잡을 때 그것을 경험이라고 말할 수 있다. 여기서 두 번째 조건인 '상상에서 재생하는 종합'에서 '종합'이 일어나기 위해서는 반드시 주체의 기억 행위가 있어야 한다.

그런데 칸트가 경험이 되기 위한 중요한 조건으로 제시한 기억 행위는, 그의 관점대로 보자면 철저히 의식화된 것, 즉 언어로 구체화된 실체이다.[27] 따라서 영화 〈러브레터〉에서 과거에 분명히 실재했던 사건임에도 불구하고 시간이 흐른 뒤에야 떠오른, 혹은 알게 된 기억, 그리고 길을 걷다가 떨어진 낙엽을 보는 순간 유년 시절에 개구리를 밟아 죽였던 경험이 떠오른 것처럼 현재의 상황이나 행동과는 전혀 관련이 없이 다가오는 기억, 김소진의 소설 「자전거 도둑」에 등장하는 '미혜'처럼 오빠를 죽음으로 몰아넣었다는 죄책감에서 비롯되어 반복적으로 남의 자전거를 훔치는 행위와 같이 논리적이고 인과적으로 설명이 되지 않는 기억 등은 칸트식의 의식화된 기억 행위의 관점으로는 명확하게 그 성격이 규명될 수 없다. 왜냐하면 이러한 기억은 대부분 무의식적 차원에서 현재의 주체에게 다가오는 기억이기 때문이다. 즉 기억을 통해 인간 존재의 의미를 규명하는 데에는 칸트식의 기억이론은 한계가 있기 때문에 잠재적 무의식적 기억을 매개로 존재 의미를 규명하는 베르그손의 기억이론을 고찰할 필요가 있다.

베르그손의 경우 경험의 차원을 의식이 작동하는 방식에 따라 지성적

---

27) I. Kant, 백종현 옮김, 앞의 책, 42~43쪽, 433~434쪽 참조.

의식의 경험과 직관적 의식의 경험으로 설명한다.[28] 전자의 경우 의식은 외부로 퍼져 나가고 외부 사물들을 지각하는 만큼 자기 자신을 외재화시키며, 후자의 경우 의식은 자기 안으로 들어와서 스스로를 되찾고 심화시킨다. 예컨대, 우리는 초등학교에 입학하기 전까지는 '학교'에 대해 막연하게 생각하지만, 초등학생이 된 이후에는 '학교'의 역할과 특징 등 구체적인 사항까지 알게 된다. '학교'에 대해 알게 된 이후, '나'를 둘러싼 '학교'라는 외부세계에서 어떤 공부를 하며, 어떻게 생활해야 하는지에 대해 인식하게 되는데, 이러한 일상적이고 자연적인 경험이 지성적 의식의 경험이 된다. 한편, 학교생활을 하면서 친구와의 관계에서 상처를 받았던 사건이 어른이 된 후 새로운 의미로 다가올 수도 있다. 이는 현재주체가 성찰하고 의미를 발견하는 과정이며, 베르그손식으로 말하자면 직관적 의식의 경험이 된다. 베르그손은 두 경험의 우월관계를 따지지는 않는다. 모두 인간의 삶을 이해하는 데 의미가 있기 때문이다. 그러나 직관적 의식의 경험을 '진정한 경험'이라고 칭하는 것으로 보아 베르그손은 현재주체에게 영향을 주는 과거의 사건을 의미 있는 경험이라고 본다.

　그렇다고 이 논문이 의식과 무의식을 명확히 구분해 각각의 범주가 자아를 형성하는 데 어떤 차이가 있는가를 밝히고자 하는 것은 아니다. 어쩌면 불가능한 작업일지도 모른다. 그래서 의식과 무의식의 명확하게 구분하여 인간 경험이 지니는 의미를 밝히는 것보다는 무의식과 의식이 만나는 지점에서 기억이 하는 역할, 그리고 기억을 매개로 하여 두 범주가

---

28)　김재희, 『베르그손의 잠재적 무의식』, 그린비, 2010, 31쪽.

연속성을 띠면서 자아를 형성하는 과정 등에 초점을 맞추는 것이 필요하다. 즉 칸트와 베르그손의 경험에 대한 논의 중 무엇이 더 정당하고 타당한가를 검토하는 것보다는 기존의 칸트식의 경험 논의에 베르그손의 관점을 더했을 때 나타나는 시너지 효과에 주목할 필요가 있다.

기억 읽기는 잠재적이고 무의식적으로 존재하는 기억 속 경험을 의식 수준으로 이끌어내면서 현재주체가 처한 문제적 상황에 대한 원인을 규명하고 그 해결방안을 모색하는 과정이다. 따라서 독자가 텍스트에 제시된 기억을 읽는 과정은 의식과 무의식이 결합이 된 상태에서 진행된다. 즉 내면에서 현재주체인 독자로 향하는 무의식은 독자의 의식에 의해 포착되고 결합됨으로써 의미 구성을 위한 실마리를 제공한다. 다음은 『마당 깊은 집』을 읽는 한 독자의 감상이다.

> 나는 줄곧 이 작품 속에서 나의 유년 시절을 기억해내려고 했고, 또 그렇게 되었다.……분명한 것은 내 경험과 주인공의 경험이 상당히 겹치고 있다는 느낌이 들었다. 풍경이라고 해도 좋겠다. 흑백으로 인화된 사진에서 오는 시간의 틀 말이다.[29]

독자('나')는 텍스트에 제시된 작가의 기억을 보면서 자신의 유년 시절을 기억하려고 한다. 이는 작가의 기억을 매개로 독자가 자신의 기억을 이끌어내는 현상을 보여주는데, 여기서 '나'는 '줄곧-기억해내려고 했고' 와 같이 의식적으로 과거의 기억을 현재로 불러낸다. 한편으로는 명확히

---

29) 한원균, 「방담」, 박진숙 외, 『마당발, 김원일의 '마당깊은 집'을 찾아가는 발걸음』, 50쪽.

의식은 되지 않지만 '풍경'이나 '흑백으로 인화된 사진'과 같은 그 무엇인가가 독자를 향해 다가온다. 그것을 독자는 '시간의 틀'이라고 말하는데, 이것은 이미지나 감각으로 남아 있는 무의식적 상태이다.

　　행복한 책 읽기의 경험은 타인의 기억과 이야기를 나의 기억과 이야기로 바꾸어 놓는다. 이런 순간은 내가 책을 읽는 것이 아니라 거꾸로 책이 나를 읽는 시간이다. 책이 나를 발견하게 되면, 내가 미처 알지 못했던 내 안의 나가 움직이기 시작한다. 내가 경험하지 않은 일들이 나의 과거가 되고, 내가 느껴 보지 못했던 삶의 감각이 나의 감각의 속살이 된다. 가난해서 배를 곯았거나 어린 동생이 죽었거나 도끼로 장작을 패본 경험이 없음에도 나는 그 경험을 선명히 '기억한다'. 대구 장관동이란 곳에 한 번도 가본 적이 없음에도 그곳이 내가 성장한 유년의 거리로 바뀐다. 나는 그렇게 또 하나의 기억과 삶을 소유한다(김수이, 「한 시절을 견딘 내면의 집」, 120쪽).

이 독자는 『마당깊은 집』을 읽는 과정을 '책이 나를 읽는 시간'이라고 표현한다. 즉 그에게 책 읽기는 텍스트의 내용의 이해를 바탕으로 자기를 이해하는 과정이며, 여기서 독자는 '전유'를 체험한다. 그의 독서과정에서 전유는 '타인의 기억과 이야기를 나의 기억과 이야기로 바꾸어놓았다'에서 확인될 수 있다. 목사는 '타인의 기억'을 읽으면서 '자신도 알지 못했던 '내 안의 나가 움직'이는 것을 경험한다. 이는 독자의 심연에 있는 잠재적인 무의식과 만나는 것으로 볼 수 있다. 그리고 이 무의식은 독자의 읽기 과정에서 포착되어 '대구 장관동'이라는 공간을 '내가 성장한 유년의 거리'로 구체화시킨다. 그러면서 독자는 '또 하나의 기억과 삶을 소유한다'라는 의미를 새롭게 생성한다. 요컨대 독자는 작가의 기억을 매개로 자신의 잠재적 무의식의 세계에서 경험을 이끌어내고, 그것을 의식의 세계에서 포착해 새로운 의미를 만들어낸다.

작가는 잠재적 무의식 상태에 존재하던 기억을 현재의 의식으로 포착해 이야기로 형상화한다. 이 과정은 작가의 기억을 읽는 독자에게도 동일하게 나타난다. 독자는 텍스트에 형상화된 작가의 기억을 이해하기 위해 자신의 기억을 동원한다. 작가의 기억과 유사한 기억, 혹은 작가의 기억을 이해하기 위해 필요한 기억 등을 찾아내 그것을 작품 해석에 활용한다. 즉 작가의 기억은 독자로 하여금 자기 기억을 이끌어내도록 하는 매개 역할을 한다. 독자는 작가의 기억을 매개로 자신의 무의식 상태에서 존재하면서 현재 세계를 향해 지속적으로 다가오는 잠재적 기억들을 의식의 차원으로 이끌어내야 한다. 이런 과정을 통해 독자는 작가의 기억 속 경험을 만나고, 그것을 매개로 경험을 재구성한다.

3. 기억 재형상화의 문학교육적 의의

소설 읽기는 근본적으로 독자 자신의 삶과는 다른 타자의 삶을 이해하는 과정이며, 이를 통해 자신의 삶을 이해하는 과정이다. 이는 독자들이 '진정한 관계주체'로서 '나'는 어떠해야 할 것인지를 발견하는 것과 관련된다.[30] 이때 독자는 텍스트의 의미를 일방적으로 전달받는 수동적인 존

---

30) 박인기, 「문학교육과 자아」, 문학과문학교육연구소 편, 『문학교육의 인식과 실천』, 국학자료원, 2000, 20쪽.

재가 아니다. 텍스트를 통해 작가와 소통하면서 의미를 발견하는 적극적인 존재이다.

문학교육에서도 수용미학, 해석학, 구성주의 등의 영향을 받아 '감상, 공감, 전유, 적용, 해석, 이해' 등의 개념을 사용하여 문학 소통의 주체로서 독자의 역할을 강조하고 있다. 하지만 정작 독서과정에서 독자의 무엇이 어떻게 개입하여 작품을 해석하는지, 혹은 독자는 시간과 공간 등의 거리가 있는 작품을 어떤 방식으로 해석하는지 등에 대한 논의는 부족한 실정이다.

문학의 장르마다 작가-텍스트-독자의 소통과정은 달리 나타날 수밖에 없다. 소설은 근대적 시간성의 개입으로 인해 깨진 총체성을 시간성의 지속을 통해 확보하는 것을 목표로 하는 장르인데, 이를 가능하게 하는 것이 바로 기억과 회상이다. 독자는 기억 재형상화를 통해 작가의 기억과 소통하면서 작품을 해석한다. 3절은 기억 재형상화 과정에서 나타나는 소통의 문제를 중심으로 문학교육적 의미를 제시하고자 한다.

1) 독자의 주체적 문학 수용

독자는 문학이론, 작가의 이력, 사회·문화적인 배경, 상호텍스트성, 매체와의 관련성, 언어 구조의 특징 등을 바탕으로 텍스트를 해석할 수 있다. 그만큼 텍스트 해석에 관여하는 기준은 다양하다. 그런데 독자가 이러한 기준으로 텍스트를 해석하려면 각각에 대한 전문적인 지식을 갖추어야 한다. 입시 위주의 교육 환경이라든가 교과의 지식 수준, 학습자의 발달단계 등을 고려할 때 중학생이나 고등학생 학습독자들에게 각 기준에 대한 전문적인 식견을 요구하기는 어렵다. 전문적 지식을 갖춘 독자라도 각 준거와 텍스트의 상호관련성을 지나치게 강조하다 보면 독서과정에서 텍스트 분석 위주의 해석에 치우칠 우려가 있다. 그래서 가능하다면 학습독자의 삶을 텍스트 해석에 적극적으로 활용해야 한다.

이 글은 학습독자의 삶이 잘 반영되어 있고, 텍스트 해석에 비교적 수월하게 적용할 수 있는 것으로 '독자의 기억'을 제안한다. 앞에서도 언급했듯이 독서과정에서 독자는 자신의 기억을 재형상화한다. 텍스트 해석에서 독자의 기억 재형상화는 텍스트 분석 차원의 해석을 넘어서 텍스트를 주체적으로 수용하여 독자 자신의 삶을 이해하는 차원의 해석을 가능하게 한다. 이러한 독자의 주체적인 텍스트 수용을 확인하기 위해 독자가 텍스트 해석에서 기억을 선택하고 그것을 의미화하는 과정을 살펴본다.

독자의 잠재적 기억의 세계에는 전 생애에 걸친 다양한 경험이 축적되어 있다. 그런데 독자가 자신의 순수기억의 세계에서 특정의 기억을 선택하여 텍스트 해석에 적용하는 과정은 개인의 심리적인 차원에서 진행되며, 의식과 무의식이 복합적으로 작동되는 구조를 띠기 때문에 이 과정을 가시적으로 도식화하여 제시하기에는 한계가 있다. 이러한 한계를 극복하기 위해 이 글은 독자의 감상문을 분석하는 과정에 나타나는 잠재적 기억을 선택하는 주체의 의식적 작용에 주목한다. 즉 무의식적 기억이 주체의 의식에 포착되는 과정을 살펴볼 필요가 있다.

독자들은 서로 다른 이력을 갖고 있고, 사고방식도 다르기 때문에 독서과정에서 독자가 텍스트 해석을 위해 제시하는 기억도 달리 나타난다. 독자의 기억은 텍스트 해석과정에서 특정의 상황 맥락으로 작용하며, 그 기억이 지시하는 내용에 따라 해석의 결과도 달리 나타난다. 야콥슨의 관점에서 본다면 독자의 기억은 맥락과 관련된다.[31] 숄즈는 야콥슨의 의사소통의 도식을 문학적 소통의 도식으로 변형하여 문학성의 의미를 고찰한다.[32] 숄즈는 문학의 소통 요소 중에서 가장 중요한 것 중 하나로 '상황맥락'을 꼽는다. 그는 일상의 의사소통과는 달리 문학의 소통에서는 '상황맥락'이 좀 더 복잡하게 작용한다고 본다. 예컨대 일상 언어생활에서 누군가 '비가 오고 있다'라고 말한다면 그 상황맥락은 구체적이며 현상적이다. 그런데 소설에서 '비가 오고 있다'라는 부분을 읽을 때 독자는 '비'가 지닌 이미지나 소리 등의 감각을 느끼고, 그것이 환기시키는 의미를 이끌어낸다. 여기서 '비'에 대한 감각과 그 감각을 통해 형성된 지각자료 등이 '비가 오고 있다'라는 말을 이해하는 근거가 된다.

독자는 텍스트에 제시된 기억과 마주하면서 느낀 감각과 그 감각을 통해 떠올린 자신의 기억을 지각자료로 제시하여 텍스트를 해석한다. 그런

---

31) 야콥슨의 6가지 요소 중 '발신자, 수신자'는 소통되는 경험을 바탕으로 기억을 생성하는 주체의 노릇, '전언, 상황맥락'은 소통되는 기억의 내용, '접촉, 코드'는 기억의 거리감을 좁히기 위한 메타적인 관점과 관련된다. 해석주체인 '수신자', 그리고 텍스트 해석에 관여하는 독자의 기억을 '상황맥락'과 관련하여 고찰함으로써 독자의 재형상화가 독자의 주체적 문학 수용을 위해 필요한 활동임을 입증하고자 한다.

32) R. Scholes, 유재천 옮김, 앞의 책, 49쪽. 숄즈는 야콥슨의 의사소통의 요소 중에서 어떤 하나가 그 단순성을 상실하고 복수성 혹은 이중적인 양상을 띨 때 언술의 문학성을 획득한다고 본다. 야콥슨의 요소들이 문학으로 나타날 때 이중성에 대해 '발신자:역할-수행, 행위/수신자-엿보기, 훔쳐보기/전언-불투명성, 애매성/상황맥락-암시, 허구/접촉-번역, 허구/규약-위에 포함된 모든 것' 등으로 제시한다.

데 독자마다 주목하는 텍스트의 기억도 다르고, 그 기억과 관련된 독자의 감각과 지각자료 등도 다르기 때문에 텍스트 해석도 다른 양상을 띤다.

> [가-1] 오십이년 여름엔가 엄청난 폭우로 영주동 산기슭에 있던 종이집(판잣집도 못 되는, 군부대에서 나오는 두꺼운 종이상자로 만들어진 집이었다)이 떠내려가던 캄캄한 새벽과 양담배를 받으러 부대에 갔을 때 흑인 병사가 총을 들고 위협하던 순간은 지금도 나를 열 살의 어린 가슴으로 되돌려놓고 한없이 떨리게 한다(김주연, 「모자 관계의 소외/동화의 구조」, 262쪽).

> [가-2] 많은 소설가들이 육이오를 말하고 그리고 있으나, 김원일에게서 내가 본 육이오의 모습은 이 겁먹은 어린 두 눈이다. 그리고 그 두 눈은 곧 나의 두 눈이기도 하다. 전쟁의 한복판에서 집을 나간 채 다시는 돌아오지 않는 아버지, 홀로 된 운명을 견뎌내면서 어린 장남에게 짐지우기 훈련을 행해가는 어머니, 이 왜곡된 가정 구조의 기초 위에서 파악된 육이오는 성인들의 엄청난 파괴 연습이 아닐 수 없다(김주연, 「모자 관계의 소외/동화의 구조」, 264쪽).

[가]의 독자는 『마당깊은 집』을 읽으면서 자신의 유년 시절의 기억을 떠올린다. 특히 [가-1]에 제시된, 흑인 병사에게 총으로 위협받았던 그 기억은 현재까지도 두려움과 공포감을 불러일으킨다. 독자의 이러한 감정은 [가-2]에서 보듯이 『마당깊은 집』을 읽는 동안 지속된다. 그래서 소설의 인물에서 '겁먹은 어린 두 눈'을 발견하고, 그 '두 눈은 곧 나의 두 눈'이라고 말한다. 전쟁에 대한 공포는 '왜곡된 가정 구조'를 만들었으며, 이로 인해 '어머니'는 '어린 장남'을 '엄청난 파괴 연습'의 대상으로 삼을 정도로

자식에게 모진 존재가 된다. 독자는 자기 기억을 텍스트 해석에 적용함으
로써 왜곡된 가정 구조를 만든 전쟁의 폭력성이라는 주제를 이끌어낸다.
다음의 독자는 [가]와는 다른 기억을 텍스트에 적용한다.

> [나-1] 나는 1965년 3월초, 고향인 지리산 밑의 산청에서 대구로 올라왔다.
> 그 당시의 대구 정경이 그대로 다가왔다. 마당깊은 집의 위채와 아래
> 채 식구들의 생활상은 내가 대구 대봉동 시절 겪은 성장기 체험과 거
> 의 같았다. 그래서 더욱 그 시절에 대한 아린 추억에 시달리게 했다.
> 특히 작품 속의 주인아저씨 출근 광경에서는 마치 대구에 계신 우리
> 어머니의 전화 목소리를 그대로 듣는 것 같기도 했다. …… 나는 특히
> 어머니가 주인공 길남이를 재봉틀 앞에 앉히고, 주인공에게 편모 슬하
> 의 장자임을 각인시켜 주는 어머니의 '옹이 박힌 말'이 가슴을 찔러 왔
> 다. 그 말은 가정 해체 경험을 가진 맏아들에게 심어 주는 우리 어머니
> 들의 옹이 박힌 말이 아닐 수 없을 것이다. 나도 늘 주인집 아들과 대
> 비하여 어머니로부터 세상살이의 세파와 난경을 헤쳐 가고 뛰어넘는
> 법을 똑같이 들었다. …… 나는 날마다 어머니 심부름으로 연탄을 두
> 장씩 들고 다녔는데, 그 당시 높이 쌓여진 주인집 연탄이 별난 세계처
> 럼 보였으니까요.[33)]

> [나-2] 어머니의 가혹한 훈도는 거친 삶의 격랑을 헤쳐 가는 운명에 처했을 때
> 나타나는 우리 어머니들의 강인한 모성의 한 표현이라고 본다. 아니 모
> 성이기 이전에 생활본능 속에서 가정의 중심 지키기다. 가정의 중심 자
> 리, 이는 주인공을 대구로 불러 올린 다음의 긴 인용 대목에서 잘 나타
> 난다. 또한 그 중심의 자리에는 싱거 재봉틀이 있다. 이 가정의 중심의

---

33) 김수복, 「방담」, 박진숙 외, 『마당발, 김원일의 '마당깊은 집'을 찾아가는 발걸음』, 46쪽,
62쪽, 74쪽.

자리를 길남을 비롯한 자식들에게는 강한 모성으로서의 모습과 자식들을 강하게 키우기 위한 어머니의 모습으로 이해할 수 있을 것이다(김수복, 『마당발, 김원일의 '마당깊은 집'을 찾아가는 발걸음』, 74쪽).

[나] 독자도 [가] 독자와 마찬가지로 『마당깊은 집』을 읽으면서 자신의 유년 시절의 기억을 떠올린다. 독자의 '어머니'에 대한 기억이다. 독자는 [나-1]에서 유년 시절 어머니로부터 '세상살이의 세파와 난경을 헤쳐 가고 뛰어넘는 법'을 들었던 기억을 떠올린다. 그리고 주인집에 높이 쌓인 연탄의 모습과 연탄 두 장을 들고 다니던 자신의 모습을 대비시키면서 당시 세상살이가 힘들었음을 고백한다. 독자는 어머니의 가르침이 지극히 옳았다는 점을 부각시킨다. 그래서 [나-2]에서 독자는 당시 어머니를 '삶의 격랑을 헤'쳐 나갈 수 있는 '강인한 모성의 한 표현'으로 인식한다. 결국 독자는 자신의 이러한 기억을 바탕으로 자식에게 강한 모성을 보여주고 자식들을 강하게 키우는 존재로서 '어머니'의 의미를 이끌어낸다. 요컨대, 이 독자는 『마당깊은 집』에서 '세상살이에 대한 어머니의 가르침과 당시 가정 환경'이라는 기억을 매개로 '어머니의 강한 모성애'라는 의미를 이끌어낸다.

[가]와 [나]는 서로 다른 기억이 매개가 되어 텍스트의 의미를 이끌어낸다. 동일한 텍스트라고 하더라도 독자의 기억이 무엇인가에 따라 그 의미는 차이를 보일 수 있다. 독자는 텍스트 해석에 자신의 기억을 활용하기 때문에 텍스트의 의미를 주체적인 관점에서 텍스트를 적극적으로 재해석한다. 그런데 텍스트에 형상화된 세계와 독자의 생활세계가 차이가 날 경우 독자의 기억이 텍스트를 해석하는 데 어떤 역할을 할 수 있을까?

2) 기억의 구성능력 신장

　텍스트 해석과정에서 나타나는 '거리감'은 시간, 공간적 차이로 인해 독자가 작가의 사고와 감정에 공감하기 어려운 상황을 의미한다. 한국전쟁의 체험이 없는 독자가 전쟁을 다룬 소설이라든지 전쟁 후 폐허가 된 상황에서 살아가는 사람들의 삶을 다룬 소설을 읽고 공감하는 것은 매우 어려운 일이다. 혹은 도시에서 태어나고 자란 독자가 어촌을 배경으로 한 어부의 삶을 다룬 소설을 읽고 인물들의 대화나 행동을 이해하는 데에는 그 한계가 있다.

　독자는 자신의 생활세계와 전혀 다른 세계를 형상화한 텍스트를 읽으면서 새로운 경험을 하고 인식의 폭을 확장할 수 있다. 그런데 텍스트에 제시된 낯설고 새로운 세계를 이해하고 공감하는 과정이 그렇게 수월하게 진행되는 것은 아니다. 왜냐하면 작가의 삶과 독자의 삶이 서로 다르고, 그 삶으로부터 규정되는 존재 의미도 다르기 때문이다. 주체는 시간적 질서 속에서 삶의 의미를 발견한다. 그는 과거를 기억하고, 그것을 바탕으로 미래를 기획하면서 자신의 존재를 규정한다. 이런 점에서 주체의 존재는 과거부터 미래의 삶을 질서화하면서 의미를 깊게 띠는데, 그 중심에는 과거를 회상하고 미래의 가능성을 기획하는 기억이 있다. 작가와 독자의 삶이 서로 다르다는 것은 그들이 갖고 있는 기억의 내용이 다르다는 것을 의미한다. 그러나 기억의 차이가 있다고 하더라도 독자는 기억을 재형상화하는 과정에서 그 거리감을 좁힐 수 있다. 즉 기억의 재형상화는 텍스트에 대한 독자의 거리감을 좁힐 수 있는 기제가 될 수 있으며, 동시에 독자의 기억 구성능력을 신장시킬 수 있는 방법이 될 수 있다. 재형상화 작업 자체가 독자의 기억 구성능력을 전제로 하기 때문이다.

작가의 기억과 독자의 기억은 근본적으로 사적인 영역에 해당하는 기억이다. 이 사적 기억의 유사성 정도에 따라 독자의 이해 가능성은 달라진다. 작가와 독자가 동일한 시간과 공간을 공유하고 있다면 작가의 기억에 대한 독자의 이해 가능성은 높다. 반대로 작가와 독자가 시간과 공간을 모두 공유하고 있지 않다면 작가의 기억에 대한 독자의 이해 가능성은 낮을 수밖에 없다. 이 경우에 독자는 공적인 기억이나 문화적인 기억의 차원에서 접근함으로써 작가의 개인적인 기억을 해석할 수 있는 가능성을 확보할 수 있다.

기억에는 개인 각자가 가진 사적인 기억과 공동체에서 전승하면서 구성된 공적인 기억이 있다. 그래서 기억의 소통은 사적인 기억을 가진 주체들의 만남, 공적인 기억을 가진 주체들의 만남, 사적인 기억을 가진 주체와 공적인 기억을 가진 주체의 만남을 통해 이루어진다. 사적인 기억은 개인마다 다르기 때문에 언어로 표현된 결과물을 바탕으로 그 정체를 파악할 수밖에 없다. 물론 공적인 기억을 확인하는 작업도 그런 방식으로 진행될 수 있지만, 공적인 기억은 공동체 내 전승되는 것이기 때문에 근본적으로 사적인 기억과는 다른 성격을 지닌다.

개인이 기억을 통해 자신을 성찰하고 정체성을 추구하듯이, 집단이나 공동체사회 역시 기억을 통해 정체성을 유지한다.[34] 얀 아스만(Jan

---

34) 해석학자인 리쾨르 역시 기억의 문제를 사회 정치적인 문제로 제시하면서 역사적 기

Assmann)은 사회적·문화적 특징을 갖는 집단기억을 '문화적 기억'이라 칭한다. 문화적 기억은 '확정적 객관화'와 '상징적 코드화'를 거친 '완전한 과거'로서의 기억이다.[35] 즉 얀 아스만의 문화적 기억은 공동체의 정체성과 관련된 기억이기 때문에 이 논문에서 다룰 '공적인 기억'과 관련된다.

기억을 공유하는 대화자들은 일반적으로 언어라는 코드를 통해 소통한다. 그리고 이 코드는 메타적인 성격을 지니고 있기 때문에 독서과정에서 작가의 기억에 대한 독자의 가치 판단으로 나타난다. 독자는 언어로 형상화된 텍스트를 통해 작가의 기억과 만나고, 또한 독자 자신의 기억을 재형상화하면서 작가와 접촉한다.

독자의 편에서 보면 작가의 기억은 타자의 기억이 된다. 독자는 자기 기억을 바탕으로 타자의 기억과 대면하고, 그것을 이해하기 위해 서로의 기억 간의 격차를 줄일 필요가 있다. 특히 주체와 타자의 기억이 시공간적으로 차이가 많이 날수록 소통 가능성은 떨어질 수밖에 없다. 김원일의 『마당깊은 집』에 제시된 기억과 시공간적으로 거리가 있는 독자의 기억이 어떻게 만나고 있는지 살펴보자.

김원일은 1941년에 출생하여 한국전쟁 직후 대구로 와 그곳에서 신문

억이 갖는 의미를 망각과 연관지어 논의한다(P. Ricoeur ; translated Kathleen Blamey and David Pellauer, *Memory, History, Forgetting*, The university of Chicago Press, 2004).

35) 이광복, 앞의 글. 이 논문에는 얀 아스만이 구분한 기억의 네 가지 차원이 제시되어 있다. 그 네 가지는 '모방적 기억, 물건들의 기억, 소통적 기억, 문화적 기억'이다. 이 중 '소통적 기억'은 3~4세대, 대략 80~100년 정도의 시대지평에서 소통이 가능한 기억이다. 이와는 달리 문화적 기억은 공동체나 집단의 정체성과 관련된 기억으로 의미로 충만한 공간을 말한다.

배달과 병원 사환 등을 하면서 학창 시절을 보냈다. 그 시절의 여러 경험을 기억하여 형상화한 소설이 『마당깊은 집』이다. 작가의 부친은 공산주의자로 한국전쟁 당시 월북한 인물이다. 그로 인한 가족의 고통스럽고 가난한 삶이 이 소설에 나타난다. 이러한 작가의 이력은 작가에게 특별한 기억을 갖게 했다. 작가와 동일하거나 유사한 기억이 없는 현재 독자가 작가의 기억을 세심하게, 그리고 온전히 이해하는 것은 거의 불가능한 일이다. 그럼에도 불구하고 독자들은 이 소설을 읽으면서 자신의 기억을 떠올려보기도 하고, 그 기억을 바탕으로 작가의 기억에 다가서려고 노력한다.

작품 해석과 감상은, 독자가 자기를 이해하고 정체성을 추구하기 위한 '진리'를 찾아 떠나는 여행이다. 여행의 종착지점에 진리가 있을 수도 있지만, 그 진리를 찾아가는 과정 자체도 유의미하다. 결과가 무엇이든 그것을 위해 부단히 자신의 기억을 이끌어내면서 작가의 기억을 이해하려고 애쓰는 과정 자체가 가치 있는 일이다. 다음은 시간은 다르지만 공간적 거리감이 없는 독자가 작가의 기억을 수용하고 있는 장면이다.

> 『마당깊은 집』에는 1950년대 대구 장관동에서의 유년 시절이 있고, 나에게는 1970년대 대구 비산동에서의 유년 시절이 있다. 지금도 그다지 많이 달라지지는 않았지만, 대구 뒷골목의 풍경이란 게 1950년대나 1970년대나 별반 다를 바 없다. 좁고 꼬불꼬불한 골목길, 시궁창 냄새나는 하수구에서 '오골거리는' 장구벌레떼와 같은 삶이 거기에 있다. 길남이 가족에게처럼 혹독하지는 않았다고 해도, 가난도 결국 같은 형편이었다. 이 소설에 공감하는 이들이 그렇듯이 나의 유년을 찾아내고 그리움을 가졌다.[36]

36) 강상대, 「방담」, 박진숙 외, 『마당발, 김원일의 마당깊은 집을 찾아가는 발걸음』, 47~48쪽.

독자는 작가와 20년이라는 물리적 시간 차이를 두며 자랐지만 '대구'라는 공간을 공유한다. 공간에 대한 거리감이 없기 때문에 작가의 기억을 수용하기가 수월하다. 그래서 독자는 공간에 대한 구체적인 묘사를 진행하면서 '길남'과 독자 자신의 형편을 비교한다. 비록 '길남'의 혹독한 상황은 아닐지라도 '대구'에서 겪었던 '가난'은 유사하기 때문에 작가의 기억을 수용하는 데 큰 어려움이 없다. 비록 시간은 다르지만 공간을 공유했다는 것은 그만큼 작가의 기억을 해석하는 데 유리한 측면이 있다. 그렇다면 시간과 공간을 모두 공유하지 않은 독자들은 작가의 기억을 어떻게 수용할 수 있을까?

> 가난하게 살지 않았음에도, 이 지독하게 가난한 이야기에 내가 설명할 수 없는 애정을 느끼는 것은 왜일까? 생각해 보니, 1980년대 중반에 청운의 꿈을 안고 상경했던 시골 유학생으로서, 경력 10년을 바라보는 대학의 시간 강사로서 나는 가난했고 가난하다. 이 사회의 평균적인 부의 수준에 훨씬 못 미치는 나의 상대적인 가난은(물론 절대적으로도 가난하다) 쓰레기통에서 국수 가락을 주워 먹는 절대적인 가난에 의해 위로받는다(김수이, 「한 시절을 견딘 내면의 집」, 123쪽).

이 독자는 '1980년대 서울'에서 자신이 겪었던 기억을 떠올리며 '1950년대 대구'라는 작가의 기억에 다가간다. 물리적인 시간 차이는 30년 이상 나고 공간도 다르지만 독자는 '가난'을 매개로 작가의 기억에 공감한다. 어쩌면 '가난'은 인간 삶에서 가장 기본적이고도 중요하게 해결해야 할 과제 중의 하나이다. 따라서 인간이라면 누구나 '가난'의 문제 해결에 대한 보편적인 감각과 인식을 지닌다. 즉 이 독자는 인간의 보편적인 감각과 인식에 가장 근접한 '가난'을 매개로 작가의 기억에 다가간다.

나는 1960년대 생이어서 길남이의 경험과는 시간적 거리가 있기는 했지만, 어떤 공분모가 강하게 의식되었다. 그것을 가난이라고 해도 좋고, 결핍이라고 해도 좋지만, 분명한 것은 내 경험과 주인공의 경험이 상당히 겹치고 있다는 느낌이 들었다. …… 평론가로서 어떤 거리감을 갖고 읽어야 한다는 생각이 이번 경우처럼 힘들게 느껴진 적도 없을 것이다(한원균, 『마당발, 김원일의 '마당깊은 집'을 찾아가는 발걸음』, 50~51쪽).

이 독자는 1960년대 생이어서 1942년도 출생인 작가와는 20년 정도의 나이 차이가 난다. 이 차이는 작가의 텍스트를 해석하는 데 시간적 거리감으로 작용한다. 독자는 『마당깊은 집』의 '길남'이의 경험과는 시간적 거리가 있다는 것을 인정하면서도 '가난'이나 '결핍'과 같은 공통분모가 있기 때문에 작품에 대한 거리감을 두기 힘들었다고 고백한다. 독자는 작가와 동일한 경험을 하지 않았음에도 불구하고 '가난'과 '결핍'이라는 매개를 통해 작가의 기억에 공감한다. 다음 독자도 마찬가지로 '가난'을 매개로 하여 작품을 해석한다. 다음의 독자는 '어머니에 대한 감정'을 매개로 작품을 해석하는데, 이 또한 '가난'과 같은 인간의 보편적인 감각과 인식이라 할 수 있다.

1970년대 도시 변두리에서 가난한 유년을 보낸 나로서는 이 소설의 1950년대가 전혀 낯설지 않았다. 많은 부분은 참으로 가혹하고 참혹하구나 싶기도 했고, 또 어떤 면에서는 왠지 더 정감 있는 사람살이로 느껴지기도 했다. 앞에서 아들을 호되게 다그치는 어머니 모습……. 눈앞에 있는 듯이 생생하게 느껴졌다(조태봉, 『마당발, 김원일의 '마당깊은 집'을 찾아가는 발걸음』, 51~52쪽).

이 독자도 '가난'한 유년 시절을 떠올리며 작가의 기억과 만난다. 더불어 '아들을 호되게 다그치는 어머니의 모습'을 보면서 자신의 유년 시절을 떠올린다. 독자는 20년이라는 시간적 차이가 나지만 '가난', '어머니' 등의 기억을 매개로 작가의 기억을 수용한다. 개인마다 유년 시절에 겪었던 경험은 다르지만 독자는 인간이 가진 가장 보편적이고 일반적인 기억을 매개로 작가의 기억을 수용하여 새로운 의미를 생성한다.

독자는 작가의 개인적인 기억을 개인적인 관점에서 의미를 부여하기도 하지만, 공적인 의미를 생성하기도 한다. 독자의 특별한 관점이 개입되어 작가의 개인적인 기억이 공적인 차원으로 전이되는 현상이라 할 수 있다. 즉 개인적인 기억이라고 하더라도 충분히 공동체의 장에서 소통의 가능성이 있는 것들은 공적인 맥락에서 집단기억으로 수용될 여지가 있다.

소설 속에서 한국 사람들이 미군에게 모욕당한 형벌이 자자형(刺字刑)의 일종이다. …… 작가가 호돈의 『주홍글씨』에서 간통한 여자에게 글자를 달고 다니게 한 것과 비슷하지 않은가. 미군이 보기에 한국인은 모두 도둑놈이요, 죄인이었을지도 모른다. 작가는 그 대목을 통해 당해 한국인의 처지를 상징적으로 묘사한 셈이다. 그 장면으로부터, 그 시절로부터 우리는 과연 얼마나 자유로운가! 그 점에서 나는 이 소설을 국가간의 식민주의의 관련을 드러낸 '탈식민주의적' 소설로도 읽는다(박덕규, 『마당발, 김원일의 '마당깊은 집'을 찾아가는 발걸음』, 59~60쪽).

독자는 『마당깊은 집』에서 미군 부대에서 물건을 훔친 한국 사람들의 얼굴에 페인트칠을 하는 장면에 주목한다. 독자는 근대 이전에 죄인의 얼굴이나 팔 등에 흠을 내어 먹물로 죄명을 새겨넣던 형벌인 '자자형(刺字刑)'이 한국 사람에 대한 미군의 '페인트칠'로 되살아나고 있다고 본다. 그리고 독자는 17세기 식민지사회를 배경으로 하는 호돈의 『주홍글씨』에서 부정을 저질렀다는 이유로 가슴에 'A(adultery)'를 새겨야만 했던 여자 주인공을 떠올린다. 즉 독자는 페인트칠을 당한 한국 사람과 가슴에 글자를 새긴 '헤스터 프린'을 동일시해 '국가간의 식민주의'의 관점에서 작가의 기억을 수용한다. 이는 작가의 개인적인 기억을 공동체의 집단기억으로 전이시켜 재해석하는 것이다. 독자는 자신이 읽었던 책의 내용을 떠올리면서 작가의 기억을 공적인 차원에서 새롭게 의미화한다.

요컨대 독자는 작가의 기억을 읽는 과정에서 형성된 어떤 관념에 의해 자신의 기억을 떠올리고 있으며, 이를 바탕으로 작가의 기억과 만나 새로운 의미를 이끌어낸다. 물론 그것이 개인적인 기억의 해석에 그칠 수도 있지만, 공론의 장에서 소통 가능한 집단기억의 형태로 해석될 수도 있다. 이는 작가의 기억에 대한 독자의 기억이 작용한 것이기 때문에 기억에 대한 메타적 작용이 개입된 것으로 볼 수 있다.

제3장 ||| 소설 읽기에서 기억의 재형상화 원리

이 장에서는 기억의 속성을 탐구하여 기억이 주체의 의식세계로 현실화되는 과정을 밝히고, 이를 바탕으로 소설 읽기에 작용하는 기억의 재형상화 원리를 제시하고자 한다. 1절에서는 기억의 속성을 중심으로 잠재적 기억이 주체의 의식세계로 구체화되는 과정을 제시할 것이다. 2절에서는 기억의 작용을 중심으로 기억 재형상화를 통한 소설 읽기의 원리를 설명할 것이다. 각 절은 시간론, 구조론, 상징론의 관점에서 서사를 해석한 리쾨르의 접근방식을 원용해 진행될 것이다.

1. 기억의 현실화 과정

기억을 소설로 형상화하거나 텍스트에 제시된 기억을 해석하는 행위에는 '시간'이 개입된다. 창작은 현재주체가 과거에 일어났던 기억 속 사건을 정리하여 이야기로 구체화하는 작업이기 때문에 과거 행위 속 주체와 현재 이야기를 전개하는 주체 사이에는 시간 차이가 존재한다. 이 차이 때문에 현재주체는 과거의 경험주체와 대화적 관계를 유지하면서 존재론인 의미를 발견해나간다. 독서의 경우에는 시간의 개입이 좀 더 복잡한 형태로 나타난다. 왜냐하면 독자에게도 기억이 있고, 그 기억을 텍스트에 제시된 기억과 비교하는 과정을 통해 의미를 생성하기 때문이다. 즉 독자는 텍스트에 제시된 기억을 자기 것으로 전유시키기 위해 텍스트 해석에 자신이 가진 기억도 동원한다.

소설 창작이나 독서과정에서 주체는 특별한 계기를 통해 과거의 기억을 떠올리면서 의미를 재발견한다. 특히 독서 행위에서 그 '특별한 계기'는 텍스트의 기억에 의해 유발되고 형성된 관념이다. 이 관념에 따라 독자는 자기 기억과 텍스트의 기억을 종합하면서 기억의 새로운 의미를 생성한다. 그 과정에서 독자는 무의식적이든 의식적이든 존재론적으로 완성된 주체가 될 수 있다.

1) 현재주체를 향한 기억의 수축

(1) 지속적 작용

기억을 형상화한 텍스트에 대한 독서는 텍스트에 형상화된 기억과 독자 자신의 기억이 갖는 불일치를 조화로운 형태로 전이시키는 작업이다. 이 과정에는 텍스트로부터 직관적으로 형성한 독자의 관념이 잠재적인 기억으로부터 유발된 이미지 기억을 형성하면서 새로운 의미를 만들어내는 작업이 수반된다. 기억을 매개로 한 독서현상을 논의하기 위해서는 독자가 관념으로부터 이미지 기억을 형성하는 과정을 분석할 필요가 있다.

즉 과거의 기억이 현재의 독자에게 미치는 영향을 탐구하려면 독자가 형성하는 '이미지 기억'의 실체를 밝혀야만 한다. 아우구스티누스가 '이미지'를 과거 자체로 보는 관점을 참조한다면 '이미지'는 시간적 질서가 갖는 특징 속에서 파악될 수 있다.

기억은 현재의 주체가 과거의 사건이나 경험을 떠올려 의미를 부여하는 행위이다. 이런 점에서 기억과 시간은 불가분의 관계를 맺는다. 서사에서 '시간 경험의 아포리아'가 갖는 특징을 존재론적 차원에서 논의한 리쾨르는 아우구스티누스의 『고백록』을 분석하는 과정에서 '현재'의 개념을 '이행과 전이'의 개념으로 대체한다. 이는 시간을 물리적인 단위로 분절하여 인식하는 차원을 넘어서 현재주체의 주의력에 의해 과거의 기억이 생성력을 얻고, 미래라는 기대를 예견할 수 있다는 것을 말한다.[1] 즉 지각이나 의식의 대상이 될 수 있는 현상은 주체의 현재적 주의력에 의해 포착되면서 의미를 갖는다.

이에 따라 독서 행위에서 주체의 존재의식은 텍스트를 읽으면서 포착된 기억을 향하면서도 새로운 의미를 생성하고자 하는 '기다림'을 향해 결합한다. 요컨대 그가 탐구한 시간적 질서는 현재의 '직관'에 의해 '기억'과 '기다림'이 균열과 조화의 변증법적 관계를 이루면서 존재의식을 형성한다는 점이다. 이 논의에서 흥미로운 점은 과거의 기억과 현재를 관련시키

---

1) 이에 따라 기존의 명사 개념으로 존재하던 '미래'와 '과거'는 '미래의'와 '과거의'라는 형용사로 나타난다. 그래서 기존의 과거–현재–미래라는 물리적인 시간 개념은 '과거의 현재', '현재의 현재', '미래의 현재'라는 존재론적인 시간 개념으로 새롭게 나타난다(P. Ricoeur, 김한식 · 이경래 옮김, 앞의 책, 32~44쪽).

는 부분인데, 그는 현재에서 과거를 연관시키는 가교 역할을 하는 것으로
'이미지-흔적'을 제시한다. 그는 '이미지-흔적'을 명쾌하게 설명하지는
않는다. 다만 우리는 다음의 내용을 통해 그 의미를 추론할 수 있다.

> 한편으로 흔적은 지금 존재하며, 다른 한편으로 그 흔적은 그런 이유로 기
> 억 속에 '아직' 존재하는 과거의 일과 관련을 맺는다. '아직'이라는 이 사소한
> 말은 논리적 모순의 해결책인 동시에 새로운 수수께끼의 근원이다. 즉 정신
> 에 새겨져 현재의 것이 된 이미지-흔적이 어떻게 동시에 과거와 '관련'될 수
> 있을까? …… 불가사의한 것은, 때로는 과거의 흔적으로서, 때로는 미래의 징
> 조로서의 가치를 갖는 이미지의 구조 그 자체다. 아우구스티누스의 입장에서
> 그 구조는 나타나는 그대로 순수하고 단순하게 보이는 것 같다.[2]

이에 따르면 이미지-흔적은 대상의 실체를 가리키는 개념은 아니다.
또한 과거 그 자체를 '회상의 이미지'로 생각한 아우구스티누스의 개념과
는 차이가 난다. 그렇다고 주체의 인식과 전혀 관련이 없는 허상도 아니
다. 이미지-흔적은 과거의 기억과 미래의 기다림에 모두 관여하며 주체
의 현재의 직관과 연관시키는 매개 역할을 하며, 주체의 존재의식에 영향
을 미친다. 기억과 관련하여 이미지-흔적의 개념을 해석해본다면 주체가
과거의 기억을 통해 생성력을 갖게 하는 데 관여하는 것으로서 이해될 수
있다. 이러한 면에서 리쾨르의 '이미지'[3]는, 인식의 주체와 대상이 이미지

---

2) P. Ricoeur, 김한식 · 이경래 옮김, 위의 책, 42~43쪽.

3) 베르그손에 의하면 '이미지'는 관념론자가 표상이라고 부른 것 이상의, 그리고 실재론자
   가 사물이라 부른 것보다는 덜한 어떤 존재를 가리킨다. 즉 '사물'과 '표상'의 중간 길에
   위치한 존재이다(Henri Bergson, 박종원 역, 앞의 책, 22쪽).

를 매개로 상호작용하는 과정에서 존재의식을 규명하려고 했던 베르그손의 '이미지'에 대한 논의와 유사하다.

베르그손의 '이미지'는 존재의 운동과 변화의 과정 속에 나타나는 순간적인 고정의 형태를 의미한다. 즉 이미지는 그 자체로 존재하는 실체가 아니고 지속의 과정 속에서 나타나는 단면이기 때문에 '지속'과 관련하여 이해되어야 한다. 지속은 연대기적으로 구분되었던 과거-현재-미래의 시간 질서를 거부한다. 지속은 뒤얽히고 나누어질 수 없는 연속적인 시간 속에서 끊임없이 생성과 창조를 향해 나아가는 성격을 지닌다. 요컨대 잠재적 기억은 지속적으로 현재주체를 향하고 있으며, 주체의 현재 입장이나 관점에 의해 다양하고 복잡한 기억들은 하나의 중간적 이미지[4]로 나타날 수 있다. 물론 여기에는 주체의 주의 집중이 요구된다. 현재의 주체는 이미지에 대해 주의를 집중하면서 처음에는 약하지만 점차 강한 이미지를 떠올릴 수 있다. 그러는 과정에서 이미지는 보다 현실적이고 현재적인 것으로 나타나게 된다.[5]

'아버지'에 대한 기억을 자전소설로 형상화한 김소진의 작품을 통해 지속되는 기억이 갖는 이미지의 특징을 살펴본다. 김소진의 소설 「쥐잡기」(1991), 「고아떤 뺑덕어멈」(1993), 「개흘레꾼」(1994), 「자전거 도둑」(1995), 「두 장의 사진으로 남은 아버지」(『장석조네 사람들』 연작소설 중, 1995)

---

4) 이 '중간적 이미지'를 중심으로 나머지 이미지들은 증가, 감소, 변형된다(황수영, 앞의 책, 318쪽).
5) 송영진 편역, 『베르그송의 생명과 정신의 형이상학』, 서광사, 2000, 85~89쪽.

등에는 유년 시절의 기억 중 아버지와 관련된 삽화가 다수 소개된다. 아버지는 '사랑과 미움, 또는 자부심과 콤플렉스라는 두 가지 상반된 정서가 한데 뒤섞인 모순된 감정을 만들어준'[6] 존재이기 때문에 그의 삶을 재구하는 것이 작가의 사명이자 운명일 수 있다.

초기 작품 중 '아버지의 사진'과 관련해 떠오른 기억을 제시한 작품으로 「쥐잡기」와 「두 장의 사진으로 남은 아버지」가 있다. 이 두 작품은 모두 우연히 발견한 '아버지의 사진'을 보고 난 뒤 형성된 아버지에 대한 작가의 생각이 나타난다. 그런데 이 두 작품에 글자 하나 바꾸지 않고 공통으로 제시된 단락이 있어 기억의 지속과 이미지의 관련성을 따져볼 수 있는 기회를 제공한다.

> (가) 아버지가 돌아가셨을 때 막상 영정에 쓸 사진을 한 장도 구할 수 없어 몹시 당혹스러웠다. 육십하고도 세 해를 넘겨 살았던 삶이건만 아버지는 그 흔한 사진 한 장 이 땅에 남기지 않았던 것이다. 그때 민홍은 알지 못할 송구함과 억울함 그리고 새삼 다가오는 인생의 허무감 같은 느낌에 한동안 우두망찰 맥손을 풀었던 기억이 있다. 그러다 문득 영수증이나 고지서 나부랭이를 담아둔 륙색 안에서 아버지의 사진이 들어 있는 주민등록증을 발견해내고는 그것을 올려논 손바닥으로 앙가슴을 쓰리게 부벼대며 얼마나 울었는지 모른다. 아버지의 임종 순간에도 눈물을 비치지 않았던 민홍도 그때만큼은 도대체 한 인간에게 맺힌 한이라는 게 뭔지 사무치는 바가 있었다. 그 틀사진은 주민등록증에 붙어 있던 흑백 증명사진을 부랴사랴 확대하여 마련한지라 전체적으로 우중충한 느낌을 줄 뿐 아니라

6) 김소진, 「아버지의 미소」, 『그리운 동방』, 문학동네, 2002, 64쪽.

윤곽마저 희미하게 어룽거려 마치 급조한 몽타주 속의 인물을 연상시켰
다.……어깨까지 한껏 곱송그리고 있어 방금 염병을 앓고 난 이 같았다.[7]

(나) 그 틀사진은 주민등록증에 붙어 있던 흑백 증명사진을 부랴사랴 확대하
여 마련한지라 전체적으로 우중충한 느낌을 줄 뿐 아니라 윤곽마저 희미
하게 어룽거려 마치 급조한 몽타주 속의 인물을 연상시켰다.……어깨까
지 한껏 곱송그리고 있어 방금 염병을 앓고 난 이 같았다. 여기서 느낄 수
있는 아버지는 세상살이에 지치고 짓눌린 삶의 표정을 지닌 사람이다. 경
제적으로 거의 무능했으며 당신의 운명을 휘감아돈 그 바람의 정체가 무
엇인지 알 수도 그리고 알려고 하지도 않은 자의 모습을 고스란히 담은
사진이었다. 나는 이것이 아버지의 참모습이라고 생각했던 것이다. 하지
만 여기 아버지의 또다른 모습을 담은 사진이 있지 않은가. 엄밀히 말하
자면 그건 사진은 아닐 것이다. 누렇게 바랜 선거벽보였으니깐. 그 안의
아버지는 유권자를 향해 환히 웃고 있었다. 그 표정은 온화했고 사명감
에 차 있었으며 벗겨진 대머리는 어떤 의지에 찬 자신감의 표현인 듯싶었
다. 아버지의 이 두 모습은 도무지 하나로 겹쳐질 수 없는 불가해성을 지
닌 것들이었다.……틀사진 안의 아버지는 내 기억 속의 압도적인 부분으
로 살아 있는 모습이었고 벽보 안의 모습은 거의 예외적으로 스치고 지나
간 한순간의 기억일 뿐이었다. 그러나 난 어느새 자꾸만 벽보 속의 아버
지를 내 기억의 중심에다 꾸역꾸역 가져다놓으려고 애쓰고 있는 나를 발
견해내곤 했나.[9]

「쥐잡기」와 「두 장의 사진으로 남은 아버지」는 모두 우연히 발견한 '아

---

7) 김소진, 「쥐잡기」, 『열린 사회와 그 적들』, 문학동네, 2002, 7~8쪽. 이하 면수만 표기.
8) 김소진, 「두 장의 사진으로 남은 아버지」, 『장석조네 사람들』, 문학동네, 2002, 120~121
    쪽. 이하 면수만 표기.

버지 사진'에서 떠오른 이미지를 바탕으로 과거의 기억을 꺼내놓고 있는 작품이다. 특히 (가)와 (나)에서 작가는 동일한 '틀사진'을 보면서 과거의 기억을 떠올린다. 그런데 (가)를 발표하고 4년 뒤 작가는 (나)를 발표한다. 시간 차이가 적어도 3~4년 정도 난다. 동일한 사진을 보고 기억을 떠올린다고 하더라도 (가)와 (나)에서 각각 기억하는 주체는 동일한 작가이지만 기억을 통해 존재의식을 드러내는 방식이 달라진다는 점에서 다른 정체성을 띠는 존재들이다. 예컨대 초등학교 6학년 시절 누군가를 짝사랑했던 경험을 갖고 있는 사람이 있다고 했을 때, 중학생이 되어 그 기억을 떠올리며 부끄러워하는 존재와 결혼을 하고 자식까지 있는 상태에서 그 기억을 떠올리며 흐뭇해하는 존재는 각각 다르다. (가)와 (나) 사이의 시간 동안에도 '아버지'에 대한 기억은 끊임없이 작가를 향해 있고, 작가는 특별한 계기를 통해 그 기억과 마주하게 된다. 그 특별한 계기는 바로 '아버지의 사진'을 보게 된 경험이다.

(가)에서 틀사진을 보면서 작가는 쥐 한 마리도 제대로 잡지 못하는 아버지를 아내의 경제적 수입에만 의존하는 무능한 가장의 모습에 대한 이야기를 전한다. 그리고 (나)에서도 똑같은 구절을 반복해 보여주면서 아버지에 대한 작가의 생각을 정리한다. 그리고 '나는 이것이 아버지의 참모습이라고 생각했던 것이다'라고 하면서 (가)에서 자신의 관점이 이미 지나간 과거의 생각이었음을 고백한다. 그리고 '아버지'에 대한 새로운 관점을 제시하기 위해 작가는 '아버지의 또다른 모습을 담은 사진'을 제시한다. '아버지'에 대한 잠재적인 기억은 끊임없이 작가의 의식세계를 향해 움직인다. 이는 기억이 지닌 지속의 성격이라 할 수 있다. 이제 작가는

'아버지의 사진'이라는 매개를 통해 그 기억들과 마주하려고 한다. 그리고 작가는 사진에 대한 작가의 이미지를 제시한다. 그 이미지를 중심으로 실제 경험했던 사건을 떠올리기도 하고, 그 이미지에 맞게 기억을 조작해 재구조화하기도 한다.

(가)에서 '틀사진'을 보는 과거와 현재의 '민홍'의 관점은 다르다. 아버지가 운명할 당시에는 그 사진을 보며 허무감이나 사무치는 한의 감정을 느꼈다. 그러나 시간이 지나 다시 보는 '틀사진'은 '민홍'에게 '우중충한' 이미지를 가져다준다. 그리고 이 이미지는 기억 속의 아버지를 전체적으로 무기력하고 무능력한 인물로 떠올리게 한다. 그런데 (나)에서 '나'는 지금까지 아버지의 '참모습'이라고 생각했던 '틀사진' 대신 '벽보 속의 아버지' 사진을 제시한다. 그리고 의도적으로 '벽보 속의 아버지'를 자신의 기억 중심에 놓으려고 애를 쓴다. 왜냐하면 '나'는 이 사진을 보면서 '온화, 사명감, 의지에 찬 자신감' 같은 이미지를 떠올리고 있기 때문이다. 이는 베르그손식대로 보자면 형성된 이미지를 통해 잠재적인 기억을 이끌어내려고 하는 주체의 긴장이나 주의 집중이라 할 수 있다. 이제 아버지의 모습은 부정적인 것에서 긍정적인 것으로 바뀐다. 사진을 보며 형성된 아버지에 대한 긍정적인 이미지는 아버지를 정직하고 의지직인 인물로 떠올리게 하고, 그와 관련된 기억들을 이끌어낸다. 이제 '나'의 기억에 있는 아버지는 '생쥐 한 마리에 속수무책으로 애만 끊고 있'는 존재가 아니다.

(가) 나도 어지간하면 아버지에게 그만두시죠 하고 얘기해볼까 했지만 선거
　　 운동원 하나 변변히 없이 거의 혼자서 구도의 길을 걷는 사람처럼 유인물

을 돌리고 다니는 아버지를 보면 차마 그런 말이 입 밖으로 나오질 않았
다. 오히려 자식 된 도리로서 발벗고 나서서 뛰어주지 못하는 게 송구하
다는 생각이 들었다(「두 장의 사진으로 남은 아버지」, 133쪽).

(나) 당신은 아마도 정체를 알 수 없는 블랙홀처럼 주변을 휘감아온 당신의
운명과 어떤 식으로든지 피하지 않고 정직하게 맞닥뜨려 대결하고 싶었
던 것인지도 몰랐다. 아울러 그런 애비의 모습을 아들인 내게 단 한 번이
나마 보여주고 싶었던 것일까? 아무튼 그 대결의 끝이 아무리 참담할지
라도 그것은 오로지 아버지의 몫이었다. 그래서 그런가, 나는 언제부턴가
모르게 삶이 자꾸 버거워질 때마다 그 벽보 속의 아버지를 들여다보는 버
릇이 생겼다(「두 장의 사진으로 남은 아버지」, 137쪽).

(가)에서 보듯이 아버지는 심지어 '나'에게 '송구하다는 생각'이 들 정도
로 유인물을 돌리는 일에 적극적으로 나선다. 김소진의 어떤 소설에서도
아버지가 이렇게 의지적이고 능동적인 인물로 등장한 적이 없다. 그리고
이러한 아버지에 대한 기억은 '나'에게 '언제부턴가 모르게 삶이 자꾸 버
거워질 때' 삶의 의미를 부여하는 원동력이 된다. '아버지'에 대한 기억은
작가에게 잠재성을 띠며 지속적으로 영향을 미쳤다. 결국 이 잠재성은 아
버지의 존재를 고정적으로 확정지은 것이 아니라 지속적으로 새로운 의
미를 만들어낼 수 있게 하는 힘이 되게 한다.

이렇듯 기억은 지속되면서 주체의 삶에 영향을 미치고, 현재주체의 어
떤 관념에 따라 기억에 대한 이미지를 형성하게 한다. 그리고 이미지는
기억 속의 모든 사건을 그 이미지의 성격에 조화가 되게끔 새롭게 구성된
다. 따라서 기억을 형상화한 자전소설을 읽는 독자는 주체의 삶에 끊임없

이 관여하는 기억이 무엇인지 확인해야 하며, 현재주체의 관념에 따라 형성된 이미지는 그 기억을 어떤 사건으로 만들고 있는가를 이해할 필요가 있다.

(2) 반복적 작용

기억이 갖는 차이와 반복은 기억을 능동적으로 종합하는 주체의 의식과 관련된다. 들뢰즈는 잠재적 기억이 현재주체를 향해 반복되어 나타나는 현상을 '대자적 반복'의 개념으로 설명한다. 그는 기억을 대하는 자아를 즉자(卽自)와 대자(對自)로 구분한다.[9] '즉자'는 그냥 잠재적인 상태로 존재하는 자기 자신을 가리키며, '대자'는 잠재적 상태의 자신을 대하는 자기를 가리킨다. 예컨대, 1년 전 어느 식당에서 찌개를 먹었다고 하자. 그리고 나는 찌개가 참 맛있었다고 느낀다. 그 후로 그 식당에서 찌개를 먹은 경험은 잊혀진다. 이것은 그냥 그 식당에서 찌개를 먹고 난 뒤 느낀 일회성 경험에 지나지 않으며, 단순히 '내가 먹은 찌개의 맛'일 뿐이다. 이때 찌개를 먹었던 경험은 주체의 잠재적인 무의식 속에 존재하는 즉자(卽自)의 상태이다. 하지만 그 찌개의 맛이 유년 시절 어머니가 끓여준 그 맛과 닮았고, 나는 어머니를 그리워할 때마다 1년 전 그 식당에서 먹었던 찌개를 떠올린다. 그 기억은 정신 속에 잠재적으로 존재하다가 불현듯 떠올라 나의 미각과 어머니에 대한 그리움을 더욱 자극한다. 이것은 '찌개를

---

9) Gilles Deleuze, *Différence et répétition*, 김상환 옮김, 『차이와 반복』, 민음사, 2004, 169~170쪽. 기억이 지닌 차이와 반복의 성격을 논의한 들뢰즈에 의하면 즉자로서의 반복은 있을 수 없으며, 대자적 반복은 반복을 필연적으로 구성하고 있어야 한다.

먹은 나에 대한 평가, 즉 자신을 대하는 것'이다. 이때 주체는 찌개를 통해 어머니를 떠올렸고, 어머니와의 관계 속에서 나의 존재를 의식하기 때문에 대자(對自)의 상태이다.

반복은 즉자가 아닌 대자를 전제로 한다. 왜냐하면 일회성에 그치고 잠재적으로 존재하는 즉자는 의미 생성에 특별히 관여하지 않지만 대자는 반복되는 기억을 통해 자신과 대면하면서 반복되는 대상들을 연관지어 사고하기 때문이다. 즉 대자에는 주체의 자기의식이 작용하면서 자신을 주체적인 상태로 변화시키는 개념이 포함되어 있다. 들뢰즈는 '반복되고 있는 대상 안에서는 아무것도 변하지 않는다. 하지만 반복을 응시하고 있는 정신 안에서는 무엇인가 변하고 있다'는 흄의 테제를 제시하면서 정신 안에서 발생하는 차이에 주목한다.[10] 즉 차이가 발생하기 위해서는 기억이 반복되어 지속적으로 주체를 향해야 하며, 주체는 직관의 방법으로 그 기억을 응시하다가 의미 생성력을 발휘할 수 있는 기억을 포착한다.[11]

기억의 능동적 종합화는 현재주체가 과거의 기억으로 들어가는 행위와 과거를 되살리는 행위를 포함한다. 두 행위를 통해 기억은 현재적 의미를 띠며 구성될 수 있다. 베르그손은 다양한 잠재적 기억이 현재주체로 향하고, 그 기억은 현재주체의 직관에 의해 의식의 상태로 구체화된다고 한다. 그런데 과거의 잠재적 기억은 항상 고정된 실체로서 머물러 있는 것

■

10) Gilles Deleuze, 김상환 옮김, 앞의 책, 168쪽.
11) 베르그손에 대한 들뢰즈의 해석은 '방법으로서의 직관', '직관의 대상으로서의 지속', 그리고 '삶의 실천'이라는 형식으로 요약할 수 있다(조성훈, 『들뢰즈의 잠재론』, 갈무리, 2010, 14쪽).

인가? 그것은 현재주체의 의도적인 집중이 없을 경우 그냥 무(無)의 상태로 있는 것인가? 이에 대해 들뢰즈의 논의를 참조할 필요가 있다.

> 재현은 또한 그 자신의 고유한 재현성을 재현한다. 따라서 사라진 현재와 현행적 현재는 시간의 일직선 위에서 계속 이어지는 두 순간이 아니다. 오히려 현행적 현재는 또 하나의 차원을 포함하고 있다. 그 새로운 차원을 통해 현행적 현재는 사라진 현재를 재현하고 또 그 차원 안에서 스스로 자기 자신을 재현한다.[12]

기억은 현재주체를 향하고, 현재주체는 그 기억 중 현실화될 수 있는 것들을 끄집어낸다. 밑줄 친 부분에서 들뢰즈는 주체의 현재와 기억의 관계가 수평적이지 않음을 지적한다. 예컨대 1년 전 프랑스 여행을 갔던 경험을 떠올린다고 했을 때, 그 경험을 기억하는 물리적인 시간은 '1년'이 걸리지는 않는다. 이를 통해 기억이 현재주체와 수평적으로 함께 있는 것이 아니라 현재주체를 향해 수직으로 쌓여 있다는 점을 알 수 있다. 이는 베르그손의 원뿔 모형에서도 확인할 수 있는 기억의 성격이다. 기억은 지속성을 띠며 수직적으로 현재주체를 향해 반복적으로 나타난다.[13] 그리

---

12) Gilles Deleuze, 김상환 옮김, 앞의 책, 191쪽.
13) 보르헤스의 「기억의 천재 푸네스」에 등장하는 '푸네스'는 머리를 다친 후 망각능력을 상실해 과거의 사소한 것까지 모든 것을 기억할 수 있는 존재이다. 그래서 푸네스는 하루의 일을 기억하려면 하루가 꼬박 걸린다. 기억 속 흘러가는 시간과 주체에 의해 기억하는 시간이 동일하기 때문에 그는 기억과 함께 수평적으로 존재한다. 그러나 보통의 사람이라면 과거에 발생했던 일을 완벽하게 기억할 수가 없다. 시간이 지남에 따라 기억 자체도 재생과정을 통해 다른 방식으로 저장된다. 푸네스의 기억하기는 다음 인용을 참조. '그는 꿈과 비몽사몽간의 일들을 모두 복원시킬 수가 있었다. 그는 두어 차례 하루 전체를 되돌

고 현재는 극한에 이르면서 반복되는 다양한 기억 가운데 하나의 수준을 수축(응축, contraction)한다.[14]

아울러 들뢰즈는 기억 속 과거의 경험 자체도 기억의 시공간 속에서 스스로 재현되고 있어야 한다고 말한다. 그렇지 않으면 주체의 기억 행위는 불가능해지며, 현재의 입장에서 재구성되는 것도 기대할 수 없다. 예컨대, 1년 전 여행에서 들렀던 장소, 그곳에서 느꼈던 감회, 함께 여행했던 동료에 대한 생각 등은 항상 고정된 상태로 기억 속에 저장되어 있지는 않다. 여행에서는 첫째 날 일정 문제로 동료와 다투었는데, 마지막 날 동료와 다투었다고 떠올릴 수도 있고, 아예 그런 사건조차 없다고 떠올릴 수도 있다. 이는 기억 자체도 주체를 향해 끊임없이 다른 방식으로 재현한다는 것을 말한다. 이렇게 본다면 기억을 재구성하기 위해서 현재주체는 기억 속 경험을 완결된 상태로 지닐 수 있는 능력과 그 경험을 현재화시킬 수 있는 능력 등 두 가지의 재현능력을 가져야 한다. 자기 기억을 형상화해 자전소설을 다수 창작한 김소진의 경우에도 아버지에 관한 경험이 기억의 시공간 속에서 끊임없이 재현된다.

김소진 소설에 등장하는 아버지는 한국전쟁 때 가족을 두고 월남했으

이켜 보곤 했었다. 그는 전혀 머뭇거리지 않았지만 그러한 복원작업만으로도 하루 전체가 소요되었다'(Jorge Luis Borges, 황병하 옮김, 「기억의 천재 푸네스」, 『보르헤스 전집 2- 픽션들』, 민음사, 1994, 184쪽).

14) 주체는 짧은 시간 내에 다양하게 접근하는 기억들을 수축작용을 통해 하나의 고정된 형태로 지각할 수 있다. 예컨대 '1초 동안 진동하는 적색 빛의 진동수는 약 400조에 달하지만 우리에게 그것이 하나의 고정된 빛깔로 나타나는 것은 우리 의식의 수축작용'(황수영, 앞의 책, 288쪽)에 기인한다.

며, 그 이후 북으로 돌아갈 수 없는 처지에 놓이게 된 인물이다. 「쥐잡기」
나 「개흘레꾼」 등에 제시된 아버지는 포로수용소에서 반공포로로 잡혀
있던 중 남쪽을 선택했으며, 「고아떤 뺑덕어멈」에서는 원산 철수 당시 살
아남기 위해 남쪽을 택한다. 이는 작가가 기억을 형상화하기 위해 의도
적으로 아버지의 삶을 재구하는 과정에서 허구화된 내용들이다. 즉 작가
로 향하는 잠재적 무의식과 현재 작가의 의식이 결합하면서 아버지의 삶
이 글쓰기를 통해 재구성된다. 이는 아버지의 삶에 대한 잠재적인 기억이
끊임없이 현재 작가에게 향하고 있으며, 작가는 현 상황이나 관점에 따라
의도적으로 그 기억을 변형하여 새로운 의미를 부여한다. 여기서 작가의
잠재적인 기억의 세계에는 아버지가 남쪽에 남게 된 사연이 끊임없이 반
복되고 재현되는 것을 추론할 수 있다.

　아버지에 대한 기억을 형상화한 소설들은 김소진의 초기 작품에서 발
견된다. 작가에게 아버지는 '사랑과 미움, 또는 자부심과 콤플렉스라는
두 가지 상반된 정서가 한데 뒤섞인 모순된 감정을 만들어준'[15] 존재이
다. 작가는 아버지를 탓하고 미워하면서 그의 존재를 부정하지만, 아버지
의 피와 살을 물려받은 '어쩔 수 없이 함경도 종자'임을 스스로 고백하고
있듯이 아버지의 삶을 이해할 수밖에 없는 존재이다. 그가 문학의 첫발을
내디딘 이유도 '아버지와 문학을 통해서나마 화해하기 위함'[16]이다.

　아버지의 존재, 그리고 그가 갖는 의미는 김소진의 소설 속에서 고스란

---

15)　김소진, 「아버지의 미소」, 앞의 책, 64쪽.
16)　김소진, 「나의 가족사」, 『그리운 동방』, 문학동네, 2002, 19쪽.

히 나타난다. 작가는 아버지와 관련한 비슷한 사건들을 '반복'해서 떠올려 한 편의 완성된 소설로 형상화하지만, 각 소설에서 작가가 생성한 의미는 조금씩 '차이'를 보인다. 여기서 아버지와 관련한 사건들은 대부분 무능하고 책임감이 없는 아버지의 모습을 그리기 위해 설정되었다.

「쥐잡기」(1993)의 아버지는 가장으로서의 권위를 지니지 못한 인물이며, 가족의 경제 상황에도 무책임한 모습을 보인다. '아버지'는 자신의 운명을 뒤바꿔버린 존재가 쥐라고 생각하고 쥐를 잡으려고 애쓰지만 번번이 실패한다. 쥐 한 마리도 제대로 잡지 못하는 아버지는 아내의 경제적 수입에만 의존하는 무능한 가장의 모습으로 그려져 있다. 이러한 모습에 주인공은 아버지를 증오하고 원망한다. 「개흘레꾼」(1994)에서도 아버지는 개흘레를 붙이며 생계를 이어간다. '나'는 '군바리'도, '악덕자본가'도 아닌 아버지를 보며 절망한다. '아버지'라는 존재는 '나'에게 '테제도 그렇다고 안티테제도 아'(「개흘레꾼」, 398~399쪽)닌 그냥 '개흘레꾼'에 불과하다. 한창 학생운동에 열을 올리고 있는 '나'로서는 아버지는 부끄러움의 대상일 뿐이다. 김소진이 보았던 아버지는 무능하고 책임감이 없는 인물이다. 소설에서 아버지는 '나'에게 증오와 원망의 대상으로 그려진다. 그런데 무능력하고 무기력한 아버지에 대한 기억은 두 작품 모두에서 나타나지만 그 기억을 대하는 현재주체의 의식은 다른 양상을 보인다. 즉 반복되는 잠재적 무의식에 현재주체의 의식적 수축작용이 다르게 작동한 결과 생성되는 의미는 차이를 보인다. '포로수용소에서 아버지의 선택'은 「쥐잡기」와 「개흘레꾼」에서 공통적으로 제시된 기억이다.

아버지는 잘 싸우는 축이 결코 못 되었다. 민홍이 보기에는 도무지 무력하기 짝이 없는 병사에 지나지 않았다. 벌써 나흘째 가게 안을 야금야금 좀먹고 있는 생쥐 한 마리에 속수무책으로 애만 끓고 있는 게 고작이었다. 어지간하면 집안 식구와 상의함직도 했지만 아버지라는 사람은 얼굴이 표나게 축이 지면서도 애오라지 당신의 문제로만 치부하려는 고집스러움을 보여주었다 (「쥐잡기」, 12쪽).

김소진의 등단작인 「쥐잡기」의 일부분이다. 구멍가게를 꾸리며 살아가는 아버지는 가게를 분탕질한 쥐를 잡기 위해 혈안이 되어 있다. 갖은 방법을 다 동원했지만 아버지는 쥐를 잡지 못한다. 어린 '민홍'은 쥐 한 마리도 제대로 잡지 못하는 '아버지'를 '무력하기 짝이 없는 병사'로 생각한다. 또한 '민홍'은 쥐잡기에 고집스럽게 집착하는 아버지의 행동이 '정신 분열 증세'인 것 같다고 생각한다. 그만큼 아버지에 대한 '민홍'의 감정은 부정적이다. 그런데 아버지에 대한 감정은 소설의 마지막 장면에서 변한다. 그 이유는 무엇일까?

진물러진 눈자위를 손가락으로 지긋이 누르고 있는 아버지의 어깨가 가늘게 떨렸다. 민홍은 뱃속에서 울컥하는 감정덩어리가 솟구침을 느꼈다. 비껴 앉은 아버지의 야윈 산능을 보면서 민홍은 박물관에서 본 적이 있는 고생대의 한 화석을 떠올렸다. 그 화석에 대한 일차적 기억은 앙상함이었고 그리고 가슴 답답한 세월의 무게였다. 그 누구도 자유롭지 못한(「쥐잡기」, 24~25쪽).

아버지는 포로수용소에서 처자식이 있는 북쪽을 선택하려고 했으나, 우연히 자신의 목숨을 구한 적이 있는 '흰쥐'를 행운의 상징이라고 생각했다. 마침내 결정의 순간에 갑자기 나타난 그 '흰쥐'가 남쪽으로 걸음을 떼자 아버지는 그를 따라 남쪽을 선택한다. 그리고는 다시는 북쪽으로 갈 수 없는 처지가 되어 버린다. 이후 아버지는 쥐 한 마리도 제대로 잡지 못한다. '쥐'는 아버지를 북에 두고 온 처자식을 찾아가지 못하게 한 존재도 되지만, 목숨을 구해주고 현재 남쪽에서 새로운 가정을 이루며 살게 한 존재도 된다. 처음에는 아버지에 대한 '증오와 원망'의 감정을 드러내던 '민홍'은 아버지의 삶을 알고 난 뒤 '연민과 이해'의 감정으로 아버지를 대한다. 즉 주인공은 아버지의 '야윈 잔등'을 보고, 또한 '가슴 답답한 세월의 무게'를 느끼면서 아버지를 동정하게 된다. 작가 스스로도 고백하고 있듯이 아버지는 '사랑과 미움, 또는 자부심과 콤플렉스라는 두 가지 상반된 정서가 한데 뒤섞인 모순된 감정을 만들어준'[17] 존재이다. 이런 모순된 감정으로 말미암아 그의 소설에는 아버지에 대한 '증오와 원망'과 '연민과 이해'의 감정이 복합적으로 드러난다. 그런데 동일한 기억을 바탕으로 창작된 「개흘레꾼」에서는 '아버지'에 대한 '나'의 감정의 변화보다는 '아버지'로 인해 막혀버린 '나'의 생활을 고백한다.

> 꼬리를 뒷다리 사이로 한껏 끌어당겨 틀어막은 황구는 아버지 발치 앞으로 쪼르르 달려가 애원하는 눈초리로 쳐다봤다.…… 조무래기들이 왁자하게 앞으로 쏠리는 소리에 맞춰 몸을 일으켰다. 그러나 그때까지 아버지는 흘끗 뒤를 바라보고 서 있었다. 그 순간 아버지와 내 눈이 마주쳤다. 둘은 아주 무표정한 눈길을 주고받았다. 아 아버지! 당신이 정녕 나의 아버지이십니까?[18]

---

17) 김소진, 「아버지의 미소」, 앞의 책, 64쪽.
18) 김소진, 「개흘레꾼」, 『열린 사회와 그 적들』, 문학동네, 2002, 394~395쪽. 이하 면수만

개흘레로 생계를 유지하는 아버지는 동네 아이들의 조롱거리이다. 아버지는 '나'에게 창피하고 부끄러운 존재일 뿐이다. 동네 '조무래기'들로부터 손가락질을 당하는 아버지를 본 '나'는 아버지를 '나의 아버지'로서 부정한다. 또한 '나'는 개흘레를 하기 위해 끌고 가던 개를 잃어버린 모습을 보고 아버지를 무능력하다고 생각한다. 대학생이 되어 사회의 부조리한 모습에 분개하여 시위를 하다가 경찰서 유치장을 들락거리는 '나'는 개흘레꾼 아버지를 '아버지'로서 인정할 수가 없다. '나'의 선후배들의 아버지는 '해방 공간에서 사회주의 활동을 한 이력'이 있는 존재라서, 혹은 '자본가적 잉여가치를 취하는' 존재이다. 이들은 자식에게 동경의 대상이든 극복의 대상이든 의미가 있는 존재들이다. 하지만 '나'의 아버지는 이들 아버지와는 달리 '나'에게 아무런 의미도 부여하지 않는 존재이다. 그래서 '나'는 아버지의 죽음을 보고도 「쥐잡기」에 보인 '동정이나 연민'과 같은 마음이 들기보다는 '개에 물려 죽을 팔자'라고만 생각한다.

돌아가신 당일에 입맛이 당긴다며 잘못 먹은 찹쌀떡이 얹혀 급체 증세로 갑자기 숨을 거두긴 했으나 난 왠지 아버지의 운명이 개에 물려 죽을 팔자가 아니었나 하는 생각이 들었다, 그런 사실마저 다 까발리면 난 기운이 죽 빠져버리고 말 것 같았다. 두말하면 잔소리겠지만 사실 나도 이제는 이런 명제로 뭔가 얘기 좀 해보고 싶었던 거다. 이런 명제로…… 아비는 개흘레꾼이었다(「개흘레꾼」, 414쪽).

■

표기.

그럼에도 불구하고 '나'는 마지막 장면에서 '이제는 이런 명제로 뭔가 얘기'를 하고 싶은 욕망을 드러낸다. '아비는 개흘레꾼이었다'라는 명제가 의미하는 것은 무엇일까? 한 비평가가 말했듯이 「개흘레꾼」의 '아버지'는 '이데올로기에 의해 진행된 한국적 모더니티의 최대의 피해자일 뿐이지 무의지적이거나 비역사적인 존재가 아니라는 것'[19]이다. 이런 점에서 본다면 '아버지'에 대해 '나'는 증오와 더불어 연민의 감정을 동시에 드러내는 것처럼 보인다. 하지만 「쥐잡기」가 철저하게 '아버지'를 이해하기 위한 과정에서 '민홍'의 기억을 드러낸다면, 「개흘레꾼」은 아버지에 대한 새로운 관점을 통해 '나'의 길을 찾는 과정에서 '나'의 기억을 드러낸다.

이처럼 동일한 기억이 주체를 향해 반복적으로 다가오더라도 현재주체의 의식이 어떻게 작동하는가에 따라 그 잠재적 기억은 다른 의미를 생성한다. 따라서 기억을 형상화한 소설을 읽는 독자는 기억에 대한 작가의 현재적 관점을 파악할 필요가 있다. 이는 텍스트에서 서술자의 기억을 제시하는 방법, 독자들에게 포착되기를 바라는 의미 등을 통해서 알 수 있다. 반복되는 기억이 생성하는 의미의 차이[20]를 이해하기 위해서는 독자는 텍스트에 제시된 초점화의 양상을 분석할 필요가 있다.

---

19) 류보선, 「변두리의 귀환」, 『열린 사회와 그 적들』, 문학동네, 2002, 450쪽.

20) 조성훈, 앞의 책, 150~166쪽. 들뢰즈는 잠재적인 성격을 갖는 순수기억은 언제든지 현재의 주체에게 존재의식을 부여할 수 있다고 본다. 동일한 기억이라도 주체가 처한 상황에 따라 그 의미가 달리 나타날 수 있다. 기억은 '반복'적으로 현재의 주체에게 영향을 주지만 그 기억을 수용하는 주체의 관점이나 상황에 따라 의미의 '차이'는 발생할 수밖에 없다.

2) 기억의 의식적 표상화

(1) 이미지 기억의 지각

인간의 모든 기억이 현재주체에 의미 있게 작용하는 것은 아니다. 베르그손은 주체가 지닌 모든 기억을 순수기억[21]이라고 하는데, 이 기억은 현재주체에게 존재 규명의 기회를 제공할 때 구체적인 언어의 형태로 형상화된다. 즉 작가의 정신세계에서 잠재적으로 존재하던 기억은 이야기 구성을 통해 실제적인 의미를 갖게 된다. 여기서 기억이 갖는 잠재성은 표상적인 의식으로 드러나기 이전의 상태, 즉 이야기 텍스트로 현실화되기 전의 상태를 가리킨다. 이 기억은 주체가 의식하기 이전에 존재하는 것이므로 근본적으로 무의식 상태로 남아 있다. 이 기억은 언어로 조직되면서 구체적이고 실제적인 의미를 갖는다.[22]

여기서 '잠재적'은 'latent'라기보다는 'virtuel'에 가까운 말이다.[23] 이는

---

21) 베르그손의 순수기억은 '어디까지나 나의 과거, 체험된 내 경험 전체의 내면화', '우리 안에 있는 도달불가능한 과거의 즉자태', '개인적 기억의 총체', '개인적 삶의 역사로서의 기억' 등을 의미한다. 이런 점에서 순수기억은 주체의 의식이 형성된 이전에도 존재하던 것을 가리키기 때문에 인식되지 않는 무의식의 차원을 말한다. 그럼에도 불구하고 순수기억은 잠재적인 상태로 머물러 있는 것이 아니라 언제든지 의식적인 표상으로 현실화되기 위해 생성운동을 전개한다. 이런 의미에서 베르그손의 순수기억은 심리학적 의식 바깥에 존재하는 무의식을 말하며, 생성을 위해 연속적인 운동을 하는 존재론적인 성격을 띤다(김재희, 앞의 책, 133~134쪽).

22) 베르그손은 현실적인 것(의식-물질)과 잠재적인 것(무의식)을 이원적 대립관계로 파악한 것이 아니라 이 두 가지가 통합되면서 총체적인 의미를 실현한다고 본다.

23) 베르그손은 의식을 '행해지는 것과 행해질 수 있을지도 모르는 것 사이의 간격을 재는 것'이라고 말한다. 즉 의식은 기억이 갖고 있는 잠재성(virtualité, potentiality)을 포착해야

주체의 무의식 속에 잠겨 있거나 숨어 있다는 의미가 아니라 언제든지 현재주체에게 가능성을 열어줄 수 있다는 의미에서의 '잠재'를 가리킨다. 따라서 베르그손의 현실주체는 '잠재성'을 지닌 기억을 구체화함으로써 창조적인 생성을 일구어낼 수 있는 힘을 가진 존재가 된다.[24]

그렇다면 순수기억은 어떠한 과정을 거쳐 현실화되며 의미를 갖게 되는가? 이 물음에 답하기 위해서는 과거의 순수기억이 현재주체의 지각으로 나타나는 과정을 살펴볼 필요가 있다. 베르그손은 순수기억과 지각 사이에 '이미지 기억'을 설정해 잠재적 무의식이 지각으로 이행되는 과정을 보여준다. 즉 '순수기억'은 '이미지 기억'으로, '이미지 기억'은 다시 '지각'으로 이행하는데,[25] 이 과정에서 순수기억은 스스로를 물질화(현실화)하면서 변형되어 나타난다. 그런데 순수기억은 무의식 차원이고, 지각은 의식 차원이라서 두 차원이 어떻게 연결되고 결합될 수 있는가 하는 의문점이 생긴다. 이 지점에서 베르그손은, 주체가 의식을 '긴장'하고 '주의집중'을 함으로써 순수기억을 이미지 기억으로 현실화할 수 있다고 본다.

이미지 기억은 '자전거를 배운 기억이 있는데'와 같이 주체가 했던 어떤

하며, 그 과정에서 존재의 의미 규정이 이루어지게 된다. H. Bergson, *L'Évolution créatrice*, 황수영 옮김, 『창조적 진화』, 아카넷, 2005, 271쪽.

24) 베르그손의 현실주체는 언제나 결핍된 욕망에 사로잡혀 있는 라캉의 현실적 주체와는 구별된다(김재희, 위의 책, 265쪽). 이 점에서 기억에 대한 베르그손의 관점과 라캉의 학문적 스승인 프로이트의 관점에도 차이가 있다. 프로이트는 현재를 옭아매는 과거의 기억이 현재의 주체에게 영향을 미치는 것을 차단하는 것에 중점을 둔 반면, 베르그손은 과거의 기억이 현실주체에게 새로움을 주는 동시에 존재론적 형성에 긍정적인 영향을 미친다고 본다.

25) Henri Bergson, 박종원 역, 앞의 책, 229~230쪽.

행동일 수도 있으며, '그때 엄마가 너무 불쌍해 보였어'와 같이 대상에 대한 감정일 수도 있다. 우리는 여유가 있을 때 기억에 대한 이미지를 떠올릴 수도 있지만, 특별한 자극에 의해 전혀 생각지도 않았던 기억을 떠올릴 수도 있다.[26]

> 나는 새삼 나를 층층이 얽맨 사슬을 느꼈다. 그 사슬의 시초가 궁금했다. 나는 가끔 그 사슬의 시초로의 소급을 시도하다가 우습게도 좌절당하고 마는데, 진이 오빠의 도움이 있다면 그 시초를 볼 수 있을 것 같았다. 그러나 난 두려웠다. 그 시초를 보기가. 난 그 시초를 결코 망각한 게 아니라 교묘하게 피하고 있을 뿐인 것이다.[27]

'오빠의 죽음'이라는 기억을 소설로 형상화한 박완서의 대표작 『나목』의 일부분이다. 여기서 '사슬의 시초'는 '오빠의 죽음'을 가리킨다. 프로이트식으로 보자면 이 기억은 현재주체의 삶을 억압하고 옭아매는 트라우마이다. 이에 반해 베르그손은 상처 받은 기억일지라도 주체가 그것을 언어로 형상화하는 과정에서 새로운 삶을 생성하는 힘을 발휘할 수 있다고 본다. 여기서 '나'는 수많은 기억을 가진 존재이며, 그 기억들은 '나'를 향한다. 그리고 언제든지 '나'에 의해 포착될 가능성을 가진 잠재성을 띤다. 즉 '나'는 '오빠의 죽음'이라는 사슬에 얽매여 있고, 그 기억은 잠재성을 지닌 채 '나' 주위에서 언제든지 불쑥 나타날 준비가 되어 있다. 이 기억은

---

26) 베르그손은 이와 같은 기억을 우발적 기억이라 한다(Henri Bergson, 박종원 역, 앞의 책, 145~146쪽).

27) 박완서, 『나목』, 세계사, 1995, 136쪽. 이하 면수만 표기.

언제든지 '나'를 압박하고 괴롭히는 성질을 지니고 있기 때문에 근원적으로 폭력성[28]을 지닌다. 그럼에도 불구하고 베르그손의 관점을 취한다면 폭력성을 띤 이 잠재적 기억마저도 현재주체에 의해 창조적으로 현실화될 수 있다.

이제 무의식 차원에서 존재하던 잠재적 기억은 이미지 기억으로 구체화되면서 지각을 향해 나아간다. 지각은 이미지 기억을 바탕으로 재구성되기 때문에 이미지 기억은 지각이 되기 시작하는 과정 중에 있게 된다.[29] '나는 새삼 나를 층층이 얽맨 사슬을 느꼈다'에서 '나'의 잠재적 기억은 '느꼈다'와 같이 감각화된 이미지, 즉 이미지 기억으로 구체화되어 나타난다. 이제 주체는 '그 사슬의 시초가 궁금했다'에서처럼 이미지 기억을 맞을 준비를 한다. 즉 무의식 차원에서 존재하던 잠재적인 기억이 이미지 기억과정을 거쳐 의식 차원으로 지각화되기 시작한다.

그렇다면 무의식이 이미지 기억을 거쳐 의식적 표상이 되는 과정에서 어떤 운동들이 나타나는가? 베르그손은 무의식이 의식을 향하는 성격을 '회전과 병진', 의식이 무의식에 긴장하고 집중하는 것을 '수축과 팽창'이라는 용어로 설명한다.[30] 전자는 잠재적 무의식이 현재주체를 향해 나아

---

28) 오카 마리(岡眞理), 『記憶, 物語』, 김병구 역, 『기억, 서사』, 소명출판, 2004, 48~49쪽.

29) 황수영, 앞의 책, 2006, 202~203쪽. 기억을 '약화된 지각', 지각을 '강화된 기억'으로 보는 관점도 있다. 이는 무의식과 의식을 명확히 구분해 사유하던 관점을 넘어서 무의식이 의식을 향하고, 의식은 무의식을 맞이하며 존재론적인 생성력을 발휘할 수 있다고 본다.

30) 2장에 제시한 베르그손의 원뿔 도식에서 병진(translation)운동과 회전(rotation)운동은 현재의 주체의 의식세계로 수축(contraction)되는 것을 말하며, 팽창(expansion)은 현재주체가 주의력과 집중력을 발휘해 개별적인 기억들을 분별해내는 것을 말한다. '병진'은 '기억

가는 과정이며, 후자는 현재주체가 잠재적 무의식을 떠올리는 과정을 말한다. 두 과정은 동시에 이루어지며, 그 과정에서 무의식은 지각, 즉 의식으로 구체화된다. 『나목』에서 '느꼈다'라는 이미지 기억은 이제 의식 차원으로 구체화되려고 한다. '나'는 '오빠의 죽음'이라는 기억을 '교묘하게 피하고 있'었지만, 그 기억은 '회전과 병진'을 하면서 '나'에게 수축되어 다가온다. 이제 '나'는 '시초가 궁금'해지고, '시초로의 소급을 시도'하려고 한다. 즉 '나'는 주의력과 집중력을 '팽창'함으로써 '느꼈다'라는 이미지 기억에 대해 능동적으로 투사할 수 있다. 기억의 능동적 투사는 자신을 괴롭히는 기억 대신에 다른 기억을 떠올릴 때에도 작용할 수 있다.

눈 때문에 어둠도 부옇고 어둠 때문에 눈도 부옇고, 고개를 젖히니 하늘도 자욱하니 별빛을 가로막고 암회색으로 막혀 있었다. 나는 명도만 다른 여러 종류의 회색빛에 갇혀서 허우적대듯 걸었다. 아무리 허우적대도 벗어날 길 없는 첩첩한 회색, 그 속에서도 나는 환상과도 같은, 회상과도 같은 황홀한 빛들을 간직하고 있었다. 완구점 앞에서의 옥희도 씨와의 만남이 그것이었다. 그것은 회상이라기에는 너무도 휘황해서 마치 환상 같으면서도 환상이라기에는 너무도 생동하는 감각을 지니고 있었다(『나목』, 159쪽).

'나'는 눈 내리는 거리에서 '오빠의 죽음'과 관련된 기억에서 벗어나려

이 현재 상태 속에 삽입되기 위해서 그것 전체가 분할됨이 없이 다소간 수축된 상태로 경험 앞으로 다가가는' 운동이며, '회전'은 기억이 자신의 가장 유용한 면을 드러내기 위해서 자신 위에서 행하는 운동이다. 수축은 개별 기억들을 현재의 지각과 결합시켜 구체적인 표상을 형성하는 과정에서 나타난다(Henri Bergson, 박종원 역, 앞의 책, 284쪽, 288쪽, 447쪽 참조).

고 애를 쓴다. 그러면 그럴수록 잠재적인 기억들은 '첩첩한 회색'의 '감각-이미지'로 '나'의 지각을 향해 다가온다. '나'는 그 '감각-이미지'를 거부하기 위해 새로운 '황홀한 빛'이라는 새로운 '감각-이미지'를 받아들이려고 한다. 그것은 '너무도 생동하는 감각'이고 '나'에 의해 적극적으로 수용될 수 있는 것이기에 쉽게 지각화될 수 있다.

잠재적인 무의식이 의식의 세계로 현실화되는 과정은 순수기억을 언어로 형상화하면서 구체성을 띤다. 이 과정에 대한 논의는 창작주체가 이야기의 원재료인 기억과 마주하는 방법과 기억 이미지를 매개로 잠재적 기억을 의식의 세계로 이끌어내는 방법 등을 알려주기 있기 때문에 기억을 이야기로 형상화하는 원리를 제공할 수 있다.

이렇듯 작가의 기억은 소설에서 이야기의 원재료가 된다. 그런데 한 편의 완성된 소설에는 하나의 기억만이 나타나는 것은 아니다. 작가는 가장 핵심적인 기억을 중심에 두고 그것과 주변적이고 부차적인 기억들을 연관시키면서 이야기를 구성한다. 이를 확인하기 위해 이질적이고 다양한 기억들이 통합되는 과정을 살펴본다.

(2) 이질적 기억의 통합

텍스트에 제시된 여러 기억들은 유기적으로 결합하여 일정한 주제를 드러낸다. 즉 기억들은 '시간적 총체성 속에서 모순을 이루지 않고 서로 결합하'[31]는 양상을 띤다. 텍스트에는 한 개 이상의 기억들이 나타나며,

---

31)　P. Ricoeur, 김한식 · 이경래 옮김, 앞의 책, 133쪽.

각각의 기억들은 주체에게 지각되면서 언어로 표현된다. 그런데 그 기억들이 텍스트의 주제와 조화를 이루지 못할 경우에는 텍스트 구성에 아무런 기여를 하지 못한다. 다음은 『나목』에 나타난 '나'의 기억들이다.

(가) 나는 언젠가 구경한 장난감 가게의 침팬지를 생각해냈다. 나는 그때 그 앞에서 혼자 킬킬대며 재미나 했었는데 지금 생각하니 그때의 내가 눈물이 나도록 불쌍하다. …… 태엽이 풀리면서 침팬지의 동작은 서서히 느려지고 유쾌한 애주가의 폭음은 부시시 멎었다. 구경꾼들은 하나둘 비어갔다. 흥겨운 시간은 삽시간에 지난 것이다. 침팬지만이 사람들한테 아첨 떨기를 멈추고 한껏 외롭게 서 있었다. 그의 고독이 가슴에 뭉클 왔다. 사람과 동물로부터 함께 소외된 짙은 고독과 절망(『나목』, 65쪽).

(나) 나는 점점 더 화가 났다. 도무지 바가지를 긁을 것 같지도 않으니 말이다. 궁상맞고 헐렁한 방한 점퍼 속의 정결한 내의. 게다가 희고 긴 목과 섬세한 얼굴은 하필이면 내가 좋아하는 모딜리아니가 그린 여인을 닮았을 게 뭐람. 나는 좌절감과 초조로 아랫입술을 자근대며 앉음새를 이리저리 고쳤다. 그녀를 내 감정상으로 도저히 선명하게 처리할 수 없어서였다(『나목』, 84쪽).

(다) 우리 모녀는 기타를 사이에 놓고 미친 듯이 방바닥을 뒹굴고 짐승처럼 씨근대며 자신의 육신을 돌보지 않고 처절한 싸움을 했다. 한참 만에 나는 기쁜 숨을 몰아쉬며 빈손으로 물러났다. 이긴 쪽은 어머니였다. 무처럼 시도해본 과거와의 단절은 이렇게 해서 수포로 돌아갔다. 다시 기타와 유도복이 제자리에 걸리고 앨범이 꽂히고 평상시와 똑같은 방 모양이 되자 우리 모녀는 마주앉아 아무 일도 없었던 것처럼 다 식은 김칫국을 후룩후룩 마시며 덤덤히 저녁식사를 했다(『나목』, 91쪽).

작가는 서술주체인 '나'를 통해 자신의 기억을 언어로 형상화한다. (가)는 '침팬지 인형'을 보면서 고독을 느끼던 기억, (나)는 '옥희도 부인'을

'좌절감과 초조'의 감정으로 바라보던 기억, (다)는 '어머니'와 처절하게 싸우던 기억이다. 이처럼 박완서의 『나목』에는 다양한 기억들이 제시되며, 각 기억에 대한 작가의 의미 규정도 달리 나타난다. 이러한 기억들이 하나의 주제를 향해 조화롭게 통합될 수 있을까?

작가는 이 기억들을 차례로 제시하는 동안 인물에 대한 독자의 호기심을 자극한다. 독자는 '침팬지 인형', '옥희도 부인', '어머니'에 대한 기억들이 어떤 관련성을 지니는지 탐구한다. 그 관련성이 규명되어야 독자는 '나'가 느끼는 외로움, 좌절감, 질투심, 그리고 처절함에 공감할 수 있다. 결국 '나'가 여러 기억에서 느끼고 있던 서로 다른 감정은 다음 기억이 제시됨으로써 독자들에게 공감력을 얻는다. 다양한 기억을 제시한 후 그 근본 원인이 되는 기억을 제시함으로써 설득력을 높인다. 이는 리먼-캐넌 식으로 보자면 '독자의 흥미를 증가'시키기 위해 '사건의 서술을 지연시키는' 전략[32]에 해당한다.

> 방바닥에 쌓인 흙덩이와 아스러진 기왓장 위에 어머니가 길제 정신을 잃고 쓰러져 있고 나는 휑하니 뚫어진 지붕의 커다란 구멍으로 마구 쏟아져 들어오는 달빛으로 처참한 광경을 또렷이 보았다. 검붉게 물든 호청, 군데군데 고여 있는 검붉은 선혈, 여기저기 흩어진 고깃덩이들. 어떤 부분은 아직도 삶에 집착하는지 꿈틀꿈틀 단말마의 경련을 일으키고 있었다. 그 싱싱한 젊음들이 어쩌면 저렇게 무참히 해체될 수 있을까? 나는 악을 쓰려 했으나 목이 콱 막혀 아무런 음향도 이루지 못하고 거듭거듭 몸을 떨며 몸서리를 치며 황급히 도망치려

---

32) S. Rimmon-Kenan, *Narrative Fiction : Contemporary Poetics*, 최상규 역, 『소설의 시학』, 문학과지성사, 1985, 183쪽.

했으나 발이 휘청거렸다. 휘청거리는 발에 붉은 호청이 치근하고 감긴다 싶더니, 다시 내 시야를 온통 붉은 호청이 뒤덮었다. 나는 붉은 호청에 걸려 붉은 호청으로 온몸을 감은 채 방바닥에 뒹굴며 차츰 정신을 잃었다(『나목』, 211쪽).

‘나’는 행랑채에서 폭격을 맞아 죽었던 ‘오빠’를 떠올린다. 박완서에게 ‘오빠의 죽음’은 평생 씻을 수 없는 내면의 상처를 갖게 했다. 그만큼 작가에게 ‘오빠의 죽음’은 충격적이었으며, 어떤 식으로든 이 기억의 정리가 절실했던 것이다. (가)~(다)에서 ‘나’가 느꼈던 복잡하고 이질적인 감정이 갖고 있는 ‘사슬의 시초’는 바로 ‘오빠의 죽음’에 대한 기억이다.

‘나’는 오빠가 죽은 행랑채의 참혹한 모습을 최대한 부각시킨다. ‘오빠의 죽음’을 현장에서 목격한 ‘나’는 ‘방바닥’을 뒹굴며 기절해버릴 정도로 심한 충격을 받는다. 그로 인한 상처가 여전히 현재주체인 ‘나’에게 영향을 미치고 있기 때문에 ‘나’는 장난감 가게의 인형을 보면서 외로움을 느끼고, 의지하고 싶은 사람의 부인을 질투하고, 어머니와 처절하게 싸우기도 한다. ‘나’가 기억하는 각각의 사건들은 ‘오빠의 죽음’이라는 기억이 제시되면서 유기적으로 결합된다.

그런데 독자는 텍스트에 제시된 기억을 해석하는 과정에서 자신의 기억도 함께 떠올린다. 즉 독자는 각각의 ‘나’의 기억을 통합적으로 이해하는 과정에서 떠올린 관념에 따라 자기 기억을 제시하여 텍스트의 의미를 최종적으로 수용한다. 이렇게 본다면 독자 역시 기억을 통합[33]하는 주체

---

33) 황수영, 앞의 책, 241쪽. "정신의 여러 요소들은 전체 속에서 서로 유기적으로 연관된 회를 이루고 있으며 끝없이 변전하는 상태 속에 있다. 정신의 요소들은 어떤 의미에서는

가 된다. 텍스트에 제시된 기억과 독자의 기억이 이질적으로 보인다고 하더라도 이들 기억 사이에는 유사성이 존재할 수 있기 때문에 통합이 가능하다. 독자가 자신의 기억과 텍스트의 기억을 통합하는 과정에 대한 논의는 2절의 '기억 재형상화를 통한 읽기'에서 구체적으로 진행할 것이다.

3) 기억의 상징화 과정

주체는 잠재적인 무의식 속에서 지속되는 기억을 끌어내 그 의미를 탐색한다. 이는 기억에 대한 베르그손 논의의 핵심이라 할 수 있다. 그런데 베르그손의 기억이론은 공동체 내에서 전승되는 기억에 관한 논의를 이끌어내기에는 한계가 있다. 왜냐하면 그의 논의는 개인이 물질이 주는 감각을 통해 과거의 사건에 다가가 그것을 현재의 주체에게 의미 부여를 한다는 일반적인 차원의 기억론에 머물러 있다고도 볼 수 있기 때문이다. 즉 그의 이론은 집단 내에서 억압되고 망각된 기억의 정체를 밝혀 역사적 주체로서의 현재적 존재 의미를 규명하려는 논의와는 거리가 있다고 평가될 수도 있다.

그러나 개인적 기억과 집단기억(문화적 기억)으로 구분해 '이것 아니면

모두가 서로 닮아 있고 서로 결합할 수 있다. 개별적 이미지들이 아무리 달라 보인다고 해도 조금만 거리를 두면 공통의 유사성을 발견할 수 있다. 이 공통의 유는 이미지들을 같은 범주로 묶어주는 구실을 할 것이다. 또 그것들이 아무리 멀리 떨어져 있더라도 유사한 이미지를 매개로 해서 언제든지 인접성을 발견할 수 있다." 유사성을 띠는 개별적 기억들은 서로 연관되고 통합되면서 완결된 이야기의 형태를 이루기 위해 인접성을 지향하게 된다는 것을 알 수 있다.

저것'이라는 이분법적인 태도는 기억 논의의 본질을 왜곡할 가능성이 있다. 이 글은 개인적 기억이라고 하더라도 집단의 문화적 기억으로 전이되는 과정을 파악해야만 하는 경우가 있다고 본다. 이를 위해 베르그손의 기억이론과 집단의 문화적 기억이론이 결합되어 기억의 상징화 과정을 밝힐 필요가 있다. 예컨대, 김원일의 「어둠의 혼」[34]에서 어린 소년 '나'가 본 '반쯤은 피에 가려 있고 나머지 부분은 하얗게 바래버린 찌그러진 얼굴, 죽은 아버지의 눈'은 철저히 주관적인 개인적인 기억일 수도 있지만, 이데올로기와 전쟁의 참혹상을 부각시키는 집단기억으로 볼 수도 있다. 따라서 독자는 작가 개인의 기억이 역사성을 부여받는 집단기억으로 전이되는 과정에 주목해야 한다.

(1) 기억의 공적 의미화

작가가 자신의 기억을 고백하는 행위는 기본적으로 독백적인 속성을 지닌다. 하지만 그 과정에서 작가는 자신의 고백에 대해 독자가 공감하기를 바란다. 이런 점에서 기억의 형상화는 소통을 지향하는 행위라고 할 수 있다. 어떤 작가는 자신의 개인적인 기억을 지속적이고 반복적으로 소설로 형상화한다. 개인적인 자원에서 보사년 ㅗ 기억을 만복석으로 고백하는 행위는 현재의 관점에서 자기정체성을 구축하는 작업이라 할 수 있다. 그런데 자신의 기억이 공동체 내에서 전승되는 기억과 정반대이거나 이질적인 성격을 지니는 경우도 있다. 이때 작가는 자신이 진실이라고 믿

---

34) 김원일, 「어둠의 혼」, 『김원일중단편전집』 1, 문이당, 1997.

는 기억을 고백함으로써 대중과 소통하기를 바라며, 자신의 기억이 공동체 내에서 인정받기를 바란다.

즉 작가의 개인적인 기억은 공동체 구성원과 소통하면서 공적인 의미를 확보할 수 있다. 그렇다면 사건에 대한 상징이 개인적인 것에서 공적인 것으로 어떻게 전이되어 공공성을 확보하는가가 문제로 남는다. 이 문제에 접근하기 위해 베르그손, 알브박스, 아스만의 기억이론을 검토할 필요가 있다.

기억에 대한 베르그손의 이론은 그의 제자인 프루스트[35]의 『잃어버린 시간을 찾아서』를 분석하는 데 적용되곤 한다. 실제로 프루스트는 이 작품을 통해 베르그손의 기억 논의를 구체적으로 보여주고자 했다. 이 작품은 전혀 의도하지 않았지만 현실에서 특별한 자극에 의해 떠오르는 '우발적 기억'의 정체를 탐구해 주체의 심층심리를 정밀하게 파고든다. 즉 과거의 기억은 현재의 존재를 규정하며 가능성을 위한 생성력을 발휘하는 힘이 된다.

그런데 베르그손이나 프루스트식의 기억이 갖는 생성력은 다분히 개인적인 데 초점이 맞춰져 있다는 비판을 받는다. 그 대표적인 기억이론가는 알브박스인데, 그는 베르그손의 기억이론을 '너무 주관적'이며 '비의지적'이라고 비판한다. 그는 사회적 기억이나 집단기억이 갖는 가치야말로 기

---

35) 프루스트는 원래 정치학 학교를 다녔다. 1890년 군 제대 후 소르본에서 강의를 듣는데, 이때 그는 앙리 베르그손을 스승으로 모시게 된다. 1891년 베르그손은 프루스트의 사촌과 결혼한다. 베르그손은 프루스트의 스승이면서도 매형이 된다. Marcel Proust, *A la recherche du temps perdu*, 김창석 역, 『잃어버린 시간을 찾아서 1』, 국일미디어, 1998, 282쪽.

억이론의 본질이라고 평가한다. 알브박스는 아스만식으로 보자면 문화적 기억만이 가치가 있다고 본다. 즉 기억이 의미 있는 생성력을 확보하기 위해서는 공동체 내에서 전수되는 기억의 의미, 기억을 망각화시키려는 거대 권력의 힘이나 문화적인 요인 등을 따져 집단 내에서 공유할 수 있는 기억의 제 문제를 다루어야 한다는 점이다. 이러한 알브박스의 논의는 '홀로코스트에 대한 기억이 갖는 의미를 지나치게 강조하다 보니 실제 개인이 갖는 잠재적 기억에 대해서는 간과한 측면이 있다'라는 비판을 받기도 한다.[36] 알브박스는 기억을 개인적인 관점과 집단적인 관점으로 나누어 전자를 배척해야 할 대상으로, 후자를 옹호해야 할 대상으로 본다. 하지만 모든 기억이 명쾌하게 두 부류의 기억으로 구분되는 것은 아니다. 다분히 개인적인 기억이 주관적으로 현재화되기도 하지만, 역사적인 맥락 속에서 공적인 의미를 지닐 수도 있기 때문이다. 따라서 개인의 잠재적인 기억은 철저히 개인적인 것으로 의미 규정이 될 수도 있지만, 집단기억이나 문화적 기억[37]으로 전이되어 역사적인 의미를 지닐 수 있다고 판단된다.[38] 이

---

36) 김학이, 「얀 아스만의 "문화적 기억"」, 『서양사연구』 33, 한국서양사연구회(구 서울대 서양사연구회), 2005 침고. 김학이는 알브박스가 뒤르켕주의자였던 탓에 인간 행위의 사회성을 그저 전제하였을 뿐이라고 본다.

37) 알브박스는 사회적 성격을 지니는 기억을 집단기억(collective memory)이라 명명한다(M. Halbwachs, *On collective memory*. University of Chicago Press, 1992). 얀 아스만은 알브박스의 집단기억을 '사회적으로 미리 주어진 의미의 틀'이라고 해석하는 과정에서 기억형상이 의미를 보유한다는 점에 주목한다. 그래서 얀 아스만은 '의미를 전승해주는 기억'의 의미로 집단기억을 문화적 기억이라고 고쳐 부른다(김학이, 위의 글, 237쪽).

38) 알브박스의 집단기억에 영향을 받아 문화적 기억이 갖는 의미를 강조한 얀 아스만은 베르그손의 지속되는 기억의 개념을 사회적이고 문화적인 틀에 적용한다. 즉 공동체 내 구

러한 전이과정에 주목한다면 두 부류의 기억 중 어느 한쪽을 배제하는 것이 아닌 통합적인 관점에서 기억을 다룰 수 있게 된다.

프루스트가 『잃어버린 시간을 찾아서』에서 제시하는 '마들린 과자'에 대한 기억[39]은 철저히 개인적인 속성을 지닌다. 어느 날 우연히 홍차에 적셔 먹은 마들렌 과자는 평소에는 떠오르지 않았던 '나'의 과거를 세세하게 일깨우는 감각적인 역할을 한다. 그 미각은 어린 시절 '고모의 방'을 시각화하여 보여주면서 점점 더 마을의 장면까지 떠오르게 한다. 그런데 이 '마들린 과자'는 개인의 기억을 떠올리게 하는 매개의 역할만 할 뿐 공적인 기억의 장으로 의미를 이끌어내지는 않는다. 그래서 이른바 '프루스트식의 기억'은 특정의 사물을 통해 감각이 작동하고, 이것을 매개로 개인의 과거의 경험을 떠올리게 하는 데 그친다고 볼 수 있다. 그만큼 프루스트는 베르그손의 기억이론에 충실했다고도 볼 수 있다.

그런데, 개인이 가진 특수한 기억이 타자에게 전이되어 역사적 의미를 지닌 기억이 되는 경우가 있다. 다음은 어떤 여성이 겪은 경험을 쓴 글에 대해 오카 마리(岡眞理)가 소개하는 글이다.

∎

성원들에게 지속되는 기억은 문화적인 의미를 지니며 현재의 공동체에 영향을 미친다(Jan Assmann, *Moses the Egyptian*, 변학수 옮김, 『이집트인 모세』, 그린비, 2009, 35쪽). 이러한 얀 아스만의 논의를 검토해볼 때, 그는 알브박스와 같이 개인적 기억과 문화적 기억을 분리해서 논의하기보다는 개인적 기억이 갖는 구조적 성격이 문화적 기억에도 나타난다고 본다.

39) Marcel Proust, *A la recherche du temps perdu*, 김창석 역, 『잃어버린 시간을 찾아서 1』, 국일미디어, 1998, 65~70쪽.

과거 일본군에게 끌려가 '위안부'가 되어야만 했던 어떤 여성이 겪었던 체험을 기록한 글을 읽은 적이 있다. '위안소'에서 탈출을 계획한 다른 한 여성이 일본군 병사에게 죽임을 당한 뒤 그 본보기로 불에 태워졌다고 한다. 그 일로 인하여 그 여성은 지금도 고기가 불에 구워지는 냄새를 맡으면 그때의 사건을 떠올릴 수밖에 없기 때문에, 그 이후 줄곧 불에 익힌 고기를 먹을 수 없다는 이야기가 그 글에 소개되어 있었다.[40]

이 글의 여성은 현재도 '고기 타는 냄새'를 맡으면 과거의 사건이 생생하게 떠올라 고기를 먹지 못한다. 즉 기억이 현재의 주체에게도 여전히 폭력적으로 영향을 미친다. 오카 마리는 여성의 이야기를 읽고 '고기 타는 냄새'라는 감각은 단지 '친구의 죽음'을 떠올리는 매개 역할을 할 뿐만 아니라 현재 그녀의 신체에도 계속해 폭력으로 작용한다고 진술한다. 그만큼 생생하고 지속력을 가진 기억이기 때문이다.

오카 마리는 자신을 비롯한 대다수의 독자들이 이러한 경험을 겪지 않았기 때문에 그녀가 당하고 있는 폭력의 깊이를 타자가 짐작하기란 결코 쉽지 않은 일이라고 말한다. 하지만 그 여성의 기억을 통해 독자는 2차 세계대전 당시 '위안부' 여성에게 가해진 폭력성에 대해서는 감각적으로 수용할 수 있다. '고기 타는 냄새'는 여성의 특수한 기억이지만 누구나 느낄

---

40)　오카 마리(岡眞理), 김병구 역, 앞의 책, 51쪽. 오카 마리는 '친구의 죽음' 이외에는 그때 일어났던 다른 사건에 대해 말하지 않는 '그 여성'에 주목한다. 여기서 오카 마리는 어떤 폭력적인 사건에 대해 말을 하지 못하는 상황을 진단하면서 언어화되지 않은 사건은 영원히 망각된다고 본다. 사건과 언어의 관계에 대한 오카 마리의 논의에 주목하기보다는 그러한 사건을 기록한 이야기를 읽고 있는 오카 마리의 독서 행위에 주목한다면 개인적인 기억이 공적인 의미로 전이되는 양상을 검토할 수 있다고 본다.

수 있는 보편적 감각의 성격도 지닌다. 이 감각은 '불에 태워지는 한 여성'이라는 특수한 상황이 결합하면서 자연스럽게 일본군의 폭력적 만행을 인지하도록 만든다. 그리고 이 이야기를 읽는 독자들은 '고기 타는 냄새'는 일본군의 만행을 의미하는 상징물로서 이해하게 된다. 이러한 읽기 과정을 검토해본 결과 독자는 텍스트에 제시된 개인의 특수한 경험에서 비롯된 감각을 찾아 그 의미를 확장시킬 필요가 있다. 다음의 소설 작품에서 오카 마리의 '고기 타는 냄새'와 유사한 역할을 하는 것은 '검은 재의 폐허'이다.

> 이미 몸에서 갓 나온 송아지가 땅에 닿자마자 곧 와들랑 몸을 일으켜 일어나는 것을 보고 마치 대지의 분출로 송아지가 탄생하는 듯한 느낌을 받은 적이 있지만, 아무튼 고향땅의 자연은 내 자아 형성에 매우 중요한 못을 했음이 분명하다. 자연의 일부였으므로 부끄럼 없고 죄 없이 무구한 시절, 그리하여 나에게 그 시절만이 진실이고 나머지 세월은 모두 거짓처럼 느껴지는 것이다. 그런데 그 섬 땅에서 정작, 내가 태어나 그 탯줄을 묻은 함박이굴 마을은 지금 지도상에 존재하지 않는다. 내가 메타포를 통해서 세상 보는 일에 익숙한 글쟁이여서 그런지, 1948년 토벌대의 방화로 소진된 이래 그 부락은 오직 **검은 재의 폐허**로만 내 의식에 각인되어 있다. …그래서 나는 아직도 그 무서운 1948년의 초토의 불길과 함께 내 존재의 일부도 불타버린 듯한 상실감을 어쩌지 못한다. 막막한 어둠뿐인 장소, 거기에서 보낸 내 생애의 최초 6년도 먹칠로 지워져 버린 듯한 느낌인 것이다.[41]

'검은 재의 폐허'는 작가의 의식 속에 이미지로 각인된 개인적인 기억

■
41) 현기영, 『지상에 숟가락 하나』, 실천문학사, 1999, 14쪽. 이하 면수만 표기.

이다. 따라서 독자는 그 이미지만으로는 작가의 기억의 정체를 확인할 수 없다. 또한 그것이 철저히 작가 개인의 개인적인 것인지 아니면 사회적이고 역사적인 함의를 띠는 것인지도 알 수 없다. 그래서 독자는 그 이미지와 관련된 작가의 기억[42]을 탐색할 필요가 있다. 이 이미지는 작가의 성장에 중요한 역할을 했던 '고향의 자연'을 '먹칠로 지워져 버린 듯'한 느낌으로 바꾸어버렸다. '고향'은 존재의 근원이자 존재를 지속하게 하는 힘을 가진 공간이다. 그 공간이 현재의 작가에게 특별한 사건을 계기로 '막막한 어둠뿐인 장소'로 각인되게 만들었다. 이 사건은 작가의 개인적인 경험에서 제시되고 있지만, 단지 개인적인 차원에 머무는 것이 아니라 우리 역사의 아픔으로 자리 잡고 있는 공적인 성격을 지닌다. 그래서 작가는 '1948년 토벌대의 방화'라는 역사적 사건을 텍스트에 제시한다.

이제 작가가 1948년에 목격했던 사건의 정체를 밝힌다. 그동안 국가폭력에 의해 망각되거나 망각되도록 강요받았던 사건의 실체를 텍스트에 제시한다. 이는 작가의 개인적인 기억은 국가 권력집단에 의해 구성된 집단기억(collective memory)[43]을 거부하면서 새로운 공적인 의미를 생성하고

---

42) 　현기영의 『지상에 숟가락 하나』에는 베트남의 '이미지 기억'과 관련된 내용들이 다수 등장한다. 즉 다음의 인용은 무의식 차원에서 존재하던 잠재적인 기억이 이미지 기억 과정을 거쳐 의식 차원에서 지각화되는 과정을 보여준다. '이성보다는 오히려 오관의 감수성에 의하여, 그것들이 망각 밖으로 드러나는 수가 많은 것 같다. 시각을 통한 연상작용은 흔한 일이지만, 냄새·소리·맛·피부 감각도 잊혀진 과거를 일깨우는 단서가 된다'(144쪽). '기억된 과거의 이미지들은 지금의 시각에서 보면, 당시에는 못 느꼈던 전체적 윤곽이 드러나기 때문에 그것들에 대한 재해석이 불가피한 것도 사실이다'(156쪽).

43) 　집단기억은 공동체를 유지하는 데 필요한 기억이다. 하지만 구성원들이 집단기억을 무신경적으로 혹은 무비판적으로 수용할 경우 집단기억은 공동체 구성원들에게 지나치게

자 하는 시도이다. 이 기억은 작가가 속해 있는 공동체 내의 구성원들과 소통을 지향하면서 망각된 역사적 기억을 복원시키는 작업을 진행한다. 이 기억은 국가폭력을 자행하던 권력집단의 관점에서 보자면 숨기고 배제시켜야만 했다. 그래서 그들은 '토벌대의 방화', '학살'이라는 기억을 은폐시키면서 집단 내 구성원들에게 감성을 자극하는 '공비', '폭도', '빨갱이'[44] 등의 조작된 상징들이 불러일으키는 기억을 가지라고 강요했다. 작가는 조작된 상징기억을 거부하고 국가폭력에 의해 은폐되었고 망각되었던 기억들을 텍스트에 펼쳐놓는다. 이는 망각되기를 강요받았던 목소리를 재생시킨다. 그것은 작가의 의식 속에 각인된 '검은 재의 폐허'라는 이미지를 제시하면서 시작되었고, 그런 이미지가 생성된 원인과 관련된 특별한 기억을 제시한다.

> 광장에 목 잘린 머리통들이 등장했다. 잘린 목 그루터기에 살점이 너덜너덜한 머리통들을 창 끝에 호박통 꿰듯 꿰어들고 혹은 머리칼을 움켜서 대롱대롱 매달고는 …… 장발 어리에 핏기 빠져 허옇게 바랜 얼굴이 있는가 하면, 불에 그슬려 머리칼도 눈썹도 없이 타다 남은 나뭇등걸마냥 시커먼 얼굴도 있었다. 그리고 머리통마다 어느 마을 아무개라는 표찰이 붙어 있었다. 관덕정 광장은 내가 학교 다니는 길이어서 그 앞을 지날 때마다 두려움에 숨이 콱 막히는 것 같았다. 내 목에 예리한 찬 기운이 섬뜩 스쳐 지나가는 느낌이어서 부지중에 목을 쓰다듬곤 했다(『지상에 숟가락 하나』, 63~64쪽).

일반화될 위험성을 지닌다.
44) 현기영, 『지상에 숟가락 하나』, 실천문학사, 1999, 62~67쪽.

작가가 목격한 이러한 개인적인 경험은 기억하는 것조차 허락되지 않았다. '공비', '폭도', '빨갱이' 등의 조작된 상징들이 경험을 떠올리는 것을 억압하고 있기 때문이다. 그럼에도 불구하고 작가는 그때 목격했던 현장의 모습을 생생하게 제시한다. 2장에서 살펴보았듯이 주체가 자기 기억을 텍스트로 고백한다는 것은 독자와 대화적 관계를 형성하여 소통하고 싶은 욕망을 드러낸다. 이제 독자는 텍스트에 제시된 기억을 매개로 작가와 대화를 한다. 작가가 목격한 이 특별한 기억은 독자들에게 낯섦, 분노감, 슬픔 등의 감정을 불러일으킨다. 독자는 이런 사건이 일어난 이유와 배경에 대해 의문을 제기한다. 그리고 작가는 그에 대해 답을 한다. 그 사건은 작가가 우연히 목격한 개인적인 일이지만, 그 의미는 역사적인 상황과 관련하여 제시된다. 이제 개인적인 기억은 공적인 역사성을 갖는다.

> 왜정 때의 그 악명 높던 곡식 공출이 여전히 존속되어 부족한 식량을 수탈해 가는데 어찌 해방이며, 이민족들이 나라를 두 동강 내고 점령하고 있는데 어찌 해방이라고 할 수 있으랴. 그러므로 그 이듬해인 1947년 3월 1일, 읍내에 2만 군중이 모여든 대시위는 이렇게 극한 상황에 몰린 민생의 피맺힌 절규였다. 그러나 미군정은 슬픔과 억울함을 토로하는 그 집회에 무차별 총격으로 응답했으니, 여섯 명의 무고한 인명이 희생되고 말았다(『지상에 숟가락 하나』, 34쪽).

작가는 자신의 개인적인 기억을 역사적인 맥락과 관련시킨다. 작가는 제주의 4·3 사건을 일제강점기와 해방 후 분단 상황, 그리고 미군정의 연속선상에서 이해되어야 한다고 주장한다. 그래서 개인적으로 기억하는 그 사건은 '극한 상황에 몰린 민생의 피맺힌 절규'에 대한 '미군정의 무차별 총격'에 의해 벌어졌다고 판단한다. 독자는 작가 개인의 특별한 기억이 역사적인 상황과 관련된다는 것을 확인한다. 즉 독자는 작가의 개인적인 기억을 역사적인 맥락 속에서 이해하고 그 기억의 의미를 공적인 영역으로 확대해 해석한다. 독자는 작가와 동일한 집단 내의 존재이기 때문에 독자 자신이 알고 있는 역사적 사실과 작가가 제시하는 기억이 다르다는 데에서 의문을 제기한다. 독자는 지배계급에 의해 선택되고 구성된 역사적 사실의 이면에 그들에 의해 배제된 개인의 기억이 있다는 것을 확인한다. 그리고 그 개인의 기억을 들여다봄으로써 자기를 규정하는 집단의 가치규범을 제대로 평가하고자 하는 욕망을 갖는다. 이러한 과정을 통해 작가의 개인적인 기억은 공동체 구성원에 의해 역사적인 의미를 부여받는다.

잠재적으로 존재하는 기억은 작가에게 개인적인 경험이겠지만, 공동체 구성원과 소통의 과정을 통해 그 기억은 공적인 역사성을 확보한다. 베르그손이 말하는 개인적 기억이 갖는 잠재성은 공동체 구성원들 사이에서 소통되면서 알브박스나 야스만이 말하는 집단기억이나 문화적 기억으로 전이되면서 새로운 의미를 생성한다. 그렇다면 사건에 대한 상징이 개인적인 것에서 공적인 것으로 어떻게 전이되어 공공성을 확보하는가가 문제로 남는다. 독자는 작가 개인의 기억이 공동체 내에서 소통 가능한 상징적 실체로 전이되는 과정을 확인함으로써 텍스트가 지닌 공적 의미를 이끌어낼 수 있게 된다.

(2) 반-기억의 작동

어떤 역사적 사건에 대해 집단 혹은 공동체가 기억하는 내용은 진실 자체일 수도 있지만 어떤 거대한 힘에 의해 조작되어 구성된 것일 수도 있다. 만일 그것이 조작되어 전해지는 기억이라면 집단 내 구성원들은 그 사건의 전말을 영원히 파악할 수 없다. 따라서 구성원들에게 수용된 기억은 진실과는 거리가 먼 왜곡된 성격을 지닐 수밖에 없다. 사건의 전말을 알고 있는 구성원들은 거대한 힘의 강요에 의해 진실을 말하는 것을 억압당한다.

그럼에도 불구하고 인간은 권력집단에 의해 조작되고 왜곡된 기억과는 다른 성격의 기억을 내세워 그 사건의 진리를 추구하고자 한다. 이것은 기존의 기억에 반하고 대항한다는 면에서 대항기억, 반-기억이라 칭할 수 있다. 아스만은 히브리인 모세와 이집트인 모세를 비교하는 논의[45]에서 이집트인 모세를 교회의 규범적 전통에 속하지 않는 인물이라고 한다. 그는 이집트인 모세를 일종의 반-기억(counter-memory)에 속한다고 하면서, 반-기억은 '정식 기억에서 잊히거나 잊힐 경향이 있는 요소들을 전면에 부상시키는 것'[46]이라고 말한다. 즉 반-기억은 공동체 내에서 진실이

---

45) Jan Assmann, 변학수 역, 앞의 책, 28~32쪽. 아스만은 기억사에 대한 연구를 진행하면서 유일신교의 창시자인 '모세'에 주목한다. 모세가 십계명을 받는 순간부터 참종교와 거짓종교로 구별되었으며, 이 구별에 의해 유대-기독-이슬람이라는 종교가 역사적으로 영향력을 미치게 되었다고 주장한다. 이후 각각의 민족적 정체성이 규정되면서 모세에 대해 기억하는 것도 다른 양상을 보이게 되었다고 본다.

46) 물론 아스만은 문화와 종교가 다른 집단 사이에서 발생하는 기억의 전승 문제를 다루기 때문에 동일한 문화를 지닌 집단 내 구성원들 사이에서 전승되는 기억의 성격을 논하는 자리에서 그의 이론을 그대로 적용하기는 어렵다. 하지만 현 주체가 기억을 통해 의미를 생성한다거나 기억과 망각의 관계를 이해하면서 사건이 가진 진실을 수용한다는 등의 기

라고 여겨졌던 것을 부수고 잊혀지기를 강요당했던 기억을 전면에 부각시킴으로써 새로운 진실을 '생성'한다.

그렇다면 반-기억은 언제든지 공동체사회 내에서 소통될 가능성을 지니는 것일까? 기억하지 말라는 억압에 저항해 기존의 기억과는 다른 기억을 구성하는 것은 구성원들에게 진실을 알리려는 욕망에서 비롯된다. 그러나 특정 주체가 제시한 반-기억이 공동체 구성원들에게 수용될 가능성이 적다면 그것은 불평분자의 힘없는 목소리로 치부될 뿐이다. 따라서 반-기억이 공동체 구성원들 사이에서 수용될 여건이 마련될 때 주체의 목소리는 힘을 얻게 된다. 하지만 이 기억이 지속력을 갖지 못한다면 현재 구성원들에게 수용되고 있는 기억이 역사적 진실인 것처럼 여겨진다. 기억사와 역사를 구분해 기억이 가진 힘을 논의한 아스만에 따르면[47] 기억은 역사적 사실과는 다르게 과거의 사실을 단순히 모아두는 것이 아니라 상상력을 통해 재구성하는 지속적인 작업[48]이다.

반-기억의 작동은 공동체 구성원들이 망각한 기억을 복원시키는 역할을 한다. 시간이 흘러도 당시에 겪었던 경험은 변하지 않은 채 그대로 있다. 이 경험은 기억하는 상황이나 맥락에 따라 현재의 주체들에게 새로운 형태로 재구성된다. 벤야민은 기억 구성과정에서 실제 체험한 사실이 배

억이 가진 본질적인 성격을 규명할 수 있다는 점에서 아스만의 논의는 유효하다고 본다.

47) Jan Assmann, 변학수 역, 앞의 책, 27쪽. '기억사는 현재가 과거에 부여하는 중요성을 분석한다'

48) 이 점은 얀 아스만이 베르그손의 기억의 '지속' 개념을 사회 문화적인 맥락에서 재개념화해 사용한다는 점을 말한다.

제될 가능성이 있다고 본다.[49] 즉 현재주체는 기억을 구성하면서 특정 기억을 의도적으로 누락시키기도 한다. 이는 특정 기억을 망각시키는 행위이다. 이때 망각은 주체의 정신세계에서 완전히 삭제된 기억을 가리키는 개념은 아니다. 망각의 세계에 있던 기억은 언제든지 현재주체의 삶에 영향을 줄 수 있다.

> 내 가슴에 짙은 우울증의 그늘을 드리워놓은 고향 노형리는 오랫동안 그 이름만 들어도 가슴이 철렁 내려앉곤 했다. 불행의 대명사나 다름없는 그 이름, 진외할머니 제사 때 그 암담한 폐허를 본 후로 나는 장성하도록 오랫동안 그곳을 찾아가지 않았다(『지상에 숟가락 하나』, 77쪽).

작가가 충격적이고 상처 받은 기억을 망각화하려는 의도는 '그곳을 찾아가지 않았다'는 행위를 통해 확인할 수 있다. 작가는 유년 시절에 목격했던 폭력적인 사건을 '검은 재의 폐허'로만 기억한다. 그 이미지를 구체화하여 과거의 현장 상황을 묘사하는 것은 여전히 힘든 일이기 때문에 그 기억을 의식의 전면에 내세우지 않고 망각한 것처럼 행동하려고 한다. 하지만 그 기억은 정말 망각의 세계로 흘러들어간 것은 아니기 때문에 현재의 주체에게 여전히 영향력을 발휘한다.

그 사건이 벌어지던 시기에 어린 소년은 학교에서 '역적의 남로당을 때려부수자'(『지상에 숟가락 하나』, 66쪽)라는 〈공비적멸가〉를 배웠고, '돌아오라 돌아와 따뜻한 품에/휘날리는 태극기를 우러러보며/이 땅에 또다시

---

49) W. Benjamin, 반성완 편역, 앞의 책, 102~104쪽 참조.

즐거움을 부르자'(『지상에 숟가락 하나』, 67쪽)라는 〈선무공작의 노래〉를
배웠다. 이미 정부당국은 학교교육을 통해 사건의 실체를 왜곡시키려는
작업을 감행하였고, '태어난 지 얼마 안 되는 시기인지라 사고 또한 미발달
상태'(『지상에 숟가락 하나』, 14쪽)에 있었던 어린 소년들은 교육을 통해
배운 기억을 수용할 수밖에 없었다. 그래서 그들이 '허약한 노인, 아낙, 아
이들'을 '폭도여서 학살했고 폭도여서 귀순의 백기를 들게 한 것'(『지상에
숟가락 하나』, 67쪽)이라고 판단한 것은 자연스러운 일이었다.

　작가는 어른이 된 후 자신이 수용한 기억이 진실이 아니라는 것을 알게
된다. 작가는 은폐되었던 사건, 즉 망각되기를 강요받았던 사건을 '증언
자'의 말로 제시한다. 작가에게 그 기억은 과거뿐만 아니라 현재에도 폭
력적으로 작용한다. 개인적인 기억의 차원에서 보자면 작가는 여전히 그
사건을 자신의 언어로 직접 드러내지 못할 만큼 혼란스럽고 힘들기 때문
이다. 개인적으로 상처를 받은 기억은 억압된 심리 상태에 의해 재생과정
에서 다른 내용으로 대체되어 나타난다. 이렇게 대체되어 나타나는 기억
을 '은폐기억(Deckerinnerung)'이라고 하는데[50], 프로이트는 유년 시절의
기억을 철저히 분석하면 모든 망각되었던 것을 은폐기억 속에서 끄집어
낼 수 있다[51]고 한다.

　프로이트의 관점은 개인이 가진 기억뿐만 아니라 집단이나 공동체가

---

50)　S, Freud, 이한우 역, 『일상 생활의 정신병리학-프로이트 전집 7』, 열린책들, 1999,
　　69~70쪽.

51)　S, Freud, 서석연 역, 『정신분석학 입문』, 범우사, 1990, 207쪽.

지닌 문화적 기억에도 적용될 수 있다. 개인뿐만 아니라 집단도 문화적 정체성을 형성하고 그 정당성을 확보하기 위해 기억을 구성한다. 공동체의 규범에 벗어난다고 판단되는 기억은 은폐되기도 하며, 사실을 왜곡하기 위해 기억을 조작하여 새로운 기억으로 대체하여 내세우기도 한다. 이러한 의미에서 작가가 '증언자'의 말을 내세워 사건의 전말을 확인할 수 있는 기억을 제시하는 것은 망각의 세계에서 은폐되었던 기억을 회복시키는 동시에 공동체 내에서 왜곡되어 수용되던 기억에 대한 반-기억을 작동시키는 작업이 된다. 그래서 작가는 '증언자'의 언어를 제시하는 서사 전략을 통해 그 사건의 내막을 독자에게 전달한다.

> 나는 장성한 다음에야 그 끔찍한 만행의 내막을 알게 되었다. 하긴 내막이라고 할 것도 없다. 은폐되어 있거나 복잡하기는커녕 너무 단순해서 오히려 소름이 끼친다. 증언자들은 더 보탤 것 없는 한마디 말로 이렇게 설명한다. "최단 시일 내에 제주사태를 마감하라는 것이 상부의 명령이었지. 그러자 시간에 쫓긴 토벌대 사령부는 일계급 특진이라는 미끼를 걸어놓고 말단들을 살육 경쟁에 내몰았던 거야. 처음엔 사살한 폭도의 한쪽 귀를 잘라오라고 했는데 말이야, 양쪽 귀를 잘라와 전과를 두 배로 부풀리는 놈이 없나, 심지어 노인, 여자들을 죽여 귀를 잘라오는 놈들도 있었거든. 산에서 귀 잘린 노인, 여자들의 시체가 많이 발견되었단 말이야. 그래서 아예 목을 잘라오라고 한 거라구."(『지상에 숟가락 하나』, 65쪽)

이 부분은 '나'라는 서술자가 '증언자'의 말을 통해 '만행의 내막'을 알게 된다는 내용이다. 여기서 증언자는 당시 사건을 기억하는 주체이며, 이 주체는 '나'를 향해 당시 사건의 내막을 전달하는 역할을 한다. 서술자인 '나'도 증언자와 마찬가지로 당시 역사적 사건을 공유했기 때문에 자신의 언어로 직접 사건을 묘사할 수도 있다. 하지만 '나'는 증언자를 내세움으로써 사건에 대한 객관적인 시각을 확보할 수 있을 뿐만 아니라 자신의 개인적인 기억을 공적인 영역으로 끌어낸다. 어떤 사건에 대해 유사한 기억을 지닌 개인들이 대화적 관계를 형성하면서 그 기억을 공유한다. 이제 그 기억들은 공적인 기억의 장을 향해 나아간다.

개인적인 기억이 공적 기억으로 전이되면서 작가의 기억은 역사적인 의미를 지니게 된다. 권력집단에 의해 망각되었던 토벌대의 만행을 제시함으로써 역사적 사건인 4 · 3에 대한 진실을 규명하고자 한다. 국가권력에 의해 구성된 기억을 수용해왔던 공동체 구성원은 이제 새롭게 제기된 기억을 접하면서 그 사건이 지닌 실체에 대해 의문을 제기한다. 이는 얀 아스만이 말한 '기억을 지우는 방법은 그것을 반-기억으로 덮어씌우는 것'[52]과 관련된다. 반-기억은 정치적 권력집단이 자신의 권력을 유지하기 위해 어떤 역사적 사건을 왜곡할 때에도 사용될 수 있지만, 공동체 구성원에 의해 수용된 왜곡된 기억을 제거하면서 기억의 진실성을 확보할 때에도 적용될 수 있다.[53]

권력을 가진 지배자들을 자신의 통치에 정당성을 부여하기 위해 공적 기억 속에 자신들의 업적을 남기고 싶어 한다. 그래서 자신들에게 유리한 기억들만 부각시키고, 심지어 역사적 사실을 왜곡시켜 구성한 기억을 공

---

52) Jan Assmann, 변학수 역, 앞의 책, 111쪽.

53) 이 연구는 반-기억을 공동체가 구성한 기존의 기억에 대항하는 기억으로 간주한다. 즉 역사적 진실을 밝히기 위한 방법으로 반-기억을 사용하는 것으로 보고자 한다.

동체 구성원들에게 강요한다. 이는 공동체 구성원들로부터 과거의 기억뿐만 아니라 미래의 가능성까지도 찬탈해가는 행위라 할 수 있다. 하지만 얀 아스만의 부인(夫人)인 알라이다 아스만이 지적한 대로 통치자들이 만든 공적인 기억은 '그것을 지탱해주는 권력이 유지되는 동안만 지속'[54]된다. 통치자들이 망각되기를 바랐던 그 기억들은 공동체 구성원 중 누군가의 증언에 의해 기존의 공적 기억을 비판적으로 전복할 기회를 갖는다. 그것이 비록 기존의 공적 기억과는 다른 비공식적인 반-기억의 성격을 지니는 것이지만 여러 증언자들의 증언에 의해 새로운 공적 기억으로 부상할 가능성을 지닌다. 이제 반-기억은 공동체 구성원들 사이에서 소통되면서 기존 권력집단의 탈정당화를 지향하게 된다.

작가는 반-기억을 작동시키기 위해 정부 당국이 구성한 기억, 증언자의 기억, 그리고 작가 자신의 기억을 서로 연관시키면서 무엇이 진실인지 규명하고자 한다. 독자는 이 소설에 나타난 기억의 관계와 진실을 추구하는 과정을 이해하기 위해서는 동일한 사건을 기억하는 주체들과 대화적 관계를 형성할 필요가 있다. 작가의 개인적인 기억은 공동체의 공적인 영역으로 들어와 있기 때문에 그 전이되는 기억의 실체와 의미를 객관적으로 이해할 필요가 있다. 이 과정에서 대화는 공동체 구성원들 사이에서 그 기억에 대한 해석의 담론을 이끌어낼 수 있는 동시에 역사적 진실을 추구하는 방법으로 의미를 지닌다.

---

54) Aleida Assmann, *Erinnerungsräume*, 변학수 · 백설자 · 채연숙 옮김, 『기억의 공간』, 경북대 출판부, 1999, 175쪽.

2. 기억 재형상화를 통한 읽기

1) 관념에 의한 직관의 활용

(1) 초점화 분석에서 관념 형성

동일한 기억이라도 현재주체의 상황이나 관점에 따라 그 의미는 다르게 나타나기 때문에 독자는 텍스트에 제시된 기억 그 자체보다는 그 기억을 통해 드러내고자 하는 의미를 파악할 필요가 있다. 주체는 특정 사건과 관련된 기억을 온전히 그대로 보여주지 않으며, 현재의 상황이나 조건 등을 따져서 의미화될 수 있는 기억의 일부분을 보여준다. 여기서 기억에 대한 주체의 선택과 배제가 일어난다. 주체는 의미가 있다고 판단하는 기억을 선택하여 서사로 형상화한다. 독자의 관점에서는 그 선택된 기억은 텍스트를 이해하는 데 필요한 하나의 정보가 된다. 이 정보는 작가의 시선이 개입된 것으로서 텍스트 내에서는 특정 인물에 의해 초점화의 대상으로 설정되어 나타난다.[55] 따라서 독자는 텍스트에 제시된 기억에 대한 초점화 양상을 분석함으로써 주체가 기억을 통해 드러내고자 하는 의미를 이끌어 낼 수 있다. 독자는 텍스트의 세계가 지시하는 이 의미를 바탕으로 기억에 대한 관념을 형성한다. 그래야만 독자는 자신의 순수기억 속에 잠재되어 있는 기억과 만날 수 있다. 즉 독자는 텍스트에서 형성된 관념을 매개로

---

55) 쥬네트는 초점화를 정보의 선택(selection of narrative information)과 연결해 설명한다. G, Genette, *Narrative Discourse Revisited*, Trans by J, Lewin, Cornell University Press, 1994, p.74.

현재 자신을 향해 수축해오는 자신의 기억과 마주할 수 있다.

'아버지'에 대한 기억을 소설로 형상화한 김소진의 「고아떤 뺑덕어멈」 과 「자전거 도둑」의 초점화 양상을 살펴보자. 두 작품은 현재의 작중 인물이 자신의 과거를 회상하고 있으며, 또한 과거 기억 속의 작중 인물이 당시의 사건을 현실감 있게 전달한다는 점에서 유사한 구조를 띤다. 즉 현재의 관점에서 과거를 회상하는 외적 초점화자와 과거의 사건을 전달하는 내적 초점화자를 모두 공유한다.

「고아떤 뺑덕어멈」과 「자전거 도둑」의 외적 초점화자는 각각 '나(민세)' 와 '나(김승호)'이다. 이 외적 초점화자들은 과거의 사건을 회상하는 역할을 한다. 그런데 기억 속 경험을 서술하는 과정에서 내적 초점화자의 양상은 서로 다르다. 그에 따라 초점화 대상 역시 서로 달리 제시된다.「고아떤 뺑덕어멈」의 내적 초점화자는 '대학 시절의 민세'과 '생전의 아버지' 인데, 각각의 초점화 대상은 '뺑덕어멈과 정을 통하는 아버지', '원산 철수 당시의 아버지'이다.

「자전거 도둑」에서도 내적 초점화자로 '어린 나(김승호)'와 '어린 서미혜'가 등장한다. 그런데 내적 초점화자에 의해 대상화되는 사건은 「고아떤 뺑덕어멈」과는 달리 나타난다. '어린 나'에 의해 대상화뇌는 사건은 '구멍가게를 운영하는 아버지', '혹부리영감 앞에서 아버지에게 뺨을 맞던 나' 등이며, '어린 서미혜'에 의해 대상화되는 사건은 '자신이 죽음으로 몰아넣었던 오빠'이다. 「고아떤 뺑덕어멈」에서 초점화 대상이 되는 존재는 '아버지'임에 반해 「자전거 도둑」에서 초점화 대상이 되는 존재는 '아버지, 나, 오빠' 등으로 다양하게 나타난다.

두 작품 모두 서술주체와 경험주체의 대화 구조로 구성된 점은 유사하다. 하지만 초점화 대상이 달라짐에 따라 현재주체에게 부여하는 기억의 의미도 달라진다. 「고아떤 뺑덕어멈」의 경우 외적 초점화자이든 내적 초점화이든 그 초점화 대상은 '아버지'인데, 이는 '아버지'의 삶이 갖는 의미를 강조하는 효과를 낳는다. 물론 「자전거 도둑」에서는 초점화 대상으로 '아버지'가 나타난다. 하지만 「고아떤 뺑덕어멈」과 같이 그것이 초점화 대상의 핵심이 아니다. 오히려 '혹부리영감에게 뺨을 맞던 승호', '미혜가 죽음으로 몰고갔던 오빠' 등이 초점화 대상의 중심이 되면서 '아버지'는 상대적으로 '승호'의 상처를 부각시키는 역할을 담당할 뿐이다. 이는 서술주체의 관심대상이 '아버지'가 아니라 '나' 자신으로 바뀌었다는 것을 말해준다. 즉 서술주체는 유년 시절에 겪었던 자신의 상처와 그 상처가 현재의 삶에 미치는 영향 등을 고백하고자 한다.

요컨대 「고아떤 뺑덕어멈」이 아버지의 삶을 재구하고 그를 이해하기 위한 과정이었다면, 「자전거 도둑」은 아버지와의 관계에서 생긴 '나'의 상처를 드러냄과 동시에 그 상처를 치유하고자 하는 욕망을 드러낸다. 즉 「자전거 도둑」은 아버지를 이해하는 차원을 넘어서 자신을 이해하기 위한 쓰기의 과정이라는 점을 보여준다. 이처럼 두 작품 모두 아버지에 대한 기억을 형상화하고 있지만 초점화 양상에 따라 그 기억이 지니는 의미는 다르게 나타난다. 따라서 독자는 초점화 양상을 분석함으로써 텍스트에 제시된 기억에 대한 관념을 형성한다. 이제 독자는 초점화를 통해 분석한 텍스트의 의미를 매개로 형성한 관념을 매개로 자신을 향해 다가오는 잠재적 기억과 만난다. 이 순간 독자의 직관이 작동한다.

(2) 직관에 의한 기억 탐색

독자는 텍스트를 통해 형성한 관념을 바탕으로 독자 자신의 기억을 탐색한다. 독자는 독서과정에서 형성된 관념을 매개로 그것과 유사하거나 관련 있는 유사한 자신의 기억과 마주한다. 이 관념은 독자가 텍스트의 초점화 양상을 분석하는 과정에서 의식적으로 형성된 결과이다.

그런데 독자가 이 결과를 바탕으로 이미지 기억을 형성하고 무의식 차원에 존재하던 기억을 이끌어내는 것은 의식적 차원에서 분석을 통해 이루어지던 작업과는 그 성격이 다르다. 따라서 독자는 자신을 향해 다가오는 기억과 만나려면 의식적 차원에서 이루어지던 분석과는 다른 방법을 적용할 필요가 있다. 이 글은 그 방법으로 '직관'을 제안한다. 잠재적 무의식이 구체화되는 과정을 논의하기 위해서 베르그손의 '직관(l'intuition)' 개념을 살펴본다.[56]

■

56)　베르그손은 철학사를 검토하면서 그동안 방법론적인 중심의 자리에 있던 개념적 지성이나 지능의 차원으로는 주체가 인간정신의 근본에 이르는 과정을 명확히 규명하기 힘들다고 논의한다. 많은 철학자들이 지성이나 지능이 시간 속에서 작용한다고 생각하였지만, 실제로는 '지성화된 시간'은 이미 시간의 허깨비에 불과하고 사실상 공간화된 기하학적 측정 단위에 불과하다. 즉 지능과 지성은 결코 순수 시간으로서의 지속 속에 있어 본적이 없다 인간의 이성은 시간을 측정하지만, 시간의 흐름을 타지 않는다. 즉 시간은 분절 단위로 쪼개져 있는 것이 아니라 흐름을 전제로 한 지속성을 띤다. 베르그손은 시간이 지닌 지속성을 구체적으로 보여줄 수 있는 방법으로 '직관'을 제시한다. 그는 '직관'은 생명의 의식이 자기 자신의 운동과 생성과 흐름에 주의를 기울인 것이며, '지성'은 생명의 의식이 행동을 위해 물질을 이용하는 방향으로 주의를 기울인 것이라고 언급한다(김형효, 『베르그송의 철학』, 민음사, 1991, 182~183쪽). 이처럼 베르그손은 인간의 '직관'을 철학적 방법의 수준까지 끌어올린다. 베르그손 스스로도 '직관'이라는 용어를 사용하는 데 오랫동안 망설였다고 고백하듯이 의식과 인식 중심의 철학의 역사에서 인간의 '직관'을 학문적 용어로 사용하기에는 한계가 있었다. 그러나 베르그손은 '직관'이야말로 주체의

　직관은 감정이나 공감도 아니고 지식이나 지능을 가리키는 개념도 아니다. 베르그손은 인간이 자신의 조건을 넘어설 수 있는 철학적인 방법으로 '직관'을 제시하고 있는데, '직관'은 자신의 대상에 대해 반성적이고 자기의식적이 되어 대상에 대한 경험을 무한히 확장할 수 있게 된 본능을 가리킨다. 즉 잠재적으로 존재하던 기억을 의식적으로 깨어나게 하는 힘을 의미하기 때문에 '직관'은 자기를 둘러싼 외부세계에 대한 인식의 개념이 아니라 자신의 내부의 잠재적인 기억을 향한 인식의 개념이라 할 수 있다.

　요컨대 직관은 자신 안에 내재되어 있는 본능적 무의식을 의식적인 것으로 자각하는 과정 중에 나타나는 행위이며, 지성이 사유하지 못하는 무의식의 세계로 인간의 경험을 확장할 수 있게 하는 행위이다. 그래서 베르그손은 직관의 능력, 즉 직관력이야말로 '인간적 경험의 전환점을 넘어서' 잃어버린 경험, 망각되었던 과거, 형식 밖으로 빠져버린 질들을 회복하는 것이라고 강조한다.[57] 직관은 철저히 주체의 감각에 의존해 현상에서 느끼거나 알게 되는 것을 가리키기 때문에 기본적으로 방법상의 단순성을 지닌다. 하지만 직관은 무의식과 의식의 경계에서 새로운 의미를 생성하는 역할을 담당하는 과정에서 나타나는 행위이며, 기억과 관련하여

의식 차원과 무의식 차원을 연결시키는 방법이며, 존재론의 차원을 의식 차원에서 무의식 차원으로 넓힐 수 있는 방법으로 본다(Henri Bergson, *La pensée et le mouvant*, 이광래 역, 『사유와 운동』, 문예출판사, 1993, 33~39쪽). 이렇게 의식과 무의식을 넘나드는 그의 철학적 방법론은 근대 이성 중심의 합리주의적 세계관에 대한 도전이라 할 수 있다. 그래서 그는 비합리주의 또는 반지성주의자라고 평가받기도 한다.

57)　김재희, 앞의 책, 401쪽.

주체의 존재론적 이해를 매개하는 중요한 역할을 한다. 베르그손은 직관
이 지닌 방법론적 특징을 '문제 설정', '본성상의 차이 재발견', '참된 시간
에 대한 이해'[58]로 본다. 김소진의 「자전거 도둑」에 대한 독자의 감상문을
통해 각 특징을 살펴본다.

'승호'가 '거칠게 발렌타인의 병목을 잡아' 채는 장면에서 어떤 역겹고 비릿
한 냄새가 나는 것 같았다. 또, '미혜'의 오빠 '민석'이가 다락방에 갇혀 있는
장면에서도 어둡고 비릿한 느낌이 들었다. 모두들 상처를 갖고 있었다.
우울증에 걸린 나의 아버지는 술을 많이 드시면 욕설을 하고 다른 사람에
게 싸움을 거는 일이 잦았다. 한번은 외갓집에 놀러갔는데, 밤늦게 아버지가
술에 취해 들어오셔서 친척들에게 욕설을 퍼부었다. 술 냄새가 진동했고, 어
른들은 표정이 심각했고, 엄마는 서둘러 아버지를 끌고 밖으로 나왔다. 나는
어떻게 할지 몰라 마당에서 지켜보기만 했는데 그때, 막내 이모가 나의 등을
밀면서 "당장 나가라! 다시는 우리 집에 얼씬도 하지 마라. 당장 네 아버지 모
시고 가서 다시는 오지마라!"라고 하셨다. 나는 너무 서럽고 부끄러웠다. 집
으로 돌아가는 택시 안에서 아버지가 정말 지독히도 싫었고, 내가 아버지의
딸로 태어났다는 사실이 너무 부끄러웠다.
김승호는 과거의 아픈 상처를 품고 살아간다. 그래서 자전거 도둑의 영화
를 보면서 과거를 회상한다. 김승호는 자전거 도둑에 영화에서 자전거를 훔
치는 아버지의 모습을 바라보는 아들 브루노의 마음을 보고 자기의 어렸을
적 상처가 기억나서 화가 난 것이다. 남들의 시선을 의식하면서 술에 의해 아
버지가 남들에게 무시당하고 그런 아버지의 모습이 지독히도 싫었던 것처럼
아버지의 권위가 혹부리영감에 의해 무너지는 것이 보기 싫었을 것이다. 같

---

58) Gilles Deleuze, *Le Bergsonisme*, 김진성 역, 『베르그송주의』, 문학과지성사, 1996, 11~45쪽
참조.

은 처지에 살았던 서미혜도 몸이 아픈 오빠의 모습을 남들에게 보여주기 싫었을 것이다. 왜냐하면 내가 그런 모습을 가진 아버지가 부끄럽고 창피했던 것처럼 말이다. 서미혜는 그런 아픔을 김승호가 이해해주길 바랐지만 김승호는 그러지 못하고 피해버린다. 각자 아픈 상처가 있지만 서로 보듬어주지 못하고 서미혜는 그런 모습에 실망하고 그를 지운다.

나도 나의 이런 상처가 있다 보니, 정말 이런 가정에서 자란 사람보다는 좀 더 밝고 활발한 가정에서 자라난 사람을 바라는 것처럼 김승호도 간접살인을 저지른 서미혜보다는 좋은 가정에서 자란 나미 같은 여자가 좋았을 것이다. 하지만 서미혜는 각자 비슷한 상처가 있는 사람이 자신의 상처를 이해해줄 줄 알았지만 피해버리는 김승호에게 실망한 것이다. 서미혜가 다른 자전거를 훔치는 것은 자신의 상처를 이해해줄 다른 사람을 찾는 것일지도 모른다.

작가는 「자전거 도둑」을 통해 각박해진 현실을 비판하려고 했는지도 모른다. 자식인데도 우울증에 걸린 아버지를 위로해주지도 못한 나, 술주정을 부린다고 내가 보는 앞에서 아버지를 쫓아낸 친척들, 그 모습을 보고 한없이 서럽고 부끄러웠던 나. 모두들 조금만 더 관심을 갖고 배려하는 마음이 있었더라면 아픈 상처가 내 기억 속에 자리 잡지 않았을 것이다. 작가는 가까운 사람에 대한 관심도 사라져 버리고 무관심으로 살아가는 각박한 현실에 좀 더 밝고 남을 이해해줄 수 있는 희망에 찬 내일을 바라는 마음으로 이 소설을 쓰지 않았나 생각한다.[59]

첫째, '문제 설정'은 이미 주어진 문제에 대한 답을 구하는 것이 아니라 주체 스스로 문제를 발견해 해결하는 것이 중요하다는 판단에서 제시되었다. 이것은 잠재적으로 존재하던 것, 즉 무의식적 차원인 잠재적 기억의 세계에 있던 것을 이끌어내 존재론적인 의문을 제기하는 것을 말한다.

---

[59] 기억 재형상화의 방법에 따라 대학생 학습독자(감상문 H-가-2)가 쓴 감상문이다.

이는 현재의 의식 차원에서 과거의 잠재적 기억을 이끌어내 수용함으로써 새로운 의미를 만들어내는 활동이다.

이 감상문에서 독자는 「자전거 도둑」을 읽는 과정에서 자신이 갖고 있는 '상처'가 과거 유년 시절의 기억에서 비롯되었다는 것을 발견한다. 독자는 '승호'가 '발렌타인'을 마시는 장면에서 '역겹고 비릿한 냄새'를 느낀다. 이 감각은 독자에게 과거 유년 시절의 '아버지'에 대한 기억을 떠올리게 한다. 독자는 자신의 잠재적 기억의 세계에 존재하던 무의식적 경험과 만난다. 그리고 '아버지의 술주정'과 '아버지를 내쫓던 친척들'의 모습을 떠올린다. 독자는 이 경험이 현재까지도 독자에게 '아픈 상처'로 남아 있다는 것을 발견한다. 이제 독자는 자신의 기억 속 경험을 고백함으로써 '승호'의 행동에 대해 공감한다.

둘째, '본성상의 차이 발견'은 주체의 표상의 덩어리 속에 있는 무의식 차원의 기억과 의식 차원의 지각을 나누어 생각하는 것에서 제시되었다. 즉 의식과 무의식의 세계를 분리해 인간정신을 탐구하는 것을 말한다. 실제로 인간의 정신 속에는 이 두 가지는 혼합되어 있기 때문에 이 중 어느 하나가 지배적이 됨에 따라 온전한 형태로 제시되기보다는 왜곡된 형태로 해석될 가능성이 있다. 예긴대 현재구세가 '부끄러움'이라는 감정을 느끼는 순간 과거 문방구에서 연필을 훔치던 기억을 떠올렸다고 가정해 보자. 무의식세계에 존재하던 그 기억이 주체를 향해 다가오면서 감정의 실체가 구체화된다. 그런데 현재주체는 '가난했기 때문에 연필을 훔쳤다'라는 왜곡된 기억을 만들어내면서 과거 행위를 합리화시킬 수도 있다. 이는 현재주체의 의식이 강렬해 과거의 무의식적 기억을 왜곡시키는 현상이다. 그래서 기억과 지각을 명확하게 구분하려는 노력을 통해 주체는 스스로에 대해 객관적으로 파악할 능력을 가질 수 있으며 인간적 조건을 넘어선 존재론적 사유를 완성할 수 있게 된다.

이 감상문에서 독자는 '아버지'에 대해 이중적인 태도를 지닌다. 처음에 독자는 '아버지가 정말 지독히도 싫었고, 내가 아버지의 딸로 태어났다는 사실이 너무 부끄러웠다.'고 말한다. 그러면서도 '술주정을 부린다고 내가 보는 앞에서 아버지를 쫓아낸 친척들'을 원망한다. 여기서 독자가 아버지를 두둔하고 나선다. 그래서 독자는 자신의 '상처'가 우울증에 걸려 술주정하던 '아버지'로부터 비롯된 것인지, 아니면 그 '아버지'를 비난하던 '친척'들로부터 비롯된 것인지 분명하게 제시하지 않는다. 아마도 독자는 당시 현장에서 있었던 일들을 '왜곡'해서 기억하고 있을지도 모른다. 아버지에 대한 의식이 너무 강렬해서 '친척들'의 모습을 좀 더 부각시킴으로써 자기 기억을 왜곡했을지도 모른다. 그래서 독자는 '술주정을 하는 아버지'보다는 그 아버지를 배려하지 않는 친척들을 비판하기에 이른다. 그리고 독자는 친척들과 마찬가지로 자신도 우울증에 걸린 아버지를 위로해주지 못했다는 사실을 고백한다. 독자의 기억 속에 존재하는 그 경험의 정확한 실체는 알 수 없다. 하지만 독자는 기억을 떠올리는 과정에서 자신의 행동을 되돌아보고 성찰의 기회를 갖는다.

셋째, '참된 시간에 대한 이해'는 공간보다는 시간의 견지에서 문제를 제기하고 해결하는 것이 중요하다는 판단에서 제시되었다. 어떤 대상을 공간의 감각으로 해석한다면 다른 대상들간의 정도상의 차이만을 파악할 수 있을 뿐이다. 대상의 본질적인 특징은 다른 대상과의 정도 차이에서 나타나는 것이 아니라 대상이 지니고 있는 시간의 지속에 의해 드러난다. 식탁 위에 있는 설탕은 옆에 있는 소금과 비교해 그 특징이 나타나는 것이 아니라, 설탕이 물에 녹는 과정이라는 시간의 지속성에 의해 그 본질적인 특징이 드러난다. 마찬가지로 현재주체는 같은 공간에 있는 다른 사람과 비교해 의미를 갖는 것이 아니라, 주체가 가지고 있는 기억이라는 시간적 지속에 의해 존재론적인 의미를 갖게 된다.

이 감상문에서 독자의 상처는 외갓집에 놀러간 날부터 현재까지도 지속된다. 독자의 상처는 '승호'의 상처와 비교해서 나타나는 것이 아니다. 그것은 독자 자신의 시간 속에서 지속되어 나타난다. 물론 '승호'의 상처는 독자에게 자신의 기억을 떠올리게 하는 계기가 되었다. 그리고 독자는 자기 기억을 재형상화하는 과정에서 '남을 이해해줄 수 있는 희망에 찬 내일'을 염원한다. 이는 과거에서 현재로, 현재에서 다시 미래로 이어지는 시간적 질서 속에서 독자 자신의 존재를 이해하고 있는 것이라 할 수 있다.

2) 잠재적 기억의 구체화

(1) 독자의 기억 투사

기억을 형상화한 소설을 읽는다는 것은 작가의 잠재적인 기억이 이미지 기억으로 향하고 지각화되는 과정을 확인하는 작업이다. 또한 동시에 독자가 독서 행위를 통해 인식한 관념을 바탕으로 자신의 잠재적 기억을 언어로 구체화하는 작업이기도 하다. 베르그손은 잠재적 기억을 지각의 형태로 현실화하는 과정에 초점을 맞추고 있는데, 이 논의는 머릿속에 있던 작가의 관념을 구체적인 문학 텍스트로 형상화하는 과정, 즉 창작 쪽에 적합한 것처럼 보인다. 하지만 '관념' 자체에 대한 명확한 인식이 없을 경우 형상화 과정 자체는 불가능하다. 독서는 텍스트 읽기를 통해 작가의 관념을 확인할 수 있다는 장점을 제공한다. 독자가 확인한 그 관념을 내개로 자신의 잠재적 기억을 언어로 구체화할 수 있는 가능성을 던져주기 때문에 기억에 관한 베르그손의 논의는 독서교육의 구체적인 원리를 제시할 수 있다고 판단된다.

독자는 작가의 기억이 형상화되는 과정을 확인하는 데서 독서 행위를 시작한다. 그러나 독자가 독서를 통해 창조적이고 생성적인 주체로 변화하기 위해서는 독서를 계기로 자신의 잠재적 기억을 이미지화하여 지각의 세계로 구체화하는 작업이 병행되어야 한다. 즉 텍스트 이해의 차원을 넘어서서 자신을 이해하는 차원까지 나아갈 때 비로소 존재론적 독서 행위가 완성된다.

독자는 작가의 의식 속에서 일어나고 있는 사유의 과정을 추측하면서 자신의 기억을 바탕으로 독자 자신의 내부에서 작가의 기억과 관련된 의미를 만들어가야 한다. 여기에서 독자는 수동적으로 작가의 기억을 받아들이는 존재가 아니라 능동적으로 주의력과 팽창력을 발휘해 의미를 재구성해야 한다.

> 타인의 말을 이해하려는 생각으로 들을 때 무슨 일이 일어나는지 질문해 보자. 인상들이 그 이미지들을 찾으러 갈 것을 우리는 수동적으로 기다리는가? 오히려 우리는 대화자와 더불어 변화할 수 있는 어떤 성향 속에, 즉 그가 말하는 언어와 함께, 그가 표현하는 생각들의 종류와 함께, 특히 그가 말하는

문장의 일반적 운동과 함께 변화할 수 있는 어떤 성향 속에 위치한다고 느끼지 않는가? 이는 마치 우리가 우리의 지적 작업의 기조(ton)를 조정하면서 시작하는 것과 같다. 운동적 도식은 자신의 억양들을 강조하면서, 그 대화자의 사유의 굴곡을 고비마다 따르면서, 우리의 사유에 길을 제시한다.[60]

위의 인용은 독자가 독서과정에서 작가의 언술을 이해하는 과정을 살피는 데 시사점을 준다. 베르그손은 타인의 말을 이해하는 과정에서 두 가지 작용을 전제해야 한다고 본다. 하나는 감각-운동적인 자동화 과정(운동적 도식의 형성)이고 다른 하나는 이미지 기억들의 능동적인 투사과정(주의작용)이다.[61] 운동적 도식은 감각적 인상에 신체의 운동적 경향들을 조정하면서 지각과 운동을 유기적으로 조직하는 자동화된 운동체계이다. 운동적 도식이 없을 경우 순수기억에 이미지 기억이 끼어들 여지가 없게 되기 때문에 최종적으로 구체적인 지각화가 이루어질 수 없게 된다. 순수기억을 이미지 기억으로 현실화하는 것이 불가능할 경우 '독서불능'의 상태가 된다. 이는 곧 주체가 현실화하고자 하는 기억 대상에 주의를 할 수 없는 상태를 말한다.

독자가 이해하고자 하는 것은 텍스트에 드러난 고정된 기억이 아니다. 독자는 작가의 생각을 이해할 수 있는 유연한 태도를 지녀야 하며, 독자 자신의 '의식의 수많은 동심원들 중에서 상대방의 생각을 이해할 수 있는 수준을 단번에 선택'해야 한다. 이후 '상대방의 생각에 상응하는 관념들

■
60)   Henri Bergson, 박종원 역, 앞의 책, 211쪽.
61)   김재희, 앞의 책, 162~163쪽.

이 나의 의식 속에서 이미지 기억으로 전개"[62]되는데, 이 과정에서 독자는
작가의 언술 행위가 이루어지는 동시에 독자의 내부에서도 그 행위를 반
복해서 하게 된다. 즉 독자는 텍스트에 자신의 기억을 능동적으로 투사하
는 과정을 통해 텍스트 이해의 수준을 넘어서 자신을 이해할 수 있는 수
준까지 도달할 수 있다.

　기억의 능동적인 투사가 가능하기 위해서는 기본적으로 지각과 신체운
동 사이에 운동적 도식이 형성되어야 한다. 즉 텍스트의 내용을 시각운동
에 의해 구분하거나 따라갈 수 있는 능력이 있어야 한다. 이는 문자와 문
자를 연관짓거나, 문장과 문장을 연결시켜 텍스트의 내용을 이해할 줄 아
는 능력으로서, 텍스트에 드러난 작가의 기억에 대해 감각적으로 이해하
는 기본적인 능력이라 할 수 있다. 다른 사람의 말을 이해하는 것은 지적
으로 재구성한 것, 즉 관념에서 출발해 이미지 기억들이 분산되면서 분절
된 말들의 지각으로 나타난다. 즉 '관념→이미지 기억→말 지각'의 과정
을 거치면서 타자의 언어를 이해하게 된다. 베르그손은 이 과정 전체를
'역동적 도식'이라고 한다. 앞에서 언급한 '운동적 도식'이 대상을 식별하
기 위한 자동적이고 기계적인 측면을 가리킨다면, '역동적 도식(le schéma
dynamique)'은 대상을 이해하기 위해 정신이 능동적이고 역동적으로 활동
하는 측면을 가리킨다.[63]

∎

62)　황수영, 앞의 책, 178쪽.
63)　황수영, 위의 책, 179쪽.

 | 기억 읽기와 소설교육

(가) 나는 아픔을 잊으려는 듯이 안방을 마구 서성대며 이 아픔의 까닭이 비롯
된 시절로 자꾸 기억을 더듬어 올라갔다. 큰댁 덕에 비교적 윤택하던 피
난살이, 아니 그전일 게다. 황량하던 피난길. 그때도 아니다. 그전. 어수
선하던 크리스마스였던가. 피난을 갈까 말까 어머니 몰래 보따리를 챙겼
다간 풀고, 다시 챙기고, 그때도 아니다. 그전, 수복 후의 나날들, 텅 빈
집과 뒤뜰의 은행나무들, 그 자지러지게 노오란 빛들, 비췻빛 하늘을 인
노오란 빛들, 이낌없이 쏟아지는 빛들, 지금도 눈이 부시다. 그때도 아니
다. 그럼 그전. 그렇다. 그전, 그러나 나는 여기서 기억의 소급을 정지시
켰다(『나목』, 94~95쪽).

(나) 내 기억은 터진 봇물처럼 시간을 달음질쳐 거슬러 올라갔다. 노오란 은
행잎, 거침없이 땅으로 땅으로 떨어지던 노오란 은행잎, 눈부시게 슬프
도록 아름답던 그 노오란 빛들도 마침내는 내 기억의 소급을 막지는 못했
다. 나는 잊은 줄 알았던, 아니 교묘하게 피하던 어떤 기억과 정면으로 부
딪쳤다. 막다른 골목으로 쫓긴 도망자처럼 체념하고 나는 그 기억을 맞아
들였다(『나목』, 211쪽).

　(가)의 ‘나’는 과거의 어떤 기억 때문에 ‘아픔’을 느낀다. 그리고 그 ‘아
픔의 까닭’을 찾기 위해 과거의 기억을 더듬는다. 그 기억이 떠오를 때쯤
‘나’는 의도적으로 ‘기억의 소급을 정지’시켜 버린다. 그만큼 그 기억은 주
체의 현재 삶을 억압한다. 하지만 (나)에서 ‘나’는 그 기억을 맞아들이기로
결심한다. 오빠에 대한 기억을 은폐시키려고 할수록 상처는 더 깊어지고,
삶의 방향 감각은 무뎌질 뿐이다. ‘나’는 기억을 고백하면서 ‘골치가 한결
개운해지’는 느낌을 받는다. 은폐시켰던 기억을 언어로 고백하는 행위는
타자와의 소통을 통해 자신의 상처를 치유하고자 하는 주체의 욕망을 우

회적으로 드러내는 것이라고 볼 수 있다.[64]

　이제 독자는 '나'의 기억과 마주하면서 '상처받은 기억과 그 기억으로 인해 방황'이라는 관념을 형성해야 한다. 독자는 그 관념을 바탕으로 자신이 갖고 있는 잠재적 기억을 현실화하는 작업을 시작한다. 즉 텍스트를 통해 이끌어낸 관념의 표상들은 구체적이며 현실적인 이미지 기억들로 분산된다. 마치 뿌연 안개와 같던 잠재적 기억들이 감각화되면서 이미지 기억들로 구체화된다. 누군가에게 상처 받은 말을 들었던 경험이 있는 독자는 그 말이 주는 청각적 이미지를, 비 오는 날 사랑했던 사람과 헤어진 경험이 있는 독자는 흑백사진과도 같은 풍경이라는 시각적 이미지나 비를 맞을 때 느꼈던 감각적 이미지들을 형성할 수 있다. 이는 관념이 이미지 기억으로 구체화되는 과정이라 할 수 있다. 이제 독자는 이미지 기억을 언어로 지각하는 활동을 하게 된다. 다음은 『나목』을 읽은 뒤 쓴 일반인 독자의 감상문이다.

> 인생을 자기 주변에서, 밝고 어둔 양면 중에서 분명하게 밝은 쪽을 의식적으로 부각시키며 살려고 몸부림을 한다. 이러한 몸부림이 너무도 생생한 현실 자체의 그것이어서, 독자인 나까지도 그녀의 의식 속으로 쉽사리 용해되어 간다. 그녀의 삶의 주변은 괴로움뿐인 피란길과 수복 후의 전란 속이다.

■
64)　박완서의 초기 작품에는 '오빠의 죽음'을 다룬 소설들이 많다. 그가 '오빠의 죽음'을 반복해서 소설로 보여주는 것은 소통하고 싶은 욕망 때문이라는 점을 다음에서 확인할 수 있다. '나는 아직도 그 이야길 쏟아 놓길 단념 못 하고 있었다. 어떡하면 사람들이 내 얘기를 끝까지 들어 줄까, 어떡하면 사람들을 재미나게 할 수 있을까, 어떡하면 사람들로부터 동정까지 받을 수 있을까.', 박완서·권영민·호원숙, 「나에게 소설은 무엇인가」, 『박완서 문학앨범』, 웅진, 1992, 128쪽.

그 가운데서 자신의 세계를 긍정해 보려는 노력은 마치 한국판 『안네의 일기』
를 읽는 듯 착잡한 감동을 안겨 준다.[65]

이 독자는 『나목』의 '경아'의 삶을 '괴로움'뿐이라고 말한다. 이 감상은
'전란 속'에서 고통스러운 삶이지만 세상에 대한 긍정적 시선을 잃지 않는
'경아'의 태도에 주목한다. 그리고 독자는 '경아'의 그러한 모습과 『안네
의 일기』의 '안네'의 모습이 닮았다고 생각한다. 독자는 『나목』을 읽는 동
안 제2차 세계대전 당시 독일군 치하에서 그들에게 언제 발각될지 모르는
상황에서도 희망을 잃지 않는 '안네'를 떠올렸다. 독자는 '전쟁'과 '인물의
태도' 등에 주목하면서 '안네'와 '경아'를 비교하고 있다. 다음 독자의 감
상문을 보자.

첫 장에서부터 읽기 시작해서 밤을 새워 다 읽고 나니 히로인의 이미지가
선명히 되살아오지 않음은 결코 내 책상의 희미한 전등불 탓만은 아니었을
게다. 옥희도의 개성과 인품이 조금 더 살아 있었으면 하는 아쉬움이 온종일
머릴 맴돌고 있었다. 히로인 경아라는 그녀는 루이제 린저 작 『생의 한가운
데』의 니나와 너무나 닮았다. 자유분방하게 생을 긍정하고 동경하는 오만한
젊음. 조금도 외계나 속물과 타협하려고 들지 않는 자유의지의 노력과 외계
에 현혹되지 않고 있으면서도 그녀는 다만 열심히 '생'을 살았다.[66]

<hr>

65) 유화자, '템포가 급진적이었던 후반부 처리', 「『나목』 첫 독자들의 감상」, 호원숙 엮음,
『裸木을 말하다』, 열화당, 2012, 110쪽.
66) 심성혜, '발랄한 생(生)에의 긍정', 「『나목』 첫 독자들의 감상」, 호원숙 엮음, 위의 책,
120쪽.

이 독자는 『나목』의 '경아'와 『생의 한가운데』의 '니나'와 닮았다고 생각한다. 글을 읽는 동안 '니나'의 모습이 떠올랐다. 베르그손식으로 말하자면 『생의 한가운데』에서 '니나'를 보았던 기억이 『나목』을 읽는 독자에게 다가왔고, 독자는 그 기억을 포착해 텍스트 해석의 근거로 사용한다. '경아'와 마주하면서 '니나'를 떠올렸기 때문에 '경아'의 성격을 '자유분방하게 생을 긍정하고 동경하는 오만한 젊음'을 가진 존재로 파악한다.

『안네의 일기』의 '안네'와 『생의 한가운데』의 '니나'에 대한 기억은 각 독자의 기억 속에 잠재적으로 존재하던 것들이다. 이 기억들은 독자가 항상 의식하는 기억의 대상은 아니다. 독자는 『나목』을 읽으면서 형성한 관념인 '전쟁의 상처'나 '황량함' 등으로 '밝고 어둔' 이미지나 '희미함'의 이미지를 형성한다. 그리고 그 이미지에 따라 자신이 읽었던 작품의 인물을 떠올리면서 『나목』을 해석한다.

잠재적 기억, 즉 순수기억은 무의식 상태로 주체의 뇌 속에 자리 잡고 있으며, 특별한 계기로 의식의 세계로 구체화된다. 독자는 독서과정에서 인식한 관념을 바탕으로 이미지를 형성하여, 그것을 매개로 잠재적 대상인 순수기억과 마주한다. 그 기억은 다시 독자의 의식세계와 결합이 되고, 그 결과는 독자의 언어로 구체화될 수 있다.

요컨대 독서는 독자기억의 능동적 투사작용에 의해 작가의 기억을 바탕으로 형성된 관념을 이미지화하여 구체적인 언어로 표현하는 활동이라 할 수 있다. 독자는 독서과정에서 관념을 형성하는 능력, 관념을 이미지로 구체화하는 능력, 이미지를 매개로 독자의 기억을 포착하는 능력 등을 갖추어야 한다. 독자가 이러한 능력을 갖출 때 기억 재형상화와 그것을 근거로 텍스트 해석을 할 수 있게 된다.

(2) 독자기억의 질서화

기억의 질서화는 다양하게 제시된 작가의 기억과 독자의 기억이 통합되어 의미를 생성하는 과정을 말한다. 독자가 기억을 통합하고 질서화하는 과정에는 두 가지 차원이 존재한다. 첫째, 독자가 텍스트의 기억을 통해 형성된 관념을 바탕으로 독자 자신의 잠재적 기억으로 향하는 것과 관련된 통합이 있다. 이는 독서과정에서 형성된 관념에 따라 독자가 자기 기억을 탐색하는 활동이다. 둘째, 독자가 자신의 정신세계에서 텍스트 이해에 필요한 기억을 이끌어내어 의식의 수준으로 구체화하는 것과 관련된 통합이 있다. 이는 독자의 기억을 바탕으로 텍스트에 제시된 기억을 독자가 해석하는 활동이다. 요컨대, 기억 재형상화는 독자의 정신세계에서 '의식→무의식'으로 향하는 통합과 '무의식→의식'으로 향하는 통합을 바탕으로 진행된다.

첫 번째 통합부터 살펴본다. 독자는 텍스트에서 지각한 관념(의식)과 모순되지 않는 자신의 잠재적 기억(무의식)을 찾아 그 관련성을 따져야 한다. 이는 의식에서 무의식으로 향하는 통합이다. '모순되지 않는'이라는 것은 텍스트에서 이끌어낸 기억의 의미와 독자가 자기 이해를 위해 투사하려고 하는 기억 사이에 부조화나 불일치가 적어야 함을 말한다. 다음은 『나목』에서 '옥희도'를 떠올리는 '나'를 보면서 한 비평가가 떠올린 기억이다. 그는 이 기억을 제시하기에 앞서 현실에 대해 '경아'가 느끼는 '아주 황량한 풍경의 일각 같은 것'과 '옥희도'가 느끼는 '한발에 고사한 나무'에 주목한다. 비평가는 이 두 가지를 '경아'와 '옥희도'가 당면한 '사실 자체'라고 평가한다. 특히 '경아'가 떠올린 '옥희도'의 말인 '나는 내가 사람이 아니란 것보다 화가가 아닌 것이 더 두려워, 화가가 아닌 난 무엇일 수 있을까 도무지 짐작도 할 수 없어.'에 주목한다. 비평가는 이 말을 통해 '사실 자체'라는 관념을 형성하고, 이 관념에 따라 자신을 향해 다가오는 기억을 제시한다.

> 동생 테오에게 보낸 편지에서 고호는 이렇게 말해놓고 있습니다. 곧 과로하여 쇠약해진 그를 진찰한 의사가, '당신 직업은 대장간 인부인가'라고 했는데, 이 말만큼 기쁜 일이 없었다는 것입니다.[67]

비평가는 '옥희도'에 대한 '경아'의 기억을 보면서 자신의 잠재적 세계에 있던 '고호의 편지'에 대한 기억을 이끌어낸다. 이렇게 텍스트에 제시된 기억으로부터 형성한 관념에 따라 독자가 자신의 잠재적 기억을 탐색하는 것이 통합의 첫 번째 모습이다.

두 번째 통합을 보자. 독자는 자신의 잠재적 기억을 이끌어낸다. 그리고 그것을 근거로 텍스트를 해석한다. 텍스트를 통해 형성된 관념에서 독

---

67) 김윤식, 「천의무봉과 대중성의 근거」, 권영민 엮음, 『한국현대작가연구』, 문학사상사, 1991, 229쪽. 주체가 직접 경험한 것뿐만 아니라 여러 매체를 통해 경험한 것도 잠재적 기억의 특징을 갖는다. 잠재적인 기억은 그 자체로도 형성성을 지닌다. 즉 타자의 기억을 마치 자신의 것처럼 생각하는 경우라든지 자신이 직접 경험한 일이라도 왜곡된 형태로 저장하는 경우 등도 모두 잠재적인 기억에 해당할 수 있다. 따라서 독자가 『나목』을 읽으면서 떠올린 '고호의 편지'에 대한 기억도 잠재적인 기억이라 할 수 있다. 그중에서도 사실적 기억에 해당한다.

자 자신의 잠재적 기억으로 향하는 차원의 통합, 즉 의식에서 무의식으로 향하는 통합의 저편에는 무의식에서 의식으로 향하는 통합이 있다. 이는 텍스트 이해를 바탕으로 독자가 자기 이해를 위해 자신이 가진 잠재적 기억을 구체적인 의식의 형태로 지각화하는 작업이다. 즉 잠재적으로 존재하던 기억이 지각의 형태로 구체화되는 것은 무의식과 의식이 통합되는 과정이라 할 수 있다.

의사가 그를 보통의 노동자로 본 것이 어째서 그토록 기쁜 일이었을까. 그림 그리기란 머리로 하는 것도 아니고 정신력도 아니고 더구나 지식 과잉과는 거리가 먼 육체노동이며 그것이야말로 화가를 사실 자체로 보는 유일한 길이 아니겠는가. 범인은 스스로 노동을 선택할 수 있는 특권이 있는데, 대단한 특권 아닙니까. 대학을, 직업을 선택할 수 있으며, 첫 번째 목표에 실패하면 제2의 목표를 향해 갈 수조차 있기 때문이지요. 그렇지만 천재에겐 특권이 없습니다. 이런 점에서 예술가는 날 때부터 타고난 선택의 권리를 박탈당한 불운의 존재이겠지요. 천재는 그러니까 노예모양 한 가지 일밖에 못한 존재이지요. 작가 박완서 씨는 소설이라는 통념을 빌어, 실상은 '사실 자체'를 제시하고자 마음먹었던 것이지요. 사실 자체란 『나목』에서는 두 가지가 쌍을 이루고 있었던 것입니다. 위에서 서툴게 내보인 바와 같이, 경아로 대표되는 여주인공의 사실 자체와, 옥희도로 대표된 남주인공의 사실 자체입니다. ……『나목』이 무게와 빛을 지니고 성숙한 삶의 실제를 보여주는 것은 이러한 두 가지 사실 자체의 마주봄에서 온 것입니다.[68]

비평가는 자신을 향하던 잠재적 기억 중에서 '고흐의 편지' 이야기와 마

68) 김윤식, 앞의 책, 229~230쪽.

주하면서 '고흐'를 비롯한 예술가를 '노예모양 한 가지 일밖에 못하는 불운한 천재'라고 평가한다. 비평가의 이 평가는 '옥희도'에게 있어 '사실 자체'이다. '경아'에게 전쟁이 가져다준 재앙이 '사실 자체'라면 '옥희도'에게 있어 한발에 고사한 나무보다 더 가혹한 세계를 찾는 것이 '사실 자체'인 것이다. 이렇게 비평가는 '사실 자체'와 관련된 기억과 그 의미를 이끌어내어 『나목』을 '무게와 빛을 지니고 성숙한 삶의 실체를 보여주는 것'이라고 최종적으로 해석한다. 이는 독자가 탐색한 자신의 기억으로 텍스트의 기억과 마주하는 통합의 두 번째 모습이다.

이러한 두 가지의 통합을 통해 독자는 텍스트의 의미를 해석할 뿐만 아니라 그 결과를 자신의 삶에 전유시킨다. 다음은 『나목』을 당선작으로 선정한 비평가 중 한 명이었던 김우종의 고백이다.

구이팔 수복이 되자 다시 공부를 해야겠다고 나는 고향에서 서울로 올라왔다. 동숭동의 학교에 찾아갔더니 그곳은 미 팔군사령부가 되어 철조망이 사방에 쳐지고 상급생 중 학생회 간부들이 학교 뒤의 관사에서 우리들을 심사하는 것이었다. 그때 찾아온 국문과 일학년 학생은 나하고 여학생 한 명뿐이었다. 반가워서 말을 걸고 싶었지만 나는 좀 여자공포증이 심해서 말을 못 걸고 저쪽으로 사라지는 뒷모습만 보고 있었다. 그 아가씨가 박완서 씨였다는 것도 알게 되었다. (…중략…) 복학을 하겠다고 심사까지 받았다가 그 엉터리 결과가 나붙은 것을 본 후 고개를 숙이고 사라졌던 갈래머리 아가씨가 미군 피엑스에 취직한 것이 그 직후인지 아니면 다음 해쯤인지는 잘 모른다. (…중략…) 그런데 그 후 어떤 이들은 내가 박완서 씨를 미리 잘 알고 있어서 뽑아준 것으로 알고 있었다. 아마 지금도 그렇게 믿고 있는 사람이 있을지도 모른다. 그리고 그렇게 믿는 바대로라면 그 작품이 아무리 좋았었더라도 나는 심사석에서 그녀가 나의 대학동창생이라는 것쯤은 미리 말해 놓았어야 떳떳하다. 그런데 나는 정말 그녀를 모르고 있었다. 도대체 박완서라는 이름을 기억할 까닭이 없지 않나. (…중략…) 그러고 보니 작가로 당선되기 십여 년 전인 1958년에 우리는 또 만난 모양인데, 역시 그냥 무심히 쳐다보고 지나간 것이다. 다만 이 작가가 그때 박수근의 그림을 구하려고 그곳에 나타났었다는 사실에서 다시 한 번 이 작가의 의식 속에 깊이 박혀 있는 박수근의 어떤 의미를 되새겨 보게 된다.[69]

비평가 김우종은 박완서와 대학교 동창이었다. 김우종은 『나목』을 당선작으로 뽑은 다음에도 박완서가 동창이라는 사실을 몰랐다. 그는 시간이 지난 후 우연히 박완서가 대학교 동창이라는 것을 알게 되었다. 그리고 그 순간부터 『나목』은 비평가에게 과거의 기억을 떠올리게 하는 매개 역할을 한다. 이러한 비평가의 모습은 마치 영화 〈러브레터〉[70]에서 한 통의 편지를 받고 잊어버린 기억을 찾아 떠나는 '이츠키'의 모습과도 닮았다. 이츠키가 그 편지를 받지 않았다면 동명이인인 '이츠키'와의 인연은 영원히 묻혔을 것이다. 마찬가지로 비평가가 『나목』의 심사를 맡지 않았다면 동창생 박완서에 대한 기억 역시 묻혔을 것이다.

비평가는 『나목』을 읽으면서 잃어버리고 지냈던 과거의 기억들을 하나둘씩 꺼내 그것들을 재구성하는 작업을 진행한다. 그리고 『나목』을 통해 박완서 가족의 슬픈 가족사를 알게 되었다. 또한 졸업도 하지 않고 갑자기 사라진 후 '고통스러운 계절을 살아남으려고' 몸부림쳤던 그의 사정도

■

69) 김우종, 「그해 겨울과 『나목』」, 호원숙 엮음, 『裸木을 말하다』, 열화당, 2012, 88~95쪽. 이하 제목과 면수만 표기.

70) 岩井俊二, 〈Love letter〉, 1999 개봉.

알게 되었다. 비평가는 작품을 통해 자신의 기억 속의 사건들을 꺼내어 정리하면서 『나목』에 대한 의미를 이끌어낸다.

> 언젠가 나는 박수근의 회고전에 갔다가 오십 년대의 이런 것들을 보면서 눈물이 나오려고 했었다. 박완서 씨가 이 화가에 대해서 이토록 깊은 관심을 가졌던 것은 무슨 까닭일까? (…중략…) 『나목』에 그려진 화가 박수근은 그 터널처럼 어둡고 길던 겨울에 헐벗은 채로 찬바람을 온몸으로 받으면서도 그 아픔을 이겨내고 훗날 너무도 알차고 풍성한 열매를 맺는다. 그리고 그 화가 는 바로 박완서 씨 자신이다. 그렇게 그 겨울을 이겨내고 지금까지 그렇게도 풍성하게 알찬 열매들을 맺어 놓았으니까(김우종, 「그해 겨울과 『나목』」).

비평가는 '박수근 회고전'에 갔다가 『나목』의 작가 '박완서'를 떠올리면서 '눈물이 나오려'고 했던 경험을 고백한다. 이 시기에 비평가는 참전했다가 중공군의 포로가 된 경험도 고백한다. 모두들 힘든 시기를 고통스럽게 살았다. 그 시절의 힘들었던 경험이 박수근의 그림과 박완서의 작품을 매개로 되살아나면서 '눈물'을 보이는 것이다. 동시대를 살았던 사람이 겪어야 했던 상처와 고통이 유사하기 때문에 소설가의 기억은 자연스럽게 비평가의 기억으로 전유된다.

기억의 전유는 '낯섦'을 '자기 것'으로 만드는 과정이다. 비평가의 정신세계에서 망각되었던 기억들은 『나목』이라는 텍스트를 매개로 구체화된다. 비평가는 자신의 기억으로 텍스트에 제시된 기억과 마주한다. 그리고 작가의 기억이 작가만의 것이 아닌 독자인 자신의 것이기도 하다는 데 공감한다. 처음에는 비평가에게 작가의 기억을 낯설었다. 하지만 그 '낯섦'은 독자의 기억 재구성을 통해 친숙한 것으로, 그리고 독자 자신의 것으로 바뀌고 있다.

3) 역사적 진실의 재구성

(1) 상징화 과정 분석

인간은 상징력을 지닌 존재이며 상징을 창조하면서 삶을 영위한다. 인간은 언어를 통해 상징을 만들어내는데, 이 상징은 공동체 구성원과 소통하는 과정에서 문화적인 의미를 띤다. 그리고 공통 감각을 지니게 된 상징은 후대에 전승되면서 공고화된다. 특히 기억은 공동체 내에서 상징화의 과정을 거치면서 지속적으로 후대인들의 삶에 영향을 미친다.[71] 이렇게 제도적으로 공고화되고 조직적으로 전승되면서 현재의 주체에 영향을 미치는 기억을 '문화적 기억'[72]이라 칭한다.

독자는 상징의 체계인 문학 텍스트를 읽으면서 전승되는 문화적 기억을 해석한다. 그런데 공동체에 전승되는 모든 문화적 기억이 현재 구성원들에게 이견 없이 수용되지는 않는다. 어떤 개인은 반-기억을 내세워 문화적 기억이 가진 권위에 도전하기도 한다. 이때 개인은 개인적인 기억을 제시해 상징화함으로써 기존의 상징체계를 거부한다. 그리고 자신이 창조한 상징을 공동체 내에 소통시킴으로써 개인적 상징을 보편적인 감각

71) 이 점은 문학교육에서 문학의 상징을 읽어내는 능력을 길러주는 일이 우선되어야 한다는 주장(우한용, 『문학교육과 문화론』, 서울대 출판부, 1997, 133쪽)의 설득력을 높일 수 있다.

72) 김학이, 앞의 글, 237쪽.

을 지니도록 시도한다. 즉 개인은 문화적이고 사회적인 제도 안에서 구성원들이 자신이 창조한 상징을 공유하기를 바란다.

　작가는 기억을 소설로 형상화하여 그 기억이 갖는 사회적이고 역사적인 의미를 생성한다. 이제 작가의 기억은 공동체 내에서 보편적 상징성을 확보하고자 한다. 이는 헤게모니를 장악한 기억에 대한 투쟁의 과정이기도 하다. 작가는 4·3 사건을 공산당의 폭동이라고 단순하게 도식화하여 기억할 것을 강요하는 문화적 기억을 거부한다. 그래서 그는 여러 작품에서 4·3 사건을 '군경토벌대'에 의한 '떼죽음'으로 제시한다.

> 우리 부락처럼 **떼죽음**당한 곳이 한둘이 아니고 이 섬을 뺑 돌아가멍 수없이 많은데 그게 다 작전명령을 잘못 해석해서 일어난 사건이란 말이우꽈?(「순이 삼촌」, 84쪽)[73]

> 큰 난리가 들이닥쳐 많은 사람들이 한날 한시에 **떼죽음**을 당하고 마을은 잿더미가 되어 버렸다(「해룡이야기」, 177쪽).

> 그가 태어난 고향에는 관에 의해 계속 금기사항으로 묶여 온 한맺힌 사건이 있는데 해방 직후 군경토벌대에 의한 수만 양민의 **떼죽음**이 바로 그것으로, 이 참사를 소재로 하여 그가 쓴 일련의 작품들은 자연히 격정적인 톤을 띨 수밖에 없었다(「위기의 사내」, 364쪽).

> 8·15를 석 달 앞두고 목포를 향하던 연락선이 미군기의 폭격을 맞아 침몰

---

73)　「순이 삼촌」, 「해룡이야기」, 「위기의 사내」, 「거룩한 사내」, 「쇠와 살」 등은 현기영, 『한국소설문학대계 72-순이 삼촌 외』(두산동아, 1995)에 수록된 것을 참조.

되면서 함께 수장된 삼백 명 가까운 몰사죽음이 바로 그런 비참한 죽음이었다. 그래서 '해방자' 미국은 애초부터 섬사람들에게 그 떼죽음과 떼어놓고 생각할 수 없는 존재가 되어 버렸다. 그것은 삼 년 후 이 섬을 피로 물들인 수만 **떼죽음**의 전조였다(「거룩한 사내」, 429쪽).

인간이 인간을, 동족이 동족을 그렇게 무참히 파괴할 수는 없다. 그것은 인간의 죽음이 아니다. 짐승도 그런 **떼죽음**은 없다. 가해자들은 '사냥'이라고 했다(「쇠와 살」, 461쪽).

사건의 진상을 밝히려는 것, 진실을 추구하는 것 등의 행위는 권력집단에 의해 금기시되었다. 그리고 그들은 공동체 구성원들에게 조작되고 왜곡된 기억을 수용할 것을 강요했다. 그런데 작가는 가해자가 아닌 피해자의 관점에서 그 사건을 재구하였고, 마침내 그 사건은 '떼죽음'이었다는 결론을 내린다. 그리고 마침내 『지상에 숟가락 하나』에서 작가는 4·3에 대한 기억을 '올챙이의 떼죽음'이라는 '주술적 상징'을 통해서만 이해할 수 있다고 고백한다.

올챙이의 떼죽음이 4·3 사태로 인한 인간의 떼죽음으로 둔갑한 것이었다. 그 참상을 직접 눈으로 보지 못한 나는 오직 올챙이의 떼죽음, 그 주술적 상징을 통해서만 미루어 짐작할 뿐이다.…… 어느 옴팡밭에 많은 시신들이 서로를 베개 삼아 가로세로 널브러져 있더라는 증언을 들을 때도, 항아리에 멸치젓 담그듯 한 구덩이에 10여 명씩 몰아넣어 파묻었다는 증언을 들을 때도, 나는 그 둠벙 안에 가득했던 올챙이의 죽음이 생각났다.(『지상에 숟가락 하나』, 41~42쪽)

　‘올챙이의 떼죽음’은 ‘인간의 떼죽음’과 관계를 과학의 논리로는 검증할 수 없고 검증될 수도 없지만 작가에게 그 기억은 비극의 전조(前兆)와 같은 역할을 했으며, 평생 망각할 수 없는 상처를 떠올리는 매개가 된 이미지이다. 엘리아데에 의하면 상징은 존재의 가장 내밀한 양상을 숨김없이 드러내는 역할을 한다.[74] 즉 작가는 상징을 통해 기억을 재현하는 과정에서 역사적 사건에 대한 자기존재의식을 동시에 드러낸다. ‘올챙이의 떼죽음’이라는 상징은 유년 시절의 작가에게 공포와 두려움을 안겨준 이미지이다. 그것은 다시 ‘인간의 떼죽음’과 결합되어 상징화됨으로써 당시 사건에 대한 의미 규정을 새롭게 한다. 여기에는 주어지고 강요된 기억이 아니라 스스로 창조한 기억을 바탕으로 진리를 추구하고자 하는 작가의 의지가 담겨 있다.

　작가는 여러 사람들의 증언을 들었음에도 불구하고, 4 · 3 사건을 떠올릴 때면 항상 ‘올챙이의 떼죽음’을 생각한다. 증언의 내용이 충격적이었고, 그것을 떠올리는 행위 자체가 작가에게는 억압으로 작용했다. 그래서 작가는 4 · 3 사건의 폭력적인 장면을 직접 떠올리기보다는 ‘올챙이의 떼죽음’이라는 상징을 창조하여 기억해낸다. 그리고 작가는 ‘떼죽음’의 공간이었던 ‘제주’에 대해 다시 상징화 작업을 진행한다. ‘제주’라는 공간이 지닌 상징성을 탐구함으로써 4 · 3을 우발적으로 발생한 사건으로 보는 시각이 아닌 역사적인 맥락 속에서 그 의미를 발견한다.

■
74)　Mircea Eliade, *Images et symbols*, 이재실 역, 『이미지와 상징』, 까치, 1998, 15쪽.

그 고장의 신화에는 비범한 능력으로 일어나 관에 맞서다가 비참한 최후를 맞는 장사, 장수들이 여럿 등장한다. 신화의 정신은 때때로 현실에 구현되어 관의 침학으로 도탄에 빠진 섬 백성을 구하려고 떨쳐일어난 불퇴전의 사나이들이 있었으니, 그들을 장두라고 불렀다.…… 자기희생으로써 만인을 살린 왕조 시대의 장두와 달리, 무자·기축년의 장두 이덕구는 자신도 죽고 만인도 죽어버린 비운의 사내가 되고 말았다. ……그런데 집행인의 실수였는지 장난이었는지 그 시신이 예수 수난의 상징인 십자가에 높이 올려져 있었다. …… 그리하여 그날의 십자가와 함께 순교의 마지막 잔영만을 남긴 채 신화는 끝이 났다. 민중 속에서 장두가 태어나고 장두를 앞세워 관권의 불의에 저항하던 섬 공동체의 오랜 전통, 그 신화의 세계는 그날로 영영 막을 내리고 말았다(『지상에 숟가락 하나』, 68~69쪽).

'제주'는 자연 공간, 작가의 고향이라는 상징을 넘어서 '떼죽음'이 있었던 공간의 상징을 획득한다. 그리고 '떼죽음'은 '불의에 저항하던' 민중의 항거와 연결된다. 비록 '신화의 세계'는 끝났지만 여전히 제주라는 공간에는 불의에 저항하는 정신이 전승된다. 요컨대 '떼죽음'은 '올챙이의 떼죽음'이라는 상징과 결합을 하면서 새로운 공적 기억을 만들어내고 있으며, 이는 곧 '제주'라는 공간의 상징성으로 연결된다. 독자는 텍스트에서 공적으로 의미화하려는 개인적 기억을 발견해야 하며, 그것이 공동체로 확장되면서 생성되는 의미에 주목해야 한다. 즉 소설 텍스트에 상징화되어 제시된 기억이 현재 해석공동체 내에서 보편적으로 인정받는 것인지를 확인해야 한다. 또한 독자는 전승되는 기억과 작가의 기억을 비교해 어떤 차이가 있는지 분석할 필요가 있다. 이를 위해 독자는 그 기억을 텍스트에서 어떤 상징으로 처리하고 있으며, 공동체 내에서는 어떤 상징으로 전승되는지를 파악해야 한다.

(2) 서술주체의 평가 확인

작가가 제기한 반-기억을 확인하기 위해서는 사건을 직접 목격한 경험주체의 목소리와 현재적 입장에서 그 기억을 떠올리는 서술주체의 관점을 동시에 파악해야 한다. 반-기억은 현재 공동체 내에서 수용되는 기억에 반하는 기억이기 때문에 서술주체의 관점을 명확히 인식할 필요가 있다. 동일한 기억이라도 상황적 맥락에 의해 서술주체의 관점은 다르며, 기억에 대한 의미 규정도 새로운 모습을 띠며 나타난다. 예컨대 현기영은 「순이 삼촌」(1978)을 통해 '학살의 당사자를 찾아내야 한다는 입장'을 강하게 드러내며, 「아스팔트」(1986)에서는 '의식 속의 망각의 어둠과 위정자들이 조장하는 금기와 억압의 벽의 상징'[75] 성을 탐구한다. 작가가 겪은 4 · 3 사건은 현재주체의 개인적 혹은 사회적 상황에 따라 다른 의미를 띠며 소설로 형상화된다. 동일한 사건이라도 서술주체가 기억하는 내용과 방식이 다르기 때문에 독자는 경험주체가 겪은 경험이 현재주체에게 어떤 의미를 주고 있는가를 탐구해야 한다.

서술주체는 현재 이야기를 하고 있는 '나'이며, 경험주체는 이야기되고 있는 과거의 '나'이다. 『지상에 숟가락 하나』는 작가가 직접 자신이 경험하고 목격한 사건을 이야기하고 있는 자전소설이기 때문에 서술주체와 경험주체가 실제의 인물이면서도 동일한 인물이다. 그렇다고 해서 서술주체가 경험주체의 모든 생각을 알고 있는 것은 아니다. 사건이 진행되

---

75) 홍용희, 「재앙과 원한의 불 또는 제주도의 땅울림」, 『작가세계』 제10권 1호, 세계사, 1998, 31~33쪽.

는 동안 서술주체는 특정 사건에 대해 경험주체가 느꼈던 감정을 추측하기도 하고, 그 당시의 느낌을 떠올려보기도 한다. 서술주체는 경험주체의 생각을 정확하게 알지 못하기 때문에 그를 향해 대화적 관계를 형성하고자 한다.[76] 즉 현재의 '나'는 과거의 '나'와 대화를 하면서 새로운 의미를 생성한다.

그렇다면 독자는 왜 서술주체의 관점에 주목해야 할까? 그것은 현재 공동체 내에서 헤게모니를 장악한 기억에 반하는 관점을 가장 잘 보여주고 있기 때문이다. 현재는 고정적이지 않다. 현재는 늘 변한다. 동일한 기억이라도 현재가 변함에 따라 의미 부여를 하는 조건들도 바뀐다. 예컨대 1970년대 현기영은 공동체 구성원들에게 4·3 사건의 정확한 내막을 알리는 것이 필요하다는 생각에 고발의 정신으로 「순이 삼촌」을 창작했다. 그리고 20년이 지난 후 공동체 구성원들이 4·3 사건의 내막을 어느 정도 인지했을 때 현기영은 『지상에 숟가락 하나』를 통해 4·3 사건을 통시적인 관점에서 민중의 역사의 한복판으로 자리매김하고자 한다. 즉 공동체의 시대적·사회적 조건에 따라 동일한 기억이라고 하더라고 거기서 이끌어낸 기억의 의미는 다른 양상을 띠며 나타난다.

독자는 경험수체와 서술주체의 대화에서 서술주체가 경험주체의 행동

---

76) 자전소설은 서술주체와 경험주체 간의 끊임없는 대화를 통해 스토리가 진행되며, 또한 각 주체가 독자와 소통하면서 의미를 공유하기 때문에 대화적 관계가 형성된다고 볼 수 있다. 자전소설에 제시된 고백은 독자에게 인정을 받을 때 그 가치를 지닐 수 있기 때문에 작가는 독자 지향적인 태도를 취하게 된다(졸고, 「자전소설의 읽기 방법 연구」, 『독서연구』 제18호, 한국독서학회, 2007).

이나 생각에 어떤 판단을 내리고 있는지 확인해야 한다. 서술주체와 경험주체가 어떤 사건에 대해 동일한 의견을 유지할 수도 있고, 아니면 두 주체가 갈등관계를 형성할 수도 있다. 기억을 형상화하는 행위는 실제로 존재했던 기억이든 허구적으로 재구성한 기억이든 현재주체의 관점이 개입되기 때문에 기억에 대한 서술주체의 입장이 드러난다. 따라서 독자는 서술주체가 과거의 사건을 해석하는 관점과 그것이 현재의 주체에게 어떤 의미를 지니고 있는지 찾아낼 필요가 있다. 그렇다면 독자는 과거 기억에 대한 서술주체의 입장을 어떻게 읽어낼 수 있을까?

첫째, 서술주체가 제시하는 사건을 확인해야 한다. 그 사건은 경험주체의 직접적인 체험을 고백의 형식으로 텍스트에 제시된다. 독자는 경험주체의 행동과 말을 통해 고백의 내용을 확인할 수 있다. 고백의 내용을 명확하게 파악한다면 기억에 대해 서술주체가 취하는 입장이나 태도도 이해할 수 있다. 경험주체의 고백은 사건이 발생했던 현장을 직접 목격하는 방식으로 이루어진다.

> 결국 상황이 다 끝난 그 다음날에서야 아버지는 상관의 허락을 받고 불탄 고향집을 찾아갔는데, 총 맞아 죽은 줄만 알았던 할아버지가 다행히도 무사히 대숲에 숨어 있었다. …… 반쯤 타버린 늙은 유자나무, 그 나무의 그슬려 잎 털린 가지에, 불에 놀라 혼 나간 암탉 한 마리 앉아 조을고, 그 아래 위패를 가슴에 품고 쪼그려 앉은 할아버지, 아직도 공포가 가시지 않은 그 흐릿한 눈빛(50쪽).

경험주체는 '노학리 소개 사건'의 기억을 드러낸다. 경험주체는 사건이 지닌 사회적·역사적 맥락을 모르는 상태이기 때문에 자신이 직접 경험한 사실들을 나열한다. 지금 경험주체의 눈에 보이는 것은 소개로 인해 타버린 '유자나무', '혼 나간 암탉', '위패를 가슴에 품고 쪼그려 앉은 할아버지' 등이다. 사건에 대한 경험주체의 고백은 그가 현장에서 목격한 사실들에 한정되어 있다. 마을에서 '대학살'이 자행되었다는 사실은 훗날 알게 되는 내용이다. 따라서 독자는 경험주체가 목격한 사건의 실상을 확인하고, 이 사건이 서술주체에 의해 어떻게 의미 규정이 되는지 주목해야 한다. 동일한 사건이라도 현재의 서술주체의 관점에 따라 그 의미가 다를 수 있기 때문이다.

둘째, 그 사건이 서술주체에게 부여하는 의미를 확인해야 한다. 경험주체의 고백을 확인한 후 독자는 그 내용에 대한 서술주체의 입장과 태도를 이해해야 한다. 서술주체는 그 사건이 현재 어떤 의미를 지니고 있는지를 드러낸다. 서술주체가 구성하는 이야기는 기본적으로 '평가적인 메시지'[77]로 꾸며진다. 즉 서술주체는 도덕적 질서와 사회적 규범의 세계 속에서 기억에 대한 자신의 입장을 정하게 되는데, 이 과정에서 그는 무엇이 자신에게 중요하고 옳은지, 어떤 행위의 격률을 지향하는지 등을 고려한다.

> 하늘에 빈진 그 무서운 화광을 보면서도 그 불의 의미를 제대로 알 수 없었다. 아이들은 무슨 뜻인지도 모르고 그것을 방앳불이라고 불렀다. 나도 덩달아 그렇게 불렀다. 사태 초기에 오름봉우리에 올랐던 불은 봉앳불이고, 토벌대가 지른 불은 방앳불이었다. 이 두 단어를 옳게 고쳐 봉홧불과 방홧불로 이해하게 된 것은 내가 장성한 다음의 일이었다.…… 화광이 충천하여 하늘에

---

77) G, Lucius-Hoene · A, Deppermann, 앞의 책, 34~35쪽.

가 닿고, 그 엄청난 인간과 가축의 떼죽음, 그 비명 소리, 신음 소리 역시 무
섭게 솟아올라 하늘을 찔렀건만, 그러나 하늘마저 그 의미를 모르지 않았던
가(51쪽).

서술주체는 '노학리 소개 사건' 당시 경험주체에 대해 '물정을 잘 모르
는 읍내 아이'[78] (51쪽)라고 평가하는데, 이는 서술주체가 경험주체와 거리
를 두고 있음을 드러낸다. 즉 그 사건에 대한 과거의 '나'와 현재의 '나'의
관점이 다르다는 것을 말하며, 과거의 '나'를 객관화시켜 그 의미를 탐색
하고자 한다. 따라서 경험주체에 대한 서술주체의 태도는 동정적일 수도
있고, 비판적일 수도 있다. 즉 '물정을 잘 모르는 읍내 아이'에는 과거 자
신에 대한 반성과 합리화가 동시에 드러난다. 경험주체는 마을을 소개하
기 위한 '방앳불'의 의미를 알지 못한다. 즉 서술주체는 경험주체에 대해
'방앳불'과 '대학살'의 관계를 이해하지 못하는 미성숙한 존재라고 평가한
다. 반대로 서술주체는 그 사건을 이해할 만큼 성장했다는 것을 드러내는
것이기도 하다.

서술주체는 마을 사람들이 스스로를 지키기 위해 연락의 수단으로 사
용한 '봉홧불'과, 마을 사람들을 토벌하기 위해 지른 불인 '방홧불'의 의미

---

78) 이 작품에서 경험주체에 대한 서술주체가 평가는 자주 등장하는데, 이는 현재 서술주체
가 경험주체와 거리를 두면서 사건의 의미를 새롭게 해석하려는 시도라고 볼 수 있다. 예
컨대, 경험주체는 보리 공출에 반대하는 민중의 집회를 진압하고자 출동하는 경찰을 막
기 위해 세운 돌담을 전염병인 호열자를 예방하기 위한 것으로 이해한다. 서술주체는 이
에 대해 '이러한 물정을 알 리 없는 어린 나로서는 그것을 호열자 내습 비슷한 것으로 이
해할 수밖에 없었다(36쪽).'라며 경험주체의 판단을 합리화시킨다.

를 어른이 된 이후에야 알게 되었다고 고백한다. 경험주체는 두 개의 불이 지니는 의미를 몰랐지만 서술주체는 두 개의 불이 '희생자(마을 사람들)-가해자(토벌대)'의 성격을 지닌다는 것을 안다. 이 지점에서 '노학리 소개 사건'에 대한 서술주체의 의미 부여가 드러난다. 그것은 토벌대의 살육과 방화에 의해 무고한 수많은 민중들이 희생되었다는 점이다. 독자는 사건에 대해 서술주체가 부여한 의미를 파악한 후 그것이 현재 공동체 내에서 소통이 가능한지 따져보아야 한다.

셋째, 서술주체의 기억이 공동체 구성원들 사이에서 공유가능성이 있을지에 대해 독자 스스로 평가를 내릴 필요가 있다. 작가가 제시하는 반-기억이 아무리 사실이라고 하더라도 공동체 내에서 소통될 여지가 없을 경우 개인적인 기억 정리 차원에만 머무를 가능성이 높다. 따라서 독자는 사건과 관련한 기억을 텍스트로 제시한 서술주체의 의도를 추론해야 한다. 서술주체의 의도는 텍스트에 직접 노출되는 경우도 있지만 비유적이고 상징적인 언어로 나타날 수도 있다.

> 인간의 경험, 상상력을 훨씬 능가해버린 그 엄청난 살육과 방화를 놓고, 어떻게 무자비하다, 잔인무도하다, 하는 따위의 빈약한 말로 설명할 수 있을까 (51쪽).

서술주체는 토벌대에 의해 자행된 '노학리 소개 사건'을 '무자비하다', '잔인무도하다' 등의 '말로 설명할 수' 없을 정도로 폭력적이었다고 평가한다. 이는 '토벌대의 진압'을 정당화하려는 자들에 대한 분노와 반발의 표출이다. 그런데 서술주체는 말로는 이야기될 수 없는 폭력적인 체험을 소설로 형상화한다. 이는 '사건'을 서사로서 말하라는 시대의 요청인 동시에 공동체 구성원들과 공유[79]하고자 하는 욕망이 담겨 있는 것으로 볼 수 있다.

　인류의 보편적인 감정과 관련된 기억은 특정 공동체나 집단 내에서만 공유되는 것은 아니다. 예컨대 개인마다 사랑했던 경험은 다르지만 그 기억에서 비롯된 감정이 공유 가능성을 띠기 때문에 모든 인간은 다른 사람의 사랑에 대해 공감할 수 있다. 인간의 보편적인 기억 이외에 특정 집단에 소속된 구성원들 사이에서만 소통되는 기억도 있는데, 이러한 기억을 집단기억 혹은 문화적 기억이라고 부른다. 이들은 공동체 구성원들 사이에서 공유되는 공적 기억이다. 개인의 기억이 공적인 기억이 되기 위해서는 공동체 구성원들에게 인정을 받고 소통되어야 한다. 즉 한 개인의 기억이 공동체 내에서 소통되기 위해서는 그 구성원들에게 공유 가능성을 지니고 있어야 한다. 개인의 기억은 공론의 장에서 구성원들의 논쟁과정을 거치면서 역사적인 의미를 갖게 된다. 그렇기 때문에 독자는 텍스트에 제시된 기억이 공론의 장에서 소통 가능성과 공유 가능성에 대해 평가해야 한다. 공동체 구성원들이 '나누어 갖기'의 가치가 있는 기억은 '단순히 감정을 공유하는 것 이상으로'[80] 실천적으로 구체적인 작업을 해나가야 한다. 그 작업에는 공론의 장에 참여하여 대화를 통해 담론을 형성하

---

79)　오카 마리에 따르면 근대 소설의 말하기는 폭력성을 띤 사건의 불가능한 나누어 갖기[分有]의 가능성을 내걸고 있다(오카 마리(岡眞理), 김병구 역, 앞의 책, 63쪽).

80)　프랑수아즈 바레 뒤크로 외, 길혜연 옮김, 『나눔』, 솔, 2007. 가와다 준조는 히로시마 시민들이 원폭을 직접 경험한 사람들의 감정을 공유하기가 현실적으로 쉽지 않음을 지적한다. 그는 기억을 공유하기 위해서는 구성원들이 공동으로 뭔가를 이루어내는 과정이 필요함을 강조한다.

는 것, 사건에 대해 역사적인 의미를 부여하는 것, 가해자의 사죄를 이끌
어내는 것 등 모든 것들이 포함된다.

(3) 기억 정체성 형성

개인의 기억은 공동체 구성원들의 상징적 소통작용을 통해 공적인 의
미를 인정받으면 집단기억이나 문화적 기억의 위상을 지니게 된다. 공동
체 내 특정 사건을 공유하는 구성원이라 하더라도 그 사건을 기억하는 내
용은 다를 수 있으며, 그렇기 때문에 그 사건이 지니는 공적인 의미를 생
성하기 위해서는 다양한 구성원들이 공론장을 형성하여 그 기억에 대한
논쟁의 과정이 필요하다.

하버마스는 공론장에 참여하는 구성원들의 논쟁과정을 통해 진실을 규
명할 수 있다고 본다.[81] 물론 구성원들이 최종적으로 어떤 결론을 내지 못
하더라도, 혹은 진실을 규명하지 못하더라도 그 결론과 진실을 향한 구성
원들의 논쟁 그 자체가 의미가 있다. 하버마스가 기억과 공론장의 관계를
직접 논의한 적은 없지만, 이 글은 기억을 통한 사회적 합의나 기억의 이
면에 담긴 진실 규명의 문제는 그가 논의한 공론장에서 다뤄질 만한 가치
가 있다고 본다. 왜냐하면 하버마스가 이상적으로 생각했던 소통의 공간
이 공론장이고, 각기 다른 기억을 가진 구성원들이 공론장에 참여하여 자
신의 의견을 피력하여 진실을 향한 논쟁을 벌일 수 있기 때문이다.

---

81) Jürgen Habermas, *Strukturwandel der Öffentlickeit*, 한승완 옮김, 『공론장의 구조변동』, 나남,
2001, 125~127쪽. 하버마스는 문학능력을 갖춘 주체들은 폭넓은 독서를 통해 읽은 것에
대해 공적인 토론을 통해 소통하면서 문예적 논의의 공론장을 형성한다고 본다.

그런데 소설을 읽는 독자가 공론장에 참여하기 위해서는 소설에 형상화된 기억의 내용을 확인해야 하며, 그 기억에 대한 자신의 관점이나 입장을 수립해야 한다. 특히 두 번째 조건을 만족시키기 위해 독자는 형상화된 기억에 대한 공동체 구성원들의 다양한 관점과 입장을 분석해야 한다. 이는 작가의 기억과 거리를 두고 객관적이고 비판적으로 이해하기 위한 방법이다. 또한 작가의 기억 속에 존재하는 사건에 대해 역사적인 평가가 무엇인지 확인하는 방법인 동시에 현재 공동체 구성원들의 가치 판단을 확인하는 방법이다. 이처럼 개인의 기억이 갖는 통시적이고 공시적인 의미를 구성해야 기억과 관련한 공론의 장에 실천적으로 참여할 수 있다. 그렇다면 기억에 대한 통시적이고 공시적인 관점을 파악하기 위한 과정을 살펴본다.

첫째, 작가의 기억이 갖는 일관성과 보편성을 검토해야 한다. 일관성은 작가의 기억 속 사건의 내용이 한결같이 동일하게 제시되는가와 관련되며, 보편성은 작가 이외에 그 사건을 겪은 다른 사람들이 기억하는 내용이 작가의 기억과 유사한가의 문제이다. 전자는 동일한 사건을 다룬 작가의 다른 소설을 통해 확인될 수 있으며, 후자는 작가의 기억 내용과 유사한 다른 증언자의 기억을 통해 확인될 수 있다. 예컨대 독자는 『지상에 숟가락 하나』와 4·3 사건을 다룬 현기영의 다른 작품과의 비교를 통해 작가의 기억이 일관성을 띠고 있는가를 확인해야 한다.

군인들이 이렇게 돼지 몰듯 사람들을 몰고 우리 시야 밖으로 사라지고 나면 얼마 없어 일제사격 총소리가 콩볶듯이 일어나곤 했다. 통곡 소리가 천지

　　를 진동했다.[82]

　　남편 내놔라, 아들 내놔라 하더니 급기야는 입산한 남편 대신 아내가 죽
어야 하고, 입산한 아들 대신 에미 애비가 죽어야 하는 잔혹한 대살(代殺) 행
위가 자행되었다.……도처에 떼주검들이 즐비하고 핏물이 고랑을 파고 흘렀
다.[83]

　『지상에 숟가락 하나』(1999)가 나오기 전 현기영은 많은 작품에서 4 · 3
사건에 대한 기억을 형상화했다. 개인적으로는 지속적으로 그의 의식을
향해 다가오는 기억을 정리하는 작업이면서 지배계층과 공동체 내 구성
원들을 향한 진실 규명의 목소리이기도 하다. 물론 시기에 따라 작품의
의미는 조금씩 다를지 몰라도[84] 그의 작품에는 4 · 3 사건에 대해 작가가
목격한 장면이나 증언을 통해 알게 된 사실 등이 사실적으로 제시된다.
대부분 무장한 군인들이 '돼지 몰듯 사람들을 몰고' 사라져 '잔혹한 대살
(代殺) 행위'를 자행하는 장면이 제시된다. 독자는 작가의 작품들에서 보
이는 장면이 동일하게 제시된다는 점을 확인하는 과정을 통해 작가의 기

■
82)　현기영, 「순이 삼촌」, 『순이 삼촌』, 창작과비평사, 1978, 283쪽.
83)　현기영, 「거룩한 생애」, 『우정반세기』, 창작과비평사, 1991.
84)　현기영은 데뷔작 「아버지」 이후 줄곧 4 · 3 사건을 작품으로 형상화한다. 신승엽에 의하
　　면 「아버지」는 4 · 3이라는 역사적 사건이 단지 개인의 심리에 상흔을 남긴 배경으로서만
　　의미를 지니며, 「순이 삼촌」은 4 · 3을 역사화하여 역사와 현실에 대한 구체적인 인식에
　　바탕한 리얼리즘에로 나아가고 있으며(신승엽, 「고발과 화해정신을 넘어서서」, 현기영,
　　『한국소설문학대계 72─순이 삼촌 외』, 두산동아, 1995, 501~505쪽), 「거룩한 생애」는 민
　　중적 위엄을 구현하는 '일종의 시적인 경지'에 도달하고 있다(신승엽, 「시적 민중성의 높
　　이와 산문적 현실분석의 깊이」 『민족문학을 넘어서』, 소명출판, 2000, 257쪽).

억이 일관성을 띤다는 것을 알 수 있다. 이제 독자는 그 사건에 대한 다른 사람의 기억이 어떠한지 확인한 후 작가의 기억과 비교해야 한다.

> 경찰은 민보단과 부인회원을 모이게 한 후 여인을 끌고 왔습니다. 경찰은 그 여자를 발가벗긴 후 민보단원과 부인회원들에게 창으로 찌르라고 강요하다가 총으로 쏘았습니다. 생후 한 달도 안된 아기가 죽은 엄마 옆에서 바둥거리자 경찰은 아기 얼굴에 대고 또 한 발의 총을 쏘았습니다.[85]

작가의 기억은 공권력에 의해 민간인들이 희생되었다고 증언하는 '증언자'의 기억과 일치한다. 즉 작가가 4 · 3 사건을 기억할 때 어느 정도 정확성의 차이는 있을 수 있지만, 작가의 기억은 그 사건을 함께 겪었던 사람들의 기억의 내용과 유사하다는 점에서 공동체 내 보편성을 띤다는 것을 알 수 있다. 독자는 사건과 관련된 정보를 수집해 작가의 기억이 갖는 의미를 탐색한다. 이때 독자는 증언자의 기억이 작가의 기억과 유사하여 보편성을 띠는 기억이기 때문에 작가의 기억이 곧 사실이고 진실이라고 성급하게 결론을 내려서는 안 된다. 그 사건에 대해 다른 관점으로 기억하는 사람들의 증언을 참조해 사건을 객관적으로 보는 태도가 필요하다.

둘째, 작가의 기억에 대한 객관성을 확보하기 위해 그 사건을 작가와는 다른 관점에서 다룬 자료들을 검토해야 한다. 만일 작가의 기억이 피해자나 희생자의 입장이라면 독자는 사건에 대한 가해자의 기억을 확인할 필

---

85) 「김원형(88세, 표선면 성읍리) 씨의 증언」, 제민일보 4 · 3취재반 편, 『4 · 3은 말한다』 5, 전예원, 1994, 88쪽.

요가 있다. 이는 동일한 사건에 대해 두 관점의 차이를 이해하고, 그 차이가 발생하게 된 원인을 파악하기 위한 작업이다.

> 2월 15일, 세칭 북촌사건이 발생했다. 이 마을을 습격한 공비들은 어린이와 노인을 제외한 대부분의 마을 남자들을 무참히 학살하거나 납치해 갔다. 토벌대가 공격해가자 공비들은 일부는 산으로 도망가고 일부는 마을로 숨어들어 약탈과 방화를 자행했다. 장시간 소탕전이 벌어지고 북촌리는 황폐한 마을이 되었다.[86]

『지상에 숟가락 하나』와 다른 증언자들의 기억에는 '학살'을 한 세력들이 주로 군인과 경찰 등의 공권력이었다면, 이 증언은 마을에서 일어난 '학살' 사건의 주범을 '공비'로 기억한다. 동일한 사건에 대한 증언자들의 증언 내용이 다르다. 독자는 자신이 수집한 정보들을 종합적으로 검토하는 과정에서 증언의 차이가 발생한 이유 등을 꼼꼼히 살펴보아야 한다. 당시 역사적 배경과 정치적인 상황 등을 고려하여 사건에 대한 객관성을 확보해야 한다.[87] 그리고 독자는 자신이 경험한 기억 등을 동원해 그 사건에 대한 종합적인 판단을 내릴 수 있다.

셋째, 현재 기억 공동체에서 작가가 기억하는 사건에 대한 평가를 확인

---

86) 제주도경찰국, 『제주경찰사』, 1990, 315쪽.

87) 권기숙, 「제주 4 · 3의 사회적 기억」, 『한국사회학』 제35집 5호, 한국사회학회, 2001. 이 논문에서는 4 · 3 사건 당시의 신분에 따라 '경찰, 군인, 서청, 산사람, 좌익단체, 우익단체, 일반 주민' 등으로 나누어 그들의 사회적 기억을 검토한다. 동일한 사건을 겪었더라도 그 사건을 떠올리는 주체의 기억은 다르게 나타난다. 이와 같이 독자도 가능하다면 작가가 기억의 대상으로 삼는 사건에 대한 다양한 주체의 기억을 검토하는 것이 요구된다.

해야 하며, 그 과정에서 독자는 작가의 기억에 대한 스스로의 관점을 정립해야 한다. 공동체에서 해결되지 않은 채 남아 있는 기억은 사건에 대한 지속성을 띠며 여전히 현재 구성원들에게 영향을 미친다. 따라서 독자는 작가의 기억에 대한 타자들의 반응을 살핌으로써 공론장에서 논의되는 담론을 이해할 수 있다.

> 2003년 반세기 만에 국가는 4·3이 국가공권력에 의해 저질러진 범죄 행위였음을 고백하고 제주도민들에게 고개 숙여 사과했는데 말이지요. …… 어찌된 영문인지, 국민적 사랑을 받고 있는 다른 베스트셀러들도 '불온서적'이라니. 온 국민을 어처구니없게 만들고 있더군요. 이러한 '금서목록'이 착오였기를 내일은 선생님과 함께 기대하겠습니다.[88]

대통령의 사과가 있었음에도 불구하고 4·3 사건에 대한 관점은 여전히 양분되어 있다. 한편에서는 현기영의 『지상에 숟가락 하나』를 금서목록으로 지정해 독서 자체를 금지하자고 주장하며, 다른 한편에서는 '국민적 사랑을 받고 있는 베스트셀러'라고 평가한다. 이러한 극단적인 평가가 나오게 된 것은 공동체나 집단 차원에서 아직도 4·3 사건에 대한 기억 정리가 이루어지지 않았기 때문이다. 즉 계속해서 공론장에서 논쟁이 필요하다는 것을 의미한다. 독자는 여러 정보를 객관적으로 수용해야 하며, 그 사건에 대한 자신의 입장을 수립해야 한다.

독자가 자신의 관점으로 작가의 기억을 수용하여 비판적으로 이해하는

---

88)　허영선, 「불온서적, '지상에 숟가락 하나'」, 『경향신문』, 2008. 8. 5.

것은 곧 기억의 정체성을 형성하는 작업이다. 작가는 자신의 기억을 타자와 공유하기를 바라며, 망각되는 기억을 공론의 장에 펼쳐보임으로써 새로운 공동체 기억을 형성하기를 바란다. 독자는 다양한 정보를 통해 작가의 기억이 갖는 일관성과 보편성, 그리고 진실성을 탐색해야 하며, 작가의 기억과 유사한 독자 자신만의 기억이 있는지 살펴볼 필요가 있다. 그 과정에서 독자는 그 사건과 관련된 작가의 기억, 증언자의 기억들을 수용하여 자신의 기억과 통합할 수 있다. 그러면서 독자도 작가의 기억을 매개로 하여 자신의 기억을 정리할 수 있으며, 최종적으로 기억에 대한 정체성을 형성할 수 있게 된다.

 # 기억 재형상화에서 소설 읽기 교육의 실제

이 연구는 텍스트를 읽는 독자가 자신을 이해하는 과정에서 나타나는 현상적인 특징을 밝히고, 이를 독서교육에 적용할 수 있는 원리와 방법을 제시하는 것을 목표로 한다. 그런데 독서과정은 인간의 내면에서 일어나는 정신적이고 심리적인 현상이기 때문에 그동안 문학교육 논의에서는 '자기화'나 '전유' 등의 다소 추상적인 용어로 설명되곤 했다. 비록 '자기화'나 '전유'가 심리적인 영역에 속하는 현상이기는 하지만 이에 대한 구체적이고 이론적인 규명이 있어야만 문학 읽기 교육의 실천방법에 대한 논의가 풍성해질 수 있다. 이 연구는 텍스트의 내용이 독자에게 전유되는 현상과 과정의 중심에는 기억 행위가 있다고 본다.

그동안 '수용이론'과 '해석학'이 문학의 생산과 수용과정에서 독자의 위상을 높이는 역할을 한 것은 틀림없는 사실이다. 그러나 교육 현장에 실천적으로 적용되는 과정에서 과연 이 이론들이 가진 근본 취지가 제대로 반영되는가 하는 점은 의문으로 남는다. 문학 텍스트가 교과서의 제재로 사용되는 순간 그것은 자기화나 가치화를 매개하는 대상이라기보다는 입시를 위한 하나의 교과목으로 취급된다. 이러한 상황에서 독자가 독서를 매개로 자신을 성찰하고 새로운 가치를 형성하는 것은 쉬운 일은 아니다. 입시 위주의 문학교육은 학습독자로 하여금 텍스트와 자신의 삶을 연결해 새로운 의미를 구성하는 종합적인 독서가 아니라 텍스트에 제시된 내용들을 분석하고 이해하는 수준의 피상적이고 단편적인 독서만을 강요한다.

이 연구는 텍스트를 분석하는 데 머물고 있는 독서와 입시 대비를 위한 분편적인 독서가 지닌 문제점을 해결하기 위해 '기억'의 문제를 문학독서론에 끌어들였다. 이는 독서의 현재성에 기억이 어떻게 작용하고, 미래를 전망하는 일과는 어떻게 관련되는지를 규명하는 데 유용하다.

학습자가 텍스트를 해석하는 양상을 조사하고, 텍스트 해석에서 독자의 기억 재형상화가 지니는 가치를 제시하기 위해 대학생과 고등학생을 대상으로 감상문 쓰기 실험을 했다. 1절에서는 실험의 개요와 학습독자의 감상문 쓰기의 실태를 살펴보았다. 2절에서는 기억 재형상화 방법에 따라 쓴 감상문을 분석했다. 3절에서는 고등학교 학습독자가 기억 재형상화의 방법으로 소설을 읽을 수 있는지 확인했다. 4절에서는 기억 재형상화가 소설 읽기의 새로운 방법이 될 수 있는 가능성을 제시했다.

1. 실험 개요 및 감상문 분석

1) 실험 개요

이 실험은 서울 소재 H대학교 1학년 117명(실험 ㉮), 경기도 소재 S, A 고등학교와 서울 소재 M고등학교 2학년 50명(실험 ㉯), 경기도 소재 K대학교 34명(실험 ㉰)을 대상으로 진행되었다. 감상문 쓰기의 대상 텍스트와 감상문을 쓴 학습독자에 대한 사항은 다음의 표와 같다.

	텍스트	대상	쓰기 횟수	표기방법[1]
실험 ㉮	김소진, 「자전거 도둑」	H대학교 117명(1학년)	2회	1차(감상문 H-가-1) 2차(감상문 H-가-2)
실험 ㉯	김소진, 「쥐잡기」	경기 S고등학교 20명(2학년) 경기 A고등학교 15명(2학년) 서울 M고등학교 15명(2학년)	1회	감상문 S-가 감상문 A-가 감상문 M-가
실험 ㉰	현기영, 「지상에 숟가락 하나」	K대학교 34명(2학년)	1회	감상문 K-가

〈표 2〉 감상문 쓰기 대상 텍스트와 감상문을 쓴 학습독자

각 실험의 일정과 방법은 다음과 같다.

---

1) 자료의 기호화 방식은 [학교-학습독자-쓰기 횟수]의 순이다. 예를 들어 [감상문 H-가-1]은 H대학교 '가' 학습독자가 쓴 1차 감상문을 가리킨다. [감상문 S-가]는 S고등학교 '가' 학습독자가 쓴 감상문을 가리킨다. 학습자의 텍스트는 의미 훼손은 막되, 가독성을 확보하기 위해 오탈자만 수정하여 제시하였다.

〈실험 ㉮-1 : 1차 감상문 쓰기 일정과 방법〉

○ 시기 : 2011년 3월 18일

○ 대상 : H대학교 1학년 학습독자 117명

○ 목적 : 감상문 쓰기의 현황 분석

○ 방법 :

 (1) 학습독자는 김소진의 「자전거 도둑」을 읽는다.

 (2) 자율적인 형식으로 감상문을 쓴다.

〈실험 ㉮-2 : 2차 감상문 쓰기 일정과 방법〉

○ 시기 : 2011년 6월 10일

○ 대상 : H대학교 1학년 학습독자 117명

○ 목적 :

 (1) 감상문 쓰기 과정에서 독자의 기억이 개입될 때 나타나는 현상 분석

 (2) 기억 재형상화를 통한 소설 읽기 방법 제시

○ 방법 : 독자 자신의 기억을 매개로 김소진의 「자전거 도둑」을 읽고, 감상
문을 쓴다.

　　실험 ㉮는 두 차례에 걸쳐 진행되었다. 1차 감상문 쓰기는 대학교 1학
년 학습독자의 텍스트 해석 양상을 조사하기 위한 목적으로, 2차 감상문
쓰기는 동일한 학습독자를 대상으로 기억 재형상화의 방법을 제시하기
위한 목적으로 진행되었다. 대학교 1학년 학생들은 고등학교까지 교육과
정에 따라 단계적으로 독서교육을 받았고, 입시를 위해 텍스트를 분석하
고 이해하는 식의 독서로부터 비교적 자유롭다는 장점을 지닌다. 이들의
감상문을 통해 고등학교까지의 글쓰기 교육의 실태를 파악할 수 있었다.
또한 1차 감상문은 텍스트 해석의 과정에서 '독자의 기억'이 매개가 되어

야 하는 당위성을 제시하는 데 근거자료가 될 수 있다. 1차 감상문을 쓰고 3개월 후에 2차 감상문을 쓰도록 했다. 감상문 2는 감상문 1을 쓴 동일한 학생들에게 기억 재형상화의 필요성과 방법에 대한 수업을 진행한 후 텍스트에 제시된 기억을 매개로 떠오른 학습독자의 자기 기억을 바탕으로 텍스트를 해석하도록 했다. 그 결과 학습독자들이 감상문 1에 비해 감상문 2에서 텍스트의 내용을 자신의 삶으로 전유해 성찰하는 태도를 적극적으로 드러낸다는 점을 검증하고자 했다.

〈실험 ㉯ : 감상문 쓰기 일정과 방법〉

○ 시기 : 2012년 12월 13일~21일

○ 대상 : 총 50명

　　　　　경기도 소재 S고등학교 2학년 20명

　　　　　경기도 소재 A고등학교 2학년 15명

　　　　　서울 소재 M고등학교 2학년 15명

○ 목적 : 소설 읽기에서 기억 재형상화 방법의 적합성 확인

○ 방법 :

　(1) 문학교사가 학습독자에게 기억 재형상화 방법에 대한 수업을 진행한다.

　(2) 김소진의 「쥐잡기」를 읽는다.

　(3) 활동지[2]에 내용을 채운 뒤 감상문을 쓴다.

　실험 ㉯는 고등학생들이 기억 재형상화로 소설을 읽을 수 있는 능력을 갖추고 있는가를 확인하기 위한 목적으로 진행되었다. 실험 ㉮에서 실험

---

2)　제1부의 〈부록〉 참조.

대상이었던 대학생들은 아무래도 고등학생보다는 글쓰기 경험이나 사회 경험이 많다. 따라서 이 실험 결과를 바탕으로 고등학생의 독서교육방법을 설계하기에는 한계를 지닌다. 그래서 고등학교 학습독자들을 대상으로 기억의 재형상화 방법으로 소설을 읽는 실험을 했다.

<실험 ㉯ : 감상문 쓰기 일정과 방법>
○ 시기 : 2011년 10월 21일
○ 대상 : K대학교 2학년 학습독자 34명
○ 목적 : 2절에서 제시한 재형상화 방법에 따라 소설을 읽고 감상문 쓰기
○ 방법 :
 (1) 문학교사가 학습독자에게 기억 재형상화를 통해 소설을 읽는 방법을 가르친다.
 (2) 학습독자는 현기영의 『지상에 숟가락 하나』를 읽는다.
 (2) 기억의 재형상화 방법에 따라 소설을 읽고 감상문을 쓴다.

실험 ㉯는 기억 재형상화 방법으로 소설을 읽는다면 학습독자에게 실질적으로 도움이 되는 것이 무엇이며, 읽기의 어떤 능력이 신장될 수 있는가를 확인하기 위해 진행되었다. 또한 학습독자가 갖고 있는 개인적인 기억이 이 소설을 매개로 어떻게 공적 기억으로 전이될 수 있는가를 규명하고자 했다.

2) 감상문 쓰기의 현황 분석

<실험 ㉮-1>은 감상문 쓰기의 현황을 살펴보기 위해 실시되었다. 문학

교사는 정규 고등학교 교육과정을 이수한 대학교 1학년 학습독자에게 김
소진의 「자전거 도둑」을 읽고 자율적인 방식으로 감상문을 쓰도록 요구
했다.

글 속의 '나'는 현관 앞에 세워둔 자신의 자전거를 매일 누군가 훔쳐 탄다는
것을 알게 된다. 처음에는 동네 꼬마라고 생각했지만 범인은 위층에 사는 젊
은 에어로빅 강사였다. '나'는 자전거 도둑을 보며 영화 〈자전거 도둑〉을 떠올
린다. 영화에 나오는 나약한 아버지를 보고 '나'는 자신의 어린 시절을 떠올린
다. 위층 여자와 친구처럼 지내게 된 '나'는 그녀에게 〈자전거 도둑〉을 보여준
다. 그녀도 그 영화를 보며 어린 시절의 상처를 떠올린다.
　'나'는 자신의 아버지를 비참하게 만들었던 혹부리영감을 간접적으로나마
죽였다는 죄책감을 가지고 있다. 아버지를 나약하게 만들어버린 영감에 대한
'나'의 복수가 영감의 죽음에 영향을 미쳤다는 생각에 떠올리고 싶지 않은 기
억이 되어 버렸다. 위층에 사는 그녀는 친오빠를 죽인 죄책감 속에서 살고 있
다. 오빠에게 성적인 상처를 받아 간질 환자였던 오빠를 방치해두어 죽게 했
다는 죄책감이었다. 그녀가 몰래 자전거를 타는 이유도 오빠에 대한 죄책감
때문일 것이다. 사회적 강자였던 혹부리영감을 죽였다는 '나'의 죄책감보다
간질 환자였고 자기의 몸을 가누지도 못하는 약자였던 오빠를 죽였다는 그녀
의 죄책감이 더욱 치유하기 힘들 것이다. 그 때문에 그 시절의 트라우마가 현
재의 그녀에게 큰 영향을 주고 있다.
　이 작품을 읽은 후 어린 시절 어두웠던 기억이 한 사람의 인생에 큰 의미로
작용한다는 것을 느꼈다. 영화 〈자전거 도둑〉으로 두 사람의 기억이 같이 떠
올려진다는 글의 구조도 매우 흥미로웠다(감상문 H-가-1).

학습독자가 김소진의 「자전거 도둑」을 읽고 작성한 1차 감상문이다. 이
감상문은 텍스트의 줄거리를 제시한 후 인물의 현재 행동에 영향을 미친

과거의 기억을 분석하는 과정을 거쳐 텍스트의 의미를 이끌어내는 구조를 띤다. 두 번째 단락까지 텍스트의 줄거리 제시와 인물에 대한 분석이 대부분이다. 그러다가 세 번째 단락에서 텍스트에서 발견한 의미인 '어린 시절 어두웠던 기억이 한 사람의 인생에 큰 의미로 작용한다는 것을 느꼈다.'라고 간단하게 제시하고 급하게 글을 맺는다. 전체 감상문의 70% 정도가 이와 같이 '줄거리 제시-인물의 행동 원인 분석'을 한 후 텍스트의 의미를 이끌어내었다.[3] 텍스트에 대한 독서 행위가 학습독자로 하여금 의미를 발견하도록 했다는 점에서 이 감상문 쓰기는 유의미한 활동이라 할 수 있다. 하지만 이 의미를 이끌어내기 위해 그가 사전에 한 활동들, 즉 줄거리를 구성하고 인물 행동의 원인을 분석하는 데 들인 노력이 의미를 이끌어내는 데 효율성이 있는가 하는 점은 문제로 남는다. 왜냐하면 이 감상문에는 독자 자신의 삶에 적용(application)하고 전유(appropriation)하는 과정이 구체적으로 제시되지 않았기 때문이다. 이와 같은 현상은 다른 학습독자의 감상문에서도 발견되는데, 이 중 몇 가지만 제시하면 다음과 같다.

· 나도 현대인들 속에서 상처를 가지고 살아가는 한 인간이라는 생각이 든다. 하지만, 타인의 상처를 포용하고 감싸주는 사람이 되고 싶다(감상문-

---

3) 117명의 1차 감상문 중 '줄거리'와 '인물의 행동 원인 분석'만 하고 독자의 관점에서 의미를 이끌어내지 못한 것은 36편, 비율로 따지면 30% 정도였다. 70%는 텍스트 분석을 바탕으로 의미를 이끌어낸다. 이는 여전히 감상문 쓰기 교육이 텍스트 분석을 통한 이해(understanding) 차원에서 그치고 있는 경우가 많다는 것을 말해준다. 즉 독자의 자기 이해의 차원까지 나아가지 못한다.

나-1).
- · 이 소설을 통해 어린 시절의 상처가 떠오를 수 있을 것 같다. 아픈 상처를 성인이 되어서도 떠올린다는 것이 슬프고 힘든 일일수도 있지만, 그것을 통해서 더욱 발전하는 계기가 된다고 생각한다(감상문-다-1).
- · 이런 아픔들을 가지고 살아가는 현대인들에게 조금만 더 관심을 기울인다면 따뜻한 사회가 될 수 있지 않을까(감상문-라-1).
- · 자신의 행복을 위해 다른 사람의 행복을 뺏는 일이 계속 일어난다. 모두가 행복해질 수 있는 방법이란 없을까(감상문-마-1).

이러한 감상의 결과가 과연 독자의 삶과 연계가 된 상태에서 나온 것인가 하는 의문이 든다. 물론 이 감상문들에는 구체적으로 제시되지는 않았지만 독자는 텍스트의 내용과 자신의 삶을 관련시키면서 의미를 이끌어 냈을 수도 있다. 그러나 글쓰기 과정을 중시하는 학습자 중심의 감상문 쓰기에서는 의미를 생성하기 위한 학습독자의 사고과정을 추론할 수 있는 근거들이 제시되는 것이 바람직하다.

학습독자들은 텍스트 분석에만 급급한 나머지 분석을 통해 발견한 의미를 독자의 삶과 연관해 자신의 것으로 전유하는 데에는 한계를 드러냈다. 이는 그동안의 문학 읽기 교육이 자기화나 전유의 당위성만을 강조한 나머지 그 과정에 대한 논의를 심도 있게 진행시키지 못한 결과라고 판단된다. 학습독자 개개인의 삶과 텍스트 내에 인물의 삶이 결합되는 양상은 순전히 인간정신의 차원에서 진행되는 것이기 때문에 그것을 검증하는 일은 불가능하다는 연구자들의 자조가 그 밑바탕에 깔려 있는 탓은 아닐까? 그럼에도 불구하고 감상문에는 독자의 삶이 제시되어야 하며, 또한 그것이 텍스트와 마주할 때 변모하는 과정에 대한 치밀한 탐구가 필요하다.

　이러한 문제의식으로 감상문 쓰기의 방법을 모색하는 데 아이디어를 제공한 몇 가지 감상문이 있다. 117편의 감상문 중 8편에서 학습독자가 자신의 삶과 텍스트의 인물의 삶을 비교하면서 새로운 의미를 발견하려는 시도가 나타났다. 그중에서 5편을 소개한다.[4] 물론 이상적인 감상문은 아니지만 인물과 독자의 삶을 비교하는 과정에서 의미를 생성하려고 시도했다는 점에서 유의미한 효율적인 활동이라고 판단된다.

① 승호처럼 극한 상황의 기억은 아니지만 아버지가 처음 실직을 하셨을 때의 기억이 생생하다. 누구의 잘못도 아니기에 승호처럼 복수도 할 수 없었다. 그냥 그런 아버지를 보며 마음만 아파했던 기억이 있다. (…중략…) 난 내 아픈 기억을 극복했다고 믿기에 재미있게 이 소설을 읽을 수 있었던 것 같다(감상문 H-바-1).

② 아버지가 아들 앞에서 모욕을 당할 때 깊은 연민을 느꼈다. 나도 브루노와 김승호처럼 아버지의 힘든 모습을 보았기 때문이다. 얼마 전 아버지께서는 사업을 하시다가 일이 잘못되어 지금은 대리운전을 하신다. 그런데 아버지의 사무실을 정리할 때 아버지를 도와준 적이 있다. 그때 나는 아버지의 축 처져 있는 어깨를 보았고 깊은 한숨 소리를 들었다(감상문 H-사-1).

③ IMF 당시에 아버지는 실직을 했다. 그 당시에 빚쟁이들이 집까지 찾아와서 문을 두드리곤 했다. 이런 경험이 있기에 승호가 겪는 아픔을 더욱더 공감할 수 있었다(감상문 H-아-1).

④ 어릴 때 아버지께 이것저것 사달라고 조른 적이 있는데, 그때마다 아버지는 나의 요구를 거절했다. (…중략…) 아버지에게 무관심했기 때문에 아버

4)　나머지 3편은 4장 1절 (2) '무의식적 경험 투사를 통한 기억의 의미 이해' 부분에서 제시한다.

지의 형편을 배려하지 못하고 무능력하다고 생각했다. 지금부터라도 무관
심의 터널에서 벗어나와 이웃과 다른 사람을 배려하는 마음을 갖겠다(감
상문 H-자-1).
⑤ 아버지가 술을 드시고 늦게 오셔서 하는 행동들이 상처가 되었다. 정말 어
렸을 때에는 목숨의 위협도 받았던 적이 있다. 정말 오래된 일이지만 잊혀
지지 않는다(감상문 H-차-1).

①~⑤에는 독자가 소설을 읽으면서 떠오른, 혹은 떠올린 독자의 경험
이 제시된다. ①에서 독자는 「자전거 도둑」에서 '무너져버리는 아버지의
뒷모습을 목격해야 하는, 그럼으로써 평생 씻을 수 없는 내면의 상처를
끌어안고 살아'가는 '승호'와 대화관계를 유지하면서 '실직한 아버지를 보
며 느꼈던 아픔'을 떠올린다. 독자는 단지 '승호'의 이야기를 듣고만 있는
것이 아니라 '승호'의 처지를 이해하기 위해, 혹은 '승호'의 유년 시절 사
건을 통해 독자 자신을 이해하기 위해 자신이 겪었던 아버지와 관련된 삽
화를 소개한다. ②에서는 사업을 그만둔 아버지의 사무실을 정리하던 기
억, ③에서는 IMF 당시에 실직한 아버지에 대한 기억, ④에서는 유년 시
절 아버지를 무능력하다고 생각했던 기억, ⑤에서는 아버지의 폭력으로
인해 힘들었던 기억 등을 떠올리면서 텍스트에 제시된 인물들의 기억과
만난다.

물론 그 기억들은 「자전거 도둑」의 '승호'나 '미혜'가 겪은 상처와는 성
격이 다르지만 인물의 행동을 이해하고 현재 독자 자신의 정체성을 규정
짓기 위한 근거가 된다. 이러한 자기 기억에 대한 고백이 있기 때문에 독
자는 텍스트를 중심에 두고 의미를 모색하는 것을 넘어서 텍스트와 자신

을 함께 중심에 두고 의미를 생성하는 것이 가능해진다.

신비평 이후 수용미학, 해석학, 구성주의 등의 영향으로 독자는 주체로서의 지위를 획득했다. 그 영향으로 문학교육 논의는 텍스트 분석의 방법이나 전략 등을 탐구하는 차원을 넘어서 텍스트를 재구성해 독자가 의미를 생성하는 과정을 강조하는 방향으로 전개된다. 그런데 독자가 주체로서의 지위를 획득한 것이 단순히 작가 중심이나 텍스트 중심의 해석에서 벗어남을 의미하지는 않는다. 독자도 문학 소통 행위의 중요한 주체로서 텍스트의 의미를 통해 자신의 삶을 재조정하고 재구성할 수 있는 힘을 가져야만 한다. 이러한 맥락에서 ①~⑤는 텍스트에 제시된 인물의 경험과 관련 있는 자기 기억을 제시함으로써 텍스트로 향하는 해석이 아닌 텍스트와 만나는 해석을 한다.

기억을 구체화하는 행위는 무의식과 의식을 아우르는 과정이다. 기억은 무의식 상태로 학습독자의 정신세계 내에 존재한다. 학습독자가 현재적 관점에 따라 그 무의식과 만나 존재감을 형성하는 일은 의식적인 행위라고 할 수 있다. 그런데 칸트는 기억을 의식적인 행위로 본다. 그의 논의에 따르면 현재주체는 의식을 개입시켜 기억을 종합하는 행위를 통해 자아를 구성한다. 하지만 칸트는 기억을 철저하게 주체의 '의식'적 행위[5]에만 한정한다. 그는 기억 중에서 주체의 의식으로 포착되는 것만이 의미가 있다고 본다. 그러나 기억에는 현재주체가 의식하지 못하는 사이에 불현듯 다가와서 의미 생성에 영향을 주는 것도 있을 수 있다. 프로이

---

5) I. Kant, 백종현 옮김, 앞의 책, 42~43쪽, 433~434쪽 참조.

트는 이것을 무의식이라고 했으며, 베르그손은 잠재적 순수기억, 들뢰즈는 잠재적 무의식이라고 했다. 즉 잠재적 무의식이 주체를 향해 끊임없이 다가오는 현상에 대해서는 칸트식의 경험이론으로 설명하기에는 한계가 있다.

주체가 의식하지 못하는 세계에 있는 경험도 주체의 자아 형성에 영향을 미친다. 따라서 의식 수준의 경험뿐만 아니라 무의식 차원의 경험을 현동할 수 있는 방법에 대한 모색이 필요하다. 즉 문학능력을 신장하기 위해서는 의식적 경험뿐만 아니라 무의식적 경험까지 고려할 필요가 있다. 이런 점에서 무의식적 차원에서 존재하는 경험이 지닌 힘을 강조하는 베르그손의 관점은 의미를 지닌다. 이는 경험의 초월론적 근거를 의식의 형식적 구조에 있다고 보고 있는 칸트의 관점과는 차이가 있다. 베르그손은 경험을 잠재적 무의식에 존재한다고 본다.[6] 다음은 학습독자들이 쓴 1차 감상문의 마지막 단락을 인용한 것이다.

① 나 또한 청소년 시절에 아버지에 대한 좋지 않은 기억들이 많다. 그러나 지금 생각해보면 아버지께 한 행동들이 너무나 죄송스럽다(감상문 H-카-1),

② 나도 승호와 마찬가지로 어머니에 대한 연민이 있다. 소설을 읽으면서 어머니와의 대화를 많이 가졌다. 소설과 마찬가지로 나의 그 아픔은 치료되지 않았지만, 어머니를 이해할 수 있었고, 내 자신을 다시 한번 돌아보는

---

6) 김재희, 앞의 책, 17~18쪽. 칸트는 '모든 경험의 가능 근거'로 의식의 초월적 기능을 제시하지만, 베르그손은 '구체적 경험의 실재적 근거'로 무의식이 지닌 잠재성을 제시한다.

계기가 되었다(감상문 H-타-1).

③ 나도 무의식 중에 가끔씩 떠올리기 싫은 기억을 떠올리며 스트레스를 받
는다. 하지만 나는 서미혜처럼 자전거를 훔쳐 타는 행위와 같은 상처에 바
를 연고가 없다(감상문 H-하-1).

①~③에서 학습독자는 자신이 가진 기억의 내용을 직접 제시한 것이 아니라 학습독자의 정신 속에 있는 '좋지 않은 기억', '어머니에 대한 연민', '떠올리기 싫은 기억' 등과 같은 기억에 대한 감각을 제시했다. 그런데 이들은 모두 '나 또한'이나 '나도'를 사용하여 텍스트의 인물이 가진 기억과 학습독자 자신의 기억의 관련성을 찾았다. 즉 독자는 텍스트의 기억을 매개로 자신의 기억을 이끌어낸다. 학습독자는 텍스트의 기억과 마주하면서 그와 유사한, 혹은 동일한 관념을 형성했다.

그럼에도 불구하고 학습독자는 그 관념이 형성된 자기 기억의 실체에 대해서는 고백하지 않고 있다. 이는 상대방(교사)에게 자기 기억을 고백하는 것이 부담이 될 수도 있고, 상처받은 기억을 스스로 정리하지 못했기 때문에 망설이는 것일 수도 있다. 여전히 은폐된 기억에 접근하기가 두려워 기억의 내용이 아닌 그 내용과 관련된 감각이나 이미지만을 떠올렸다.

특히 ③의 학습독자는 '떠올리기 싫은 기억'을 갖고 있다고 고백한다. 그런데 학습독자의 의도와는 달리 그 기억은 항상 주체를 향해 있다. 그래서 학습독자는 좋든 싫든 그 기억과 마주할 수밖에 없다. 기억이 지닌 근원적인 폭력성이 현재주체에게 '스트레스'를 주고 있는 상황이다. 그런데 주체는 항상 이 기억을 지각하지는 않는다. 주체의 정신 속에서 잠재

적 무의식의 상태로 존재하다가 '독서'와 같은 특별한 계기를 통해 독자의 의식에 포착된다. 그러나 여전히 주체는 그 기억을 거부하고 있으며, 순수기억의 세계로 그 기억을 다시 밀어 넣는다.

그럼에도 불구하고 주체가 독서를 매개로 자기 기억과 마주하는 것은 의미가 있다. 주체가 그 기억을 망각함으로써 상처를 치유하는 것은 한계가 있다. 망각은 진정으로 잊혀진 게 아니라 잊혀진 것처럼 정신세계의 어느 곳에 묻혀있을 뿐이다. 따라서 현재주체는 독서를 통해 자신의 기억과 텍스트에 제시된 기억을 동시에 고려하면서 의미를 생성하려는 시도해야 한다.

감상문 1을 검토한 결과 자기 기억을 동원하여 텍스트의 기억을 해석한 학습독자가 그렇지 않은 학습독자보다 독서과정에서 자신의 삶을 더 깊이 성찰하고 있다는 것을 확인했다. 학습독자는 감상문 쓰기 수업에서 텍스트를 읽는 동안 떠오른 자기 기억을 정리하고, 이것을 텍스트 해석에 적극 활용할 필요가 있다.

2. 기억의 재형상화 과정으로서 소설 읽기 방법

3장에서 독서과정에서 작용하는 기억 재형상화의 원리를 바탕으로 독자기억을 매개로 텍스트를 해석하는 방법을 제시하고자 한다. 먼저 독자가 어떻게 잠재적 기억과 만나는지 살펴본다.

무의식의 세계에서 잠재적으로 존재하던 기억은 항상 현재주체를 향해 있는데, 특별한 계기로 주체의 의식에 포착된다. 그런데 주체는 모든 기억을 현재화하지는 않는다. 주체의 현재 상태에 따라 그 기억은 다른 의미를 생성하며 나타난다. 예컨대, 김소진은 유년 시절에 무능력하고 무기력한 아버지의 모습에 대한 기억을 여러 소설을 통해 형상화하고 있는데, 작품마다 그 기억에 대한 의미 생성은 달리 나타난다. 동일한 기억이라도 「쥐잡기」나 「고아떤 뺑덕어멈」에서는 아버지를 이해하기 위한 과정으로 나타나며, 「자전거 도둑」에서는 '나'의 현재 삶의 방향 감각을 찾기 위한 과정으로 나타난다. 3장에서 기억을 형상화하는 과정에서 나타나는 이러한 기억의 특징을 '관념', '직관', '이미지 기억' 등의 용어를 통해 규명하였다.

그런데 독자는 텍스트에 제시된 기억을 어떻게 수용하는가? 이 글은 작가가 자기 기억을 형상화하는 과정에서 나타나는 현상이 독자의 기억 행위에도 나타난다는 전제에서 출발하였다. 물론 이때 독자의 기억 행위는 텍스트를 매개로 진행된다. 베르그손의 '역동적 도식'[7]에 근거해 읽기 과정을 제시하면 다음과 같다.

첫째, 독자는 텍스트에 형상화된 기억의 의미를 바탕으로 관념을 형성한다. 둘째, 독자는 형성한 관념을 매개로 떠오른 감각적 이미지(이미지 기억)를 확인한다. 셋째, 독자는 이미지 기억을 바탕으로 직관력을 발휘해 자신을 향해 다가오는 잠재적 기억을 선택한다. 넷째, 독자는 선택한

---

7) 타자의 언어를 이해하는 현상은, 지적으로 재구성한 관념이 이미지 기억들을 형성하는 과정을 통해 분절된 말들의 지각으로 나타난다. 즉 주체는 '관념→이미지 기억→말 지각'의 과정을 거치면서 타자의 언어를 이해한다. 베르그손은 이 과정을 '역동적 도식'이라고 한다.

기억과 텍스트에 제시된 기억의 비교를 통해 새롭게 통합된 기억을 만든다. 즉 '텍스트의 기억에 대한 관념 형성→관념에 의한 이미지 기억의 포착→독자의 자기 기억 선택→기억의 만남을 통한 의미 생성'의 단계로 진행된다.

이러한 과정을 고려하여 기억 재형상화를 통한 읽기 방법을 '관념과 이미지의 형성', '이미지의 형성과 기억의 선택', '기억의 선택과 의미 생성'으로 구분하여 제시하고자 한다.

1) 관념과 이미지의 형성

독자는 텍스트에 제시된 기억의 의미를 자기 지향적인 의미로 재구성해야 한다. 독자의 자기지향적 해석은 텍스트의 의미를 자의적으로 수용하는 것이 아니라 독자의 주체적이고 능동적 역할을 강화하여 텍스트의 의미를 독자의 상황에 맞게 재구성하는 것을 말한다.

수용이론이나 해석학, 구성주의 이론은 독자의 의미 구성력을 강조한다. 독자는 텍스트에 제시된 의미를 일방적으로 수용하는 주체가 아니라 텍스트의 의미를 독자의 지식과 경험에 따라 새로운 의미를 생성하는 적극적인 주체이다. 그럼에도 불구하고 과연 독자의 상황을 고려한 문학수업이 진행되어 왔는가? 여전히 신비평과 분석주의, 기능주의 등이 문학수업에서 그 위세를 떨친다. 이는 문학교육이 독자 지향적인 해석을 목표로 내세우고는 있지만, 그 원리나 방법에 대한 연구 성과가 미미한 탓이라 판단된다. 이 글은 독자의 기억 재형상화에 주목함으로써 독자 지향적인 해석 이념을 실천할 수 있다고 판단했다.

텍스트에 제시된 기억의 의미를 독자의 자기지향적인 의미로 재구성하기 위해 독자는 자신의 정신세계에 산재하는 기억 중에서 텍스트 해석에 유효한 기억을 이끌어내야 한다. 잠재성을 띤 수많은 기억이 주체를 향하고 있기 때문에 독자는 이 기억들 중 텍스트의 기억 내용이나 성격과 유관한 것을 선택해야 한다.

어떤 학습독자가 소설을 읽는다고 하자. 그는 마음속으로 인물의 행동이 갖는 의미나 소설의 제목이 의미하는 내용 등을 떠올리는 다양한 지적인 작업을 진행한다. 그러면서 자신이 이해하고자 하는 내용의 수준을 결정한다. 그리고 그 내용들은 하나의 관념으로 응축된다.

독자는 소설의 의미를 수용하는 과정에서 자신의 수준과 상황에 맞게 소설 텍스트에 제시된 기억에 대한 기본적인 관념을 형성한다. 관념에서 출발해 독자는 자신의 잠재적인 기억들과 만나기 위해 이미지 기억을 활용해야 한다. 즉 기억의 재형상화는 텍스트에 제시된 기억(텍스트 기억)이 부여하는 관념을 형성하면서 시작된다. 독자는 텍스트에 제시된 수많은 기억 중 소설의 주제와 긴밀하게 연관되는 기억을 찾아야 한다. 만약 독자가 텍스트가 부여하는 관념과 무관한 독자의 기억에 주목한다면 해석 공동체의 감각과는 거리가 먼 자의적이고 편향적인 재형상화가 나올 우려가 있다. 따라서 기억 재형상화의 출발점은 해석 공동체의 수용 범위 내에서 텍스트의 기억이 부여하는 관념을 찾는 일이다. 만약 학습독자가 그 관념을 제대로 발견하지 못할 경우 독서 토론의 과정을 거쳐 관념을 새롭게 형성하도록 해야 한다.

117명의 학습독자에게 「자전거 도둑」을 읽고 인물의 기억을 중심으로 텍스트의 의미를 한 문장으로 메모하도록 요구했다. 이는 텍스트의 기억에 독자의 기억을 대입시켜 재형상화를 위해 필요한 기초활동이다. 독자는 인물의 기억과 텍스트의 의미의 상호관련성을 파악하는 과정에서 자기 나름의 관념을 형성해야 한다. 이 관념을 매개로 이미지를 떠올리고, 그 이미지에 따라 독자의 자기 기억을 끌어내야 하기 때문이다. 학습독자들이 「자전거 도둑」을 읽고 떠올린 관념들은 다음과 같다.

관념	학습독자의 수
상처	73명
죄책감	34명
가족	4명
사랑	2명
배려	2명
슬픔	1명
실수	1명

「자전거 도둑」을 읽으면서 떠올린 관념을 말해보라는 문학교사의 요구에 학습독자들은 '상처, 죄책감, 가족, 사랑, 배려, 슬픔, 실수' 등을 제시하였다.[9] 이 중 '상처'와 '죄책감'이 117명 중 107명에 달했다. '가족'으로 제시한 학습독자의 경우에도 대부분 '승호의 아버지'와 '미혜의 오빠'와

---

8) 학습독자들 반응 중 두 개 이상의 관념을 제시한 것도 발견되었다. 예컨대, '간질병에 걸린 오빠를 죽음으로 이끌게 한 미혜의 행동에서 죄책감이 느껴졌다'와 같은 경우 '가족'과 '죄책감'이 동시에 제시되었다. 이럴 경우 학습독자에게 재차 질문하여 한 가지를 선택하도록 했다.

관련하여 인물들이 겪는 상처나 죄책감에 주목하고 있었다. '사랑'이나 '배려'를 제시한 학습독자들은 '승호'와 '미혜'의 관계에 주목하여 이 둘이 연인 사이로 발전하지 못하게 된 원인을 염두에 두고 관념을 형성하고 있었다. '슬픔'과 '실수'를 제시한 학습독자들은 텍스트 전체의 의미가 아니라 인물이 갖는 지엽적인 감정에 주목하여 관념을 형성하고 있었다.

학습독자가 어떤 관념을 형성하든 그것은 독자 자신이 정신적으로 수용한 결과이기 때문에 그 관념은 학습독자 개인에 유의미한 것이라고 볼 수 있다. 하지만 해석 공동체 내의 수용 가능성을 염두에 둔다면 일정한 범주 내에서 소통할 수 있는 관념을 형성하는 것이 바람직하다. '올바른 감상'은 존재하지 않을 수도 있지만, '감상에 대한 올바른 접근'은 충분히 존재할 수 있다. 문학교사는 학습독자의 최종적인 해석 내용을 예측해야 한다. 학습독자는 해석 공동체 내에서 수용 가능성의 범주를 벗어난 관념을 형성할 수도 있다. 이때 문학교사는 적극적으로 개입하여 학습독자가 해석 공동체 내에서 소통 가능한 감상을 이끌 수 있는 관념을 형성하도록 지도해야 한다.

문학교사는 학습독자가 형성한 관념을 바탕으로 최종적으로 재형상화할 의미를 예측해야 한다. 학습독자는 해석 공동체 내에서 수용 가능성의 범주를 벗어난 관념을 형성할 수도 있다. 이때 문학교사는 적극적으로 개입하여 학습독자가 해석 공동체 내에서 소통 가능한 감상을 이끌 수 있는 관념을 형성하도록 지도해야 한다. 이 실험에서 문학교사는 학습독자들에게 '상처'와 '죄책감'이라는 관념을 형성하도록 지도했다. 왜냐하면 '상처'와 '죄책감'이라는 관념을 형성한 학습독자의 수가 가장 많았고, 또 기존의 전문 비평가들 역시 '상처'와 '죄책감'이라는 관념을 통해 텍스트의 기억에 대한 의미를 규정하고 있기 때문이다.

이제 학습독자들은 형성한 관념에서 나름대로 어떤 이미지를 떠올려야 한다.[9] 이 '이미지'를 매개로 하여 독자는 자기를 향해 다가오는 잠재적 기억과 만날 수 있다. 따라서 학습독자는 텍스트 기억에서 형성한 관념을 바탕으로 떠오르는 이미지를 제시해야 한다. 관념보다는 이미지가 어떤 현상에 대해 좀 더 구체성을 띠기 때문에 학습독자는 이미지를 매개로 하여 직관력을 발휘해 자기의 잠재적 기억을 이끌어내야 한다.

이를 위해 문학교사는 학습독자에게 「자전거 도둑」에 나타난 인물의 기억을 마주하면서 떠오른 이미지를 메모하도록 요구했다. 이는 학습독자가 텍스트의 기억에서 어떤 이미지를 형성하는지 확인하기 위한 활동이다. 학습독자들은 텍스트를 읽으면서 떠오른 감각을 메모했는데, '어둠, 비릿함, 저림, 삭막함, 쾅쾅, 빨갛게 달아오름, 지독한 냄새, 차가움' 등이 그것이다. 이들 감각은 텍스트의 기억에서 형성된 관념이 불러일으키는 이미지였다. 이렇게 떠올린 이미지를 근거로 학습독자는 기억의 재형상화를 위해 잠재적으로 존재하던 자기 기억과 대면한다.

---

9) 베르그손의 논의를 바탕으로 관념과 이미지의 관계를 탐구한 황수영은 '관념이 정신 쪽에 가깝다면, 이미지는 불완전하지만 좀 더 생생하다는 점에서 어느 정도 사물 쪽에 가까운 것'으로 본다(황수영, 앞의 책, 313쪽).

2) 이미지의 형성과 기억의 선택

학습독자는 잠재성을 띤 기억이라도 철저히 무의식적 상태로 존재하기 때문에 그 실체를 지각하지 못한다. 그럼에도 불구하고 순수기억, 즉 무의식은 잠재성을 띠고 있기 때문에 언제든지 현재 학습독자의 의식적 포착에 의해 구체성을 띠면서 의미를 생성할 수 있다. 무의식이 잠재성을 띤다는 것은 망각되어 영원히 그 실체를 감춘다는 것이 아니라 현재주체의 의식적 작용에 의해 실화될 수 있다는 것을 의미한다. 그렇다면 학습독자가 무의식 상태로 산재해 있는 기억들과 만나기 위해서는 어떻게 해야 하는가?

독자는 관념에 따라 이미지를 형성한다. 이 순간에도 독자의 정신세계에 존재하던 수많은 잠재적 기억들이 독자를 향해 다가온다. 독자는 그 기억들 중에서 자신이 형성한 이미지와 관련된, 혹은 이미지의 근거가 된 기억들과 마주한다. 다음은 「자전거 도둑」을 읽으면서 '상처'라는 관념을 형성한 학습독자가 그와 관련하여 '쿵쿵 대는 소리'라는 청각적 이미지를 떠올린 경우이다.

> 슈퍼에서 물건을 훔치다 주인영감에게 걸린 아버지 대신 승호가 뺨을 맞는 장면에서 어린 시절 우리 집 현관문을 쾅쾅 두드리며 소리를 지르던 빚쟁이들이 떠올랐다. IMF 당시 아버지는 실직을 했고, 빚쟁이들이 매일 밤 몰려와 현관문을 두드려댔다. 나는 그 소리가 너무 듣기 싫어 나가서 열어주려 했지만 아버지께서는 우울한 표정으로 나를 말렸다. 나는 아버지의 그런 태도에 화가 나 대들기도 했다. 시간이 흐르고 그 상황들을 깨달은 뒤 그러한 나의 행동을 얼마나 후회했는지 모른다(감상문 H-아-2).

이 학습독자는 뺨을 맞는 승호의 모습을 보면서 '쾅쾅 두드리는' 소리를 떠올린다. 이 장면에서 학습독자는 뺨을 맞을 때 나는 소리와 빚쟁이들이 문을 '쾅쾅' 두드리는 소리와 비슷하다고 생각한다. 즉 학습독자는 떠오른 청각 이미지에 따라 자연스럽게 과거의 자기 기억과 마주한다. 이제 '아버지와 빚쟁이에 대한 기억'은 텍스트의 기억과 연결되면서 새로운 의미를 생성할 준비를 한다.

여기서 '아버지와 빚쟁이에 대한 기억'은 학습독자의 정신세계에서 잠재적 무의식으로 존재하다가 특별한 감각적 이미지를 계기로 학습독자의 의식 수준에서 포착된 것이다. 베르그손식으로 보자면 학습독자는 평상시에 그 기억을 의식하지 못했지만, 그 기억은 지속적으로 학습독자를 향해 다가오고 있었다. 그러다가 독서과정에서 인물의 기억을 매개로 학습독자는 직관력과 주의력을 발휘해 잠재적인 기억을 의식의 세계로 구체화했다. 그런데 과연 학습독자에게 향하는 잠재적인 기억은 오로지 '아버지와 빚쟁이에 대한 기억'뿐일까? 다시 말해서 학습독자가 떠올린 청각 이미지와 관련해 그에게 향하는 잠재적인 기억은 1:1로 대응하는 것일까? 이는 학습독자의 기억 선택 문제와 연관된다.

학습독자의 무의식의 정신세계에는 다양한 기억들이 존재한다. 그 기억들은 학습독자를 향하면서 언제든지 의식의 수준으로 구체화될 준비를 한다. 즉 그 기억들은 '잠재적'인 성격을 지니고 있다. 학습독자가 선택하는 자기 기억은 관념에 따라 형성된 이미지를 매개로 구체화된다. 그리고 이 기억은 텍스트를 해석하는 데 도움이 되어야 한다.

만약 학습독자가 텍스트를 해석하는 데 거리가 먼, 혹은 무관한 기억을 제시한다면 문학교사는 학습독자와 대화를 통해 그 문제점을 지적한 후 다른 잠재적 기억을 이끌어내도록 지도해야 한다. 물론 그 기억들은 무의식 상태에 존재하기 때문에 학습독자가 빠른 시간 내에 쉽게 그 기억들을 포착할 수는 없다. 학습독자의 자기 기억을 텍스트 해석에 적용해야 하기 때문에 텍스트의 형상화만큼이나 학습독자의 재형상화도 힘들고 어렵다. 따라서 문학교사는 학습독자의 재형상화 과정에 적극적으로 개입하여 관념과 이미지, 이미지와 기억의 내용에 대한 조언을 하면서 지도해야 한다. 다음은 「자전거 도둑」이라는 텍스트를 읽고 학습독자가 쓴 1차 감상문에서 발췌한 내용이다. 이 학습독자가 1차 감상문을 쓴 후 기억의 재형상화를 통해 소설을 읽는 과정을 살펴보자.

> 이런 아픔들을 가지고 살아가는 현대인들에게 조금만 더 관심을 기울인다면 따뜻한 사회가 될 수 있지 않을까(감상문 H-라-1).

대부분의 학습독자와 마찬가지로 이 학습독자 역시 감상문의 전반부에는 텍스트의 줄거리를 제시한 후 후반부에 위의 감상 내용을 간단히 언급하고 글을 마쳤다. 학습독자는 '승호'와 '미혜'가 서로에게 좀 더 관심을 갖고 보듬어주었더라면 연인관계로 발전할 수 있었을 것이라는 결론을 내린다. 그래서 학습독자는 위의 인용문과 같이 아픔을 가진 존재에 대해 좀 더 관심을 기울이는 태도가 필요하다는 의미를 도출한다.

그런데 이 의미는 여전히 학습독자의 삶과 직접 관련이 되지 않으며, 텍스트와 인물에 대한 분석을 바탕으로 삶에 대한 관념적인 태도를 이끌어낸 것에 불과하다. 물론 학습독자의 감상 결과는 텍스트 이해에서 분석을 강조하는 신비평식의 기능론적 관점을 넘어서는 것이기는 하지만 여전히 '텍스트—독자'의 관계에서 텍스트 쪽으로 무게추가 기운 감이 있다. 따라서 수용미학이나 해석학의 이념을 실질적으로 현동화하기 위해서는 텍스트에 종속되는 독자가 아닌, 텍스트와 동등한 입장으로서 독자의 위상을 검토해야 한다. 독자가 텍스트에 제시된 기억의 관념에 따라 이미지를 형성하고, 그것을 매개로 선택한 자신의 잠재적 기억으로 텍스트의 의미를 재형상화한다면 독자는 텍스트 분석에 머무는 존재가 아니라 해석의 진정한 주체로서의 위상을 갖는다.

학습독자가 텍스트 분석을 통해 발견한 의미가 다소 관념적이라는 판단이 들어 문학교사는 학습독자에게 텍스트를 통해 발견한 의미와 관련하여 떠오르는 자기 기억이 있는지 탐색하라고 요구했다. 학습독자가 잠재적 기억에서 어떤 기억을 선택하느냐에 따라 텍스트의 의미가 달라지기 때문에 문학교사는 그 선택과정에 개입을 해야만 했다. 이 학습독자는 텍스트를 읽고 '상처'라는 관념을 형성했고, 이에 따라 '비릿함, 역겨운 냄새, 어두움' 등의 이미지를 떠올렸다.

> '승호'가 '거칠게 발렌타인의 병복을 잡아' 채는 장면에서 어떤 역겹고 비릿한 냄새가 나는 것 같았다. 또, '미혜'의 오빠 '민석'이가 다락방에 갇혀 있는 장면에서도 어둡고 비릿한 느낌이 들었다. 모두들 상처를 갖고 있었다(학습독자 '라'가 떠올린 이미지).

학습독자는 독서과정에서 떠올린 이미지를 제시했다. 그래서 문학교사는 학습독자에게 텍스트의 어떤 장면에서 그러한 이미지를 떠올렸는지 메모하도록 요구했다. 그리고 학습독자는 그 이미지가 떠오르게 된 장면을 제시했다. 이제 문학교사는 학습독자의 기억 속에 그러한 이미지가 나타나는 경험이나 사건 등을 떠올려보라고 주문했다.

> 아버지는 술을 드시면 다른 사람한테 시비를 걸곤 했어요. 제가 초등학교 시절 외갓댁에 놀러간 적이 있어요. 그날도 술에 취한 아버지는 친척들에게 시비를 걸었어요. 그때 막내 이모가 다시는 오지 말라며 소리를 질렀지요. 저는 정말 서럽고 부끄러웠어요(학습독자 '라'의 고백).

학습독자는 그 이미지와 관련하여 유년 시절의 기억과 만나고 있었다. 그러면서 그는 「자전거 도둑」에서 아버지로부터 상처를 받았던 '승호'를 언급하며 위의 기억이 '승호'의 기억과 유사하다고 말했다. 학습독자는 이 기억으로 인해 가끔 불안감을 느낀다고 고백했고, 이 소설을 읽으면서 그 불안감의 실체를 확인했다고 말했다. 바로 아버지를 보며 느꼈던 '승호'의 마음이 이 학습독자에게 전이된다. 그래서 '승호'가 '미혜'에게 자신의 기억을 털어놓았던 것처럼 이 학습독자도 자신의 기억을 구체적으로 말했다. 그 후 1차 감상문에서 이끌어낸 의미 즉, '이런 아픔들을 가지고 살아가는 현대인들에게 조금만 더 관심을 기울인다면 따뜻한 사회가 될 수 있지 않을까'라는 것을 학습독자 자신의 삶과 관련지으면서 2차 감상문을 쓰도록 요구했다.

> '승호'가 '거칠게 발렌타인의 병목을 잡아' 채는 장면에서 어떤 역겹고 비릿한 냄새가 나는 것 같았다. 또, '미혜'의 오빠 '민석'이가 다락방에 갇혀 있는 장면에서도 어둡고 비릿한 느낌이 들었다. 모두들 상처를 갖고 있었다.

우울증에 걸린 나의 아버지는 술을 많이 드시면 욕설을 하고 다른 사람에게 싸움을 거는 일이 잦았다. 한번은 외갓집에 놀러갔는데, 밤늦게 아버지가 술에 취해 들어오셔서 친척들에게 욕설을 퍼부었다. 술 냄새가 진동했고, 어른들은 표정이 심각했고, 엄마는 서둘러 아버지를 끌고 밖으로 나왔다. 나는 어떻게 할지 몰라 마당에서 지켜보기만 했는데 그때, 막내 이모가 나의 등을 밀면서 "당장 나가라! 다시는 우리 집에 얼씬도 하지 마라. 당장 네 아버지 모시고 가서 다시는 오지마라!"라고 하셨다. 나는 너무 서럽고 부끄러웠다. 집으로 돌아가는 택시 안에서 아버지가 정말 지독히도 싫었고, 내가 아버지의 딸로 태어났다는 사실이 너무 부끄러웠다.

김승호는 과거의 아픈 상처를 품고 살아간다. 그래서 자전거 도둑에 대한 영화를 보면서 과거를 회상한다. 김승호는 자전거 도둑에 대한 영화에서 자전거를 훔치는 아버지의 모습을 바라보는 아들 브루노의 마음을 보고 자기의 어렸을 적 상처가 기억나서 화가 난 것이다. 남들의 시선을 의식하면서 술에 의해 아버지가 남들에게 무시당하고 그런 아버지의 모습이 지독히도 싫었던 것처럼 아버지의 권위가 혹부리영감에 의해 무너지는 것이 보기 싫었을 것이다. 같은 처지에 살았던 서미혜도 몸이 아픈 오빠의 모습을 남들에게 보여주기 싫었을 것이다. 왜냐하면 내가 그런 모습을 가진 아버지가 부끄럽고 창피했던 것처럼 말이다. 서미혜는 그런 아픔을 김승호가 이해해주길 바랐지만 김승호는 그러지 못하고 피해버린다. 각자 아픈 상처가 있지만 서로 보듬어주지 못하고 서미혜는 그런 모습에 실망하고 그를 지운다.

나도 나의 이런 상처가 있다 보니, 정말 이런 가정에서 자란 사람보다는 좀 더 밝고 활발한 가정에서 자라난 사람을 바라는 것처럼 김승호도 간접살인을 저지른 서미혜보다는 좋은 가정에서 자란 나미 같은 여자가 좋았을 것이다. 하지만 서미혜는 각자 비슷한 상처가 있는 사람이 자신의 상처를 이해해줄 줄 알았지만 피해버리는 김승호에게 실망한 것이다. 서미혜가 다른 자전거를 훔치는 것은 자신의 상처를 이해해줄 다른 사람을 찾는 것일지도 모른다.

작가는 「자전거 도둑」을 통해 각박해진 현실을 비판하려고 했는지도 모른

다. 자식인데도 우울증에 걸린 아버지를 위로해주지도 못한 나, 술주정을 부
린다고 내가 보는 앞에서 아버지를 쫓아낸 친척들, 그 모습을 보고 한없이 서
럽고 부끄러웠던 나. 모두들 조금만 더 관심을 갖고 배려하는 마음이 있었더
라면 아픈 상처가 내 기억 속에 자리 잡지 않았을 것이다. 작가는 가까운 사
람에 대한 관심도 사라져 버리고 무관심으로 살아가는 각박한 현실에 좀 더
밝고 남을 이해해줄 수 있는 희망에 찬 내일을 바라는 마음으로 이 소설을 쓰
지 않았나 생각한다(감상문 H-라-2).

학습독자는 자신이 형성한 '상처'라는 관념에 따라 제시한 '비릿함, 역
겨운 냄새, 어두움' 등의 이미지를 근거로 유년 시절의 기억과 마주했다.
그리고 그 기억과 텍스트의 기억을 연관 지으면서 새로운 의미를 생성하
고 있었다.

물론 관념을 형성하고, 이미지에 따라 독자의 자기 기억을 추출하는 활
동은 논리를 증명하듯이 순차적으로 혹은 논증적으로 진행되지는 않는
다. 다만 최종적으로 생성한 의미의 근거가 되는 텍스트의 기억과 독자의
자기 기억이 조화를 이룰 때 그 '추측하기'의 결과는 타당성을 갖게 된다.
따라서 문학교사는 학습독자가 제시한 관념과 이미지에 비추어 독자의
기억을 점검해야 한다. 즉 학습독자가 선택한 기억의 내용을 근거로 문학
교사는 최종적 해석의 결과를 미리 예측해야 하며, 그것이 해석 공동체의
해석 범주에서 벗어나지 않는지 확인해야 한다.

요컨대 학습독자가 선택한 기억의 내용과 그것을 근거로 문학교사가
예측한 최종 해석의 결과가 조화를 이루어야 한다. 학습독자들은 해석 범
주에서 벗어나지 않고 해석 공동체에서 수용할 수 있는 기억을 선택해야
한다.

3) 기억의 선택과 의미 생성

학습독자는 텍스트를 읽는 동안 작가의 기억, 인물의 기억 등에 주목하면서 그 기억과 관련된 자신의 기억과 마주한다. 그리고 학습독자는 자신에게 향하는 여러 기억 중 텍스트 해석에 유용한 기억을 선택해 자신의 관점에서 텍스트의 의미를 새롭게 구성한다. 이는 텍스트에 제시된 기억을 매개로 독자도 자신의 기억을 형상화한다는 측면에서 재형상화라고 할 수 있다.

앞의 학습독자 '라'의 2차 감상문에서 학습독자는 「자전거 도둑」에서 혹부리영감 앞에서 아들을 때리는 아버지의 모습과 미혜의 상처를 보듬어주지 않고 피해버리는 승호의 모습에 주목한다. 그리고 그 장면에서 학습독자 자신의 기억, 즉 '내가 보는 앞에서 아버지가 쫓겨나는 모습'과 '배려를 하지 않은 주변 사람들의 모습' 등을 떠올린다. 그 과정에서 학습독자는 아픈 상처를 서로 보듬어주려는 태도, 남을 이해하고 배려할 줄 아는 태도의 중요성을 지적한다.

이처럼 학습독자는 관념에 따라 형성한 이미지의 실체를 밝히는 과정에서 그를 향해 다가오는 '아버지에 대한 기억'을 이끌어내면서 텍스트의 의미를 재구성한다. 1차 감상문에서 '이런 아픔들을 가지고 살아가는 현대인들에게 조금만 더 관심을 기울인다면 따뜻한 사회가 될 수 있지 않을까?'라는 감상은 텍스트 해석에 필요한 독자만이 가진 자기 기억을 선택하면서 보다 구체적이고 독자의 삶과 직접 관련된 의미로 바뀌게 되었다. 즉 학습독자는 2차 감상문에서 '가까운 사람에 대한 관심도 사라져 버리고 무관심으로 살아가는 각박한 현실에 좀 더 밝고 남을 이해해줄 수 있는' 태도를 강조하면서 작가의 의도를 추측한다. 이는 텍스트에서 곧바로 추출한 것이 의미가 아니라 독자의 기억을 선택하여 재해석한 의미이다. 그만큼 학습독자는 '텍스트–독자'의 관계에서 '독자'의 삶을 중심에 두고 '텍스트'를 해석한다.

그렇다면 학습독자는 자기 기억을 매개로 텍스트의 기억을 해석하고 의미를 생성하는 과정에서 「자전거 도둑」에 대해 어떤 평가를 내리고 있을까? 학습독자 '가'는 1차 감상문에서 텍스트 분석을 통해 '어린 시절 어두웠던 기억이 한 사람의 인생에 큰 의미로 작용한다는 것을 느꼈다'고 감상 결과를 제시했다. 문학교사는 기억의 재형상화 방식대로 새로운 감상문을 쓰도록 요구했다. 학습독자가 2차 감상문을 쓴 후에는 1차 감상문을 쓸 때와 달라진 점에 대한 '자기 평가'를 내리도록 했다.

'나'와 '미혜'의 만남으로부터 시작되는 이 책의 이야기는 처음 아무 생각 없이 읽었을 때에는 이해가 되지 않았다. 서로의 과거에 대해 이야기를 하고 좋은 사이로 지낼 수 있을 것 같았던 '나'와 '미혜'는 미혜가 다른 자전거를 도둑질함과 동시에 또다시 어색한 사이가 된다. 서로 자신의 상처에 대해 얘기하던 도중, 과거의 상처에 대한 아픔이 너무나 비슷하기 때문이었다.

'나'와 '미혜'가 평생 지울 수 없는 상처를 안고 살아가는 모습을 보면서 문득 나에게도 과거의 상처가 있다는 것을 깨달았다. 내 짝 영호에 대한 기억이다. 장애우 영호에 대해 무서워하고 가까이 있는 것을 창피해 하며 선생님께 짝을 바꿔달라고 했던 나의 철없던 생각이 지을 수 없는 마음속 그늘로 자리 잡고 있었다. 통쾌한 복수를 했지만 사람을 죽였다는 죄책감과 아버지에 대한 상처를 떠올리는 장면을 보면서 나도 누구에겐가 상처를 주었던 기억이 떠올랐다. 철없던 어린 시절 기억이라는 공통점이 있었다. 조금 더 자란 후 '자전거 도둑'을 읽어 보니 어린 마음이 이해가 되기도 하였다. 그로 인해 지금은 남에게 그런 상처를 주지 않도록 노력하고 산다. '자전거 도둑'은 그런 생각을 내가 하게 해준 계기가 되었다(감상문 H-가-2).

학습독자가 1차 감상문에서 언급한 '한 사람'은 소설 속 인물일 수도 있고, 독자 자신일 수도 있다. 어쩌면 보편적인 인간을 지칭하는 말일 수도 있다. 그만큼 이 학습독자의 깨달음은 일반적이고 보편적인 내용을 담고 있다. 이는 학습독자의 현실의 구체적 삶에 바탕을 둔 것이 아니라 텍스트 세계에서 존재하는 인물의 행동에만 주목해 얻은 것이기에 관념적이고 추상적인 성격을 지닐 수밖에 없다. 그러나 독자의 자기 기억을 매개로 하여 텍스트의 기억과 마주하면서 쓴 2차 감상문은 독자의 삶이 본격적으로 개입되었기 때문에 보다 구체적인 모습을 띤다.

2차 감상문에서 학습독자는 '미혜'와 '승호'의 상처를 목격하면서 '문득 나에게도 과거의 상처가 있다는 것'을 깨닫는다. 그것이 독자 자신에게 '평생 지울 수 없는 상처'로 남아 있다는 것도 알게 된다. 그 상처가 「자전거 도둑」을 읽는 동안 학습독자에게 '문득' 다가온다. 이제 학습독자는 잠재적 상태에 존재하던 기억을 언어로 구체화하면서 의식의 세계로 이끌어내는 작업을 수행한다. 그것은 '장애인이었던 친구와 짝이 되는 것을 창피해 한 나머지 선생님께 자리를 바꿔달라고 했던 기억'이다. 그런데 「자전거 도둑」을 읽는 동안 이 기억은 '승호'와 '미혜'의 '사람을 죽였다는 죄책감'과 결합이 되면서 '누구에겐가 상처를 주었던 기억'으로 재구성된다. 잠재적 기억이 독서과정을 통해 의식의 세계로 구체화되고, 또한 그

것이 매개가 되어 학습독자는 '남에게 그런 상처를 주지 않도록 노력하고 산다.'라는 깨달음과 다짐을 동시에 드러낸다.

　　1차 독후감을 쓸 때에는 잘 이해하지도 못한 '자전거 도둑'의 줄거리만을 중점으로 생각했다. 그래서인지 미혜의 행동도 이해가 되지 않았고 내 상처에 대한 생각 또한 하지 않았다. 2차 독후감을 쓰게 되자 책에 대한 이해가 달라졌다. 줄거리에 치중했던 내용에서 벗어나 작가의 상처를 이해할 수 있었고, 내가 누구에겐가 상처를 주었던 기억을 떠올림으로써 나 자신에 대해 성찰할 수 있었다(학습독자 '가'의 자기 평가).

　　이 학습독자는 1차 감상문을 쓸 때 '줄거리를 중점'으로 텍스트를 읽었다고 고백한다. 인물의 행위나 심리를 파악하는 데 주목하다보니 독자 자신에 대한 이해에 소홀했다고 보았다. 그러나 자기 기억을 가지고 텍스트에 제시된 인물의 기억과 만나면서 '줄거리에 치중했던 내용에서 벗어'날 수 있었으며, 자신이 누구에겐가 상처를 주었던 기억을 떠올린다. 그 과정에서 학습독자는 자신의 행동에 대해 성찰할 수 있는 시간을 갖게 되었다고 고백한다. 실제로 1차 감상문에 비해 2차 감상문에서 독자는 자신의 삶을 진지하게 성찰한다. 이는 1차 감상문에서는 볼 수 없었던 독자의 자기 기억이 개입이 된 결과라고 볼 수 있다. 이러한 자기평가는 2차 감상문을 썼던 모든 학습독자에게 나타나는 공통적인 내용이었다.

　　내가 쓴 1차 감상문을 읽어보니 소설에 제시된 영화 줄거리와 부모님에 대한 아픔, 그리고 여자로서 겪었던 수치에 대해 공감을 했다면, 2차 감상문에서는 나의 기억에 주목할 수 있었고, 좀 더 나의 이야기를 쓰면서 소설을 이해한 것 같다(학습독자 '나'의 자기평가).

　　1차 감상문에서 나는 너무 소설의 줄거리만을 중점적으로 읽은 것 같다. 책을 읽는다는 것을 나와 작품의 소통이 아닌 단순히 소설의 내용을 읽는 것으로만 이해했던 것 같다. 글쓰기와 글 읽기 과정에서 내 기억과 접목시키면서 정말 다른 차원의 감상문이 되었다(학습독자 '다'의 자기평가).

　　1차 감상문을 쓸 때는 나의 기억과는 상관없이 그 책에 대한 내용만 형식적으로 쓰고 느낀 점을 간단하게 제시했지만, 2차 감상문에서 나의 기억과 소설의 기억을 대면시키는 과정에서 주인공을 조금 더 이해하는 것 같고, 내가 그 주인공이 되는 느낌도 들었다(학습독자 '라'의 자기평가).

1차 감상문에서 학습독자가 발견한 의미들은 2차 감상문을 쓰는 과정에서 구체적인 모습을 띠면서 독자의 삶에 전유되고 있었다. 이러한 독자의 텍스트 해석 행위는 작가에 의해 형상화된 이야기를 소극적으로 수용하는 것이 아니라 독자 스스로도 자신의 이야기를 가지고 작가의 이야기와 대면하는 것이기 때문에 형상화의 주체로서 문학 소통 행위에 적극적으로 참여한다는 것을 의미한다.

지금까지 논의한 기억의 재형상화 과정과 방법을 표로 나타내면 다음과 같다.

과정	활동 내용	문학교사의 지도 내용
텍스트의 기억 내용 확인하기	·텍스트에 제시된 인물의 기억에 주목하기 ·과거의 기억에 대한 서술주체의 평가 확인하기	·경험주체와 서술주체의 대화 관계를 파악할 수 있도록 지도한다.
▼		

텍스트의 기억에서 관념 형성하기	· 인물이 떠올리는 기억이 갖는 의미를 발견하기 · 자신이 형성한 관념을 어휘나 문장으로 표현하기	· 기억을 떠올리는 서술주체의 생각과 느낌을 표현할 수 있도록 지도한다. · 서술주체가 사용하는 어휘, 어조 등을 고려하여 관념을 형성할 수 있도록 도와준다. · 관념을 제대로 형성하지 못하는 학습독자를 대상으로 독서토론을 진행할 수도 있다.
▼		
관념에 따라 이미지 떠올리기	· 형성한 관념을 보면서 직관적으로 떠오른 이미지 말하기 · 이미지를 메모하면서 그 이미지를 떠올린 이유 말하기	· 브레인스토밍 방법에 따라 관념에 대한 이미지를 자유롭게 말하도록 지도한다. · 떠올린 모든 이미지를 메모하도록 하고, 각각의 이미지가 텍스트의 기억과 어떤 관계가 있는지 질문한다.
▼		
이미지를 근거로 독자의 자기 기억 선택하기	· 텍스트를 통해 형성된 이미지를 바탕으로 그와 유사한 느낌이 나는 자기 기억을 떠올리기 · 떠오른 자기 기억 중 텍스트 해석에 유용하거나 적절한 기억 고르기	· 이미지를 매개로 독자가 자기 기억을 이끌어낼 수 있도록 자유롭게 생각하고 말할 수 있는 분위기를 조성한다. · 텍스트 해석에 무관한 기억을 선택했을 경우 다른 기억을 추출하도록 요구한다.
▼		
기억 종합화하기	· 독자의 기억과 텍스트의 기억의 공통점과 차이점 발견하기	· 독자의 기억이 바탕이 된 텍스트 해석이 수용 가능성의 범위를 넘어서는지 판단해야 한다. · 편향적인 해석이 되지 않도록 조언한다.
▼		
재형상화한 기억의 의미 생성하기	· 기억의 재형상화 과정에서 발견한 의미 제시하기	· 발견한 의미의 가치를 내면화할 수 있도록 한다.

<표 4> 기억의 재형상화로서 소설 읽기 과정

이 표에 나온 과정에 따라 2차 감상문 쓰기를 지도해본 결과 학습독자는 텍스트에 제시된 기억과 자신의 기억을 견주어서 텍스트를 해석할 때 1차 감상문에 비해 훨씬 더 구체적이고 효율적으로 자신을 성찰하고 있었다. 따라서 문학교사는 감상문 쓰기 수업에서 학습독자들에게 텍스트를 읽으면서 느끼는 감정, 그 감정과 관련해서 떠오르는 자신의 기억을 메모하도록 요구할 필요가 있다. 그리고 메모를 해 자기 기억을 언어로 정리하는 일은 자신의 기억을 의식의 세계로 끄집어내는 행위이다. 즉 학습독자는 잠재적 무의식 상태에 존재하는 기억을 텍스트를 읽는 과정에서 구체화하였고, 그것을 매개로 텍스트의 의미를 좀 더 자신의 관점에서 이해할 수 있었다.

3. 기억 재형상화를 통한 소설 읽기의 실제

1절과 2절에서 제시한 대학생 학습독자들의 감상문을 검토했을 때, 일부이지만 어떤 학습독자들은 자신의 기억을 매개로 텍스트를 해석하고 있었다. 그리고 이 독자들은 그렇지 않은 독자들보다 훨씬 더 자신의 관점에서 텍스트를 해석하고 있었고, 또한 해석의 과정에서 자신을 성찰하는 모습을 분명하게 보였다.

실험 전에 다음의 두 가지 의구심이 생겼다. 첫째, 고등학생들은 기억 재형상화를 통해 소설을 읽을 수 있는 지적·경험적 수준을 갖추고 있는가? 둘째, 학습독자가 재형상화를 시도하는 과정에서 독자 나름의 기억이 떠오르지 않는 경우는 어떻게 해야 하는가? 이 의문을 해결하기 위해

3절에서는 고등학교 학습독자들을 대상으로 기억 재형상화 방법에 대한 수업을 진행했고, 그들에게 실제로 감상문을 쓰도록 했다.

고등학교 2학년을 대상으로 기억 재형상화 방법을 가르친 후 그 과정에 따라 감상문을 쓰는 실험을 실시했다. 실험방법과 의미를 설명하기 위해 연구자는 고등학교 문학교사 3명과 M고등학교 연구실에서 교사협의회를 가졌다. 문학교사들에게 이 연구의 핵심 개념인 기억 재형상화에 대해 설명을 했고, 아울러 대학생 학습독자들이 작성한 원고를 샘플로 제공했다. 교사들에게 1차시에는 기억 재형상화 방법에 대해 수업을 진행한 뒤 과제를 제시하라고 부탁했다. 그리고 1주일이 지난 후 2차시에 학습독자들은 기억 재형상화 방법으로 감상문을 작성했다.

1) 독자의 자기 기억 제시

학습독자가 「쥐잡기」를 읽고 어떤 관념을 형성하는지 확인하기 위해 이 실험은 학습독자들에게 활동지의 1번과 2번의 질문에 답하도록 요구했다. 1번의 질문은 「쥐잡기」에는 인물의 기억이 사건 전개의 중요한 역할을 합니다. 여러분의 경험과 관련하여 어떤 기억이 인상적이었다고 생각합니까?'이고, 2번의 질문은 '1번의 기억을 고르면서 인물에 대해 생각한 내용을 〈보기〉와 같이 쓰시오.'이다. 1번의 질문에 학습독자들은 '아버지에 대한 '민홍'의 기억'(11명)과 '포로수용소 시절에 대한 '아버지'의 기억'(39명)이라고 답을 했다. 2번의 질문에 대해 학습독자들은 '아버지는 전쟁으로 상처를 받았다, 자신의 선택으로 인해 가족과 헤어져 남쪽에 살아야 하는 아버지가 불쌍하다, 무력한 아버지가 이해가 된다, 순간의 선택이 삶을 바꿀 수도 있다.' 등으로 답을 했다. 이를 유형별로 정리하면 다음과 같다.

관념	학습독자의 수
분단의 상처	34명
아버지에 대한 연민	11명
선택	4명
자존감(인정 받기)	1명

많은 학습독자들이 「쥐잡기」를 읽고 '분단의 상처'라는 관념을 형성했다. '연민'으로 제시한 학습독자는 아버지의 삶을 이해한 뒤 느끼는 '아버지'에 대한 '민홍'의 심리에 각각 주목했다. 의외로 '선택'이라는 관념을 제시한 학습독자의 수가 4명이었는데, 대부분 포로수용소에서 아버지의 '선택'이 갖는 의미에 주목했다. 학습독자들이 제시한 대표적인 관념은 다음과 같다.

- 이 작품은 살기 위해 자존심도 다 버리고 입도 다물어 버려야 하는 전쟁의 처참함을 그리고 있다(감상문 S-가).
- 자신의 선택으로 인해 가족과 헤어져 남쪽에 살아야 하는 아버지가 불쌍하다(감상문 S-나).
- 짧은 시간 안에 남과 북 중 하나를 선택해야만 하는 답답한 상황을 그리고 있다(감상문-A-가).
- 무능력한 아버지가 가족에게 인정받기 위한 과정이 나타난다(감상문 M-가).

이 중에서 '감상문-A-가'에서 학습독자가 형성한 '선택'이라는 관념을 보자. 포로수용소에서 '아버지'의 선택은 북에 둔 가족을 버리고 남에서 새롭게 가족을 구성하는 결과로 이어진다. 즉 그 선택은 아버지의 삶 자체를 바꿔버리기 때문에 '아버지'라는 인물의 삶에서 중요한 역할을 한다. 하지만 이 관념은 이 작품 전체를 관통하는 의미를 이해하는 데 직접적인 관련성이 떨어진다. 「쥐잡기」의 주제는 아버지의 삶을 알고 난 뒤 아버지에 대한 '민홍'의 태도 변화와 관련이 있다. 따라서 「쥐잡기」를 '짧은 시간 안에 남과 북 중 하나를 선택해야만 하는 상황을 그리고 있다.'고 이해한 뒤 '선택'이라는 관념을 형성한 학습독자는 인물의 지엽적인 행동에 주목하고 있는 것이다.

> 이 소설은 짧은 시간 안에 남과 북 중 하나를 선택해야만 하는 답답한 상황을 그리고 있다. 나도 유사한 경험이 있다. 그 당시 생사를 결정해야 할 정도의 선택은 아니었지만 나는 어느 고등학교로 진학할 것인가 하고 고민한 적이 있다. 성적이 좋지 않아 절망스러웠고 하루하루가 힘들었다. '쥐'가 '아버지'의 인생에 관여하는 매개체 역할을 하듯이 나의 인생에도 '흰 쥐'와 같이 선택의 순간에 도움을 준 사람이 있다. 주변 친구들과 부모님이었다. 이 소설은 어떻게 보면 작가의 인생을 빗대어 인생에서 느낀 온갖 감정을 보여주는 듯한 소설이다. 소설의 뒷마무리가 찜찜했지만 많은 뜻이 숨어 있어 감동적이었다(감상문-A-가).

학습독자는 '선택'이라는 관념에 따라 '답답함'이라는 이미지를 형성했다. 그리고 자신의 기억 속에서 '답답함'을 느꼈던 경험을 이끌어냈다. 이 학습독자는 애초에 텍스트의 해석과 무관한 관념을 형성했다. 결국 그가 최종적으로 해석한 내용은 '선택의 순간에 도움을 준 사람'에 대한 고마움이다. 이는 소설의 의미와는 거리가 먼 해석이라 할 수 있다. 처음부터 학습독자가 관념을 잘못 형성했기 때문이라 할 수 있다. 그리고 1명의 학습독자(감상문 M-가)가 '자존감(인정 받기)'이라는 관념을 형성했다. 이 학습독자는 쥐잡기에 집착하는 아버지의 모습을 가족들에게 인정받기 위한 과정으로 해석하고 있었다. 이 역시도 작품 전체의 의미와 관련성이 떨어지는 관념이었다.

학습독자가 「쥐잡기」를 읽고 관념에 따라 떠오른 이미지를 확인하기 위해 이 실험은 학습독자들에게 활동지의 3번의 질문에 답하도록 요구했다. 3번의 질문은 '여러분들이 선택한 기억을 보면서 어떤 느낌이 들었는지 〈보기〉와 같은 표현으로 작성하시오.'이다. '분단의 상처'라는 관념을 형성한 학습독자는 대부분 '암흑과도 같은 고통, 절망감, 어둠 속의 외로움' 등과 같은 어두운 이미지를 떠올렸다. '아버지에 대한 연민'이라는 관념을 형성한 학습독자는 '답답함, 눈빛, 안타까움' 등과 같은 이미지를 떠올렸다. 그 외에도 학습독자들은 1번과 2번에서 형성한 관념에 따라 이미지를 떠올렸다.

학습독자가 떠올린 이미지를 통해 자신의 기억과 만나는 모습을 확인하기 위해 이 실험은 학습독자들에게 활동지의 4번의 질문에 답하도록 요구했다. 4번의 질문은 '3번에서 떠올린 느낌에 따라 여러분이 살아오는 동안 경험했던 일을 〈보기〉와 같이 제시하시오.'이다. 실험대상자 50명의 학습독자들이 모두 자기 기억을 제시했다. 물론 어떤 기억은 텍스트 해석에 적합하지 않은 것도 있다. 하지만 학습독자는 텍스트를 매개로 형성한 관념과 이미지에 따라 자기 기억을 재형상화하고 있었다.

다음은 「쥐잡기」를 읽으면서 '아버지에 대한 연민'이라는 관념을 형성한 학습독자가 그와 관련하여 '덫에 걸려든 쥐'를 보면서 '답답함'이라는 감각을 떠올렸고, 동시에 '쥐의 눈동자'라는 시각적 이미지를 통해 '아버지의 눈빛'을 떠올렸다.

> 「쥐잡기」를 읽으면서 자신의 선택으로 인해 가족과 헤어져 남쪽에 살아야 하는 민홍의 아버지가 불쌍하다고 느꼈다. 그는 '덫에 걸려든 쥐'처럼 아무것도 할 수 없다. 무언가에 매여 있는 듯한 답답함이 내 마음속에서 밀려왔다. 겁먹은 쥐의 눈동자가 어릴 때 이혼한 뒤 혼자서 집에만 계시던 아버지의 눈빛과 비슷하다고 느꼈다. 내가 알지 못하는 여러 가지 이유로 부모님은 이혼하셨다. 그때 아버지는 매우 힘들어했고, 지금까지도 괴로워하신다. 그런 아버지의 모습을 보면서 '나'는 아버지가 안타깝게 느껴진다. 어릴 때 나는 아버지에 대해 이해되지 않았던 부분이 많았는데, 이 소설을 읽으면서 아버지에게도 어떤 사정이 있을 수 있겠구나 하는 생각이 들었다(감상문 S-나).

학습독자는 '민홍의 아버지'로부터 느낀 '답답함'에서 유년 시절 자신의 아버지의 모습을 떠올린다. 또한 덫에 걸린 쥐의 눈동자에서 '이혼한 뒤 혼자서 집에만 계시던 아버지'를 떠올린다. 학습독자는 이러한 감각 이미지에 따라 자연스럽게 과거의 자기 기억과 마주하고 있다. 이제 '혼자 집에만 계시던 아버지 대한 기억'은 텍스트의 기억과 연결되면서 새로운 의미를 생성할 준비를 한다.

여기서 '혼자 집에만 계시던 아버지에 대한 기억'은 학습독자의 정신세계에서 잠재적 무의식으로 존재하다가 특별한 감각적 이미지를 계기로 학습독자의 의식 수준에서 포착된 것이다. 베르그손식으로 보자면 학습독자는 그 기억을 비록 의식하지는 못하고 있었지만 그 기억은 지속적으로 학습독자를 향해 다가오고 있었다. 그러다가 독서과정에서 텍스트에 제시된 인물의 기억을 매개로 학습독자는 직관력과 주의력을 발휘해 잠재적인 기억을 의식의 세계로 구체화한다. 그런데 과연 학습독자에게 향하는 잠재적인 기억은 오로지 '혼자 집에만 계시던 아버지 대한 기억'뿐일까? 다시 말해서 학습독자가 떠올린 이미지와 관련해 그에게 향하는 잠재적인 기억은 1:1로 대응하는 것일까? 이는 학습독자의 기억 선택 문제와 연관된다.

학습독자의 무의식의 정신세계에 존재하는 잠재적 기억들은 학습독자를 향하면서 언제든지 의식의 수준으로 구체화될 수 있는 성격을 지녔다. 학습독자가 선택하는 자기 기억은 관념으로부터 형성한 이미지의 근거가 되는 동시에 텍스트의 기억을 해석하는 데 도움이 되어야 한다. 다음의 학습독자는 '지독한 누린내'라는 후각적 이미지에 의해 자기의 기억을 이끌어냈다.

> 민홍의 아버지는 가족들에게 무시를 당한다. 쥐를 잡아 태우는 장면에서 지독한 누린내가 내 코밑에서도 느껴졌다. 나도 이런 기분을 이해한다. 중학교 때 시험 성적이 떨어졌는데, 그날 술에 취한 아버지로부터 야단을 맞던 기억이 떠올랐다. 아버지는 '성적을 이렇게 받아오고 이래 가지고 어떻게 살 거냐?'라며 술 냄새를 풍기며 나를 무시했다. 그때 나는 기분이 몹시 허탈하고 목적을 잃은 기분이었다. 근데 오히려 아버지에게 뭔가 인정받고 싶다는 생각이 들었다. 쥐잡기와 비슷한 것 같다. 쥐를 못 잡고 무시를 당하니 이를 만

회하려고 '민홍의 아버지'는 쥐를 잡는 데 집착한다. 사람들에게 인정받는 것
자체가 삶의 목적일 수 있다. 나는 이 소설을 이해하느라 애를 먹었다. 내용
자체는 짧았지만 쥐잡기의 의미를 찾는 게 너무 힘들었다. 하지만 나의 경험
과 비교해서 이해하니 '쥐잡기'는 우리 인생에 있어 많은 부분에 속해 있다는
걸 깨달았다(감상문 M-가).

이 학습독자는 '쥐를 잡아 태우는 장면'이 갖는 의미를 제대로 파악하지
못한 상태에서 그 이미지로부터 떠오른 자기 경험을 곧바로 꺼내놓는다.
이는 학습독자가 쥐를 태우는 '아버지'의 행위가 지닌 의미를 정확히 이해
하지 못한 탓이다. 학습독자는 잠재적 기억 속에 있던 그 '술 냄새'와 '누
린내'가 단지 감각적으로 유사하다고 느끼고 있을 뿐이다.

만약 학습독자가 텍스트를 해석하는 데 거리가 먼, 혹은 무관한 기억을
제시한다면 문학교사는 학습독자와 대화를 통해 그 문제점을 지적한 후
다른 잠재적 기억을 이끌어내도록 지도해야 한다. 물론 그 기억들은 무의
식 상태에 존재하기 때문에 학습독자가 빠른 시간 내에 쉽게 그 기억들을
포착할 수는 없다. 학습독자의 자기 기억을 텍스트 해석에 적용해야 하기
때문에 텍스트의 형상화만큼이나 학습독자의 재형상화도 힘들고 어렵다.
따라서 문학교사는 학습독자의 재형상화 과정에 적극적으로 개입하여 관
념과 이미지, 이미지와 기억의 내용에 대한 조언을 하면서 지도해야 한
다. 이에 대한 구체적인 방법은 3절에서 다루기로 한다. 다음 감상문에서
학습독자가 기억을 선택하는 과정을 보자.

　　이 작품은 살기 위해 자존심도 다 버리고 입도 다물어 버려야 하는 전쟁의 처참함을 그리고 있다. 전쟁으로 인해 많은 사람들이 암흑과도 같은 고통에 시달려야 했다. 포로수용소에 잡힌 아버지를 보며 혼자 남겨진 쓸쓸함과 외로움을 느꼈다. 내가 초등학교에 다닐 때 부모님은 일하러 다니셨다. 그 무렵 나는 어쩔 수 없이 늘 혼자 집에 있어야만 했다. 혼자 지내는 것이 외로웠고 가끔은 무섭기도 했다. 그래서 「쥐잡기」의 ‘아버지’의 심정을 조금은 이해할 수 있다. 그런데 포로수용소는 내가 혼자 있던 집과는 다르다. 그래서 나는 북으로 갈지 남에 남을지 고민하는 아버지의 모습을 보면서 『광장』의 ‘이명준’이 떠올랐다. 거기서도 주인공은 남, 북, 제3국을 선택해야 하는 상황에 놓였다. 이 소설과는 처한 상황이 약간 다르지만 그러한 상황에 놓이도록 한 것은 전쟁이다. 전쟁은 사람들에게 선택을 강요했고, 이로 인해 아직도 이산가족들이 가족을 만나지 못하고 슬퍼하고 있다. 전쟁의 상처는 지금까지도 이어지고 있는 것이다(감상문 S-가).

　「쥐잡기」를 읽는 동안 ‘암흑 같은’이라는 감각 이미지를 형성한 독자는 두 개의 잠재적 기억과 만난다. 첫 번째는 ‘집에서 늘 혼자 있는 나’에 대한 기억이다. 학습독자는 이 기억을 떠올리면서 포로수용소에 갇힌 ‘아버지’와 자신의 처지가 유사하다고 생각한다. 그러나 그가 애초에 형성했던 ‘분단의 상처’와 이 기억은 관련성이 떨어진다. 그래서 그는 ‘포로수용소는 내가 혼자 있던 집과는 다르다.’는 인식을 했고, 두 번째 기억인 ‘분단의 상처’와 유관한 『광장』의 이명준’을 떠올렸다. 즉 자신이 읽었던 독서경험이라는 기억과 마주하면서 「쥐잡기」를 다시 해석하고 있다. 다양한 잠재적 기억들이 독자를 향해 다가올 수 있다. 하지만 모든 기억들이 텍스트를 해석하는 데 유용한 것은 아니다. 학습독자는 텍스트를 해석하는 데 필요한 잠재적 기억과 마주해야 한다.

관념을 형성하고, 이미지에 따라 독자의 자기 기억을 선택하는 활동
은 논리적으로 논증하듯 진행되는 것은 아니다. 학습독자는 텍스트를 이
해하는 과정에서 직관력으로 자기 기억을 떠올리고, 그것이 텍스트에 대
한 최종적인 해석에 기여를 하는가를 스스로 판단해야 한다. 이 때 사용
할 수 있는 방법으로 '추측하기'[10]가 있다. 감상문 A에서 학습독자는 텍
스트의 의미를 구성하기 위해 '집에서 늘 혼자 있는 나'에 대한 기억 대신
에 『광장』의 이명준'에 대한 기억을 선택했다. 학습독자는 첫 번째 기억
이 텍스트 해석을 위한 확실한 근거라는 판단을 하지 못했다. 이는 처음
에 형성했던 '분단의 상처'라는 관념에 어울리지 않았기 때문이다. 두 번
째 기억은 학습독자의 관념에 부합하면서도 텍스트 해석에 적합한 근거
로 사용되었다.

이제 독자는 자신의 기억을 가지고 텍스트의 기억과 만나야 한다. 이는
독자의 기억과 텍스트의 기억이 통합되면서 새로운 의미를 생성하는 과
정이다. 그렇다면 학습독자가 텍스트의 기억을 어떻게 수용하는지 살펴
본다.

---

10) E. D. Hirsch, *Validity in Interpretation*, Yale University Press, 1967, p.25. '추측하기'는 경험
적 증명의 논리보다는 확률의 논리가 작용한다. 다만 독자가 최종적으로 생성한 의미의
근거가 되는 텍스트의 기억과 독자의 자기 기억이 조화를 이룰 때 그 '추측하기'는 타당성
을 갖게 된다.

2) 텍스트의 기억과 독자 기억의 종합화

독자는 자신의 기억을 텍스트 해석에 적극 활용함으로써 텍스트 이해를 넘어 자신을 둘러싼 다양한 맥락하에 자기를 이해한다. 즉 독자는 개인의 경험적인 차원뿐만 아니라 사회적 · 역사적 맥락에서 차원에서 자신을 객관적으로 성찰할 수 있다. 또한 독자는 기억이 갖는 과거적인 속성을 넘어서 현재에 미치는 영향과 미래의 가능성까지 탐색할 수 있다. 「쥐잡기」에는 '민홍의 기억', '아버지의 기억' 등 다양한 기억이 제시되어 있는데, 학습독자는 그 기억과 마주하면서 자신의 어떤 기억을 제시하면서 재형상화를 하는지 살펴본다.

「쥐잡기」는 '역사의 거인적인 운명이 아비의 삶과 가족의 삶에 어떤 식으로 영향을 미쳤는가'[11]를 기록한 소설이다. 구체적으로 '아버지의 기억'은 '전쟁의 비극과 전쟁이 남긴 상처'라는 의미를, '민홍의 기억'은 '무기력하고 무능력한 아버지에 대한 연민'이라는 의미를 드러낸다. 이는 「쥐잡기」에 대한 전문 비평가의 해석이며, 담화 공동체 구성원의 보편적인 관점이다. 고등학교 학습독자들도 50명 중 45명이 이와 비슷한 맥락으로 「쥐잡기」를 해석하고 있었다. 그런데 자기 기억을 재형상화하여 쓴 감상문을 검토해본 결과 학습독자는 자신의 삶을 통해 쌓은 관점을 감상문에 반영함으로써 해석 내용을 보다 심층적으로 이해했다. 「쥐잡기」를 읽은 학습독자가 재형상화의 과정을 거쳐 완성한 감상문을 보자.

■
11) 황국명, 「그리움의 밑변과 비관적인 꼭지점」, 『한국소설문학 대계』 100, 두산동아, 1995, 493쪽.

이 소설을 읽는 동안 전쟁이라는 어둠이 얼마나 많은 사람들을 절망하게 만들었나 하고 생각했다. 민홍의 아버지를 보면서 전쟁으로 다리를 다쳤던 우리 할아버지가 생각났다. 우리 할아버지는 사실 전쟁과는 별 상관이 없이 살아오셨다. 하지만 전쟁이 끝나기 직전 피난 가는 사람들에 휘말려 다리에 큰 상처를 입으셨다. 당시에는 치료할 수 있는 방법이 없어 그냥 내버려두셨다가 지금에 와서야 병원에서 치료를 받는다. 이 소설은 그런 소설이다. 전쟁의 참혹함보다는 전쟁 후에 일상생활에 남은 상처가 더 끔찍하다는 것을 보여준다. 우리 같은 일반인들에게 전쟁은 큰일이 아닐 수도 있다. 하지만 그 후에 남게 될 상처는 우리들에게 아픔을 준다(감상문 M-나).

이 학습독자는 「쥐잡기」를 읽으면서 전쟁이 남긴 상처에 주목했다. 그리고 자신의 기억 속에 잠재한 '할아버지'에 대한 기억을 이끌어냈다. 소설의 '아버지'와는 상황이 다르지만 독자의 조부 역시 전쟁의 피해자이다. '할아버지'는 전쟁 때 큰 상처를 입은 뒤 지금까지 치료를 받고 있다. 학습독자는 '할아버지'의 삶과 「쥐잡기」에 등장하는 '아버지'의 삶을 비교하면서 유사성을 발견한다. 모두 전쟁이 남긴 상처를 지닌 존재들이다.

그런데, 학습독자는 할아버지에 대한 기억을 제시하면서 '전쟁의 상처'를 좀 더 심층적으로 이해한다. 즉 '전쟁의 참혹함보다는 전쟁 후에 일상생활에 남은 상처가 더 끔찍하다'는 의미를 이끌어낸다. 학습독자는 현재까지도 지속되는 전쟁의 상처에 주목한다. 학습독자는 「쥐잡기」의 '아버지'와 독자의 '할아버지'뿐만 아니라 그 두 사람을 지켜보는 '민홍'과 '우리'와 같은 존재들도 전쟁의 상처를 안고 살고 있다고 말한다. 전쟁은 끝났지만 그것이 남긴 상처는 오늘날 '일상생활'에서도 '우리'에게 지속되고 있다. 이것이 「쥐잡기」를 읽고 학습독자가 최종적으로 구성한 의미이다.

다음은 '전쟁의 상처'를 과거뿐만 아니라 현재와 미래까지 연결해 이해한 감상문이다.

> 「쥐잡기」에서 '민홍의 아버지'를 보며 먹먹함을 느꼈다. 그것은 나의 외할머니가 떠올랐기 때문이다. 외할머니는 한국전쟁으로 피난을 내려오시면서 오빠와 가족을 북에 모두 두고 홀로 남에 남으신 분이다. 외할머니를 뵈러 가면 종종 북에 대한 이야기를 가족들을 그리워하셨는데, 결국 할머니는 가족을 만나지 못하시고 눈을 감으셨다. 나는 어린 시절 외할머니 덕분에 통일에 대한 당위성을 느낄 수 있었다. 최근에 대선을 앞둔 시기에 '종북 빨갱이'에 대한 발언이 난무하는 것을 보았다. 나는 이런 편 가르기보다는 더 상위의 공통된 행복을 추구하는 것이 더 우선이라고 생각한다. 인간의 존엄과 가치를 숭고하게 여기며 이념 대립보다 민족의 공통점을 함께 추구하는, 즉 다름을 무작정 비난하기보다 비판하여 받아들이는 자세가 필요하다. 한국전쟁의 희생양이 억지로 된 「쥐잡기」의 '아버지'와 외할머니의 삶, 이야기는 남의 것이 아니다. 현대인들의 아버지의 아버지에 대한 이야기이며 바로 나의 이야기이다. 후대에 통일된 조국을 물려주기 위해서, 우리 부모님의 부모님이 겪으신 무고한 아픔을 덜어드리기 위해서, 통일 비용보다 분단 비용이 더 드는 우리나라의 발전을 위해서 헌법의 기본 원리 중의 하나인 평화통일의 원리에 충실해야 한다고 생각한다. 간접적이지만 분단 현실을 간절히 인식하는 데 이 책이 많은 도움이 될 것 같다. 쥐를 잡으려 애쓰는 '민홍의 아버지'와 그 두려움의 혼란을 이해하고 서글퍼하는 민홍의 모습이 머릿속에서 잊혀지지 않는다(감상문 A-나).

이 학습독자 역시 '외할머니'의 삶을 이력을 소개하면서 '쥐를 잡으려는 아버지'와 '아버지를 기억하는 민홍'의 감정에 주목한다. 이 독자는 '외할머니에 대한 기억'을 제시하여 '민홍의 아버지'의 삶을 이해하고 있고, '외할머니에 대한 나의 기억'을 제시하여 '아버지에 대한 민홍의 기억'이 지닌 의미를 제시한다. 그리고 각각의 기억을 종합하여 한국전쟁이 지닌 현재적 의미뿐만 아니라 다가올 '통일'에 대한 자신의 생각을 구체적으로 드러낸다. 학습독자는 소설 속 인물의 기억뿐만 아니라 자신의 기억과 할머니의 기억을 서로 연관하면서 '인간의 존엄과 가치'의 중요성과 '평화통일의 필요성'이라는 의미를 이끌어낸다. 여러 기억들을 통합하여 '전쟁'과 '통일'에 대한 학습독자의 입장을 정리하고 있다.

3) 재형상화 능력의 가능성 확인

이제 고등학생을 대상으로 실험을 하기 전 연구자가 품었던 두 가지 의문에 대한 해답을 제시하고자 한다.

첫째, 고등학생들이 기억 재형상화를 통해 소설을 읽을 수 있는 지적·경험적 수준을 갖추고 있는가? 대학생 학습독자와 마찬가지로 고등학생 학습독자도 텍스트 해석을 위해 독자 자신의 기억을 이끌어냈다. 물론 글쓰기에 사용한 어휘나 글의 완성도 면에서 대학생 학습독자에 비해 고등학생 학습독자의 수준이 낮았다. 그렇다고 해서 고등학생 학습독자들의 기억 재형상화 과정 자체가 대학생 학습독자에 비해 문제가 있는 것은 아니었다. 이는 전문 비평가와 대학생 학습독자를 비교할 때에도 마찬가지로 나타나는 현상이다. 지식의 구조를 교육 내용으로 제안한 브루너는 '지식의 최전선에서 새로운 지식을 만들어내는 학자들이 하는 것이거나 초등학교 3학년 학생이 하는 것이거나를 막론하고 모든 지적 활동은 근본적으로 동일한다.…… 문학평론가가 시를 읽으면서 하는 일은 누구든지 이와 비슷한 활동, 다시 말하면 모종의 이해에 도달하려는 활동을 할 때, 그 사람이 하는 일과 본질상 다름이 없다'[12]고 말한다. 브루너의 논의를 인용한 것은, 기억의 재형상화 과정이 브루너가 제시한 교육방법인 탐구학습과 동일하다는 것을 말하기 위한 것은 아니다. '이해에 도달하려는 활동'을 누구나 할 수 있다고 본 브루너의 관점이 의미가 있다고 판단했기 때문이다. 기억의 재형상화 과정에서도 그 수준에 있어 차이가 존재할 수도 있다. 하지만 누구든지 이 작업을 함으로써 독자는 자신의 관점에서 작품을 해석할 수 있다.

둘째, 학습독자가 재형상화를 시도하는 과정에서 독자 나름의 기억이 떠오르지 않는 경우는 어떻게 해야 하는가? 실험에 참여한 대학생 학습독자와 고등학생 학습독자는 텍스트를 읽고 모두 자신의 기억을 이끌어냈다. 물론 '시대의 차이가 너무 많아 작가의 기억과 나의 기억의 유사성을 발견하기는 힘들었다. 하지만 이 작품을 읽는 동안 동생이 태어났던 무렵 사업 운영에 힘들어하던 아버지의 모습이 떠올랐다(감상문 M-나).'와 같이 텍스트에 제시된 기억과 관련하여 독자 자신의 기억을 고르는 것이 힘들다고 고백한 학습독자도 있다. 이처럼 텍스트 해석에 무관한 기억을 제시했다고 하더라도 학습독자는 텍스트를 매개로 자기 기억과 만나고 있다. 이럴 경우 학습독자는 문학교사와 동료집단과의 대화나 토론을 통해 텍스트 해석에 가장 가능성이 있고 적합하다고 생각되는 기억을 이끌어

---

12)　이홍우, 『지식의 구조와 교과』, 교육과학사, 2004(증보, 초판은 1979.), 49쪽.

내기 위해 노력할 것이다. 비록 텍스트의 기억과 완전히 유사하지 않더라도 독자는 자신의 잠재적 기억과 만나는 과정에서 자신의 삶을 성찰할 수 있는 기회를 가질 수 있다. 그 자체만으로도 소설 읽기의 가치가 있는 것이다.

4. 기억 재형상화의 문학교육적 전망

이 연구는 2절에서 기억의 재형상화 원리에 따라 소설을 읽는 방법과 과정을 제시했다. 학습독자들의 감상문을 검토하는 동안 독자의 잠재적 기억을 추출하여 소설을 읽는다는 것이 어떤 의미가 있는지 고민하게 되었다. 이러한 읽기 방법이 기존의 읽기 방법과 다른 점은 무엇인지, 또한 기존의 방법이 지닌 문제점을 넘어설 수 있을 것인지에 대한 의구심이 들었다. 물론 학습독자의 2차 감상문이 1차 감상문에 비해 독자 자신을 성찰하는 데 좀 더 효과적이었다. 그러나 이 방법으로 소설 읽기를 지도했을 때 학습독자에게 실질적으로 도움이 되는 것이 무엇이며, 읽기의 어떤 능력이 신장될 수 있는가가 밝혀지지 않으면 전반적인 논의가 추상적이고 피상적인 수준에서만 머물 가능성이 있다.

4절에서는 기억 재형상화의 방법과 과정에 따라 현기영의 『지상에 숟가락 하나』를 읽은 학습독자들이 쓴 감상문을 분석할 것이다. 이를 통해 기억 재형상화가 진정한 독자 지향적인 읽기 방법이라는 점을 제시할 것이다. 현기영의 『지상에 숟가락 하나』를 감상문 대상 텍스트로 선정한 이유는 다음과 같다.

첫째, 이 작품은 다양한 기억들이 제시되어 있기 때문에 학습독자들이 어떤 기억에 주목해 관념을 형성하는가에 따라 감상의 결과가 달라질 수 있다. 따라서 독자들의 관념 형성과 그에 따른 자기 기억을 추출하는 과정을 보다 역동적으로 살필 수 있는 장점을 지닌다.

둘째, 이 작품은 작가의 유년 시절의 기억을 형상화한다. 그런데 그 기억은 본질적으로 작가의 개인적인 기억이지만 그것이 역사적인 사건과 관련이 되기 때문에 공적인 기억의 성격도 함께 지닌다. 따라서 이 소설은 개인적인 기억이 공적 기억화되는 현상을 고찰할 수 있는 중요한 자료가 된다. 또한 이 소설을 읽는 학습독자는 텍스트의 사적 기억과 공적 기억 중 어떤 기억에 주목할지, 또한 학습독자가 갖고 있는 개인적인 기억이 이 소설을 매개로 어떻게 공적 기억으로 전이될 수 있는가를 밝히는 데 유효하다.

1) 존재 규명의 관점 확장

문학독서의 최종적인 목표는 학습독자가 텍스트를 매개로 자기 존재를 새구싱하는 것이라 할 수 있다. 그런데 이와이 슌지(岩井 俊二) 감독의 영화 〈러브레터〉에서 과거에 분명히 실재했던 사건임에도 불구하고 시간이 흐른 뒤에야 떠오른, 혹은 알게 된 기억, 김소진의 소설 「자전거 도둑」에 등장하는 '미혜'처럼 오빠를 죽음으로 몰아넣었다는 죄책감에서 비롯되어 반복적으로 남의 자전거를 훔치는 행위와 같이 논리적으로는 설명이 되지 않는 기억 등은 칸트식의 의식화된 기억 행위의 관점으로는 명확하게 그 성격을 규명할 수 없다.

베르그손은 의식의 세계로 편입된 기억만이 인간의 존재를 규정짓는 칸트와는 다르게 주체가 인지하지 못하는 무의식의 세계가 지닌 잠재적인 역동성을 발휘한다고 본다. 베르그손은 잠재적 무의식(기억)을 매개로 존재 의미를 규명한다. 이는 의식의 차원에서 존재를 규명하던 데카르트와 칸트 이후의 근대적 합리주의 세계관을 넘어선다. 문학작품에 대한 해석은 독자의 경험에 따라 달라질 수 있다. 그런데 이 경험에는 독자가 의식할 수 있는 것도 있지만 텍스트 읽기와 같은 특별한 계기를 통해 불현듯 떠오르는 것, 즉 무의식의 상태로 독자의 정신세계에 존재하는 것도 있다. 이 중 후자의 경험이 독서과정에 작용하는 양상을 탐구하기 위해서는 잠재적 무의식의 역동성을 연구한 베르그손의 관점이 유용하다. 이러한 점에서 이 글은 잠재적 무의식을 매개로 존재 의미를 규명하는 베르그손의 기억이론을 바탕으로 주체가 자기 존재의 의미를 마련하는 과정에 주목했다.

베르그손은 기억의 능력을 우리 정신의 본질석인 특성이라고 본다. 그런데 베르그손은 기억에 대해 데카르트와 다른 관점을 취한다. 데카르트는 의식의 범주에 감정, 감각, 의지, 표상, 관념, 기억과 같은 심적 요소들을 포함시킨다. 즉 그는 기억을 의식의 한 요소에 불과한 것으로 여겼다.[13] 그런데 의식은 현재에 관한 것이고 기억은 과거에 관한 것이기 때문에 의식과 기억의 정신적 메커니즘의 작동방식이 서로 다를 수밖에 없다.

---

13) 황수영, 앞의 책, 95~96쪽.

따라서 의식의 너머에 존재하는 무의식의 세계가 인간 존재에 미치는 기억의 작동방식에 대한 탐구가 필요하다.

존재론적 무의식은 독자의 의식 바깥으로 경험의 장을 확장시켜줄 가능성을 확보할 수 있다. 베르그손에 의하면 의식에 주어지는 인간적 경험의 실재적 근거는 의식의 보편적 형식이 아니라 잠재적 무의식이다. 잠재적 무의식은 우리 의식에 표상들로 주어지는 경험의 내용적 원천일 뿐만 아니라, 경험을 '인간적인 것'으로 형성하게 하는 우리 의식의 지성적 형식 자체의 발생적 근거이기도 하다.

무의식의 기억이 주체의 존재 규명에 미치는 양상을 검토하기 위해 문학교사는 학습독자들에게 『지상에 숟가락 하나』를 읽으면서 '문득문득' 떠오른 기억을 메모하도록 요구했다. '갑자기 떠오른 기억'은 주체의 의식적인 판단에 의해 나타나는 것이 아니라 어떤 특정한 사건을 목격하거나 행위를 할 때 자신도 깨닫지 못하는 상태에서 '불현듯' 다가온다.

> 이 소설을 읽으면서 작가의 4·3 사건과 6·25전쟁이라는 어두운 기억의 유년 시절을 보고 있노라면, 어린 시절의 아름다웠던 기억 이외에도 희뿌연 안개 같지만 날카롭게 후각의 감각을 자극시키던 기억이 떠올랐다. (…중략…) 꽃샘추위에 목감기, 코감기로 고생하던 나는 막내 이모 손을 붙잡고 신촌에 있는 병원으로 향했다. 갑자기 경찰차와 철창차들 사이로 흰 연기가 나는 무엇인가가 날아왔다. (…중략…) 그리고 고민에 휩싸였는데, '경찰은 나쁜 사람을 잡는 착한 사람들인데, 왜 공부 잘하는 대학생들 하는 걸 그냥 보지 못하고 이렇게 해산시키는 걸까? 그리고 대학생들도 학교에 있지 않고 거기서 왜 모여 있던 것일까?'(감상문 K-가'의 일부)

학습독자는 독서과정에서 '날카롭게 후각의 감각을 자극시키던' 자신의 기억과 마주한다. '유년 시절 어느 봄날 신촌의 시위 현장'에 대한 기억은 독서를 매개로 학습독자의 의식세계로 수축[14]된다. 그리고 학습독자의 주의력과 집중력에 의해 그 기억은 의식의 표면으로 구체화된다. 이것은 『지상에 숟가락 하나』에서 토벌대와 마을 사람들이 대치하는 장면을 보면서 학습독자가 떠올린 자신의 기억이다. 즉 학습독자는 독서과정에서 텍스트에 제시된 기억과 유사하거나 관계 맺기가 가능한 종류의 자기 기억을 떠올린다. 그것은 학습독자의 의식적인 행위에 의해 떠올린 기억이 아니라 독서과정에서 감각작용에 의해 무의식적으로 떠오른 기억이다. 물론 그 기억을 언어로 구체화하는 과정에는 학습독자의 의식이 관여할 수밖에 없다. 그럼에도 불구하고 학습독자는 텍스트를 매개로 자기 존재를 규정하는 과정에서 잠재적 무의식의 영향을 받는 점은 부인할 수 없는 사실이다. 학습독자는 텍스트의 기억과 자신의 기억을 통합하면서 다음과 같은 존재 의미를 이끌어낸다.

이 소설을 읽으면서 어릴 때 본 시위 현장의 기억을 떠올리게 되었고 현재 20살이 된 나에게 질문을 던져본다. '왜 사람들은 자신의 일을 제쳐두고 자기 목소리를 내야만 하는 것일까? 그리고 그들의 목소리에 항상 귀 기울여야 함은 이 땅의 국민, 특히 젊은이라면 응당 해야 할 일이 아닐까?' 신문에서 스포

14) 베르그손은 순수기억, 즉 잠재적 무의식은 병진(translation)운동과 회전(rotation)운동을 통해 현재주체의 의식세계로 수축(contraction)된다고 말한다(Henri Bergson, 박종원 역, 앞의 책, 284쪽, 288쪽, 447쪽 참조).

츠 기사를 보며 누가 골을 넣었는지 살피는 지금의 나에게 묻고 싶다('감상문 K-가'의 일부).

학습독자는 독서과정에서 유년 시절 보았던 시위 현장을 떠올리면서 현재 타인의 삶에 대한 관심이 부족한 자신의 삶의 태도를 반성한다. 그리고 '그들의 목소리에 항상 귀 기울여야 함'이라는 의미를 이끌어낸다. 학습독자는 텍스트를 매개로 자신의 무의식에 존재하던 잠재적 기억을 이끌어내어 자신의 태도를 성찰하는 과정에서 존재 의미를 발견한다.

다음의 학습독자는 『지상에 숟가락 하나』에서 '오름봉우리에 올랐던 봉앳불과 방앳불'(51쪽)의 장면을 보면서 '붉은 이미지'에 따라 중학교 시절의 '촛불집회'의 광경을 떠올린다.

소설에서 작가는 '횃불'을 보면 가슴이 두근거리고 야릇한 흥분을 하였다고 한다. 그러나 나에게 '횃불'의 붉은 이미지는 먹먹하고 답답한 느낌으로 다가온다. 왜 그럴까? 중학교 때 친구들과 집에 가는 길에 공원에 모여 촛불집회를 하는 사람들의 모습이 떠오른다. 인천의 가정동에 뉴타운지구가 들어온다는 말에 땅값은 올랐고, 주민들은 이주자금에 만족하지 못하고 매일 시위를 하고 있었다. 우리 집은 분양권을 살 형편이 되었지만, 그 이주금으로는 도저히 이사를 갈 수 없는 형편에 처한 친구들도 있었다('감상문 K-나'의 일부).

학습독자는 재개발로 이사를 가야 하는 상황에서 이주금이 부족해 걱정을 하던 친구들을 떠올린다. 텍스트에 제시된 기억의 이미지를 매개로 학습독자 자신의 기억을 끌어낸다. '감상문 K-가'의 학습독자와 마찬가지로 이 학습독자 역시 독서과정을 통해 잊고 있었던 과거의 기억을 추출한다. 망각된 것처럼 인식되지만 그 기억은 잠재적인 상태로 정신세계에 존재하고 있기 때문에 현재의 독서과정을 통해 재생될 수 있다. 지속적으로 현재의 학습독자로 향하고 있던 잠재적 기억이 학습독자의 독서 행위를 통해 의식의 표면으로 구체화될 수 있었다.

> 나도 결국엔 이기적인 속물이라는 생각이 들었다. 무언가를 요구하는 촛불 앞에서 나는 한 발 떨어져 방관자적인 태도를 보였다. 그게 아무리 내 친구들의 일이라고 하더라는 나는 관심을 가지지 않았다. 그러나 앞으로 두 발 앞으로 다가가 관심을 갖고 그들의 목소리에 귀를 기울여야겠다고 다짐했다('감상문 K-나'의 일부)

학습독자는 자신을 '이기적인 속물'이라고 비판한다. 자신과는 상관없다고 '촛불'을 든 사람들과 친구들의 사정에 관심을 기울이지 않았다고 반성한다. '감상문 K-가'의 학습독자와 '감상문 K-나'의 학습독자는 독서과정에서 전혀 다른 자기의 기억과 만났지만, 이들이 독서를 통해 자기 존재에 대해 성찰한 내용은 '다른 사람의 목소리에 귀를 기울이기'로서 서로 유사하다. 이는 『지상에 숟가락 하나』의 이면에서 울리는 작가의 목소리이기도 하다. 제주 4·3은 이미 지나간 역사가 아니라 이 땅에서 살아가는 사람들에게 영향을 미치고 있는 생생한 현실이기 때문이다. 작가 현기영이 끊임없이 4·3의 문제를 소설로 형상화하고 있는 이유이기도 하다.

그런데 이러한 거대 담론적인 감상 이외에도 이 소설을 읽으면서 지극히 개인적인 성장의 경험을 떠올리면서 존재 의미를 찾는 감상문도 눈에 띄었다. 이는 이 글이 감상문의 대상 텍스트로 『지상에 숟가락 하나』를 고른 이유이기도 하다. 이 작품은 제주 4 · 3이라는 역사적 사건과 관련된 기억을 형상화하고 있지만 그 기억조차도 작가의 유년 시절 기억의 한 부분을 차지할 뿐이다. 학습독자에 따라서는 제주 4 · 3 사건보다는 주인공의 성장과정에서 겪는 특별한 사건들에 더 주목하여 자신의 기억과 관련해 텍스트를 이해하기도 했다.

> 주인공이 잘못을 해 어머니에게 혼이 나다가 밥을 먹지 않겠다고 투정을 부리고 마음에 없는 말을 하여 뒤늦게 후회하는 부분을 읽는 중에 나는 어릴 때 반찬 투정을 하다가 엄마의 속을 상하게 한 기억이 떠올랐다. 맞벌이를 하던 엄마의 회사 아래층에 있는 유치원에 다닐 때였다. 엄마는 식당에서 맛있는 반찬이 나오자 그 반찬을 싸서 나에게 가져왔다. 엄마는 '그 반찬 맛있지?'라고 물어보셨다. 정말 그 반찬은 맛이 있었다. 그러나 나는 '아니, 맛이 없어!'라며 퉁명스럽게 대답했다. 그때 엄마는 매우 속상한 얼굴 표정을 지으셨다. …… 그때 아마도 나는 '식당에서 가져온 반찬도 맛있지만 엄마가 만들어 주신 반찬이 더 맛있어'라는 생각을 했던 것 같다. 어린 딸을 집에 혼자 두는 것이 마음에 걸려 자주 유치원에 들러 맛있는 것을 가져다 주셨는데 맛이 없다며 투정을 부리는 나의 모습을 보고 엄마는 속상했을 것이다(감상문 K-다).

이 학습독자는 주인공이 어머니에게 투정을 부리는 장면에서 자연스럽게 자신의 어머니에 대한 기억과 마주한다. 이 기억 역시 학습독자가 의도적으로 떠올린 것이 아니라 독서과정에서 '떠오른' 것이다. 즉 정신세계에 있던 무의식이 현재주체에게 다가오고 있었고, 학습독자는 이 기억을 포착해 '자신이 한 행동의 의미, 어머니에 대한 미안한 감정' 등의 의미를 생성한다.

현기영의 『지상에 숟가락 하나』는 프루스트의 『잃어버린 시간을 찾아서』만큼이나 개인적인 기억들이 다양하게 제시된다. 따라서 학습독자들도 그 장면을 보면서 우발적으로 다가오는 자신의 기억과 만나기도 하고, 그것을 의미화하기도 한다. 그것은 역사적인 공적 기억일 수도 있고, 다분히 개인적인 기억일 수도 있다. 어떤 성격을 지니는 기억이든 학습독자의 정신세계에 존재하는 것이기 때문에 언제든지 구체화되고 의미화될 수 있는 잠재성을 지닌다.

2) 직관적 사고의 교육적 활용

직관적 사고는 지속되는 무의식적 기억이 주체의 의식으로 포착된 후 언어로 구체화되는 과정에 개입한다. 직관은 변화와 함께 하는 사유이다. 직관적 사고는 지속 속의 사유이기 때문에 지성적인 추리적, 논증적 사유보다 훨씬 이해하기 어렵다고 느껴진다. 논증적 사유는 이미 우리가 쓰고 있는 언어와 사고습관과 과학적 지식을 총동원하여 어떤 문제에 대해 객관적 견해를 밝힐 수 있는 것과 연관되는 반면에 직관적 사고는 주체에게 지속적으로 다가오는 무의식을 수용하는 과정에서 작동해 자기 존재를 규명하는 작업과 관련되기 때문에 다분히 개인적이고 주관적인 성격을 지닌다.

독자가 텍스트 해석에 필요한 자기 기억을 추출하는 데에는 논증적이고 인과적인 사고가 아닌 직관적인 사고가 개입된다. 이 사고가 개인적이고 주관적인 성격을 지녔다고 하더라도 지속력을 발휘하면서 학습독자에게 향하는 기억을 포착하는 데에는 논증적 사고보다는 직관적 사고가 유리하다.[15] 베르그손은 '지능'과 '지성'으로는 인간의 기억과 정신의 본질을 결코 제대로 파악할 수 없다[16]고 주장한다. 기억의 지속력이 인간 존재에 미치는 영향을 드러내는 데 적합한 사고는 직관이다. 따라서 베르그손의 관점에서 보자면 직관적 사고는 지속의 과정에서 수행될 수 있는 인식의 틀이라 할 수 있다.

직관적 사고는 논증적인 사고의 핵심활동인 문제에 대한 '분석'을 강조하지 않는다. 베르그손에 따르면 '분석은 움직이지 않는 것에서 작용하고 있고, 직관은 움직이는 것'[17], 즉 지속 속에서 자리 잡는다. 학습독자가 텍스트를 매개로 자기 기억과 만나는 것은 자신을 향해 지속적으로 다가오는 잠재적 기억을 포착하는 행위이다. 이는 곧 기억이 움직이지 않고 고정되어 있는 실체가 아니라 변화하면서 주체를 향해 지속력을 발휘하고 있는 '생명'과도 같다는 것을 말해준다.

학습독자가 『지상에 숟가락 하나』를 읽으면서 떠올린 기억들을 보자. 학습독자가 텍스트의 결을 따라 읽기를 진행하는 동안 잠재적 기억들을 포착한다. 이때 논리적 판단에 의해 텍스트 해석에 필요한 자기 기억을 추출하는 것이 아니라 학습독자가 형성한 관념과 이미지에 따라 직관력을 발휘해 그를 향해 다가오는 수많은 잠재적 기억들과 만난다.

---

15) 직관의 표현으로서의 비평활동에 주목해 교육 내용을 제시한 연구도 있다(김성진, 『문학비평과 소설교육』, 태학사, 2012, 229~256쪽).

16) 김형효, 『베르그송의 철학』, 민음사, 1991, 181쪽.

17) Henri Bergson, *La pensée et le mouvant*, 이광래 역, 『사유와 운동』, 문예출판사, 1993.

소설을 읽는 동안 어렸을 때 소꿉친구들과 함께 모여서 인형놀이를 하던 일, 사소한 일로 동생과 다투었던 일, 친구 엄마에게 혼나서 울음을 터뜨리던 일들이 떠올랐다. 소설의 주인공이 아기를 낳는 어머니의 모습을 보면서 두려워하는 장면이 인상적이었는데, 문득 그때 나는 동생이 태어나던 순간이 떠올랐다('감상문 K-라'의 일부).

학습독자는 소설을 읽는 동안 떠오른 기억들을 나열하였다. 학습독자는 텍스트에 제시된 주인공의 기억을 확인하는 동안 자신으로 향하는 수많은 기억들을 확인한다. 책 읽기와 동시에 자신의 기억 읽기도 진행된다. 그러는 중 학습독자는 '주인공이 아기를 낳는 어머니의 모습을 보면서 두려워하는 장면'을 인상적이라고 생각한다. 그 순간 학습독자를 향하고 있는 잠재적 기억 중 하나와 마주한다. 그것은 '동생이 태어나던 순간'이다. 이는 학습독자의 논리적 추론과정에 의해 떠올린 것이 아니다. 텍스트에 제시된 기억과 유사하기 때문에, 혹은 그 경험에 대한 인상이 너무 강렬했기 때문에 학습독자의 직관이 작용한다. 이제 학습독자는 자신을 향해 다가오는 많은 기억 중에 텍스트의 기억과 가장 관련이 있다고 여기는 기억을 포착한다. 잠재적인 상태로 존재하던 기억은 학습독자에 의해 언어화 과정을 거치면서 실질적인 의미를 생성하기에 이른다.

이 소설을 읽으면서 삶과 죽음이 무엇인지 생각해보았다. 수많은 사람들이 태어나고 죽는 과정에서 어떤 의미를 찾을 수 있을까? (…중략…) 동생이 태어나던 날, 분만실 앞에서 울고 있는 어린아이의 모습이 보인다. 아버지와 할아버지도 곁에 계셨지만 나는 '엄마 죽으면 어떡해. 동생 필요 없어.'라며 서럽게 혼자 울부짖고 있었다. (…중략…) 걱정이 많은 것인지, 두려움이 많은

것인지 자다가도 엄마한테 가서 '엄마 죽으면 어떡해.' 하고 펑펑 울던 기억이
난다. 엄마가 죽을지도 모른다는 두려움에 울었던 경험들이 계속 떠오른다.
아마도 한두 번이 아니었을 것이다. 어머니가 내게 말해주어서 알게 된 기억
인지, 내가 직접 경험한 기억인지 불분명하지만 기억의 한 구석에 '매일'이라
는 잔상이 남아 있다('감상문 K-라'의 일부).

학습독자는 이 소설을 읽으면서 '삶과 죽음'에 대한 관념을 형성했고,
직관적 사고에 의해 자신을 향해 다가오는 기억을 포착해 의미화한다. 만
일 학습독자가 자기 기억에 대한 직관적 사고력을 발휘하지 못했다면 단
지 텍스트의 기억을 분석하고 이해하는 수준에서 독서 행위만을 할 뿐이
다. 학습독자는 직관을 사용하여 자신을 향해 수축하는 잠재적 기억을 포
착한다. 그리고 자신이 형성한 관념에 대해 훨씬 더 구체적이고 의미 있
는 내용을 형성한다. 이 지점에서 소설 읽기에서 직관적 사고력이 필요한
가에 대한 해답이 나올 수 있다.

직관적 사고력은 논리적으로는 설명되지 않는, 독자에게 어느 순간 문
득 다가온 기억을 텍스트 해석에서 유용하게 활용할 수 있는 기회를 제공
한다. 논증적인 사고에 의한 분석의 대상이 될 수는 없지만 분명히 그러
한 기억은 현재 학습독자의 존재의식에 직접적인 영향을 미친다. 따라서
잠재적이고 무의식 상태에 존재하다가 주체에게 다가오는 기억을 포착하
는 데 직관적 사고력을 발휘한다면 기존의 논리적이고 합리적인 관점에
서 존재를 규명하는 차원을 넘어설 수 있는 가능성을 제공한다.

그렇다면 직관적 사고는 논증적 사고보다 고차원적인 사고인가? 그렇
지는 않다. 단지 두 사고는 성격이 다른 사고의 범주이다. 논증적 사고가

텍스트를 분석하는 데 유용한 사고라면 직관적 사고는 독자의 잠재적 기억을 추출하는 데 유용한 사고이다. 따라서 학습독자가 텍스트 이해를 바탕으로 자기 이해를 완성하려면 두 사고가 통합적으로 결합되어야 한다. 독자가 직관에 의해 텍스트 이해에 필요한 자기 기억을 추출했다고 하더라도 그것을 바탕으로 한 최종적인 해석이 해석 공동체의 수용 가능성의 범위를 넘어선다고 판단되었을 때에는 직관적 사고력을 부적절하게 사용한 것이 된다. 따라서 학습독자가 직관적 사고력을 발휘할 때에는 항상 텍스트의 최종적 해석과 긴밀하게 연결될 수 있는지 논증적으로 사고할 필요가 있다. 요컨대 학습독자는 자신의 기억을 이끌어낼 때 필요한 직관적 사고력과 텍스트를 해석할 때 필요한 논증적 사고력을 통합하면서 의미를 생성해야 한다.

3) 개인적 기억과 공동체적 기억의 만남

독자는 텍스트의 기억을 수용하는 과정에서 그 기억과 유사하거나 텍스트를 이해하는 데 도움이 되는 자기 기억을 떠올린다. 특히 공적 기억이나 역사적 기억을 수용하는 독자는 그 기억 자체를 수용하기보다는 현재의 역사적 상황을 이해할 수 있는 자기 기억을 제시함으로써 새로운 역사적 의미를 생성할 필요가 있다. 왜냐하면 독자는 단지 역사적 기억을 소극적으로 수용하는 존재가 아니라 그 기억을 현재적 삶의 관점에서 능동적으로 재구성하는 존재이기 때문이다.

학습독자는 독서를 통해 역사적 기억에 대응할 수 있는 힘을 기를 수 있다. 독서는 기억의 전승과정에서 중요한 역할을 담당한다. 소설 텍스트에는 역사적으로 망각된 기억, 망각되기를 강요받았던 기억들이 오롯이 살아 숨쉬기 때문이다. 학습독자는 텍스트에 제시된 기억과 자신이 가진 기억을 비교하는 과정에서 역사적 사건을 비판적으로 인식할 수 있다. 독서과정에서 학습독자는 추출한 잠재적 기억을 통해 자신이 경험한 사건에 역사적 의미를 부여할 수 있다.

『지상에 숟가락 하나』의 작가 현기영은 일제강점기와 해방 후 분단 상황, 그리고 미군정의 연속선상에서 제주 4·3을 이해한다. 따라서 4·3을 돌발적이거나 우발적으로 발생한 사건이 아닌 역사적 맥락에서 접근하는 시각이 필요하다는 것을 강조한다. 또한 그가 근대 공간이 지닌 역사성뿐만 아니라 '현실에 구현되어 관의 침학으로 도탄에 빠진 섬 백성을 구하려고 떨쳐 일어난 불퇴전의 사나이'(68쪽)인 '장두'를 내세운 것도 4·3 사건을 과거로부터 전승되는 기억의 재현이자 반복으로 보고 있기 때문이다.

이러한 작가의 관점은 학습독자에게도 전이되어 나타날 수 있다. 학습독자도 자신의 기억을 역사적인 맥락이나 연속성하에서 이해할 필요가 있다. 학습독자가 자신의 기억을 역사적 맥락에서 이해하는 양상은 크게 세 가지로 나타났다.

첫째, 작가가 기억하는 사건 자체를 학습독자도 공유하고 있었다. 즉 학습독자 역시 4·3 사건에 대한 기억을 갖고 있는 경우이다. 이 학습독자는 텍스트를 읽으면서 곧바로 작가의 4·3 사건의 기억과 마주한다. 그리고 작가가 유년 시절에 겪었던 경험이 학습독자와도 관계가 있음을 고백한다. 그는 독서과정에서 직접 경험하지는 않았지만 4·3 사건에 대한

'고모할머니'의 이야기를 떠올린다. 그리고 학습독자의 '할아버지 형제분'들이 당시 사건의 피해자일지도 모르며, 그 사실에 '부끄러움'과 '분노'를 느낀다고 말한다.

> 비록 고모할머니께서는 할아버지의 형제분들이 정확히 어떻게 연관되어 돌아가셨는지는 말씀해주시지 않았다. 오히려 그랬기에 1947년 3월 1일에 모인 2만 군중 중의 하나가 우리 가족일지도 모른다고 생각되었다. 폭도로 취급되었던 사람들 중 하나일 수도 있고, 광장에 있던 목 잘린 머리통 중의 하나가 내 가족의 머리일 수도 있다는 사실이 내 몸을 부끄러움과 분노로 뜨겁게 만들었다('감상문 K-마'의 일부).

이처럼 텍스트에 제시된 기억과 동일하거나 유사한 기억을 수용하는 학습독자의 경우 다른 학습독자들에 비해 상대적으로 쉽게 기억을 재형상화하여 의미를 생성했다. 다시 말해서 작가와 독자 사이의 소통이 원활하게 진행된다는 것을 말한다. 하지만 학습독자의 가족이 직접 관여된 사건이라서 이 기억에 대한 객관적인 시야의 확보가 부족하기도 했다. 따라서 학습독자가 떠올린 기억이 작가의 기억과 유사하다면 역사적인 맥락을 고려하면서 거리 두기를 통해 의미를 생성할 수 있도록 문학교사의 조력이 필요하다고 판단된다.

둘째, 학습독자는 텍스트에 나타난 기억의 부차적인 부분에 주목하여 역사적 의미를 발견하려고 시도했다. 이 학습독자는 독서과정에서 '학생들이 반공을 외치는 장면'을 보면서 자신의 기억을 떠올린다. 『지상에 숟가락 하나』에는 다양하고 많은 기억들이 형상화되어 있기 때문에 학습독자들이 자기 기억을 포착해 재형상화하는 양상도 다양하게 나타났다.

이 시기의 학생들이 학교에서 반공을 외치는 이 부분이 강렬했다. 왜냐하면 내가 어렸을 때에는 이승복 어린이의 이야기가 학교에서 유행처럼 번졌었고, 사촌형님이 반공과 관련된 주제로 웅변연습을 하는 모습이 겹쳐서 떠올랐기 때문이다. "공산당이 싫어요!"라고 외치며 입이 찢겨 죽었다는 이승복 어린이의 동상이 밤마다 학교 운동장을 떠돈다는 무서움은 공산당의 무서움으로 이어졌고, 이 어둑하면서도 차가운 무서움은 어린 나의 머릿속에 어느새인가 자리 잡혀 버려, 이후 잠수함사건과 무장공비사건이 터졌을 때 나에게 두려움으로 작용하여 집에서 이불을 덮고 나가지 않고 있었던 기억이 있다. 그리고 아직까지 목소리가 남아 있는 사촌형님의 반공을 외치는 웅변테이프를 먼지 속에서 오랜만에 꺼내 들어보았다. 지금은 안 계신 우리 사촌형님의 어렸을 적 목소리를 듣고 있자니, 눈시울이 붉어졌고, 동시에 책의 한 부분이 떠올랐다. 귀순을 요구하는 '선무 공작의 노래'가 바로 그것이다. 반공을 외치면서 태극기를 외치고, 대한민국을 부르짖는 사촌형님의 목소리가 이 노래와 비슷한 느낌을 주었다.

작가는 어디까지나 자세한 내용의 설명 없이 어렸을 때의 관점에서 서술하고 있다. 앞에서 말했다시피 이 점에서 사건의 참혹성이 드러났다. 불길을 붉은 저녁놀이 타고 있다고 표현한 대학살극의 장면은 손이 떨리게 만들었다. 마치 내 눈에 그려지듯 표현된 이 장면은 근·현대사시간에 배운 제주 4·3항쟁에서는 절대로 알 수가 없는 피부로 와 닿는, 겪어본 사람만이 말할 수 있는 부분이었다. 1947년부터 48년 4월에 발생한 사건 및 54년까지 발생했고, 무장대와 토벌대 간의 무력충돌 그리고 그 사이에서 수많은 주민이 희생당한 사건으로만 배웠다. 이마저도 적혀 있는 교과서도 있고 없는 교과서도 있었다. 그래서 역사적 사건으로서의 나의 기억은 그다지 쓸모가 없어 보였다. 하지만, 작가가 서술하고 있듯이, 제주 4·3항쟁은 단순한 '폭도 토벌'이 아닌, 실상은 양민 학살이라는 점에서 앞으로 내가 기억해야 하는 부분에 대한 수정과 무관심에 대한 반성이 필요하다고 느꼈다.

작가의 기억과 나의 기억, 그 사이에 요소로서 작용한 '공산당'은 작가와 나의 기억의 공유가 될 수 있는 매개체로서 작용하고 있고, 이를 토대로 나는 이 책을 '작품'이 아닌 '텍스트'로서 나의 생각과 경험을 적극적으로 독서라는 행위에 주입하여 나와 작가만의 공감대를 형성하였다. 이 과정 속에서 나의 과거에 대해 다시 생각해볼 수 있었고, 그 당시의 참혹성에 대해 다시금 생각해봄으로써 현재 우리 개개인이 취해야 하는 생각과 행동이 무엇인지 생각해볼 여지 또한 주었다. 앞으로 나의 기억이 활발하게 활용될 수 있게 사회현상과 관련된 작품들을 독서하는 것이 독서에 대한 흥미와 사고의 다양한 확장, 그리고 사회비판적 사고 형성에 도움을 줄 수 있을 거라 생각했다(감상문 K-바).

학습독자는 학생들이 반공을 외치는 부분에서 '강렬한' 느낌을 받았고, 그 감각은 독자의 잠재적 기억 속에 있던 '사촌형님'과 관련된 기억과 만나도록 한다. 학습독자는 작가와 유사한 기억을 가지고 있음을 발견하고 텍스트의 기억과 자신의 기억을 비교하는 과정에서 '내가 기억해야 하는 부분에 대한 수정과 무관심에 대한 반성'이 필요하다는 것을 느낀다. 이 학습독자의 경우 지금까지 교육 받았던 4·3 사건에 대한 기억을 수정하려고 시도한다. '폭도 토벌'이라는 공적 기억이 기억 재형상화를 통해 '양민 학살'이라는 공적 기억으로 수정된다. 비록 학습독자가 지엽적인 기억에 주목하여 재형상화를 시도했지만 그 과정에서 그는 전승된 공적 기억을 부정하고 새로운 공적 의미를 수용하는 태도를 보인다.

셋째, 학습독자는 입장을 달리하는 주체의 갈등관계로 텍스트에 제시된 역사적 사건을 이해했다. 이는 역사적 발전단계를 갈등의 관계로 파악하는 관점과 상통한다. 즉 가해자와 피해자 모두 역사의 주체로 보면서 역사적 기억을 객관화하여 수용하고자 한다.

헌병이신 아버지로 인해 주인공의 가족은 군인 가족이지만 막내이모네는 경찰 가족, 나머지는 모두 일명 '폭도 가족'이다. 이러한 울타리 안에서 자라는 어린 주인공은, ㉠언제 죽을지 모른다는 강박관념에 시달려 목 놓아 울지도 못한 채 숨죽여 살아가는 인간의 모습과 그러한 가족에게 아무런 도움이 되지 못한 채 무력감을 느끼는 인간의 모습을 보며 큰 혼란을 느낀다. 이러한 주인공의 어릴 적 심적 상태를 이해할 만한 기억이 내게도 있다. ㉡그 기억은 머리를 짓누르듯 아프기도 하고, 가끔 편두통이 온 것처럼 찌릿하기도 하다. 누구보다 정보에 빠르며 데모를 먼저 알고 막아야 하는 위치인 ㉢정보과에서 근무하는 경찰이신 아버지와 한 평생 벼농사를 지으시며 땅이 한 뼘 한 뼘 늘어남에 보람을 느끼셨던 할아버지. 이 두 분은 자유 무역 협정에 나서서 데모를 해야 하는 자와 이를 발 빠르게 막아야 하는 자로 한때 대립적인 위치에 있었다. 일생을 농사일에 바쳐온 할아버지셨고 당장의 생계가 달려 있는 일이기에 가만히 계실 수는 없는 입장이셨다. 그러한 할아버지의 피와 땀이 맺힌 쌀을 먹고 성장한 아버지는 국가 공무원이기에 이를 막아야 하는 입장에 처해 이러지도 저러지도 못하고 무력감을 느끼셨으리라. 어릴 적 나는 누가 착하고 누가 나쁜 사람인지, 옳고 그름을 판단해야만 한다고 생각했기에 혼란스러웠다.

어린 주인공의 시선에 의하면 제주 사건 때 토벌대 뒤를 따르던 민보단 사람들은 불과 몇일 전까지만 해도 한 마을에서 오순도순 함께 했던 동족들을 '폭도'라 칭하며 처참하게 죽일 수밖에 없었다고 한다. 이는 동족이 한순간에 적으로 바뀌는 정치적 입장 대립의 처참함을 보여준다. 여기서 의문을 제기해본다. 과연 이러한 동족상잔의 비극은 누구를 위한 것인가? 불과 며칠 전까지 동족이었던 이를 죽일 만큼 가치 있는 일을 위한 것인가? 첨예하게 대립하는 당시 시대 상황을 완벽히 이해할 수는 없지만 내 경험에서 이를 생각해보겠다. 미디어 속에서 무력으로 첨예하게 대립하는, 데모하는 농민과 이를 막는 경찰은 이를 악물고 결행하는 모습이라기보다는 고통스러워하는 모습으로 내 눈에는 비추어졌다. 그 모습을 보며 '저렇게 대립하는 저들 중에도 분명

우리 가족처럼 아버지와 아들이 있지 않을까? 하는 생각을 했던 기억이 난다. 내가 바라본 미디어 속 이 두 입장은 서로 물고 할퀴는, 절대 한 공간 안에서 공존할 수 없는 모습이었다. 이 둘의 대립하는 모습에 할아버지와 아버지의 모습이 겹쳐지면서 눈앞이 캄캄했던 기억이 난다.

그러나 그러한 내 우려는 기우였다. 아버지와 할아버지는 이렇다 저렇다 하는 한마디 없이 여전히 서로를 아끼는 변함없는 모습이셨다. 그렇다. '가족'이라는 울타리의 힘이란 이 둘을 모두 포용할 만큼 지대했던 것이다. 주인공의 가족들이 그러하였듯이. 주인공의 당시 시대 상황을 이해하기에는 나의 경험은 작은 경험이지만 시대가 아무리 변해도 이것 하나만큼은 통한다는 것을 알 수 있었다. 아무리 이념 대립이 첨예하다해도, 정치적 입지가 다르다 해도 이 모두를 이해하고 포용할 수 있는 힘을 가진 것이 '가족'인 것이다. ㉣ 서로 다른 생각과 이념을 가진 이들이 공존할 수 있는 것도 '가족'이라는 울타리가 있기에 가능한 일이다. 시간이 많이 흘러 다른 시대, 즉 현대에 살고 있는 내가 주인공의 마음을 이해할 수 있는 것도 이 덕분이 아닐까?(감상문 K-마)

㉠에서 학습독자는 기억에 대한 인물의 감각(이미지)을 확인하는 과정에서 '숨죽여 살아가면서 가족에게 아무런 도움이 되지 못하는 인간의 모습'이라는 관념을 형성한다. ㉡에서 학습독자는 ㉠에서 얻은 관념을 독자 자신에게 적용하여 텍스트 해석과 관련되는 학습독자의 감각, 즉 '머리를 짓누르듯'과 '짜릿하기'를 발견한다. ㉢에서 학습독자는 그 감각이 비롯된 기억, 즉 '할아버지와 아버지가 대립했던 사건'을 추출한다. ㉣에서 학습독자는 자신의 기억과 텍스트의 기억을 비교함으로써 '가족의 소중함'이라는 새로운 의미를 생성한다. 이 감상문에는 텍스트 해석에 학습독자의 기억을 적용시켜 텍스트를 해석하는 과정이 고스란히 드러난다. 여기서

텍스트 해석에 중추적인 역할을 담당하는 독자의 기억 내용은 ⓒ에 나타난다. 이 학습독자는 기억의 재형상화 방법에 따라 의미를 생성한다.

이 감상문에서 학습독자는 현재 사회적 관계에 따라 갈등관계에 서야만 했던 가족에 대한 기억과 텍스트에 제시된 기억을 비교하는 과정에서 역사적 기억에 대한 객관적인 시각을 확보한다. 즉 가해자와 피해자로 나누는 게 아니라 두 주체 모두 국가권력의 희생양이 될 수밖에 없는 문제 상황에 초점을 맞춘다.

학습독자는 텍스트의 기억을 수용하는 과정에서 자신의 기억을 역사적인 맥락이나 연속성하에서 이해하고 있었다. 이러한 학습독자의 독서과정은 기억의 공동체 감각에 대응하기 위한 과정으로 볼 수 있다. 역사적 사건과 관련된 수많은 기억들이 현재주체에게 전승되어 내려온다. 그 기억들이 모두 객관적 사실에 근거해 구성된 기억들은 아니다. 공적 기억은 특정집단의 이념에 따라 조작되고 왜곡되기도 한다. 전승된 기억은 시간적, 공간적으로 볼 때 현재의 주체와는 거리가 멀다. 따라서 당시 역사적 상황 맥락을 참조하여 다양한 사료를 근거로 그 기억들의 정체를 면밀히 검토하는 것도 필요하다. 그런데 이는 소설에 제시된 역사적 기억을 수용하는 독자의 역할과는 거리가 있다. 소설은 허구 양식으로 객관적인 사실을 전달하는 장르가 아니다. 독자는 다양한 사건들 속에 숨겨진 진실을 파악해야 하는데, 이는 객관적 역사자료를 근거로 제시하여 일일이 분석하는 방식 등으로 이루어질 수 없다. 오히려 현재 독자가 텍스트에 제시된 기억을 보면서 자신의 기억을 재형상화하는 과정에서 새로운 진실을 발견할 수 있게 된다. 사실 그 자체를 발견하는 것도 중요하지만 그 사실

을 바탕으로 학습독자가 어떤 진실을 구성하고 있는가가 교육의 장에서
는 절실히 요구되는 사항이기 때문이다.

　이와 같은 논의를 통해 이 연구는 다음과 같은 결론을 얻었다.

　첫째, '텍스트'에 우위를 두고 '텍스트-독자'의 수용관계를 탐구하던 기
존의 논의를 넘어 '독자'의 '기억'을 투사해 재형상화하는 원리를 탐구함
으로써 '독자'를 중심으로 한 '텍스트-독자'의 관계를 정립하였다. 이는
수용이론과 해석학이 지향하는 독자 중심의 이해를 실질적으로 제시한
것으로 판단된다.

　둘째, '텍스트 이해→자기 이해'라는 존재론적 읽기 방법은 주로 심리
적이고 정신적인 차원에서 진행되는데, 기억의 소통과정에 주목함으로써
읽기의 정신적 메커니즘의 작동방식을 규명하였다. 독자의 텍스트 수용
과정은 철저히 정신적인 맥락에서 이해될 수밖에 없다. 정신은 의식와 무
의식이 교호하면서 새로운 의미를 생성하는 체계이다. 따라서 정신현상
을 규명하려면 정신 자체에 대한 직접적인 접근보다는 그것을 이루고 있
는 핵심적인 요소인 기억 행위를 통해 접근해야 한다고 판단된다.

　셋째, 잠재적 무의식이 지닌 존재론적 의미를 제시함으로써 근대적 합
리주의 세계관에 바탕을 둔 읽기방식이 지닌 한계를 넘어설 수 있는 가능
성을 제시하였다. 데카르트 이후 근대는 코기토에 바탕을 두고 인간 존재
를 탐구했고, 이는 독서교육에도 영향을 미쳤다. 그 때문에 독서교육은
독서에 필요한 독자의 논리적이고 합리적인 사고과정을 규명하는 데 주
목했다. 하지만 이 글은 그 이면에 존재하는 잠재적 무의식에 주목함으로

써 독서교육에서 의식적 존재론뿐만 아니라 무의식적 존재론을 논의할 수 있는 장을 마련하였다.

이 연구는 독자의 역할을 강조하면서도 텍스트에 제시된 의미 추출의 타당성이나 적합성만을 고집하는 분석주의와 기능 중심의 독서교육이 지닌 한계에 주목했다. 이들은 독자 지향적인 해석을 목표로 내세우고는 있지만, 그 원리나 방법을 제대로 제시하지 못한다. 이 글이 텍스트의 기억을 대하는 독자의 기억에 주목하는 이유는 텍스트의 기억을 매개로 독자의 재형상화 과정을 밝히는 것이야말로 독자 지향적인 해석을 가능하게 한다고 판단했기 때문이다.

작가의 기억이 텍스트를 통해 독자에게 일방적으로 전달되는 것이 아니라 독자도 자신의 기억을 근거로 텍스트를 해석하기 때문에 대화적 소통의 진정한 국면을 제시할 뿐만 아니라 '독자'를 중심으로 한 소통의 가능성을 열었다는 점에서 문학교실에서 학습독자가 지니는 주체로서의 위상을 높일 수 있다. 그러나 학습독자마다 갖고 있는 잠재적 무의식이 다르고, 이 때문에 동일한 텍스트에 대해 다양한 해석이 나올 수도 있는 상황에 대한 면밀한 검토가 필요하다. 이 같은 문제의식을 바탕으로 기억의 소통과정에 나타나는 다양한 해석 결과에 대한 평가 기준이나 평가 방법 등에 대한 논의는 후속 과제로 남겨둔다.

부록

* 소설에는 인물의 경험이 제시됩니다. 여러분은 소설을 읽는 동안 인물의 경험과 관련하여 여러분들의 경험이 떠오르지 않나요? 예컨대, 황순원의 「소나기」를 읽는 동안 소년과 소녀의 순수한 사랑을 보면서 어린 시절 옆집에 살았던 '순이'의 얼굴이 떠오를 수도 있겠지요? 이제 여러분은 소설의 내용과 관련하여 여러분 자신의 기억을 떠올리면서 「쥐잡기」를 읽어봅시다.

1. 「쥐잡기」에는 인물의 기억이 사건 전개의 중요한 역할을 합니다. 여러분의 경험과 관련하여 어떤 기억이 인상적이었다고 생각합니까?

　① 아버지를 기억하는 '민홍'　　② 포로수용소 시절을 기억하는 '아버지'

　③ 기타(　　　　　　　　　　　　　　　)

2. 1번의 기억을 고르면서 인물에 대해 생각한 내용을 〈보기〉와 같이 쓰시오.

〈보기〉
- 아버지가 불쌍하다.　　　　　　　　　· 아버지는 무능력하다.
- 전쟁은 사람들에게 상처를 주었다.
- 민족 분단의 아픔을 느꼈다.

____

____

____

3. 여러분들이 선택한 기억을 보면서 어떤 느낌이 들었는지 〈보기〉와 같은
표현으로 작성하시오.

____

____

____

4. 3번에서 떠올린 느낌에 따라 여러분이 살아오는 동안 경험했던 일을 〈보
기〉와 같이 제시하시오.

____

____

____

제2부

소설교육에서 기억의 역할

 기억의 서술방식과 소설의 의미 탐구

1. 유년 시절의 원체험과 기억

김소진 소설의 특징 중의 하나는 유년 시절의 체험을 소설 속에 담아내고 있다는 점이다. 특히 「쥐잡기」(1991), 「고아떤 뺑덕어멈」(1993), 「자전거 도둑」(1995) 등의 작품은 아버지에 대한 기억이 밑바탕에 깔려 있는데, 주로 아버지와 관련된 일화를 소개하고, 그 일화 속에서 아버지에 대한 아들의 심리를 드러내고, 어른이 된 아들이 아버지에 대한 감정을 드러내는 구조를 지닌다.

김소진이 유년 시절에 생각했던 이상적인 아버지의 상은 '경제적 혹은 정신적 후원을 통해 아들의 사회적인 운명의 많은 부분을 틀지어주는 존재[1]이다. 하지만 그의 아버지는 경제적으로는 무능력하고 세상살이의 이치에 대해 알려주는 바가 없는 나약한 존재였다. 이러한 아버지의 모습은

---

1) 김소진, 「아버지의 미소」, 『그리운 동방』, 문학동네, 2002, 64쪽.

김소진 소설의 곳곳에 나타난다. 등단작품인 「쥐잡기」의 '아버지'는 자신의 운명을 뒤바꿔버린 존재가 쥐라고 생각하고 쥐를 잡으려고 애쓰지만 번번이 실패한다. 쥐 한 마리도 제대로 잡지 못하는 아버지는 아내의 경제적 수입에만 의존하는 무능한 가장의 모습으로 그려져 있다. 「고아떤 뺑덕어멈」의 아버지도 가족의 생계 유지를 책임지는 가장의 모습과는 거리가 멀다. 틈만 나면 약장수 공연을 보러 다니고, 심지어는 아들이 과외 지도로 마련해준 돈을 화대로 삼아 여자를 사기도 한다. 「자전거 도둑」의 아버지는 자신이 한 도둑질을 어린 아들에게 뒤집어씌우고 아들을 모질게 때리는데, 부모로서 자식을 감싸주지는 못할망정 자신의 무능력과 나약함을 아들에게 뒤집어씌우는 존재로 그려진다.

유년 시절 김소진이 보았던 아버지는 무능하고 책임감이 없는, 그러한 인물이다. 따라서 아버지는 증오와 원망의 대상이다. 하지만 어른이 된 작가의 눈에 보이는 아버지는 한없이 가련한 존재이다. 아버지가 무능하고 책임감이 없게 된 이유를 아버지의 삶을 재구하는 과정에서 찾게 되며, 이러한 과정을 통해 작가는 아버지와 화해하고 그를 이해하게 된다. 작가에게 아버지는 '사랑과 미움, 또는 자부심과 콤플렉스라는 두 가지 상반된 정서가 한데 뒤섞인 모순된 감정을 만들어준'[2] 존재이다. 이러한 아버지의 존재는 김소진의 소설 속에서 고스란히 나타난다. 즉 그의 소설에는 아버지에 대한 '증오와 원망'과 '연민과 이해'의 정서가 동시에 드러난다. 작가는 아버지를 탓하고 미워하면서 그의 존재를 부정하지만, 아버

---

2) 김소진, 「아버지의 미소」, 앞의 책, 64쪽.

지의 피와 살을 물려받은 '어쩔 수 없이 함경도 종자'임을 스스로 고백하고 있듯이 아버지의 삶을 이해할 수밖에 없는 존재이다. 그가 문학의 첫발을 내디던 이유도 '아버지와 문학을 통해서나마 화해하기 위함'[3]이었던 것이다.

김소진 소설이 지닌 특징 중의 하나는 자신의 기억을 소설 속에 담아내고 있다는 점이다. 그리고 그 기억 속의 중심에는 '아버지'가 자리 잡고 있다.[4] 작가는 끊임없이 아버지에 대한 기억을 떠올리고, 그 기억을 소설 속에 담아내고 있다. 「쥐잡기」나 「고아떤 뺑덕어멈」과 같은 작품에서도 기억의 중심에는 아버지가 자리 잡고 있다. 마찬가지로 「자전거 도둑」에서도 아버지에 대한 기억이 드러나고 있지만, 그 기억을 서술하는 방식과 과정이 이전 작품들과는 다른 방식으로 전개된다. 주인공의 기억과 더불어 다른 인물의 기억도 함께 제시되고 있다. 또한 주인공의 어린 시절에 대한 기억도 '아버지'에 대한 이야기라기보다는 아버지를 바라보는 '나'의 이야기라는 것을 강조한다. 이 글은 「자전거 도둑」에 드러난 기억의 내용과 그 기억을 서술해가는 과정에 주목하고자 한다. 이 글은 「자전거 도둑」

■

3) 김소진, 「나의 가족사」, 『그리운 동방』, 문학동네, 2002, 19쪽. "나는 내 데뷔작을 두고 소설이기에 앞서 애틋했던 아버지께 부치는 제문(祭文)이라고 밝혀놓았는데, 적어도 그건 예쁘게 꾸민 말이 아니라 솔직한 심정에서 우러난 말이다. 또한 내가 어쩔 수 없이 함경도 종자임을 수긍하는 자기고백이기도 했다."

4) 김승종은 김소진 소설의 특징 중의 하나로 '아비 상실과 아비 되찾기'로 본다(김승종, 「미완으로 빛나는 민중의 작가―김소진론」, 『현대문학의 연구』 9집, 한국문학연구학회, 1997, 471~484쪽). 김형수는 김소진 소설에 있어 '아버지'는 소설 구성의 중심에 자리잡은 존재라고 본다(김형수, 「정신과 육체의 변증법―김소진의 소설」, 『사림어문연구』 11집, 사림어문학회, 1998, 204쪽).

과 이전 소설의 서술방식의 비교를 통해 이 작품에 드러난 독특한 기억의 내용을 추출할 것이다. 아울러 그러한 기억의 내용을 근거로 하여 김소진의 소설군에서 「자전거 도둑」이 갖는 의미를 밝힐 것이다.

2. 기억의 성격과 재생과정

기억은 인간의 행동을 과거와 관련시켜 볼 때 문제되는 사실로서 그 사람의 경험이 어느 기간 파지되었다가 어떤 원인으로 재생되는 작용을 말한다.[5] 즉 기억은 인간의 정신 속에 보존되어 있는 과거의 사건을 가리킨다. 개인이 가지고 있는 기억은 실제로 존재했던 것일 수도 있지만, 실제에 대한 주체의 주관적인 판단이 개입된 채로 보존된다. 프로이트는 인간의 기억 속에는 과거의 사건의 일부만이 보존된다고 보면서 기억되지 않은 부분은 완전히 사라지는 것이 아니라 인간의 정신 속에서 다른 형태로 보존되다가 인간의 성장에 영향을 미친다고 보았다. 따라서 인간이 기억하는 과거의 사건은 실제의 모습과는 다르게 왜곡되고 부정확한 형태로 보존되는 것이다. 또한 기억이 바래가는 현상을 '망각'이라고 하는데, '망각'은 더 이상 감정이 개입되지 않는 생각이나 기억들을 소멸시키는 것으로서[6] 인간의 체험을 부정확하게 기억하게 하는 현상이다.

■

5) 『세계철학대사전』, 고려출판사, 1999, 144쪽.
6) S, Freud, *Studien über Hysteria*, 김미리혜 역, 『히스테리 연구—프로이트 전집 4』, 열린책들, 1994, 21~22쪽.

프로이트는 망각을 초래하는 원인을 억압된 심리 상태라고 보는데, 이러한 심리 상태는 기억 재생과정에서 기억의 다른 내용으로 대체되어 나타난다.[7] 그는 대체되어 나타난 기억을 '은폐기억(Deckerinnerung)'이라고 명명한다.[8]

프로이트에 의하면, 어린 시절의 사소한 기억들은 전위의 과정을 통해 생겨나는데, 그 기억들은 기억 재생과정에서 중요한 다른 인상들을 대체한 것들이다. 사소한 기억들은 그 내용이 아니라 그 내용이 다른 억압된 내용과 맺고 있는 연상관계에 의해 보존되는데, 그 과정 속에서 대체된 기억이 은폐기억이다. 어린 시절의 기억들은 진정한 기억 흔적(Erinnerungsspur)이 아니라 이후에 수정된 기억의 흔적으로 남아 있게 된다. 이러한 수정된 기억의 흔적은 그 사이에 일어날 수 있는 다양한 심리적 작용에 의해 영향을 받게 된다. 프로이트는 개인의 유년 시절의 기억들의 대부분은 일반적으로 은폐기억이라는 의미를 갖게 되며 놓여진 맥락 속에서 은폐기억을 추출해내는 일도 가능하다고 본다.

요컨대 개인이 기억하는 과거의 체험은 실제로 발생한 그것이라기보다는 현재적 입장에서 왜곡된 혹은 조정된 것이다. 일반적으로 개인이 체험한 것을 이야기할 때 기억의 확실성에 대해 평가할 수 있다고 하지만 그

---

7) 벤야민이 기억의 의미를 '유사성의 상태 속에서 변형되어 있는 세계'로 이해하는 것도 이러한 맥락이다. 실제로 발생한 사건인 줄 알았지만 기억과 망각의 관계 속에서 이미지로 존재하는 허구적인 상태인 것이다(W. Benjamin, 반성완 편역, 『발터벤야민의 문예이론』, 민음사, 1983, 102~104쪽 참조).

8) S, Freud, 이한우 역, 『일상 생활의 정신병리학—프로이트 전집 7』, 열린책들, 1999, 69~70쪽.

것은 착각일 수 있다. 기억은 과거의 것을 온전히 보존하지는 않는다. 기억은 망각되기도 하고, 때로는 변형된 채 정신 내면에 보존된다.[9] 그럼에도 불구하고 우리는 기억에 대해 확실히 체험한 것으로 말하곤 한다.

기억을 재생한다는 것은 주체의 현재적 입장에서 언어를 매개로 하여 기억을 서술하는 것을 말한다. 기억을 재생하는 현재의 주체가 지닌 가치관이나 세계관에 따라 그 기억은 다른 방식으로 서술될 수 있다. 본질적으로 서사는 세계를 있는 그대로 모사하는 장르가 아니라 주체의 기대와 욕구를 바탕으로 세계에 대한 이해를 표현하는 장르이다. 따라서 기억은 주체의 입장이나 태도에 따라 달리 드러날 수 있다.

그렇다면 기억의 어떤 내용들이 기억을 통해 서술되는가? 인간은 수많은 기억들을 가지고 살아간다. 개인이 기억하는 과거의 모든 것들이 이야기를 통해 표현될 수 있다. 보통 우리가 과거를 기억해내는 방식은 '어릴 적에 이러저러한 일이 있었는데, 지금 와 생각해보니 어떻더라'와 같은 진술로 이루어진다. 이와 같이 기억을 서술한다는 것은, 실제로 존재했던 기억이든 허구적으로 재구한 기억이든 현재의 주체가 과거의 기억을 평가하는 것까지 포함된다. 기억의 서술을 통해 과거의 일을 평가하는 것은 그 기억이 현재의 주체에게 다양한 감정적 반응을 불러일으킴과 동시에 자기성찰을 통해 미래의 가능성까지 설계할 수 있도록 재구성된다

---

9) G, Lucius-Hoene · A, Deppermann, *Rekonstruktion narrativer Identität*, 박용익 역, 『이야기분석』, 역락, 2006, 43~44쪽.

는 것을 말한다.[10] 이는 주체의 현재적 입장에서 시간의 축에 따라 과거를 반성하고 미래를 설계하는 서사화의 기본 특성이기도 하다. 따라서 개인이 가지고 있는 모든 기억이 서사로 표현될 가능성은 그리 높지 않다. 현재의 주체에게 의미를 부여할 수 있는 기억이야말로 서사 내용의 질료가 될 수 있는 것이다. 프로이트는 기억을 정리함으로써 존재에 대한 의미를 찾을 수 있다고 여긴다. 경험한 사건에 대해 모욕을 당했을 경우 고백이나 한탄 등의 언어 행위를 통해 최초에 경험했던 감정을 소산(해소)시킬 수 있다.[11] 특히 정리되지 않은 채 깊은 상처를 남긴 기억은 평생 위협적일 수 있다. 기억의 정리는 서술을 통해 이루어질 수 있으며, 이는 과거의 경험을 정리하는 것이다. 이를 통해 주체는 긍정적인 정체성의 느낌을 가질 수 있게 되며, 결속성과 통합성을 유지할 수 있으며, 종국적으로는 자신의 존재에 대한 의미를 확보할 수 있게 된다.

기억의 어느 부분을 어떤 방식으로 구성하는가에 따라 완성된 서사의 모습은 달라질 수 있다. 주체가 밝히기 꺼리는 기억의 순간은 배제된다. 기억의 선택과 배제는 오로지 주체의 판단에 의해서 진행된다. 이러한 선택과 배제는 기억을 서술하는 과정에서 초점화의 방식으로 드러난다. 드러내고 싶은 기억은 주체에 의해 선택되어 하나의 정보로서 서사물에 제

■

10) 리쾨르가 아우구스티누스의 『고백론』을 분석하면서 서사와 시간에 대한 논의를 펼치는 것을 보아도 기억은 서사를 구성하는 주요한 원동력이라 할 수 있다. P, Ricoeur, *Temp et récit I*, 김한식 · 이경래 역, 『시간과 이야기 1』, 문학과지성사, 1999, 28~80쪽 참조.
11) S, Freud, 김미리혜 역, 앞의 책, 20~21쪽.

시될 수 있으며,[12] 이 정보는 작가의 시선이 개입된 것으로서 초점화의 대상이 된다. 따라서 작가의 기억을 바탕으로 서술된 서사물은 초점화 양상을 살핀다면 주체의 기억을 탐색할 수 있게 된다.

프로이트의 기억에 대한 논의를 바탕으로 김소진 소설에 드러난 기억의 성격을 고찰할 것이다. 김소진은 스스로 '기억에 크게 의존하는 소설 쓰기를 하는 편'이라고 말하고 있는데, 이는 그의 작품에서 기억이 차지하는 비중이 매우 큰 것임을 알려주는 것임과 동시에 작품 속에서 그의 기억의 정체를 밝힐 수 있는 근거를 제시하기도 한다.

3. 기억의 서술방식과 고백의 내용

1) 초점화된 기억의 변화과정과 그 의미

김소진에게 유년 시절의 기억은 소설 창작의 원동력으로 작용한다. 그가 직접 밝히고 있는 기억 속의 원체험에는 '전쟁, 보릿고개(가난), 근친상간, 혈육의 죽음, 애비 부재' 등이 있다. 원체험의 어느 부분을 초점화해 보여주는가에 따라 소설의 스토리는 달리 진행된다.

기억은 그 속성상 정반대라고 할 수 있는 '잊고 싶음'과 떼려야 뗄 수 없는 관계를 맺고 있다. 내게 떠오른 것들을 봐도 기억하고 싶은 것보다 그렇지 않은 것들이 더 많은 부분을 차지하고 있다. 기억하고 싶지 않은 것들만 집요하게 기

12) G, Genette, *Narrative Discourse Revisited*, Trans by J, Lewin, Cornell University Press, 1994, 74쪽.

억되는, 이 기억의 불편함이란! 물론 나한테만 해당하는 일은 아닐 터이다.[13]

　작가가 '잊고 싶'어 하는 기억 중 '애비 부재'는 그의 작품에서 유사한 모습으로 제시되고 있다. 가난하고 무능한 아버지를 증오하지만 그의 삶을 이해하면서 동정하게 된다는 것이 그 기본 구도이다. 「자전거 도둑」에서도 무능한 아버지의 모습은 제시된다. 그런데 「자전거 도둑」은 이전 작품인 「쥐잡기」나 「고아떤 뺑덕어멈」과는 초점화된 기억의 성격이 달라지고 있다. 「고아떤 뺑덕어멈」이나 「쥐잡기」의 경우 주로 '아버지'가 초점화의 대상으로 설정되어 있다면 「자전거 도둑」에서는 아버지 외에 다른 인물들도 초점화의 대상으로 설정된다.

　초점화는 서술되는 상황과 사건 제시에 채용되는 지각 인식상의 위치를 말하는 서술상의 용어이다. 초점화에는 주체와 대상이 있는데 초점의 주체인 초점화자는 초점화의 인식 대상인 초점화 대상과의 관계를 통해서 그 의미가 분명하게 드러난다.[14] 따라서 초점 대상의 성격에 따라 초점화자의 인식은 달라지며, 작품의 서술상의 의미도 달리 드러날 수밖에 없다. 쥬네트가 말한 바와 같이 초점화를 정보의 선택으로 본다면 스토리의 진행과정에서 제시된 정보를 통해 서술자가 초점화하고자 했던 대상과 그것이 지니는 의미를 밝혀낼 수 있게 된다.

　「쥐잡기」와 「자전거 도둑」의 초점화 양상을 비교해보자. 두 작품은 현

---

13)　김소진, 「원체험, 기억 그리고 소설」, 『그리운 동방』, 문학동네, 2002, 33쪽.

14)　S, Rimmon-Kenan, *Narrative Fiction : Contemporary Poetice*, 최상규 역, 『소설의 시학』, 문학과지성사, 1985 참조.

재의 작중 인물이 자신의 과거를 회상하고 있으며, 또한 과거 기억 속의 작중 인물이 당시의 사건을 현실감 있게 전달하고 있다는 점에서 유사한 구조를 띤다. 즉 현재의 관점에서 과거를 회상하는 외적 초점화자와 과거의 사건을 전달하는 내적 초점화자를 모두 공유하고 있다.[15]

	초점화자		초점화 대상
「쥐잡기」	외적 초점 화자	'민홍'	과거 기억 속의 '아버지' (무능력 · 무기력→연민)
	내적 초점 화자	어린 '민홍'	쥐잡기에 몰두한 '아버지'
		생전의 '아버지'	포로수용소 당시의 '아버지'
「자전거 도둑」	외적 초점 화자	나(김승호)	과거 기억 속의 '아버지' (무능력 · 무기력) 어린 '나(김승호)' 자전거를 훔쳐 타는 '서미혜'
	내적 초점 화자	어린 '나(김승호)'	구멍가게를 운영하는 '아버지' '나'가 죽음의 원인을 제공했던 '혹부리영감'
		어린 '서미혜'	자신이 간접 살인한 '오빠'

〈「쥐잡기」와 「자전거 도둑」의 초점화 양상〉

그런데 「쥐잡기」와는 달리 「자전거 도둑」에서는 내적 초점화자인 '생전의 '아버지'' 대신에 '어린 '서미혜''가 새롭게 제시되어 있으며, 초점화 대

15) 외적 초점화자는 스토리의 모든 시간적 차원을 마음대로 다룰 수 있지만, 내적 초점화자는 작중 인물들의 현재에만 제한된다(S, Rimmon-Kenan, 앞의 책, 119쪽).

상도 어린 '나'의 눈에 비춰진 '아버지' 이외에 '혹부리영감'이, 어린 '서미혜'의 눈에 비춰진 '오빠'가 새롭게 추가되어 제시되고 있다. 외적 초점화자의 초점화 대상 역시 「쥐잡기」에서는 과거 기억 속의 '아버지'에만 한정되어 있지만, 「자전거 도둑」에서는 어린 '나'와 자전거를 훔쳐 타는 '서미혜'가 추가로 제시되어 있다. 이처럼 「자전거 도둑」은 「쥐잡기」와는 다른 초점화 양상을 보이고 있는데, 그 의미를 구체적으로 살펴보기로 하자.

> (가) 아버지는 잘 싸우는 축이 결코 못 되었다. 민홍이 보기에는 도무지 무력하기 짝이 없는 병사에 지나지 않았다. 벌써 나흘째 가게 안을 야금야금 좀먹고 있는 생쥐 한 마리에 속수무책으로 애만 끊고 있는 게 고작이었다. 어지간하면 집안 식구와 상의함직도 했지만 아버지라는 사람은 얼굴이 표나게 축이 지면서도 애오라지 당신의 문제로만 치부하려는 고집스러움을 보여주었다.[16]

> (나) 진물러진 눈자위를 손가락으로 지긋이 누르고 있는 아버지의 어깨가 가늘게 떨렸다. 민홍은 뱃속에서 울컥하는 감정덩어리가 솟구침을 느꼈다. 비껴 앉은 아버지의 야윈 잔등을 보면서 민홍은 박물관에서 본 적이 있는 고생대의 한 화석을 떠올렸다. 그 화석에 대한 일차적 기억은 앙상함이었고 그리고 가슴 답답한 세월이 무게였다. 그 누구도 자유롭시 못한.(「쥐잡기, 24~25쪽)

　김소진의 등단작인 「쥐잡기」의 일부분이다. 구멍가게를 꾸리며 살아가는 아버지는 가게를 분탕질한 쥐를 잡기 위해 혈안이 되어 있다. 갖은 방

---

16)　김소진, 「쥐잡기」, 『열린사회와 그 적들』, 문학동네, 2002, 12쪽. 이하 제목과 면수만 표기.

법을 다 동원했지만 아버지는 쥐를 잡지 못한다. '민홍'이의 시각에서 아버지의 모습을 관찰하고 있다. 이 작품의 내적 초점화자인 어린 '민홍'은 쥐 한 마리도 제대로 잡지 못하는 '아버지'를 '무력하기 짝이 없는 병사'로 생각한다. 또한 '민홍'은 쥐잡기에 집착하는 아버지의 행동이 '정신 분열 증세'인 것 같다고 판단한다. 그만큼 아버지에 대한 '민홍'의 감정은 부정적이다. 하지만 아버지가 쥐잡기에 집착하는 것이 북에 두고 온 가족에 대한 죄책감에서 비롯되었음을 이해한 외적 초점화자인 '민홍'은 아버지의 '세월의 무게'를 이해하고 그를 연민의 감정으로 바라본다. 이 작품에서 초점화자인 '민홍'에게 초점화의 대상이 되는 존재는 아버지이다. 아버지의 고집스러운 행위와 그것을 이해하지 못하는 '민홍'의 시각을 제시한 후 아버지의 과거에 대해 이야기하면서 아버지를 이해하게 된다. 제시문 (가)에서 가진 아버지에 대한 부정적인 감정은 (나)에 와서 바뀌게 되는데, 그 계기가 된 것은 과거 아버지의 삶을 이해하게 되면서이다. 그 과정을 보여주기 위해 작가는 전쟁포로 시절에 겪었던 아버지의 일화를 제시하고 있다. 포로수용소 당시의 '아버지'의 모습을 생생하게 보여주기 위해 작가는 또 다른 내적 초점화자인 '아버지'를 제시한다. 초점화자는 장면에 따라 변화하지만 결국 초점화 대상은 '아버지'로 한정되어 있다는 것을 알 수 있다. 이처럼 이 작품은 처음부터 끝까지 아버지의 말과 행동을 관찰하는 구조를 띠고 있다. 제시된 정보도 구멍가게를 하는 아버지의 모습, 쥐잡기에 집착하는 아버지의 행위, 포로수용소에서 아버지의 선택 등 스토리의 중심에는 아버지가 자리잡고 있는 것이다.

이와 같이 '아버지 모습 제시-아버지의 이력 설명-아버지에 대한 이해'

의 구조는 「쥐잡기」 이후 다른 작품에서도 고스란히 나타나고 있다. 「고
아떤 뺑덕어멈」에서도 약장수들의 심청전 공연을 보러 다니는 아버지의
모습을 제시한 후 한국 전쟁 당시 '원산 대철수' 때 아버지가 겪었던 가족
과의 생이별의 이야기가 제시되고, 아버지를 '올가미에 치인 멧비둘기'라
고 생각하며 그를 동정하고 이해하고 있다. 「쥐잡기」와 동일한 구조를 띠
며 '아버지'에 대한 이야기를 하고 있는 셈이다. 따라서 「고아떤 뺑덕어
멈」에서도 초점화의 대상은 아버지의 행위와 삶이 된다.

그런데 「자전거 도둑」에 와서는 초점화의 양상이 변하게 된다. 특히 초
점 대상의 변화가 눈에 띈다. 「쥐잡기」와 「고아떤 뺑덕어멈」에서 초점화
의 대상은 '아버지'였으나, 「자전거 도둑」에서는 장면에 따라 '아버지', '서
미혜', '혹부리영감', '오빠' 등으로 다양하게 제시되어 있다. 물론 이 작품
에서도 아버지는 「쥐잡기」에서 그랬던 것처럼 구멍가게 하나 제대로 운
영하지 못하는 무능한 가장의 모습으로 등장한다. 하지만 아버지가 무능
하고 나약한 모습으로 살 수밖에 없었던 이유에 대해서는 나오지 않는다.
이전 작품의 구조 중에 '아버지의 이력 설명' 부분이 빠져 있다. 따라서 아
버지에 대한 증오나 반감의 감정이 동정이나 연민의 감정으로 바뀌는 양
상도 볼 수 없다. '아버지의 이력 설명' 부분이 빠졌다는 것은 초점화하려
는 기억의 대상이 '아버지'가 아닌 다른 것이라는 것을 알려준다. 초점화
의 대상이 아버지를 비롯한 다양한 인물들로 제시된다는 점은 이 작품이
'아버지'에 대한 기억의 재현을 넘어서 또다른 무언가를 독자에게 전달하
고자 하는 작가의 의도가 반영된 것으로 짐작할 수 있다. 이 글에서는 그
것을 '나의 상처'로 보고자 한다.

(가) 혹부리영감의 격려를 받은 아버지는 고개를 돌려 그에게 굽신거린 다음 또 한 차례 내 뺨을 기세좋게 올려붙였다. 그러나 이 지독한 연극을 지켜보면서 나는 아픔을 거의 느끼지 못했던 것 같다. 머리 속에서 뭔가가 맑아지는 느낌뿐이었다. 그리고 투시해버리고 말았다. 어린 나이에도. 아버지의 눈 속에 흐르지도 못하고 괴어 있는 눈물을. 차라리 죽는 한이 있어도 애비라는 존재는 되지 말자. 아마도 나는 그때 그런 끔찍한 다짐을 했는지도 모른다.[17]

(나) 장사에 뜻이 없어 놀고 먹는 아들한테 맡긴 가게가 시원찮게 돌아가자 얼마만에 혹부리영감이 다시 가게에 나오긴 했지만 예전보다 입이 더 돌아가고 눈에 총기도 사라지고 가끔씩 계산도 틀리게 한다는 소문이 들리더니 한 해를 넘기지 못하고 혹부리영감이 며칠 자리 보전을 하다 돌아간 이후 아예 문을 닫고 말았다.(「자전거 도둑」, 166쪽)

이 작품은 자전거 도둑의 정체를 추적하면서 시작된다. 자전거를 훔쳐 타는 에어로빅 강사를 '자전거 도둑'이라 명명하는 순간 '나'는 영화 〈자전거 도둑〉을 떠올린다. 자연스럽게 비디오를 다시 보게 되었고, 영화를 본 후 '외로움'을 느끼게 되었고, 그 외로움은 어린 시절의 사건을 떠올리게 한다. '혹부리영감'과 '아버지' 사이에 벌어졌던 사건, 그 사건 속에 '나'가 휘말리게 된 경위 등이 서술된다. 그리고 (가)에서 보듯 사건의 마지막에 '차라리 죽은 한이 있어도 애비라는 존재는 되지 말자'라는 어린 '나'의 다짐이 나온다. 이전 작품의 경우 아버지가 이토록 무능하게 된 이유와 관련된 아버지의 과거 삶에 대한 스토리가 나오지만 「자전거 도둑」

---

17) 김소진, 「자전거 도둑」, 『자전거 도둑』, 문학동네, 2002, 155쪽. 이하 제목과 면수만 표기.

은 '나'와 '혹부리영감' 사이에 있었던 일화가 소개되고 있다. (나)에서 '나'는 자신의 행위로 인해 '혹부리영감'이 죽었다고 생각하는데, 그 기억에 대해 서술하는 '나'의 태도는 어떤 죄책감도 없이 담담하기만 하다. 이 담담한 태도의 이면에는 '나'가 의식하지 못하는 은폐된 기억이 도사리고 있다.

'나'에게 아버지의 무능함과 나약함은 일종의 트라우마(Trauma)[18]로 자리잡고 있다. 이 트라우마는 현재의 '나'에게까지 영향을 미친다. '나'는 '데시카'의 영화 〈자전거 도둑〉을 볼 때마다 외로움을 느끼면서 '망할 놈의 기억' 때문에 술을 마신다. '나'는 자신의 처지를 영화 속에서 평생 씻을 수 없는 내면의 상처를 안고 살아갈 어린 아들 '브루노'와 동일시한다. 그리고 그 내면의 상처는 아버지와의 관계 속에서 비롯되었음을 밝히고 있다. 그가 밝히고 있는 내면의 상처는 유일하게 자신을 지켜줄 수 있었던 아버지로부터 버림받았다는 사실과 그로 인해 생겨난 불안감이나 창피함 정도일 것이다. 하지만 '나'의 기억을 이렇게 단순하게만 파악할 수 없는 이유가 「자전거 도둑」의 곳곳에 존재하고 있다. 영화 「자전거 도둑」을 통해, 그리고 이전 작품에서는 볼 수 없었던 다른 사람의 기억에 관련된 일화를 통해 작가가 신성으로 고백하고자 했던 기억의 내용은 무엇일까?

---

18)　트라우마(Trauma)는 충격적인 사건 혹은 외상을 가리키는 말이다. 트라우마는 어린 시절에 경험한 사건인 경우가 많다. 이런 사건들이 심한 증세들을 촉발시키고 그 증세를 수년간 지속시킨다. 심리적 트라우마를 촉발하는 원인으로 부정적 정서-공포감, 불안, 창피함 혹은 신체적 고통 따위- 등을 들 수 있다. S, Freud, 김미리혜 역, 앞의 책, 14~17쪽.

2) 기억의 서술과 고백의 내용

「자전거 도둑」에서 기억을 서술하는 방식은 초점화의 대상이 '아버지' 이외에도 다양한 인물들로 설정되었다는 점에서 이전의 작품과는 차이를 보인다. 또한 이전 작품에서 유지되었던 기억을 서술하는 기본 구조인 '아버지 모습 제시-아버지의 이력 설명-아버지에 대한 이해'도 다른 방식으로 변형되어 나타난다. 즉 '아버지의 이력 설명'이 삭제되고 '나와 혹부리영감과의 관계'와 '미혜의 기억 설명' 부분이 추가된다. 즉 내적초점화자인 '생전의 아버지'에 의해 초점화 대상이 되던 '아버지의 이력' 부분을 삭제하고, '어린 나'와 '어린 서미혜'라는 내적초점화자를 설정하여 '혹부리영감'과 '오빠'를 초점의 대상으로 삼고 있다. 이는 '아버지'에 대한 기억을 배제시킨 채 '혹부리영감'과 '오빠'에 대한 기억을 선택해서 보여주는 것이다. 즉 기억에 대한 배제와 선택은 초점화 양상의 변화를 가져왔으며, 이에 따라 텍스트도 이전과는 다른 의미를 지니게 된다.

「자전거 도둑」은 '자전거'에서 시작하여 영화 「자전거 도둑」으로 이어지며, '나'와 '미혜'의 고백으로 진행된다. 우연히 알게 된 자전거 도둑을 보면서 묘한 흥분감에 사로잡힌 '나'는 영화 「자전거 도둑」을 보면서 과거 아버지와 관련된 두 가지 기억을 떠올린다. 첫 번째는 아버지 대신 죄를 뒤집어 쓴 사건, 두 번째는 '나'의 복수로 인해 죽음에 이르게 된 '혹부리영감'과 관련된 사건이다. 첫 번째 사건은 부끄럽고 불쌍한 아버지에 대한 기억을 떠올리게 하며, 두 번째 사건은 한 사람의 죽음에 원인을 제공했다는 죄의식에 대한 기억을 떠올리게 한다. 여기서 주목해야 할 기억은 두 번째 사건이다. 이전 작품에서 볼 수 없었던 유년 시절의 '나'에 대한 스토리가 전개되고 있기 때문이다. '나'는 아버지를 기억하는 과정에서 망각의 바다에 떠돌던 자기 자신에 대한 행위를 떠올린다. 망각 속에 은폐되어 있던 기억이 재생되면서 자신이 저지른 행위에 대해 고백하고 있다. 그 기억은 '혹부리영감을 죽음으로 몰아넣었다는 죄의식'에 대한 것이다.

「자전거 도둑」의 '나'는 나약하고 무능한 아버지를 둔 영화 속의 '브루노'와 자신을 동일시하며, 영화를 볼 때마다 '테이프를 찢어버'리고 싶고 '거칠게 발렌타인의 병목을 잡아'챈다. '나'는 영화 〈자전거 도둑〉을 통해 자기 기억을 대체하고 있지만, 그 기억의 깊숙한 곳에는 '브루노'보다 더 끔찍한 사건-간접살인-을 저지른 기억을 가지고 있다. '나'는 '혹부리영감'을 간접 살인한 기억은 은폐시키면서 아버지에게 뺨을 맞던 기억만을 떠올린다. '나'가 영화를 보면서 과민 반응을 보이는 것도 떠올리기 싫어하는 그 기억 때문일 수도 있다. 그리고 그 기억으로 인한 죄책감과 죄의식 때문에 '평생 씻을 수 없는 내면의 상처'를 지니게 한 것이다.

이러한 죄의식은 '미혜'의 기억에서도 드러난다. '미혜'는 영화 〈자전거 도둑〉을 보면서 간질 증세를 보이는 청년을 보고 과거의 기억을 떠올린다. '미혜'는 어머니가 집을 비운 일주일 동안 간질 증세를 보이던 오빠를 방치하면서 죽음에 이르게 한다. 물론 자전거 도둑과 '미혜'가 의도적으로 굶겨 죽인 그의 오빠를 대응시킨 것을 지나치게 작위적이라고 바라보는 관점도 있다.[19] 하지만 영화 속의 청년과 서미혜의 오빠는 간질병을 앓

---

19) 김승종, 「미완으로 빛나는 민중의 작가—김소진론」, 앞의 책, 483쪽.

고 있다는 점에서 서로 닮았으며, 서미혜는 그 청년을 통해 오빠를 기억해낸다. 기억은 주체의 의사와는 관계없이 도래하기 때문에 서미혜는 철저하게 수동적이게 된다. 서미혜가 오빠를 기억해내는 것이 아니라, 오빠에 대한 기억이 영화 속 청년을 매개로 하여 '갑자기' 서미혜에게 도래했다고 보아야 할 것이다.

'나'와 '미혜'가 가진 기억 중 공통된 부분은 철모르던 유년 시절에 누군가를 간접 살인했다는 점이다. 영화를 보면서 '나'는 아버지와의 관련 속에서 입은 마음의 상처를 이야기하고 있지만 그 상처는 한 사람을 죽음에 이르게 하는 원인이 되어 버린다. '혹부리영감'을 죽음으로 몰아넣은 기억에 대한 '나'의 고백이다.

나는 혹부리영감에 대해 그렇게 이를 갈았다. 그리고 그의 죽음을 재촉하는 데 일조를 하고 말았다. "재밌군요." 이번엔 미혜가 코맹맹이 소리로 물어 왔다. 나는 그녀의 어깨에 팔을 걸쳤다. 의외로 맞춤하게 품안에 들어왔다. "난 저 영화를 보면서 꼭 누구를 생각하거든." 나는 어느새 미혜에게 말을 놓고 있었다. 그녀도 그것을 자연스럽게 받아들였다. "헤어진 애인이라도 있으세요?" "이런, 저기 무슨 여자들이 나온다고 그래?" "그럼요?" "내가 어렸을 적에 죽음으로 몰아넣은 사람이 있었지. 혹부리영감이라고." "예에?" 나는 일부러 장난기를 얹어 말했을 뿐인데 그녀는 몸을 후드득 떨며 깜짝 놀라는 시늉을 했다. 그 바람에 그녀의 어깨 위에 얹힌 내 팔에 순간적으로 힘이 들어갔다. 감촉이 좋았다. "왜죠?" "왜, 내가 사람을 죽였다니깐 무서워져?" "그게 아니라요…… 왠지 궁금하잖아요. 그럴 것 같지 않아 보이는 사람인데……" "사람 죽이긴, 생각하기 나름인데……"(「자전거 도둑」, 161~162쪽)

한 사람을 죽음으로 몰아넣었던 경험을 고백하는 '나'의 태도에서 어떤 죄책감이나 죄의식 같은 것을 발견할 수 없다. 방자한 느낌마저 들 정도이다. '나'는 고백하는 과정에서 독자들에게 자신의 고백의 내용보다는 '나'와 '미혜'의 관계에 관심을 가져달라는 듯 '장난기를 얹어' 말하기도 하고, '미혜'에 대한 육감적인 감정을 드러내기도 한다. '미혜'가 오빠를 죽음으로 몰아넣었던 경험을 고백할 때에 보이는 진지함과 죄의식의 모습이 '나'에게는 보이지 않는다. 오히려 '사람 죽이긴, 생각하기 나름인데' 라는 묘한 말을 남기고, 혹부리영감을 죽음으로 몰아넣었던 과정에 대해 상세하게 밝히고 있다. 결과적으로는 간접 살인이 되었지만, 그 과정에서 '나'는 당연히 그러한 일을 벌일 수밖에 없었다는 자기합리화의 모습을 보이기도 한다.

한 사람의 죽음에 원인을 제공했던 어린 시절의 경험은 특별한 사건이다. 인간의 기억은 대부분 시간의 흐름과 더불어 소멸되기 마련이지만 어떤 특별한 사건에 대한 기억은 사라지지 않고 언제든지 주체를 억압하고 압박한다. '나'가 영화 〈자전거 도둑〉을 볼 때마다 '망할 놈의 기억'이라고 외치는 것은 '무너져버리는 아버지의 뒷모습을 목격해야 하는, 그럼으로써 평생 씻을 수 없는 내면의 상처를 끌어안고 살아'가야 하기 때문이라고 하지만, 그 이면에는 그 사건으로 인해 자신이 저질러야만 했던 '간접 살인'이라는 죄의식이 자리잡고 있기 때문이다.

미혜는 과일을 담은 큰 쟁반을 들고 다가와서는 내 옆에 나란히 다소곳이 앉았다. 나는 물어보지도 않은 채 리모콘의 플레이 스위치를 힘주어 눌렀다. 흑백화면이 돌아가기 시작했다. 그러나 내 머리 속은 내내 혼란스러웠다. 무슨 함정이 있는 건 아닐까? 나는 눈동자를 이리저리 돌려 방 구석을 둘러봤지

> 만 걸리는 게 없었다.(「자전거 도둑」, 160쪽)

> 도망치듯 서둘러 빠져나온 뒤론 거진 달포쯤 그녀를 만나지 못했다. 사건이 많이 터져 신문사 일에도 바빴고 왠지 그녀를 찾고 싶은 마음이 생기질 않았다. 그때 들은 오빠 얘기 때문인지, 자꾸만 그녀가 나에게 함정을 파고 있을 것 같다는 생각이 들었다.(「자전거 도둑」, 170쪽)

죽음에 대한 죄의식은 텍스트상에는 직접 드러나지 않지만 끊임없이 '나'를 옭아매고 있다. '미혜'에 대한 반응을 보면서 어떤 '함정'이 있음을 느끼는 것도 죄의식에서 결코 자유롭지 못하다는 것을 알려주는 근거이기도 하다. '함정'은 '미혜'가 만든 것이 아니라 '나'의 죄의식이 파놓은 은폐된 기억이라 할 수 있다. 이 '함정'에서 빠져나올 때 '나'는 과거의 기억에서 자유로울 수 있으며, 새로운 삶을 설계할 수 있게 된다.

4. 「자전거 도둑」에 나타난 기억의 의미

작가의 유년 시절에 정말 다른 사람을 죽음으로 몰아간 경험이 있는지는 알 수 없다. 그것이 실제로 존재했든 혹은 허구적으로 만들어냈든, 중요한 점은 이전 작품과는 달리 망각의 깊은 곳에 숨겨져 있던 기억을 슬며시 제시하면서 다른 사람의 기억까지 제시해 얻고자 하는 의미가 무엇인가 하는 점이다. '간접 살인'이라는 충격적인 기억을 동원하면서까지 스토리를 구성한 것을 보면 그 의미는 작가에게 대단히 절박한 문제인 것 같다.

프로이트는 정리되지 않은 채 깊은 상처를 남긴 기억은 평생 위협적일 수 있다고 말한다. 작가 김소진에게 '상처를 남긴 기억'의 중심에는 '아버지'가 자리 잡고 있으며, 그렇기 때문에 그의 소설에는 아버지와 관련된 일화가 주요 내용으로 제시된다. 이전 작품과 마찬가지로 「자전거 도둑」에서도 무능력하고 소심한 아버지의 모습은 보인다. 그런데 이 작품에서는 이전 소설에서 볼 수 없었던 '나'의 간접 살인과 관련된 사건이 새롭게 제시된다. 이 사건은 아버지와의 관계 속에서 '나'가 받은 상처의 크기를 짐작케 한다. 작가가 「쥐잡기」나 「고아떤 뺑덕어멈」에서 아버지의 삶을 재구하는 과정을 통해 '아버지에 대한 기억'을 정리했다면, 이제 「자전거 도둑」을 통해 아버지와의 관계 속에서 상처받은 유년 시절의 '나에 대한 기억'을 정리하고 있다. 유년 시절의 '아버지'에 대한 기억뿐만 아니라 '나' 자신에 대한 기억을 정리할 때 비로소 '깊은 상처'를 치유할 수 있게 되는 것이다. '나' 자신의 기억을 정리하기 위해 작가가 의도적으로 제시한 것이 '간접 살인'인 것이다.

'간접 살인'이라는 기억을 간직한 '미혜'를 제시함으로써 자연스럽게 '나'는 그와 유사한 기억을 떠올리게 된다. 지금까지 아버지와의 관계 속에서 그를 이해하기 위해 노력했던 '나'는 자신의 기억 깊은 곳에 은폐되어 있던 새로운 기억을 발견하게 된다. 앞서 살펴보았듯이 '나'는 그 어떤 죄책감도 느끼지 않는 듯 유년 시절의 '간접 살인'의 기억을 무덤덤하게 드러내고 있다. 이에 반해 '미혜'는 오빠를 죽음으로 몰아넣었던 유년 시절의 경험을 떠올리면서 심한 죄책감을 느끼면서 괴로워한다. 표면상으로는 기억에 대한 두 인물의 반응이 다르지만, 유사한 경험을 공유한다는 점에서 '나'와 '미혜'는 닮아 있다. 이 점에서 '미혜'는 '나'의 또다른 모습이라 할 수 있다. 끊임없이 죄책감에 시달리는 '미혜'의 모습과 혹부리영감을 죽음으로 몰아간 기억을 복수라고 생각하며 끊임없이 자기합리화를 시키는 '승호'의 모습은 결국 '나'의 기억 속에 혼재하고 있는 모습들이다. '승호'와 '미혜'가 연인관계로 발전하기 위해서는 두 사람이 서로의 아픈 상처를 보듬어주면서 가까워져야 하지만, 두 사람은 서로를 볼 때마다 자신을 보는 듯한 느낌을 가졌기 때문에 그 상처를 치유하지도, 치유 받지도 못한 채 관계를 정리해버릴 수밖에 없다.

「쥐잡기」나 「고아떤 뺑덕어멈」의 소설 쓰기가 아버지의 삶을 재구하고 그를 이해하기 위한 과정이었다면, 「자전거 도둑」 쓰기는 아버지와의 관계에서 생긴 '나'의 상처를 드러냄과 동시에 그 상처를 치유하고자 하는 욕망을 드러낸다. 이는 「자전거 도둑」이 아버지를 이해하는 차원을 넘어서 자신을 이해하기 위한 쓰기의 과정이라는 점을 드러내는 것이다.

아버지에 대한 증오와 연민의 감정이 되풀이되는 과정 속에서 작가는 아버지의 삶을 이해하게 된다. 이제 남은 것은 과거의 아버지와의 관계 속에서 입은 자신의 상처에 관한 것이다. 아버지로부터 완전히 자유로워지기 위해서는 그의 삶을 이해하는 차원을 넘어서서 자신의 상처도 치유할 수 있어야 한다. 즉 작가에게 필요했던 것은 '나' 자신에 대해 이야기하는 것이었다.

「고아떤 뺑덕어멈」이나 「쥐잡기」의 초점화의 대상이 '아버지'였기 때문에 '아버지의 삶'을 이해하는 과정에 대한 내용이 주된 스토리였다면, 「자전거 도둑」에서 초점화의 대상은 '아버지' 이외에도 '서미혜', '혹부리영감' 등이 제시되기 때문에 '나의 상처'를 고백하는 내용이 새로운 스토리라고 할 수 있다. 즉 「자전거 도둑」은 작가와 아버지와의 화해를 넘어서서 작가 자신과의 화해를 모색하고 있다. 유년 시절의 체험을 바탕으로 한 김소진의 작품 중 「자전거 도둑」은 영화의 캐릭터와 자신을 동일시한다는 점과 타자의 기억을 통해 자신을 성찰한다는 점에서도 다른 작품들과 구별된다. 이는 자신의 유년 체험을 객관화하여 아버지와 자신의 관계를 새롭게 정립하고, 자신의 진정한 모습을 발견하고자 하는 작가의 의지가 담긴 것으로 볼 수 있다.

이상의 논의를 종합해보면 김소진의 「자전거 도둑」 쓰기는 자기성찰을 향한 몸부림이라고 할 수 있으며, 유년 시절의 상처를 털고 나아갈 수 있는 발판이 되는 작품이다. 이제 작가는 자기성찰의 결과로 새로운 작품세계를 열 수 있는 계기를 마련한 것이다. 아버지와의 화해 이후 작가는 자신과 화해하기 위한 과정을 거친 다음 비로소 자신을 둘러싼 세계의 문제에 관심을 기울일 수 있게 된다. 물론 그에게 있어 '기억'은 여전히 소설쓰기의 중요한 화두이다. '기억'이 갖는 개인적인 차원의 경험을 넘어서 사회·역사적인 차원에서 그것이 갖는 의미를 발견하는 것이 새로운 과제일 것이다.

김소진의 「자전거 도둑」은 작가 개인의 특수한 기억을 서사화한 작품이지만 기억을 서사화하는 일반 원리를 제시해주기도 한다. 서사적 존재로서 인간은 자신이 체험한 사건을 기억해내고, 이를 서사로 구성한다.[20]

---

20)　문영진은 기억을 저장하기 위한 가장 탁월한 매개체를 이야기로 꼽고 있다(우한용 외,

따라서 서사 쓰기는 자신의 삶을 해석하고 의미화하기 위한 과정이 된
다. 정리되기 전의 기억은 리쾨르가 말한, 잠재태로서 존재하는 '미메시
스 I '[21]에 해당된다. 서사화 과정에서 그 기억이 의미화가 될 때 비로소
자기이해가 가능해진다. 김소진 역시 한 편의 소설을 쓴 뒤 '작품을 하나
다듬어서 내놓을 때마다 이야기를 하나 만들어냈다는 보람보다는 아슬아
슬한 기억을 하나 되살려놓았구나 하는 느낌이 먼저 들곤 한다'[22]라고 해,
기억을 서사화하는 의미를 중요하게 생각했다. '아슬아슬'한 기억을 정리
하는 과정에서 작가는 자신을 진정으로 이해할 수 있게 된다.

<hr>

『서사교육론』, 동아시아, 2001, 181쪽).

21) P, Ricoeur, *Temp et récit I*, 김한식 · 이경래 역, 앞의 책, 128~146쪽 참조.

22) 김소진, 「원체험, 기억 그리고 소설」, 앞의 책, 2002, 32쪽.

1. 자전소설 읽기 교육의 목표

최근 자서전 쓰기에 대한 강의가 평생교육원에 개설되고, 실버 세대들이 자신의 삶을 회상해 자서전을 출판하는 등 자서전에 대한 열기가 그 어느 때보다도 고조되고 있다. 과거에는 사회에서 존경받을 만한 위인이나 경제적 · 정치적으로 성공한 사람 등이 자신의 인생을 자서전에 담아 독자들에게 그 의미를 전달하는 것이 주를 이루었다. 독자들은 쉽게 만날 수 없고 접할 수도 없는 사람들의 자서전을 읽음으로써 그 사람의 삶에 대한 가치관과 인간적인 면모를 이해하고, 나아가 독자 자신의 삶까지도 성찰할 수 있는 기회를 갖곤 했다. 그러나 최근 인터넷 매체와 출판 기술의 발달로 많은 사람들이 자신의 삶을 이야기할 수 있는 기회가 증가하면서 자서전 쓰기에 대한 관심과 기대가 높아지고 있다. 이제 자서전은 상대적으로 신분이나 사회적 명성이 높은 사람들만의 전유물이 아니라 모든 사람들이 읽고 쓸 수 있는 장르로 변해가고 있다.

자서전에 대한 관심이 증가하면서 교육의 장에서도 자서전에 대한 교육활동을 마련하고자 하는 의도가 엿보인다. 자서전을 읽고 쓰는 것은 글쓴이의 삶을 이해하고, 학습자에게 삶을 성찰할 수 있는 기회를 제공한다는 점에서 문학교육의 유의미한 활동이라 할 수 있다. 자서전이 지닌 이러한 매력을 반영하듯이, 개정된 국어과 교육과정에서는 이전에는 볼 수 없었던 자서전에 대한 교육방법과 내용이 새롭게 등장하고 있다. 8학년 읽기 영역과 쓰기 영역의 글의 수준과 범위에는 '삶의 자세와 인생에 대한 성찰을 서술한 자서전'과 '자신의 삶의 궤적과 그에 대한 생각을 기록한 자서전' 등이, 그 성취 기준으로 각각 '자서전을 읽고 글쓴이의 삶을 시대 상황과 관련지어 이해한다'와 '여러 가지 표현방법을 활용하여 자신의 삶이 잘 드러나게 자서전을 쓴다'가 제시되어 있다.[1] 그러나 자서전에 대한 국어교육적 관심에도 불구하고 자서전 읽기나 쓰기 방법에 대한 연구성과가 부족한 것은 사실이다.

이러한 자서전의 대표적인 양식이 자전소설이다. 자전소설은 작가의 기억에 상상력이 더해지면서 삶에 대한 진실을 추구하는 과정을 보여주는 장르이다. 자서전 장르에 대한 연구에서 르죈은 실제 인물이 자신의 개인적인 삶을 회상한 이야기를 자서전으로 보면서, 작가-서술자-주인공이 동일한 자서전과 작가-주인공이 유사한 자전소설을 구분하려고 시도한다. 하지만 그 스스로가 문제 제기를 하고 있듯이 진실의 문제에 봉착할 경우 자서전과 자전소설의 형식상의 구분이 무의미해진다. 오히려

---

1) 『국어과 교육과정』, 교육인적자원부 고시 제 2007-00호, 교육인적자원부, 2007.

그는 '소설이 자서전보다 더 진실하다고 선언될 수 있는 것'으로 '자서전으로서의 소설'이라고까지 말한다. 이렇게 볼 때 르죈이 말하는 자서전은 자전소설을 포함하는 것으로 해석할 수 있으며, 그가 말하는 자서전 양식의 개념이 자전소설에도 적용될 수 있음을 보여준다.

작가의 의도와 정보가 담긴 글을 읽고 글의 의미를 재구성하는 것이 교육과정에서 밝힌 독서의 성격이다. 자전소설은 다른 소설에 비해 작가의 의도를 명확하게 이해할 수 있는 장점을 지니기 때문에 학습자가 글의 의미를 재구성하는 데 유리하다. 따라서 삶에 대한 작가의 태도와 시대적 상황에 따른 작가의 삶 등을 추론하고 이해하기가 용이하다. 그런데 자전소설은 쓰기 주체와 대상이 모두 자신이기 때문에 다른 양식의 글쓰기와는 달리 특별한 읽기방식이 요구된다. 즉 자전소설은 현재의 주체가 과거의 주체를 관찰하고 평가하는 방식으로 구성되는 장르이므로 학습자는 두 주체 사이의 대화관계, 그리고 그 과정에서 제시되는 고백의 내용에 주목할 필요가 있다.

이처럼 자전소설은 다른 양식에 비해 그 내용과 형식 면에서 독특한 특징을 드러낸다는 점에서 그 양식적인 특징을 살펴볼 필요가 있다. 이 글은 자전소설의 양식적인 특징에 주목해 그 독서 행위의 성격을 살피면서 자전소설의 읽기과정을 밝힐 것이다. 또한 읽기과정에서 제시될 수 있는 읽기의 내용 요소들을 제시하고, 자전소설을 읽는다는 것이 교육적으로 어떤 의미가 있는지 고찰하고자 한다.

2. 자전소설의 양식적인 특징

자전소설은 작가가 자신의 실제 경험을 소설로 재구성한 서사의 한 양식이다. 따라서 자전소설은 작가의 자전적인 경험이 서사의 토대가 되고, 여기에 작가의 상상력이 결합되면서 구성된다. 물론 모든 소설이 작가의 경험을 서사로 형상화한 것이라는 관점에서 본다면 자전소설을 하나의 양식으로 특화시켜 보는 것은 문제일 수 있다. 하지만 자전소설은 작품 외적이든 내적이든 작가의 자전적인 이야기라는 것을 발견할 수 있는 동기가 존재한다. 작가가 소설의 서문에 자전적인 이야기라고 밝히는 경우도 있으며, 텍스트 내에 작가의 전기적인 이력이 노출되어 독자가 그 작품을 자전적인 이야기로 판단하는 경우도 있다. 따라서 다른 소설과는 달리 자전소설에는 자신이 직접 경험한 사실을 소설로 보여주고 싶어하는 작가의 욕망이 담겨 있다.[2]

르죈은 언술 행위의 층위에서 작가와 주인공의 동일성과 언술된 내용상의 유사성을 근거로 자전소설의 개념을 밝힌다. 그에 의하면, 자전소설이란 언술된 내용에서 작가와 주인공이 유사성을 갖는 텍스트이다. 작가 자신이 주인공과 동일인이라는 것을 밝히는 것과 관계없이 독자가 텍스트 내에서 주인공의 이야기가 작가의 그것과 유사하다는 것을 알아차리

---

[2] 개인의 생애를 대상으로 한다는 점에서 자전소설은 성장소설과 유사하다. 하지만 자전소설은 성장소설과는 달리 경험주체의 성장에 초점을 맞추지 않는다. 따라서 개인의 성장이 성공할 수도 있고 실패할 수도 있다. 즉 자전소설은 성장의 성공 여부와는 상관없이 한 개인이 갖는 기억이 현재의 주체에 영향을 미치는 정도가 얼마나 강하며 지속적인 것인가를 문제삼는다.

고, 그 때문에 작가와 주인공을 동일 인물로 생각하게 되는 허구의 텍스트를 자전소설로 본다. 여기서 언술 행위 층위에서 작가와 주인공의 동일성은 명확하게 드러나지 않는 경우 독자는 유사성을 근거로 자전소설이라고 판단해야 하는데, 문제는 르죈이 말한 바와 같이, 유사성은 주인공과 작가가 '어렴풋이 닮은 것 같은 단계에서부터, 그 둘이 그대로 빼어닮은 분명한 유사성'을 모두 포함하고 있듯 그 범위가 넓다. 이 유사성의 개념을 분명히 하기 위해 르죈은 '작가-서술자-주인공'에 대응하는 제4의 용어인 '텍스트 외적인 지시 대상'으로 '전형 혹은 모델'-유사성의 대상이 되는 현실-이라는 개념을 끌어들인다. 이 유사성은 텍스트 외적인 현실과의 비교를 통해 텍스트가 제시하는 정보와, 아울러 작가의 창작활동과 삶에서 추구하고 있는 의미에 기반을 둔다.[3] 작가와 그의 삶에 대한 정보와 다른 작품에서 일관적으로 추구해온 텍스트의 의미 등을 고려해 독자는 그 작품이 자전적인 이야기를 담고 있다는 것을 발견할 수 있다. 이렇듯 자전소설이 갖는 유사성이 다소 추상적이고 폭넓은 개념이라는 점은, 그만큼 자전소설을 읽는 독자의 역할이 중요할 수밖에 없다는 것을 반증해주는 사실이기도 하다.

사선소설은 서술자가 과거의 사건이나 경험을 기억하고, 이 기억에 사건을 모사해주는 언어의 옷을 입힌 것이다.[4] 물론 이 기억은 작가의 직

---

3) 르죈은 유사성의 기준을 정확성과 성실성으로 본다. 정확성(exactitude)이 정보(information)에 관계되는 것이라면, 성실성(fidélité)은 의미(signification)에 관계되는 것이다. 필립 르죈, 윤진 옮김, 『자서전의 규약』, 문학과지성사, 1998, 55쪽.

4) G, Lucius-Hoene · A, Deppermann, *Rekonstruktion narrativer Identität*, 박용익 역, 『이야기

접 경험한 사실을 떠올리는 것이기 때문에 자전적인 기억(autobiographical memory)[5]이라 할 수 있다. 일반적으로 개인이 가지고 있는 기억은 실제로 존재했던 것일 수도 있지만, 실제에 대한 주체의 주관적인 판단이 개입된 채로 보존된다. 프로이트는 인간의 기억 속에는 과거 사건의 일부만이 보존된다고 보면서 기억되지 않은 부분은 완전히 사라지는 것이 아니라 인간의 정신 속에서 다른 형태로 보존되다가 인간의 성장에 영향을 미친다고 보았다. 인간이 기억하는 과거의 사건은 실제의 모습과는 다르게 왜곡되고 부정확한 형태로 보존되는 것이다. 따라서 기억하는 '나'는 현재의 가치관이나 세계관에 의해 과거에 경험했던 사건들을 선별하고 변형하는 과정을 통해 기억을 구성하게 되며, 이 과정에서 그 기억을 자신과 독자에게 고백하게 된다. 과거와 현재의 '나'는 동일한 인물이지만, 현재의 '나'는 과거에 체험하는 '나'와는 근본적으로 다른 인식의 관점을 갖고 있다. 따라서 자전소설에는 이야기하는 상황과 이야기되는 상황이 구별되어 제시되고, 이러한 측면에서 서술자의 이중 시점이 그 특징으로 나타난다.

요컨대 자전소설은 기억의 고백과 서술자의 이중 시점이라는 양식적인 특징을 지닌다. 채트먼[6] 식으로 본다면 고백은 이야기(story)에서 내용의

분석』, 역락, 2006, 43쪽.
5) Neisser는 기억하는 사건이 주체의 삶에 중요한 영향을 미치고, 자아를 규정하는 인생 이야기의 성격을 지닐 때, 그 기억을 자전적 기억이라 명명한다. U, Neisser, "Self-narrative:True and false", In U, Neisser & R, Fivush (Eds), *The Remembering self*, New York Univ, 1994, p.1.
6) S, Chatman, *Story and Discourse*, 한용환 옮김, 『이야기와 담론』, 고려원, 1991 참조.

질료에 해당하며, 서술자의 이중 시점은 내용의 형식에 해당한다. 이러한 내용의 형식과 질료는 서사의 스토리를 완성하는 요소가 된다. 기억의 고백과 서술자의 이중 시점이라는 자전소설의 양식적인 특징을 중심으로 자전소설의 독서 행위의 성격에 대해 살펴본다.

3. 자전소설의 독서 행위 성격

인간은 자신과 관련된 수많은 기억을 가지고 있다. 기억 속의 경험들은 부분적으로 언어로 표현되어 있기도 하며, 이야기의 조각으로 저장되어 있는 등 서사적으로 완전하지 못한 형태로 정리되어 있다. 따라서 글쓰기를 통해 기억을 정리하는 것은 자신을 이해하기 위한 과정으로서 그 의미를 지닌다. 자전소설은 작가의 자전적인 기억을 바탕으로 과거의 경험을 서술하는 양식이기 때문에 작가는 자전소설을 쓰는 과정에서 과거 자신의 삶을 성찰하기도 하고, 현재 입장에서 자신을 정리하고 이해할 수도 있다. 이렇게 볼 때 자전소설은 현재의 '나'의 입장에서 과거의 '나'에 대한 이야기를 보여주는 장르이다. 여기서 현재의 '나'(이야기하는 나)는 서술주체이며, 과거의 '나'(이야기 되는 나)는 경험주체이다. 자전소설은 작가가 직접 자신이 경험한 것을 이야기하는 양식이기 때문에 서술주체와 경험주체가 실제의 인물이면서 동일한 인물이다.

서술주체는 이야기가 진행되는 과정에서 그 이야기의 결말에 대해서 명확하게 알고 있다. 하지만 경험주체는 이야기 속의 행위자이기 때문에 사건이 진행되는 동안 그 결말에 대해서는 알 수 없다. 동시에 서술주체는 사건이 진행되는 동안 경험주체가 무슨 생각을 하며 어떤 행동을 했는지 모르는 상태에서, 그 당시의 느낌을 회상하기도 한다. 즉 서술주체는 이야기의 처음과 끝을 알고 있으면서도, 어떠한 사건에 대해서는 경험주체의 행동과 생각을 모르기도 한다. 이때 서술주체는 그 사건에 대해 경험주체와 동일한 관점을 취할 수도 있으며, 경험주체의 관점에 대해 비판적이며 성찰적인 거리를 유지할 수도 있다.

바흐친에 의하면 소설은 대화성을 지향한다. 독백적인 소설은 여러 목소리나 의식이 작가의 의도에 따라 엄격히 통제되기 때문에 하나의 신념체계만이 존재할 뿐이다. 하지만 다성적인 목소리를 지닌 소설은 대화적이며, 그 대화는 항상 현재적인 것이기 때문에 최종적인 결론을 유보하는 열린 속성을 지닌다. 자전소설은 작가와 서술자, 주인공이 모두 동일인물이고, 기본적으로 자기 고백이 그 스토리를 형성하기 때문에 독백적인 속성을 지닌다고 볼 수도 있다. 하지만 자전소설은 서술주체와 경험주체 간의 끊임없는 대화를 통해 스토리가 진행되며, 또한 각 주체가 독자와 소통하면서 의미를 공유하기 때문에 대화적 관계가 형성된다고 볼 수 있다.[7] 따라서 작가는 독자를 자신의 관점으로 최대한 효과적으로 끌어들일 수 있도록 서사 전략을 짠다. 루치우스-회네와 데퍼만은 자전적 서사의 표현과정에서 지속적으로 작가가 지켜야 할 항목으로 '응축화, 상세

---

7) 작가는 독자에게 경험을 이야기할 때 독자가 자신의 이야기를 이해하고 수용하기를 바란다. 특히 자전소설은 작가가 직접 경험한 사실을 전달하기 때문에 독자의 반응에 민감할 수밖에 없다. 따라서 작가의 고백은 독자에게 인정을 받을 때 그 가치를 지닐 수 있기 때문에 작가는 독자 지향적인 태도를 취하게 된다.

화, 조형 완성'의 의무를 제시한다.[8] 응축화는 이야기 구성에서 가장 근본적이라 판단되는 것에 대한 작가의 선택을 말하며, 상세화는 독자의 추론 가능성을 염두에 두고 이야기과정에서 중요한 정보를 제시하는 것이며, 조형 완성은 개별 사건과 전체 사건의 조화를 통해 의미를 드러내는 것이다. 작가가 이러한 지속의 의무를 준수해야 하는 이유는 의사소통 상황의 조건 아래 독자를 염두에 두고 있기 때문이다. 이런 점에서 자전소설은 내적 독백이 아닌 의사소통의 성격을 갖게 된다.

자전소설의 소통과정은 작가, 서술주체로서의 '나', 경험주체로서의 '나', 그리고 독자 등이 얽혀 있는 복잡한 스펙트럼을 형성한다. 특히 수용의 측면에서 보자면 독자는 작가와 서술주체, 그리고 경험주체와의 대화를 통해 텍스트의 의미를 구성한다. 따라서 독자는 서술주체와 경험주체의 대화과정을 통해 고백의 내용을 이해해야 하며, 서술자의 이중 시점이 텍스트에서 실현되는 과정을 이해해야 한다. 즉 서술주체가 경험주체의 생각이나 행동에 순응하고 있는지, 아니면 비판적 거리를 유지하는지 분석할 필요가 있다. 서술주체와 경험주체가 한 사건에 대해 동일한 의견을 유지한다면 독자는 작가의 현재적 입장을 쉽게 이해할 수 있다. 하지만 두 주체가 갈등을 하고 있다면 그 차이가 발생하는 원인을 파악하면서, 작가가 과거의 사건을 해석하는 관점과 그것이 현재의 작가에게 어떤 의미가 있는지를 찾아내야 한다. 자전소설을 쓰는 작가에게 과거와 미래는 모두 현재의 관점에서 의미를 갖기 때문에 작가의 현재적인 인식이 드

---

8)   G, Lucius-Hoene · A, Deppermann, 앞의 책, 52~53쪽.

러나는 서술주체의 입장을 이해하는 것이 필수적이다.

앞에서 언급했듯이 자전소설을 쓴다는 것은 자전적 기억을 구성하는 행위이며, 그 기억을 자신과 독자에게 고백하는 행위이다. 개인이 가진 기억의 양은 수없이 많으며, 그 기억들은 이야기를 통해 표현될 수 있다. 기억을 소설로 표현하는 것은, 실제로 존재했던 기억이든 허구적으로 재구한 기억이든 현재의 주체가 과거의 기억을 평가하는 것까지 포함된다. 기억의 서술을 통해 과거의 일을 평가하는 것은 그 기억이 현재의 주체에게 다양한 감정적 반응을 불러일으킴과 동시에 자기성찰을 통해 미래의 가능성까지 설계할 수 있도록 재구성된다는 것을 말한다.[9] 개인이 가진 모든 기억이 서사로 표현될 가능성은 그리 높지 않다. 개인은 자신의 생애에서 특별한 의미를 갖는 기억, 전 생애에 지속적이며 강렬한 이미지로 남아 있는 기억 등을 서사로 표현한다.[10] 주체는 기억을 정리하는 작업을 통해 결속성과 통합성을 유지하면서 자신의 존재에 대한 의미를 확보하게 된다. 작가가 기억을 정리하면서 자기 존재에 대한 정체성을 추구한다면 독자는 작가의 기억 속의 경험을 읽으면서 작가가 지향하는 진실의 실체를 이해하게 된다.

---

9) P, Ricoeur, *Temp et récit I*, 김한식 · 이경래 역, 『시간과 이야기 1』, 문학과지성사, 1999, 28~80쪽 참조.
10) S, Freud, 김미리혜 역, 앞의 책, 20~21쪽.

4. 자전소설 읽기의 과정

　문학 읽기는 텍스트의 분석에서 출발해 그 의미를 발견하여 독자의 자기이해를 완성하는 것으로 끝난다. 문학 텍스트는 다양하게 해석될 수 있는 의미의 그물망과 같은 것이기 때문에 독자는 자신의 기대를 텍스트에 투영시킴으로써 그 의미를 구성할 수 있다. 이러한 일반적인 문학 텍스트의 읽기방식이 자전소설 읽기에도 마찬가지로 적용될 수 있겠지만, 다른 소설과는 달리 자전소설은 '작가-서술자-주인공'이 동일한 것을 전제로 하기 때문에 그 양식적인 특징에 주목해 읽기방식을 새롭게 구안해야 한다. 즉 자전소설은 기억의 고백과 서술자의 이중 시점을 그 특징으로 하기 때문에 작가의 고백 내용이 경험주체와 서술주체의 관계 속에서 구체화되는 방식과 그 과정에 초점을 두고 읽어내는 것이 필요하다.

　자전적 양식에 대한 연구는 자전소설에 나타난 작가의식을 탐구한 것[11], 자전적 형식이 소설화되는 과정을 밝힌 것[12], 여성의 존재 기반과 관련을 맺는 자전적 글쓰기의 의미를 밝힌 것[13] 등이 있다. 이들 연구는 자전적 글쓰기에 드러난 작가의 의식이나 심리 등을 추적하면서 작가가 자기 존재를 확인하는 과정에 주목한다. 자전적 시시 쓰기를 징제싱 구싱활동으

---

11)　방민호, 「이광수의 자전적 문학에 나타난 작가의식 탐구」, 『어문학논총』 제22집, 국민대 어문학연구소, 2003.

12)　홍경표, 「자전적 형식의 소설화 과정」, 『한국전통문화연구』 제7집, 대구효성가톨릭대 인문과학연구소, 1991.

13)　김연숙·이정희, 「여성의 자기발견의 서사, '자전적 글쓰기'」, 『여성과 사회』, 한국여성연구소, 1997.

로 보면서 자전적 글쓰기가 개인적이고 사적인 글쓰기가 아니라 개인과 사회, 사적인 것과 보편적인 것이 만나는 역동적인 공간이라 본 최인자의 논의[14]는 자전소설이 지닌 대화성을 보여주는 중요한 논거이다. 그에 따르면 자전소설의 대화적 양상은 현재 자아와 과거 자아의 대화, 자기 글을 둘러싼 독자들과의 대화를 다루는 메타픽션적인 양상으로 실현된다. 이렇게 볼 때 자전소설을 읽는 독자의 대화 상대는 텍스트의 서술주체와 경험주체, 작가 등이 된다. 이 글은 대표적인 자전소설로 알려진 박완서의 『나목』에 드러난 기억의 고백과 서술자의 이중 시점을 통해 자전소설의 읽기 과정에 대해 살펴볼 것이다.

1) 경험주체를 통해 고백의 내용 읽기

자전소설은 이야기하는 상황과 이야기되는 상황이 동시에 드러난다. 이야기하는 '나'인 서술주체는 체험의 관점에서 '그 당시의 사건을 진행과정으로 재현'하며, 이야기되는 '나'인 경험주체는 과거의 체험을 하는 '나'와 동일시되며 '사건의 진행이 마치 불확실하기라도 한 듯이 사건과 행위'[15]를 보여준다. 이때 경험주체는 서술주체의 고백을 위한 매개 역할을 한다. 즉 고백의 내용은 경험주체의 말과 행동을 통해 텍스트에 드러난다. 따라서 독자는 이야기된 체험 내의 경험주체에 주목하면서 고백의 내

<hr>

14) 최인자, 「정체성 구성 활동으로서의 자전적 서사 쓰기」, 『현대소설연구』 11, 한국현대소설학회, 1999.

15) G, Lucius-Hoene · A, Deppermann, 앞의 책, 37쪽.

용이 무엇인지 발견할 필요가 있다. 그 고백의 내용이 명확해진다면 서술
주체가 과거의 기억에 대해 어떤 입장과 태도를 지니는지를 이해할 수 있
게 된다.

　서술주체에 의해 보여지는 경험주체의 말과 행동은 상처받은 기억으로
인해 혼돈에서 말미암았기 때문에 독자는 그 상태를 객관적으로 바라볼
필요가 있다. 독자로서는 이해하기 힘들 정도로 경험주체의 상태가 비정
상적으로 보일지라도 그 원인을 찾기 위해서는 경험주체의 당시 상태를
명확하게 인식해야 한다.

> (가) 나는 그녀에게 호감을 느끼는 내가 너무 마음이 좋은 것 같아 좀 화가 났
> 다. 그러나 그녀의 희고 긴 목은 남의 미움 같은 걸 도저히 감당할 것 같
> 지가 않았다. 나는 그녀가 권하는 사과 한 쪽을 오래오래 씹었다. 그녀는
> 애들을 보내는 것도, 사과를 권하는 것도 말없이 그저 눈으로만 했다. 그
> 녀의 눈짓과 동작에는 풍부한 느낌과 사연이 있었다. 나는 점점 더 화가
> 났다. 도무지 바가지를 긁을 것 같지도 않으니 말이다. 궁상맞고 헐렁한
> 방한 점퍼 속의 정결한 내의. 게다가 희고 긴 목과 섬세한 얼굴은 하필이
> 면 내가 좋아하는 모딜리아니가 그린 여인을 닮았을 게 뭐람. 나는 좌절
> 감과 초조로 아랫입술을 자근대며 앉음새를 이리저리 고쳤다. 그녀를 내
> 감정상으로 도저히 선명하게 처리할 수 없어서였다.[16]

　(가)에는 옥희도 부인과 자신에 대한 경험주체의 감정이 드러난다. ‘나’
는 ‘그녀’를 자신이 좋아하는 ‘모딜리아니가 그린 여인’과 닮았다고 생각
한다. 그렇다면 ‘나’는 당연히 ‘그녀’를 좋아해야 하지만 ‘그녀’가 옥희도

━
16)　박완서, 『나목』, 세계사, 1995, 84쪽. 이하 면수만 표기.

의 부인이라는 이유로 그녀를 미워하려고 애를 쓴다. 즉 경험주체 '나'는 옥희도 부인을 보면서 호감과 질투의 감정을 동시에 갖는다. '그녀'에 대한 이중적인 감정은 경험주체인 '나'를 '좌절감과 초조'의 상태로 만들고 있다. 그 불안감은 옥희도에 대한 '나'의 집착에서 비롯된다. 그렇다면 경험주체가 옥희도에게 집착한 이유는 무엇일까? 독자는 경험주체의 혼돈의 상태를 확인하고, 그 상태에 이르게 한 원인을 규명해야 한다. 즉 독자는 옥희도에 대한 '나'의 집착과 그 부인에 대한 '나'의 왜곡된 감정이 어디에서 비롯되었는가를 확인해야 한다.

> (나) 나는 어머니하고 단둘이서 생활을 하기 시작한 후로 어머니를 엄마와 어머니의 두 가지로 부르는 습관이 생겼다. 오늘은 어머니 쪽이다(『나목』, 166쪽).

> (다) 드디어 내 팔을 할퀴다시피 매달린 어머니의 손에 기타의 한쪽이 잡혔다. 나도 필사적으로 기타의 대가리를 부둥켜안고 당기다가 어머니가 힘차게 낚아채는 바람에 방바닥에 동그라졌다. 그래도 나는 놓지 않았다. 우리 모녀는 기타를 사이에 놓고 미친 듯이 방바닥을 뒹굴고 짐승처럼 씨근대며 자신의 육신을 돌보지 않고 처절한 싸움을 했다. 한참 만에 나는 가쁜 숨을 몰아쉬며 빈손으로 물러났다. 이긴 쪽은 어머니였다. 모처럼 시도해 본 과거와의 단절은 이렇게 해서 수포로 돌아갔다. 다시 기타와 유도복이 제자리에 걸리고 앨범이 꽂히고 평상시와 똑같은 방 모양이 되자 우리 모녀는 마주앉아 아무 일도 없었던 것처럼 다 식은 김칫국을 후룩후룩 마시며 덤덤히 저녁식사를 했다(『나목』, 91쪽).

'나'의 이중성이 극대화되면서 언어적으로 실현되는 양상도 이중적인 모습을 보인다. (나)에서 '나'는 아픈 상처를 지닌 채 외롭게 살아가는 어머니에 대해 연민의 감정을 지닐 때 부르는 호칭과 '오빠'에 대해 집착하고 고집스러운 모습을 보일 때 부르는 호칭을 구별한다. '나'의 이중성은 오빠의 유품에 집착하는 어머니와의 갈등에서 표면적으로 드러난다. 과거 오빠에 대한 기억에서 '단절'[17]을 꾀하는 '나'는 딸의 존재를 염두에 두지 않고 오빠에 대한 집착을 보이는 어머니를 이해할 수 없는 것처럼 행동한다. 그러나 '나' 역시도 오빠에 대한 기억에서 벗어나지 못한 채 어머니에 대한 분노와 화풀이로 그 '단절'을 꾀하려고 하지만, 그 기억에서 완전히 자유로울 수 없다.

이처럼 서술주체는 독자에게 경험주체인 '나'와 '옥희도'의 관계에 대한 기억을 보여주면서, 동시에 '나'와 '어머니'의 관계에 대한 기억도 제시한다. 이러한 제시는 '옥희도'와 그의 부인에 대한 '나'의 불안한 감정이 '나'와 '어머니'의 불편한 관계에서 비롯되었다는 점을 독자에게 알리고자 하는 의도로 보인다. 따라서 독자는 '나-옥희도'의 관계뿐만 아니라 '나-어머니'의 관계를 이해할 필요가 있다. 독자는 '자신의 육신을 돌보지 않고 처절한 싸움'을 하고 있는 '나'와 '어머니'에 주목해야 한다. 이 지점에서 독자는 '도대체 과거에 어떤 사건이 있었길래 경험주체는 주변의 사람들과 원만한 관계를 지속하지 못하는 것일까?' 혹은 '경험주체를 힘들게 하는 근원적인 원

---

17) '단절'은 과거 오빠에 대한 사건을 잊고자 하는 의지적인 행위이다. 인간은 고통을 감수하는 과정을 통해 상처받은 기억에서 벗어날 수 있는데, 이 과정에서 기억을 지우는 행위가 '망각능력'이다. 즉 '망각능력'은 과거의 기억을 지우고 새로운 삶을 구성할 수 있는 능력이다(이진경, 『노마디즘 2』, 휴머니스트, 2002, 47쪽 참조). 오빠로 인한 마음의 상처가 너무 깊기 때문에 그 '단절'은 '망각'화되지 못하고 있다.

인이 무엇일까 하는 의문을 가지면서 그 답을 찾아야 한다. 이는 서술주체의 은폐된 기억을 찾는 것인 동시에 고백의 내용을 찾는 것이다. 『나목』에서 고백은 오빠의 죽음에 관련된 기억을 제시하면서 이루어진다.

(라) 나는 자신이 동강날 듯한 고통을 실제로 육신의 곳곳에서 느꼈다. 나는 아픔을 잊으려는 듯이 안방을 마구 서성대며 이 아픔의 까닭이 비롯된 시절로 자꾸 기억을 더듬어 올라갔다. 큰댁 덕에 비교적 윤택하던 피난살이, 아니 그전일 게다. 황량하던 피난길. 그때도 아니다. 그전. 어수선하던 크리스마스였던가. 피난을 갈까 말까 어머니 몰래 보따리를 챙겼다간 풀고, 다시 챙기고, 그때도 아니다. 그전, 수복 후의 나날들, 텅 빈 집과 뒤뜰의 은행나무들, 그 자지러지게 노오란 빛들, 비췻빛 하늘을 인 노오란 빛들, 이낌없이 쏟아지는 빛들, 지금도 눈이 부시다. 그때도 아니다. 그럼 그전. 그렇다. 그전, 그러나 나는 여기서 기억의 소급을 정지시켰다 (『나목』, 94~95쪽).

(마) 스위치가 만져졌는지 찰칵 소리가 났다. 진홍빛 갓 속에 진홍빛 꼬마 전구가 켜졌다. 나는 조의 얼굴을 찾기 전에 핏빛으로 물들어 보이는 침대 시트를 보았다. 핏빛 시트…, 오오 핏빛 시트…내 기억은 터진 봇물처럼 시간을 달음질쳐 거슬러 올라갔다. 노오란 은행잎, 거침없이 땅으로 땅으로 떨어지던 노오란 은행잎, 눈부시게 슬프도록 아픔답던 그 노오란 빛들도 마침내는 내 기억의 소급을 막지는 못했다. 나는 잊은 줄 알았던, 아니 교묘하게 피하던 어떤 기억과 정면으로 부딪쳤다. 막다른 골목으로 쫓긴 도망자처럼 체념하고 나는 그 기억을 맞아들였다(『나목』, 211쪽).

(라)에서 보듯이 '나'는 육신의 고통이 비롯된 원인을 찾기 위해 과거의 기억을 더듬는다. 하지만 오빠의 죽음에 대한 기억만 떠오르지 않는다. 가까스로 그 기억이 떠오를 때쯤 의도적으로 '기억의 소급을 정지'시켜 버

린다. '나'는 오빠의 죽음에 대한 기억에서 벗어나기 위해 몸부림치지만, 어머니의 오빠에 대한 집착은 오빠의 죽음에 원인을 제공했다는, 그리고 자기만 살아남았다는 '나'의 죄의식을 더욱 심화시킬 뿐이다. 따라서 오빠에 대한 기억의 '단절'만이 그 죄의식에서 벗어나는 유일한 방법이라 여긴다. 그러나 '단절'하려고 노력할수록 근원적인 외로움만 커질 뿐이다. 그 외로움을 덮기 위해 '옥희도'라는 예술가에 의지하지만, '나'는 그를 사랑하는 것이 아니라 두 오빠의 대체된 대상으로만 여길 뿐이다. 그러나 오빠에 대한 기억을 은폐시킬수록 상처는 더 깊어지고, 삶의 방향 감각은 무뎌질 뿐이다. 그러던 중 '나'는 '조'와의 동침을 통해 '영혼의 남루'를 벗고 모든 굴레로부터 자유로워지기를 바란다. 그러나 '진홍빛' 불빛은 '나'가 단절하고자 했던 오빠에 대한 기억을 '봇물처럼' 쏟아낸다. 그리고 '나'는 은폐된 채로 저장된 기억들을 거침없이 꺼내놓으면서 '골치가 한결 개운해지'는 것을 느낀다. 즉 '나'는 은폐기억을 고백함으로써 비로소 자유로워질 수 있게 된다. 르죈이 루소의 『고백론』의 자전적 성격을 논의하면서 말했듯이 고백은 자기의 잘못을 인정하는 데 있는 것이 아니라 욕망의 우회적인 표현인 것이다.

이저럼 자전소설의 독자는 서술주체에 의해 구성된 기억의 실체를 파악해야 하는데, 그것은 경험주체의 말과 행동에 의해 구체적으로 드러난다. 따라서 독자는 경험주체의 모습을 통해 그가 겪는 고통의 근원이 된 기억을 밝혀내야 하며, 이 과정에서 고백의 내용을 확인할 수 있게 된다. 이상의 논의를 통해 '경험주체를 통해 고백의 내용 읽기'에 필요한 내용 요소를 살펴보면 다음과 같다.

· 서술주체에 의해 제시된 경험주체의 말과 행동을 분석한다.
· 과거의 기억으로 인해 경험주체가 현실을 바라보는 태도를 이해한다.
· 경험주체가 제시하는 고백의 내용을 확인한다.

2) 경험주체에 대한 거리 유지방식 읽기

경험주체의 말과 행동을 통해 고백의 내용을 확인한 이후에 독자는 이 경험주체에 대한 서술주체의 태도나 입장에 대해 이해할 필요가 있다. 자전소설에서 서술주체는 자신의 관점과 자신의 기억을 바탕으로, 어떻게 사건을 체험했는지를 재현하고, 동시에 그 사건이 그에게 어떤 의미를 지니고 있는지에 대해 전달해준다. 즉 서술주체는 과거 사건의 개요만을 전달하는 것이 아니라, 그 사건에 대한 자신의 입장도 전달한다. 이는 기억 속의 경험주체에 대한 서술주체의 정서적인 평가[18]라 할 수 있다. 따라서 독자는 경험주체의 말과 행동에 대한 서술주체의 평가에 주목해야 하며, 이를 통해 서술주체가 지향하는 삶의 의미에 대해 추론할 수 있어야 한다.

(바) 찢어져 늘어진 반자지와 거미줄을 흔들고, 쌓인 먼지를 날리느라 마구 음
    산한 휘파람 소리를 내며 돌아다니는 바람은 이불 속에서 귀를 막아도 사

18) 루치우스-회네와 데퍼만에 의하면 서술주체는 이야기를 평가적 메시지로 꾸밈으로써, 도덕적 질서와 사회적 규범의 세계 속에서 자신의 위치를 정하고, 무엇이 자신에게 중요하고 옳은지, 어떤 행위의 격률을 지향하는지, 그리고 어떤 것에 거리를 두는지를 보여준다(G, Lucius-Hoene · A, Deppermann, 앞의 책, 34~35쪽).

정없이 고막을 흔들어 댔다. 나는 할 수 없이 옥희도 씨를 생각했다. 그리고 주문처럼 '그는 딴사람과 다르다. 그는 딴사람과 다르다'고 외었다. 나는 그런 되풀이를 통해 어쩌면 새로운 생활에의 노크를 시도하고 있는지도 모를 일이었다(『나목』, 50쪽).

전쟁 이후 황폐화된 '흉가'에서 살고 있는 '나'는 일상의 모든 것들이 고통스럽게 느껴진다. 그 상황 속에서 '나'는 '옥희도'를 떠올리면서 주문을 되풀이하곤 한다. 서술주체는 경험주체인 '나'가 주문을 외우면서 옥희도를 생각한 것은 '새로운 생활에의 노크를 시도'하고 있었던 것이라고 의미 부여를 하고 있는데, 이는 당시 경험주체의 행동에 대한 서술주체의 평가인 것이다. 이러한 평가는 어머니가 죽은 후 장례식을 치르는 경험주체에 대한 언급에서도 드러난다.

(사) 나는 그녀에게 민망하도록 슬프지 않았다. 어머니는 눈치 보이고 거북한 딸네 집에서 마음 편한 아들네 집으로 홀홀히 가버린 것이다. 그뿐인 것이다. 나는 다만 좀 피곤했다.…… 나도 그런 그녀의 선창으로 몇 번 눈시울을 적셨지만 순전히 그녀의 곡의 효과이지 어머니의 죽음과는 무관한 눈물이었다(『나목』, 261쪽).

(아) 나의 호곡은 제풀에 훌쩍임으로 변하고 마침내 멎었다. 그리고 어머니의 죽음이 나 때문이라는 생각에서도 차츰 꿈에서 깨듯이 깨어났다. 나는 그런 엉뚱한 생각 때문에 호곡을 했는지 호곡을 하고 싶어 그런 엉뚱한 생각을 꾸며댔는지 모를 일이었다. 아무튼 늦게나마 다행히 그 생각에서 완전히 깨어났다. 그리고 적지아니 당혹했다. 어쩌자고 나는 또다시 또하나의 죽음의 핑계가 되려는 것일까? 그럴 수는 없었다. 또다시 그럴 수는 없었다.…… 나는 와락 내 꿈에, 또 내 꿈꾸는 버릇에 혐오감을 느꼈다. 그

것은 내가 어머니 생전에 어머니에게 품은 혐오감과도 비슷했다. 내가 어
머니를 기피하고 미워한 만큼 앞으로의 나는 내 꿈을 기피하고 혐오할 것
같았다(『나목』, 264쪽).

(사)에서 '나'는 어머니의 죽음을 목격하고도 슬픔보다는 피곤함을 느낀
다. 비록 눈물을 흘렸지만 그것 역시 어머니의 죽음과는 무관하다. 서술
주체는 어머니의 죽음에 대해 아무런 감정이 없는 '나'의 몰인정한 모습을
부각시키고 있는데, 이는 당시 철없던 자신에 대한 반성인 동시에 그렇게
행동할 수밖에 없었던 남모를 이유가 있었다는 자기합리화를 드러낸 것
이다. 즉 (아)에서 '호곡'을 하는 '나'를 보여주면서 몰인정한 이전의 모습
과 다르게 어머니의 죽음을 슬퍼하는 '나'의 모습을 제시한다. 그러면서
'나'는 오빠에 이어 어머니에 대한 '또하나의 죽음의 핑계'가 되기 싫다고
생각하면서 자신의 엉뚱한 모습에 당혹해한다. 이러한 경험주체의 행동
에 대해 서술주체는 '혐오감'이라는 것을 제시하면서 그를 이해하려고 시
도한다. 경험주체가 어머니의 죽음에 대해 이중적인 감정을 느끼는 것은,
생전에 어머니에 대한 혐오감이 '나'에 대한 혐오감으로 바뀌는 것에 대
한 두려움 때문이라는 것이다. 어머니가 살아 있을 때에는 어머니를 혐오
함으로써 과거의 상처에서 조금이나마 벗어날 수 있었지만, 이제는 자신
밖에 남지 않았기 때문에 그 혐오의 대상이 자기가 될 것이라는 두려움이
'나'를 혼란의 상태로 만들고 있다.

여기서 자전소설의 독자는 경험주체를 대하는 서술주체의 태도에 주목
해야 한다. 『나목』에서 서술주체는 경험주체의 행동에 대해 비판적인 관
점을 지니면서도 그를 이해하고자 노력한다. 과거의 자신을 객관적으로

드러내면서도 그에 대한 연민의 감정을 놓치지 않고 있다. 이를 통해 서술주체는 과거의 자신에 대한 반성과 합리화를 동시에 드러낸다. 이러한 과정을 통해 서술주체는 과거의 자신과 화해를 추구하며 새로운 삶의 의미를 마련할 수 있게 된다. 이상의 논의를 통해 '경험주체에 대한 거리 유지방식 읽기'에 필요한 내용 요소를 살펴보면 다음과 같다.

· 경험주체에 대한 서술주체의 평가에 대해 이해한다.
· 서술주체가 지향하는 삶의 의미에 대해 추론한다.

3) 서술주체의 화해과정 읽기

서술주체가 과거의 사건을 보여주는 것은 그 사건으로 인한 상처를 치유하고자 하는 욕망이 작용하기 때문이다. 과거의 기억은 현재의 주체에 의해 재구성될 때 의미가 있다. 기억의 재구성을 통해 주체는 과거의 자신과 화해할 수 있으며, 새로운 삶의 가능성을 기획할 수 있다. 따라서 독자는 과거의 자신과 화해하는 서술주체의 태도에 주목해야 한다. 자신과 화해하는 과정은 과거의 상처를 치유하고 새로운 주체로 거듭날 것을 다짐하는 과정이다. 그리고 이것은 과거의 상처를 망각하는 것으로 실현된다. 망각은 과거의 상처가 의식화되는 것을 방해하는 억압적인 의미를 지니는 것과 함께 그 상처에서 벗어날 수 있는 구원의 의미를 동시에 지닌다. 따라서 긍정적인 의미에서 망각은 과거의 상처를 고백하는 이야기 행위를 통해 기억의 악몽에서 벗어날 수 있다는 것이다.

(자) 나는 새삼 나를 층층이 얽맨 사슬을 느꼈다. 그 사슬의 시초가 궁금했다. 나는 가끔 그 사슬의 시초로의 소급을 시도하다가 우습게도 좌절당하고 마는데, 진이 오빠의 도움이 있다면 그 시초를 볼 수 있을 것 같았다. 그러나 난 두려웠다. 그 시초를 보기가. 난 그 시초를 결코 망각한 게 아니라 교묘하게 피하고 있을 뿐인 것이다(『나목』, 136쪽).

(자)에서 '나'는 '사슬'에 얽매여 있는 느낌을 받는다. 물론 그 사슬의 시초는 '오빠의 죽음'이다. '나'는 '오빠의 죽음'을 망각한 채 살고 싶지만, 그 기억은 자신 주위를 맴돌면서 시시때때로 '나'를 구속한다. 과거 상처받은 기억에 대한 망각이 이루어지기 위해서는 그 사건에 대한 고백이 선행되어야 하며, 그 고백을 통해 과거의 경험주체와 화해를 시도해야 한다.

(차) 나는 홀연히 옥희도 씨가 바로 저 나목이었음을 안다. 그가 불우했던 시절, 온 민족이 암담했던 시절, 그 시절을 그는 바로 저 김장철의 나목처럼 살았음을 나는 알고 있다. 나는 또한 내가 그 나목 곁을 잠깐 스쳐간 여인이었을 뿐임을, 부질없이 피곤한 심신을 달랠 녹음을 기대하며 그 옆을 서성댄 철없는 여인이었을 뿐임을 깨닫는다(『나목』, 285쪽).

'나'는 불우했던 과거 시절을 떠올리면서 당시에는 '피곤한 심신을 달랠' 대상이 필요했다고 말한다. 즉 고통받고 방황하던 경험주체에 대한 따뜻한 시선을 놓지 않고 있다. 그러면서도 과거의 경험주체의 행동에 대해 '철없는 여인'이었다고 깨닫는 등 자기반성도 동시에 제시한다. 이렇듯 서술주체는 경험주체와 화해를 하고 있는데, 이는 과거와 단절되었던 자신의 존재 의미를 회복하는 과정이다. 따라서 독자는 과거의 '나'와 화해한 서술주체의 심리 상태를 확인해야 한다. 『나목』의 경우에는 '나목'에 대해 의미 부여를 하는 '나'의 변화된 모습에서 서술주체의 심리 상태를 살펴야 한다. '옥희도'의 '나목'에 그려진 나무가 생명력을 상실한 것이 아닌 겨울 한철을 이겨내고 있는 것으로 이해한 것을 통해 '나'의 변화된 상태를 확인할 수 있다.

> (카) 나무들의 그림자가 길어지고 우수수 바람이 온다. 이미 낙엽을 끝낸 분수
> 가의 어린 나무들이 벌거숭이 몸을 애처롭게 떨며 서로의 가지를 비빈다.
> 그러나 그뿐, 어린 나무들은 서로의 거리를 조금도 좁히지 못한 채 바람
> 이 간 후에도 마냥 떨고 있었다(『나목』, 286쪽).

그러나 과거의 상처받은 기억과 그 기억으로 인해 젊은 시절에 방황하던 모습을 고백한 서술주체는 여전히 '거리를 조금도 좁히지 못'했다고 생각하고 있는데, 이는 아직도 서술주체가 과거의 상처에서 완전히 벗어나지 못했음을 다시 한 번 고백하는 것으로 이해할 수 있다. 그의 상처는 '아물었으되 피 흘리고 있음을, 딱지 앉았으되 곪고 있음을, 잘 차려입었으되 헐벗었음을, 춤추고 있으되 몸부림치고 있'[19]는 것과 같이 평생을 두고 아물지 않는 그러한 성질의 것이다. 그래서 박완서는 30년 이상을 과거의 상처를 고백하는 글쓰기를 하고 있으며, 그 과정을 통해 과거의 자신과 끊임없이 화해를 시도하고 있으며, 과거의 자신을 용서하기 위해 애쓰고 있다. 이상의 논의를 통해 '서술주체의 화해과정 읽기'에 필요한 내용 요소를 살펴보면 다음과 같다.

■
19) 박완서, 「나에게 소설은 무엇인가」, 『박완서 문학앨범』, 웅진출판, 1992, 141쪽.

- 경험주체와 화해하는 서술주체의 태도를 이해한다.
- 현재적 입장에서 서술주체가 고백하는 내용을 확인한다.
- 과거의 기억을 정리하는 과정에서 드러난 서술주체의 감정적인 변화를 이해한다.
- 서술주체가 고백한 내용이 작가의 삶에 어떤 영향을 미쳤는지 설명한다.

5. 자전소설 읽기 교육의 의의

리쾨르는 서사 읽기를 줄거리 구성이 완성되는 재형상화로 설명하는데, 이 단계는 텍스트의 세계와 독자의 세계가 만나는 지점에서 이루어지는 활동을 말한다. 재형상화 단계는 텍스트의 의미가 독자의 세계로 이끌어오는 것을 말한다. 텍스트를 읽는 과정에서 독자는 자신의 기대지평에서 텍스트의 빈틈을 채워넣으면서 텍스트를 새롭게 재구성한다. 잉가르덴과 이저의 수용이론에 의하면 작품은 독서를 위한 스케치이기 때문에 작품을 최종적으로 완성하는 것은 독자의 몫이다. 즉 독자는 텍스트의 여백과 미정성의 틈을 채우면서 독서 행위를 한다. 이 관점에서 보면 독자는 단순히 작가의 의도만을 해석하는 데 머무르지 않고 능동적이고 창조적인 독자의 지위를 얻게 된다. 이제 독자는 텍스트의 의미를 자신의 삶과 연관지으면서 새로운 자아를 형성하는 활동을 하게 된다.

리쾨르는 텍스트를 매개로 독자가 자기이해를 추구하는 것을 자기화(appropriation)의 문제라고 본다.[20] 자기화는 '낯설었던' 것을 '자기 것'으

20) 최근 리쾨르는 시간과 이야기의 문제를 기억과 망각의 문제와 연결시킨다. 기억은 결

로 만드는 것을 말하며, 모든 시-공간적 거리를 문화적인 낯설음으로 바꾸어 버리는 타자성(the otherness)과 모든 이해를 자기-이해로 확장시키는 자신성(the ownness) 사이에 벌어지는 투쟁의 원리이다.[21] 따라서 자기화를 한다는 것은 문화적인 거리를 극복하면서 텍스트에 대한 해석을 독자 자신에 대한 해석에 융합시키는 활동을 말한다. 리쾨르는 자기화의 상대자를 '작품의 세계'와 '나 자신'으로 본다. 독자는 텍스트에 자신을 드러내고 텍스트로부터 이전보다 넓은 자기 자신에 대한 의미를 이끌어내야 한다. 또한 독자는 자기화의 상대자인 '나 자신'에 대한 거리 두기를 함으로써 새로운 자신을 발견할 기회를 갖게 된다. 이것은 '나 자신'을 상실함으로써 '나 자신'을 새롭게 발견하게 되는 것을 말하는데, 그것은 독서과정에 몰입하여 상상의 세계에 놓이게 되면서 가능해진다. 즉 소설의 상상적 세계에 빠져들어 텍스트 자체를 즐기는 동안 '나 자신'을 잊게 되고, 그로 인해 더욱 풍성해진 텍스트 세계의 의미를 수용할 수 있게 된다. 이런 의미에서 리쾨르는 자기이해과정에서 자기화만큼이나 탈자기화(déappropriation)를 중요한 것으로 본다.

그렇다면 자전소설을 읽은 독자에게 자기화된 기억이란 무엇인가? 독자의 기억은 개인마다 다르게 저장되어 있고, 사선소설을 읽는 동안 얻게

<hr>

국 시간의 문제이고 기억을 서술하는 것은 망각하기 위한 과정이기 때문이다. 리쾨르는 기억과 사유를 넘어 망각과 용서를 제안한다(정기철, 「리꾀르의 기억과 역사이론에 대한 숙고」, 『해석학 연구』 제19집, 한국해석학회, 2007). Paul Ricoeur, trans by Kathleen Blamey and David Pellauer, *Memory, history, forgetting*, Chicago : University of Chicago Press, 2004 참조.

21) P, Ricoeur, 박병수 · 남기영 편역, 『텍스트에서 행동으로』, 아카넷, 2002, 131~133쪽.

되는 작가의 기억에 대한 해석도 다를 수밖에 없기 때문에 자기화된 기억
의 내용을 한마디로 단정하기는 어려운 일이다. 하지만 독서과정에서 작
가의 기억을 독자 자신의 것으로 끌어들여 새로운 기억을 형성하는 과정
이나 방법을 제시해주는 것은 가능할 것이다. 『나목』에서 '전쟁으로 인한
오빠의 죽음이 주는 상처의 기억'은 현대 학습독자들에게는 낯선 경험이기
때문에 자기 것으로 만드는 것이 쉽지 않다. 하지만 그 경험이 낯설기 때문
에 학습자에게 호기심을 자극할 수 있으며, 이 호기심은 독서를 하는 동인
이 될 수 있다. 교사는 학습자들에게 『나목』에 드러난 작가의 기억을 학습
자 자신의 기억이라 생각하게 하고, 그 기억을 바탕으로 이야기의 줄거리
를 구성해보도록 요구할 수 있다. 혹은 작가의 기억 속에 있는 사건의 구체
적인 상황을 제시해주고 '나(학습자)'라면 그 상황에서 어떤 행동을 했을지
상상해보도록 할 수도 있다. 이러한 과정을 통해 학습자가 지닌 기억 안에
텍스트에서 발견된 작가의 기억이 자기화될 수 있을 것이다.

그렇다면 자전소설을 읽는 과정에서 자기화는 어떻게 완성될 수 있을
까? 이는 자전소설을 읽음으로써 독자가 얻을 수 있는 의미가 무엇인지
에 대한 논의와 관련된다. 첫째, 독자는 자전소설을 읽음으로써 과거의
자신을 객관적으로 바라보는 방법을 이해할 수 있다. 서술주체가 경험
주체에 대해 거리를 두는 방식을 이해하는 과정에서 독자는 현재의 자신
의 관점에서 과거의 자신을 객관적으로 바라보는 방식을 배우게 된다. 둘
째, 과거의 기억에 대한 서술주체의 심리 상태를 보는 과정을 통해 독자
는 과거의 자신에 대한 평가를 내릴 수 있다. 자신의 삶에 영향을 미치
는 기억 속의 사건을 재구성해봄으로써 과거의 자신과 대화를 할 수 있으

며, 이를 통해 과거의 사건에 대해 비판적으로 바라볼 수 있다. 셋째, 기억의 고백을 통해 과거의 자기와 화해하고 자신을 성찰하는 방법을 이해할 수 있다. 과거의 사건에 대한 고백은 경험주체의 말과 행동을 통해 확인할 수 있으며, 이를 바라보는 서술주체의 고백은 경험주체에 대한 그의 태도를 통해 판단할 수 있다. 따라서 독자는 과거의 자신의 말과 행동을 구체적으로 제시하면서 그가 왜 그런 행동을 할 수밖에 없었는지에 대해 이해하고 용서하는 태도를 지녀야 한다. 이상의 과정을 통해 독자는 자전소설을 이해(understanding)하는 방법뿐만 아니라 자신에 대해서도 이해(comprehension)[22]하고 용서하는 방법을 배우게 된다.

22) 서사교육에서 자기화에 대한 논의가 많이 나왔지만, 황혜진의 지적대로 다양한 자기화 가운데 교육적으로 바람직한 자기화가 무엇이며, 교육적 처치 없이 자기화의 종류만을 제시하는 것은 교육적 방기가 아닌가 하는 문제가 여전히 남는다(황혜진, 「서사 텍스트 주제 진술 방식 연구」, 『독서연구』 제15호, 한국독서학회, 2006).

 기억 구성원리와 표현교육

1. 기억의 정리와 서사 표현

인간은 수많은 기억을 만들고 지우면서 살아가는 존재다. 대부분의 기억은 어느 정도의 시간이 지나면 지워지지만 특별한 경험을 간직한 기억은 평생토록 잊혀지지 않은 채 남아 있기도 한다. 다시 생각해도 행복감을 느끼는 기억이 있는가 하면 잊어버리려 애를 써도 잊혀지지 않는 기억도 있다. 어느 경우든 그 기억에 집착하게 된다면 현재의 삶을 의미 있게 구성하기는 힘들다.[1] 끊임없이 과거의 행복했던 순간을 떠올린다는 것은 그만큼 현재의 삶이 만족스럽지 못하다는 것을 말하며, 상처받은 과거의 기억이 지워지지 않은 채 여전히 남아 있다면 그 기억이 현재의 삶을 구속할 수도 있다는 것을 말하기 때문이다. 따라서 과거의 기억으로부터 자유롭게 될

---

1) 주체가 새로워지기 위해서는 상처를 받은 과거뿐만 아니라 영광스럽고 행복했던 과거조차도 지우며 넘어설 수 있어야 한다.(이진경, 앞의 책, 48쪽 참조)

때 인간은 새로운 삶의 가능성을 발견할 기회를 갖게 된다.

과거로부터 자유로워지려면 그 기억을 정리해야 하는데, 그 방법 중의 하나가 기억을 구성해 서사로 표현하는 것이다. 이 과정에서 주체는 과거의 자신과 대면하게 되며, 현재의 입장에서 기억을 정리할 수 있게 된다. 기억을 서사로 표현할 때 어떤 식으로든 그 기억을 고백하는 방식으로 진행될 수밖에 없다. 과거의 기억을 언어로 드러내는 것 자체가 고백이며, 이를 통해 주체는 기억을 자신뿐만 아니라 타자와 소통할 수 있는 기회를 가질 수 있다.

기억은 인간의 정신 속에 보존되어 있는 과거의 사건인데, 실제로 존재했던 것일 수도 있지만, 실제에 대한 주체의 주관적인 판단이 개입된 채로 보존된다. 따라서 기억을 떠올리는 당시의 주체가 놓여 있는 환경이나 처해 있는 상황에 따라 기억은 다른 모습으로 서술될 수 있으며, 그에 따라 그 의미도 달리 해석되어 독자에게 전달된다. 즉 주체가 지닌 동일한 기억이라도 주체의 현재적 상황이나 태도에 따라 다른 방식으로 서술될 수 있다. 기본적으로 모든 기억은 서사로 구성될 가능성은 있지만, 그중에서도 현재의 주체에게 특별한 의미를 지니는 기억이나 현재의 주체를 형성하는 데 결정적인 역할을 한 기억 등이 서사로 구성될 가능성이 높다. 주체는 서사화 과정을 통해 기억을 의미화할 수 있으며, 이를 매개로 자기이해를 추구할 수 있다.

이 글은 하나의 기억이 주체의 현재 상황이나 맥락에 따라 다른 의미로 서사로 표현된 텍스트를 대상으로 기억의 구성원리를 밝혀 그 교육적 의미를 탐색하고자 한다. 이런 면에서 박완서의 작품들은 '오빠의 죽음'이라는 동일한 기억을 반복해서 서사로 구성하고 있다는 점, 동일한 기억이라도 소설마다 그 의미가 조금씩 다르다는 점, 개인적 차원의 의미뿐만아니라 사회·역사적 차원의 의미도 함께 제시되고 있다는 점 등에서 기억이 서사화되는 원리를 밝히는 데 적절하다. 박완서 소설은 작가 스스로도 밝히고 있듯이 '순전히 기억력에만 의지해서'[2] 쓴 자전적 성격을 지니는 작품들이 많기 때문이다.

2. 기억 구성과정의 성격

기억은 과거의 사건을 고스란히 보존하고 있는 것은 아니다. 이미 선별적으로 코드화되고, 부분적으로 망각되며, 다양한 방식으로 변형되어 보존된다.[3] 이처럼 개인이 가진 기억이 확정적이 아니라는 점은 기억을 서사로 표현할 때 다양한 의미로 드러날 가능성이 그만큼 크다는 점을 말해준다. 기억의 서사화는 주체의 현재적 입장에서 언어를 매개로 하여 기억을 서술하는 것을 말한다. 기억을 재생하는 현재의 주체가 지닌 가치관이나 세계관에 따라 그 기억은 다른 방식으로 서술될 수 있다.

박완서에게 '오빠의 죽음'은 트라우마로 자리 잡고 있다. '오빠의 죽음'은 작가에게 평생 씻을 수 없는 내면의 상처를 간직하게 했고, 이로 인한고통의 질곡으로부터 벗어나기 위해 작가는 30년이 넘도록 이 기억을 소

---

2) 박완서, 「작가의 말」, 『그 많던 싱아는 누가 다 먹었을까』, 웅진, 1992.

3) G. Lucius-Hoene · A. Deppermann, 앞의 책, 43~44쪽.

설로 드러낸다. 그 대표적인 작품으로는 『나목』, 「목마른 계절」, 「엄마의 말뚝 2」, 『그 산이 정말 거기 있었을까』 등이 있다. 『나목』의 경우 '이경'의 두 오빠는 행랑채에 숨어 있다가 폭격에 의해 죽는 것으로 그려지고, 「목마른 계절」에서는 의용군에서 탈영한 오빠가 인민군의 총에 맞아 죽는 것으로 그려진다. 「엄마의 말뚝 2」에서는 의용군에 끌려갔다가 돌아온 오빠가 보위군관의 총에 맞고 죽는 것으로 그려진다. 『그 산이 정말 거기 있었을까』에서는 의용군으로 끌려간 오빠가 다리에 총상을 입은 채 8개월 동안 서서히 죽어가는 것으로 그려진다. 작가에게 한국전쟁 기간 중 '오빠의 죽음'은 실제의 사건인데, 그 사건을 기억하는 '현재'의 관점에 따라 죽음의 과정이 달라진다. 『나목』(1970)과 『그 산이 정말 거기 있었을까』(1995)에서 '오빠의 죽음'은 어떻게 서술되고 있는지 살펴본다.

(가) 행랑채, 행랑채! 나는 그제야 정신이 번쩍 들면서 아까 어머니처럼 맨발로 마루와 댓돌에 흩어진 유리조각을 마구 밟으며 마당을 가로질러 행랑으로 내달았다. 방바닥에 쌓인 흙덩이와 아스러진 기왓장 위에 어머니가 길제 정신을 잃고 쓰러져 있고 나는 휑하니 뚫어진 지붕의 커다란 구멍으로 마구 쏟아져 들어오는 달빛으로 처참한 광경을 또렷이 보았다. 검붉게 물든 호청, 군데군데 고여 있는 검붉은 선혈, 여기저기 흩어진 고깃덩이들. 어떤 부분은 아직도 삶에 집착하는지 꿈틀꿈틀 단말마의 경련을 일으키고 있었다. 그 싱싱한 젊음들이 어쩌면 저렇게 무참히 해체될 수 있을까? 나는 악을 쓰려 했으나 목이 콱 막혀 아무런 음향도 이루지 못하고 거듭거듭 몸을 떨며 몸서리를 치며 황급히 도망치려 했으나 발이 휘청거렸다. 휘청거리는 발에 붉은 호청이 치근하고 감긴다 싶더니, 다시 내 시야를 온통 붉은 호청이 뒤덮었다. 나는 붉은 호청에 걸려 붉은 호청으로 온

몸을 감은 채 방바닥에 뒹굴며 차츰 정신을 잃었다.[4]

(나) 오밤중인지 새벽인지 분명치 않았다. 한잠을 자고 일어났는지 잠 못 이루고 뒤척이고 있었는지도 확실하지 않았다. 울부짖음 같은 소리가 멀리서 들려왔다. 멀다는 거리감이 시간을 거슬러 올라간 아득한 원시로 느껴질 만큼 그 비명은 간략하게 절제돼 있어 사람의 소리 같지가 않았다. 올케의 나부끼는 허연 속곳가랑이를 보면서 나도 비로소 소름이 쫙 끼쳤다. 엄마가 말을 잃은 외마디소리로 우릴 부르고 있었다. 오빠는 죽어 있었다. 복중의 주검도 차가웠다. 그때가 몇 시인지 우리는 아무도 시계를 보지 않았고 왜 엄마 혼자서 임종을 지켰는지도 묻지 않았다.… 그는 죽은 게 아니라 팔 개월 동안 서서히 사라져 간 것이다. 우리는 아무도 그의 임종을 못 본 걸 아쉬워하지도 않았다. 그 대신 그의 너무도 긴 사라짐의 과정을 회상하고 있었다. 우리는 새삼스럽게 슬퍼할 것도 곡을 할 것도 없이 가만히 앉아 있었다.[5]

　(가)는 『나목』에서, (나)는 『그 산이 정말 거기 있었을까』에서 각각 오빠의 죽는 모습을 기억해낸 것이다. (가)에서 오빠는 행랑채에서 폭격을 맞아 죽으며, (나)에서 오빠는 부상당한 지 8개월만에 죽는다. '오빠의 죽음'이라는 사건은 작가의 과거에서 명백하게 실재하는 것이지만, 그것을 기억해낼 때 죽음의 과정은 (가)와 (나)에서 보듯이 작품마다 조금씩 다르게 나타난다. 오빠의 죽음에 대한 경험주체인 '나'[6]의 반응을 보자. (가)에서

■

4)　박완서, 『나목』, 세계사, 1995, 211쪽. 이하 면수만 표기.
5)　박완서, 『그 산이 정말 거기 있었을까』, 웅진, 1995, 204쪽. 이하 면수만 표기.
6)　박완서 작품은 자전소설의 성격을 지닌다고 할 수 있는데, 자전소설의 소통과정은 작가,

서술주체인 '나'는 오빠가 죽은 행랑채의 참혹한 모습을 최대한 부각시키면서, 그것을 목격한 경험주체인 '나'의 충격이 '방바닥'을 뒹굴며 기절해버릴 정도로 심각하다는 점을 보여준다.

반면에 (나)에서 서술주체인 '나'는 오빠의 죽음을 '너무도 긴 사라짐의 과정'이라고 기억하면서 8개월 동안 오빠가 죽어가는 상황을 지켜본 감회를 담담하게 서술하고 있다. 따라서 오빠의 죽음은 '새삼스럽게 슬퍼할 것도 곡을 할 것도' 없는 사건이다. (가)와 (나)에서 보듯이 '오빠의 죽음'에 대한 기억의 서술 내용은 다르지만, '오빠의 죽음'은 작가에게 실재했던 사건이다. 채트먼식으로 보자면 '오빠의 죽음'이라는 스토리는 작가의 현재적 상황에 따라 다른 방식으로 담론화된다. 그렇다면 작가는 왜 자신의 과거 속에 실제로 존재하는 사건을 달리 기억해내는 것일까? 이 질문과 관련하여 『나목』과 『그 산이 정말 거기 있었을까』에 다른 이름이지만 동일인으로 등장하는 인물 '옥희도'와 '박수근'을 살펴볼 필요가 있다.

『나목』에서 '옥희도'라는 허구적 인물은 『그 산이 정말 거기 있었을까』에서는 '박수근'이라는 실존 인물로 등장한다. 실제로 작가는 PX 시절 박수근과의 교류가 '나의 사람됨을 더 이상 각박해지지 않게 하는' 데 도움이 되었다고 고백한다. 작고한 이후에 제대로 된 평가를 받는 박수근을 보고 그의 삶을 증언해보고자 하는 욕망에서 『나목』을 쓰게 되었다고 한다. 처음에는 박수근의 전기를 쓰려고 했지만, 그의 이야기를 하는 가운

서술주체로서의 '나', 경험주체로서의 '나', 그리고 독자 등이 얽혀 있는 복잡한 스펙트럼을 형성한다.

데 '자꾸만 끼여들려는 자신의 모습과 거짓말을 배제하기'가 어려웠기 때문에 『나목』이라는 픽션을 쓰게 되었다고 증언한다.[7] 『나목』의 '옥희도'는 암울했던 젊은 시절의 '내'가 사랑하고 의지했던 인물이다. '오빠의 죽음'을 인정하기 힘들던 시기에 옥희도와의 만남은 '나'의 고독을 극복할 수 있게 한다. 그러나 '나'는 옥희도와 헤어지고 '태수'와 결혼해 평범하고 안정된 삶을 살아간다. 그러던 중 '나'는 옥희도의 유작전에서 그의 그림이 '고목'이 아니라 '나목'임을 깨닫고, 예술적 창작을 통해 힘든 시기를 극복하고자 애썼던 고인을 회상한다. 『그 산이 정말 거기 있었을까』의 '박수근'에 대한 묘사는 『나목』의 '옥희도'와는 다르다. 처음 '박수근'을 보았을 때 '나'는 그를 '다섯 명의 간판장이 중의 하나일 뿐 그 만의 특색이나 사건으로 인상에 남을 만한 건수는 없'는 사람으로 생각한다. 그러다가 '박수근'이 '진짜 화가'라는 사실을 알고 '나'는 그에게서 친근감과 동료의식을 느낀다. 『나목』에서 그려진 '옥희도'를 향한 '나'의 집착은 『그 산이 정말 거기 있었을까』에서는 보이지 않는다. '박수근'은 '나'에게 초상화부에서 일하는 '서울대학생'인 '나'의 우월감과 열등감의 콤플렉스에서 벗어나는 데 힘이 되어준 존재이며, '사람들을 집단적으로 싸잡아 능멸하던 고약한 버릇에서, 개별적으로 볼 수 있는 관심과 아량'을 회복시켜주는 존재이다. 같은 공간에서 함께 일한다는 사실만으로 '나'는 그에게서 위안을 느끼기 때문에 『그 산이 정말 거기 있었을까』의 '박수근'을 『나목』과 같이 '내'가 사랑하고 집착하던 '옥희도'처럼 그릴 필요는 없다. 이처럼 작가

7)　박완서 외, 『박완서 문학앨범』, 웅진출판, 1992, 137~139쪽.

는 내면의 상처를 안고 황량한 시대를 살던 시기의 외로움을 견뎌내기 위해 의지하던 인물로 '옥희도'를, 다른 사람들을 능멸하던 자신에게 관심과 아량이라는 것을 일깨워준 인물로 '박수근'을 각각의 작품에서 그리고 있다. 즉 이야기를 통해 전달하고자 하는 메시지의 내용이 다를 경우에 동일한 기억도 다른 방식으로 표현되고 있는 것이다.

본질적으로 서사는 세계를 있는 그대로 재현하는 장르가 아니라 주체의 기대와 욕구를 바탕으로 세계에 대한 이해를 표현하는 장르이다. 따라서 기억을 서사로 표현하는 것 역시 주체의 현재적 입장이나 태도에 따라 달리 드러난다. 박완서의 소설에서 보듯이 '오빠의 죽음'이라는 사건을 기억해내는 서술주체의 관점에 따라 죽음의 과정이 달라지며, 동일한 인물에 대해서도 현재의 주체에게 갖는 의미와 전달하고자 하는 메시지에 따라서 사고나 감정 등은 다른 방식으로 드러난다. 박완서를 포함한 많은 작가들이 자신의 기억을 바탕으로 서사로 표현하는데, 문제는 그 과정에 기억 구성의 일반적인 원리가 존재하는가 하는 점이다. 기억이 서사로 구성되는 원리를 밝힐 수만 있다면 서사교육의 장에서 기억을 바탕으로 한 서사 표현의 방법론을 마련할 수 있을 것이다. 이 글은 박완서의 『나목』과 『그 산이 정말 거기 있었을까』에 드러난 기억의 서술에 주목해 그 구성원리를 밝힐 것이다.

3. 기억의 서사 구성원리

과거의 기억을 다른 사람에게 이야기할 때 우리는 그 기억을 있는 그대로 말하지는 않는다. 민감한 부분은 걸러내기도 하고, 엉성한 부분은 살을 붙여보기도 한다. 어쨌든 자기 기억을 남에게 이야기한다는 것은 그 기억을 스스로 객관적으로 바라볼 수 있는 여유가 생겼다는 것을 의미한다. 어떤 기억에 얽매여 제대로 된 삶을 영위할 수 없다면 그 기억은 정리가 되지 않았다는 것을 의미하며, 언제든지 주체를 압박할 수 있는 폭력적인 것일 수 있다.[8] 따라서 기억을 정리하지 않는다면 주체는 그 기억의 굴레에서 자유로울 수 없으며, 자신의 삶 역시 바람직한 방향으로 설계할 수 없게 된다. 정리되지 않은 채 상처를 남긴 기억이 평생 위협적일 수 있다는 프로이트의 지적은 기억의 정리가 인간의 삶에 얼마나 중요한지를 알려주는 것이다. 기억을 정리하는 방법 중의 하나가 기억을 이야기로 만들어내는 것이며, 그 과정에서 주체는 과거 기억 속의 자신과 화해하고 자신의 새로운 모습을 발견하게 된다.[9]

 기억을 서사로 구성한다는 것은 과거의 경험을 현재적 입장에서 재조명함으로써 자기 역사를 정리하는 것이다. 물론 이 과정에서 자기반성과 성찰이 이루어지며, 이런 측면에서 기억의 서사 구성은 존재론적으로 자신을 규명하는 작업이다. 리쾨르는 서사활동을 통해 주체가 서사적 정체성을 획립할 수 있나고 수상하면서, 서사활동으로서의 미메시스/뮈토

■
8) 오카 마리에 의하면, 기억은 언제든지 '나'에게 찾아올 수 있기 때문에 근원적으로 폭력성을 숨기고 있다(오카 마리(岡眞理), 『記憶, 物語』, 김병구 역, 『기억, 서사』, 소명출판, 2004, 48~49쪽).
9) 이런 점에서 서사를 구성하는 주요한 원동력으로 기억을 강조하는 리쾨르의 논의는 기억과 서사의 관계를 밝히고, 그 구성원리를 이해하는 데 유효하다.(P. Ricoeur, *Temp et récit I*, 김한식 · 이경래 역, 앞의 책, 28~80쪽 참조.)

스를 미메시스 Ⅰ · Ⅱ · Ⅲ라는 계기 속에서 고찰한다. 각각의 미메시스는 전형상화 · 형상화 · 재형상화를 의미한다. 이 중 서사 표현활동의 모델로 구체화시킬 수 있는 미메시스는 전형상화에서 형상화에 이르는 단계이다. 전형상화는 모방의 대상이 되는 행동에 대한 선-이해를 가리킨다. 기억의 서사 구성과 관련하여 생각해본다면 전형상화는, 주체가 자신의 기억을 현재적 관점에서 이해(서사로 표현되기 이전의 선-이해)하는 단계이다. 기억을 현재의 주체가 처한 상황에 따라 다르게 이해될 가능성이 있기 때문에 주체는 현재적 입장에 의거해 기억을 어떻게 해석할 것인가를 고민해야 한다. 형상화는 줄거리를 구성하는 단계로서 사건을 논리적으로 배열하는 것을 의미한다. 즉 시작-중간-끝을 만들어내는 활동인데, 기억의 서사 구성과 관련하여 본다면 형상화는, 주체가 새로운 의미를 생성하기 위해 기억을 서사로 표현하는 단계이다. 이 단계에서 현재의 주체는 기억 속의 주체와 대화적 관계를 형성하면서 자신을 성찰할 수 있는 기회를 갖게 되며, 이러한 과정을 통해 과거의 기억으로부터 자유로워질 수 있게 된다. 이렇게 서사 표현활동으로 구체화할 수 있는 리쾨르의 전형상화-형상화 단계를 기억의 구성원리에 적용해본다면, '기억에 대한 주체의 입장 드러내기', '반-기억을 통한 새로움 추구의 계기 마련하기', '화해를 통한 자아 회복' 등으로 구체화될 수 있다.

1) 기억에 대한 주체의 입장(stance) 드러내기

기억을 구성하여 서사로 표현하고자 할 때 주체는 자신의 이야기를 독자가 이해하고 수용하기를 바란다. 기억의 서사화 과정에서 자신의 과거 경험을 고백하는 것이 일차적인 목표라 한다면 주체는 기억 속의 주체뿐만 아니라 자신의 고백을 들어줄 독자와도 대화적 관계를 형성하게 된다. 따라서 작가는 독자의 수용 가능성을 염두에 두고 자신의 기억을 고백할 수밖에 없다. 이런 의미에서 자기 기억을 서사로 표현하는 것 역시 바흐친이 말한 대화성을 지향하고 있다고 볼 수 있다.

기억의 고백은 자신의 과거 경험 중 상처받은 사건이나 죄를 저지른 사건 등을 독자들에게 보여주는 행위이다. 따라서 고백하고자 하는 기억의 정체를 분명하게 드러낼 필요가 있다. 이는 서술과정에서 기억의 실체에 대한 정보를 제시하는 방식으로 진행된다.[10] 물론 기억의 고백은 경험주체의 시각에서 진행되며, 고백 후 기억에 대한 입장 표명은 서술주체의 시각에서 이루어진다. 여기서 입장(stance)은 텍스트 세계에 대한 서술주체의 관계를 말하는데, 시점의 문학적 행위를 역동적으로 설명하기 위해 랜서(Lanser)가 제시한 개념[11]이다. 자신의 기억을 서사로 구성할 때 그 기억에 대한 자신의 입장은 이데올로기적으로나 정서적으로 독자들에게 수용 가능한 태도이어야 하기 때문에, 서술주체는 소통의 가능성을 염두에

---

10) 루치우스-회네와 데퍼만이 자기 기억을 서사로 구성할 때 작가가 지켜야 할 의무 중의 하나로 '상세화'를 꼽고 있는데, 이는 독자의 추론 가능성을 염두에 두고 서술과정에서 중요한 정보를 제시하는 것이다(G, Lucius-Hoene · A, Deppermann, *Rekonstruktion narrativer Identität*, 박용익 역, 앞의 책, 52~53쪽). 따라서 기억 구성의 주체는 독자와의 소통 가능성을 염두에 두고 서술과정에서 자기 기억에 대한 정보를 제공해야 한다.

11) S. S. Kanser, *The Narrative Act ; Point of View in Prose Fiction*, 김형민 역, 『시점의 시학』, 좋은날, 1998, 97~101쪽 참조.

두고 경험주체의 말과 행동에 대한 자신의 입장을 드러내야 한다. 요컨대 기억을 서사로 구성하기 위해서는 기억의 고백과 그 기억에 대한 서술주체의 입장 표명이 함께 드러나야 한다.

먼저, 고백하고자 하는 기억은 주체에 의해 선택되어 하나의 정보로써 제시된다. 『나목』과 『그 산이 정말 거기 있었을까』에서 '나'는 한국전쟁 전후를 배경으로 '오빠의 죽음'이라는 사건이 '나'의 삶에 어떤 영향을 미쳤는지에 대해 고백한다.

(다) 나는 자신이 동강날 듯한 고통을 실제로 육신의 곳곳에서 느꼈다. 나는 아픔을 잊으려는 듯이 안방을 마구 서성대며 이 아픔의 까닭이 비롯된 시절로 자꾸 기억을 더듬어 올라갔다. 큰댁 덕에 비교적 윤택하던 피난살이, 아니 그전일 게다. 황량하던 피난길. 그때도 아니다. 그전. 어수선하던 크리스마스였던가. 피난을 갈까 말까 어머니 몰래 보따리를 챙겼다 간 풀고, 다시 챙기고, 그때도 아니다. 그전, 수복 후의 나날들, 텅 빈 집과 뒤뜰의 은행나무들, 그 자지러지게 노오란 빛들, 비췻빛 하늘을 인 노오란 빛들, 이낌없이 쏟아지는 빛들, 지금도 눈이 부시다. 그때도 아니다. 그럼 그전. 그렇다. 그전, 그러나 나는 여기서 기억의 소급을 정지시켰다. 몇십 년이나 묵은 은행이 그 가을엔 왜 그렇게 처절하도록 노오랬던가. 난 그것을 보며 왜 그렇게 살고 싶고, 죽고 싶고를 번갈아가며 격렬하게 소망했던가. 지금도 그것이 궁금할 뿐 내 기억의 소급은 노오란 빛 속에 용해되어 다시는 헤어질 못했다.(『나목』, 94~95쪽)

(라) 오빠가 넘어온 이데올로기의 전선은 나로서는 처음부터 상상을 초월한 것이긴 했지만 이런 오빠를 보고 있으면 그 선의 잔인하고 음흉한 파괴력에 몸서리가 쳐지곤 했다. 오빠 같은 한낱 나약한 이상주의자가 함부

로 넘나들 수 있는 선이 아니었다. 어떻게 사람이 저렇게 변할 수가 있을
까.(『그 산이 정말 거기 있었을까』, 44쪽)

　(다)에서 경험주체인 '나'는 과거의 기억을 더듬는 과정에서 오빠의 죽
음에 대한 사건만 의도적으로 '기억의 소급을 정지'시켜 버린다. '나'는
'오빠의 죽음'에 대한 정보를 제시하는 것에 대해 주저하고 있는데, 이는
오빠의 죽음이 지금까지도 '나'에게 떠올리기조차 힘들 정도의 고통을 주
기 때문이다. 따라서 자신만 살아남았다는 죄의식을 갖지 않기 위해서는
오빠가 죽은 사건에 대한 기억을 떠올리지 말아야 한다. 의도적인 기억의
'단절'만이 '나'를 그나마 죄의식에서 자유롭게 해준다. 하지만 '단절'이
근원적인 고통과 외로움마저 완전히 떨쳐버리게 할 수는 없다. 이에 '나'
는 '옥희도'라는 예술가에게 집착하면서 오빠에 대한 기억을 은폐시키고
자 하지만, 그러면 그럴수록 내면의 상처는 더 깊어지기만 한다. 요컨대
작가는 『나목』을 통해 '오빠의 죽음'으로 인해 평생 고통으로 얼룩진 '나'
의 삶의 모습을 보여주는 동시에 그 고통을 극복하는 과정을 보여준다.[12]
따라서 『나목』의 서술주체는 '나'의 고통스러운 삶을 보여주면서 그 상처
를 치유하는 과정을 드러내기 위해 '오빠의 죽음'이라는 사건을 기억하고
있나.
　(라)에서 '나'는 이데올로기의 '음흉한 파괴력'에 대해 언급하고 있는데,

---

12)　이런 면에서 『나목』을, 이데올로기의 대결이 낳은 '한국전쟁의 의미를 개인사를 통해 접
　　근하는 전쟁소설이 아니라 이경과 옥희도의 정체성 찾기라는 실존의 문제를 다룬' 작품
　　으로 보는 견해는 설득력이 있다. 소영현, 「복수의 글쓰기, 혹은 '쓰기'를 통해 '살기'」, 『나
　　목』, 세계사, 1995, 288쪽.

작가는 이를 위해 작품에서 오빠에 대한 정보를 상당 부분 제시한다. 오빠는 가난한 사람들을 헌신적으로 도와주었고, 병든 사람들을 사랑할 줄 아는 높은 인품을 가진 존재였다. 그러한 '오빠'는 '나'에게는 '아버지'와 같은 존재였고, 어머니에게는 삶의 희망이었다. 작가는『그 산이 정말 거기 있었을까』를 통해 남을 헌신적으로 배려할 줄 아는 마음과 고매한 품성을 지닌 오빠가 죽은 것은, 이데올로기의 대립이 낳은 한국전쟁의 폭력성이라는 점을 보여준다. 따라서 이 작품의 서술주체는 '오빠의 죽음'이라는 사건을 기억하면서 그것은 전쟁의 잔인함과 폭력성을 보여준다고 말한다.

이렇듯 '오빠의 죽음'에 대한 서술주체의 입장은 두 작품에서 각기 다르다. 살펴본 바와 같이『나목』과『그 산이 정말 거기 있었을까』에서 '오빠의 죽음'을 다룬 부분은 죽음의 원인과 그 과정이 달리 서술되어 있다. 『나목』에서 '오빠'는 폭격에 의해 순식간에 죽음을 맞이했고,『그 산이 정말 거기 있었을까』에서 '오빠'는 8개월이라는 기나긴 시간 동안 서서히 생명력을 잃어가면서 죽음을 맞이했다.『나목』에서 '슬픔이나 놀라움을 준비할 새도 없이 일순에 기습해(『나목』, 256쪽)' 온 예상치 못한 죽음에 대해 '나'는 그 기억조차 떠올리기 싫었지만,『그 산이 정말 거기 있었을까』에서는 비교적 담담하게 그 죽음을 서술한다.『나목』에서 서술주체는 오빠의 죽음에 대한 죄책감과 그것이 자신의 삶에 미친 영향 등에 대해 그 입장을 드러내고 있다. 반면 오빠의 죽음의 과정을 차분하게 떠올리던『그 산이 정말 거기 있었을까』의 '나'는 이데올로기의 폭력성에 대해서는 '몸서리 쳐진다'라며 강한 반감과 증오의 감정을 드러낸다.『그 산이 정말 거기 있었을까』에서 '나'는 오빠의 죽음 그 자체보다는 오빠를 죽음으로 몰아넣었던 전쟁의 무자비한 파괴력에 대해 그 입장을 드러내고 있는 것이다.

2) 반-기억(contre-mémoire)을 통한 새로움 추구의 계기 마련하기

발터 벤야민은 기억하는 작가에게 가장 중요한 역할을 하는 것은 그가 체험한 내용이라기보다는 그러한 체험의 기억을 짜는 일이라고 강조한다. 따라서 기억을 짜는 일은 체험한 사실을 있는 그대로 구성하는 것이 아니라 기억한 것을 구성하는 것이 되기 때문에, 기억은 실제로 체험한 사실로부터 멀어질 가능성이 있다. 이러한 가능성 때문에 벤야민은 기억을 구성하는 것은 망각을 구성하는 것과 연관이 된다고 본다.[13] 망각은 어떠한 기억을 완전히 잊어버린 것, 혹은 인간의 정신 내면에서 완전히 사라진 것이 아니라 기억의 다른 형태로써 이해되어야 한다. 프로이트는 망각을 초래하는 원인을 억압된 심리 상태라고 보는데, 이러한 심리 상태는 기억 재생과정에서 기억의 다른 내용으로 대체되어 나타난다. 요긴대 '망각'은 기억의 상대적인 개념이 아니라 기억의 다른 형태나 내용으로 대체될 수 있는 것을 말한다. 이러한 '망각'은, 들뢰즈가 '되기'와 '기억'의 관

---

13) W. Benjamin, 반성완 편역, 앞의 책, 102~104쪽 참조.

계를 논하는 자리에서 더욱 의미있는 것으로 설명된다.[14)

들뢰즈는 베르그손과 프루스트의 '기억'에 대한 논의를 '되기(생성, devenir/becoming)'라는 용어로 설명한다. 들뢰즈에 의하면 '되기'는 기억에 반하며, 기억에 대항하여 이루어진다. 새로운 것을 생성하기 위한 과정 중에 망각이 있다면, 주체가 망각하기 위한 첫 번째 단계는 과거의 상처와 마주하는 것이다.

> 노오란 은행잎, 거침없이 땅으로 땅으로 떨어지는 노오란 은행잎, 눈부시게 슬프도록 아름답던 그 노오란 빛들도 마침내는 내 기억의 소급을 막지는 못했다. 나는 잊은 줄 알았던, 아니 교묘하게 피하던 어떤 기억과 정면으로 부딪쳤다. 막다른 골목으로 쫓긴 도망자처럼 체념하고 나는 그 기억을 맞아들였다.(『나목』, 211쪽)

『나목』에서 '나'는 오빠에 대한 기억을 '교묘하게 피하고 있을 뿐'이지 망각하지 못하고 있다. 그래서 '나'가 택한 방법이 그 기억과 '단절'한 채 살아가는 것이고, 그것만이 죄의식을 조금이나마 더는 것이라고 생각한다. 하지만 '단절'한다고 해서 억압으로부터 자유로울 수는 없다. 결국 '나'는 '막다른 골목으로 쫓긴 도망자'처럼 그 기억을 맞아들일 수밖에 없다. 그리고 그 기억을 고백하면서 과거의 상처와 맞닥뜨리게 된다.

■
14)　이진경, 앞의 책, 43~57쪽 참조.

그러나 한시도 혼자 있지 못하고 주야로 같이 지내게 되니 눈길 한 번 마주치는 것도 괴로웠고, 견딜 수 없는 혐오감으로 문득 토악질이 치밀 적도 있었다. 엄마도 올케도 오빠의 죽음을 감쪽같이 집어삼키고 속에서 썩이고 있지 싶어 밉다기보다는 징그러웠다. 엄마나 올케 보기에 나 또한 그래 보였을 것이다.(『그 산이 정말 거기 있었을까』, 209~210쪽)

『그 산이 정말 거기 있었을까』에서 '나'는 도덕적으로 완벽한 존재인 '오빠'가 죽어가는 과정을 확인한다. 그리고 '나'는 '아버지'와 같이 의지할 수 있는 존재를 잃어버리는 고통을 감수하는 과정을 통해 상처받은 기억에서 벗어나고자 한다. 그 기억에 사로잡혀 있는 '나'는 한 가족이라도 '혐오감'과 '징그러'움을 느끼며 '토악질'이 치밀기도 한다. 이 '토악질'은 오빠가 죽은 이후 가족들이 보인 태도에서 비롯된 것이지만, 한편으로는 전쟁 동안 생계를 유지하기 위해 미군에 빌붙어 살 수밖에 없었던 당시의 사회에 대한 '수치심'의 표현이기도 하다.

나는 한 달에 사십만 원이나 되는 수입이 보장돼 있고, 집 안에는 구메구메 양키 물건이고, 오빠가 살아 있어도, 전쟁이 안 났어도 이보다 더 잘 살기를 바라기는 어려울 터였다. 그런데 왜 이렇게 마음은 점점 추비하고 남루해지는 걸까, 도둑질해서 먹고살 때도 이렇기는 않았다. 온 식구가 양키한테 붙어먹고 사는 거야말로 남루와 비참의 극한이구나 싶었다. 개천에서 희미하게 썩은 내가 올라왔다. 얼음이 풀리고 있나 보다. 나는 개천을 향해 몇 번 웩웩 마른 토악질을 했다.(『그 산이 정말 거기 있었을까』, 280쪽)

'오빠의 죽음'이 '나'와 가족들에게 깊은 상처와 고통을 준 것은 사실이고, 그 기억의 정리를 통해 아픈 기억을 잊고 새로운 삶을 추구할 수가 있다. 하지만 우리는 정작 잊지 말아야 할 것을 잊어버린 채 살아가고 있지는 않은가? 오빠의 죽음으로 유발된 '나'의 '토악질'은 당시 어수선한 사회 분위기 속에서 미군에게 빌붙어 살아야만 하는 우리 민족의 현실에 대한 부끄러움의 표현이다. '나'가 미군 부대를 그만두었을 때 어머니는 '그 숭악하고 볼썽사나운 데를' 나온 '나'를 기껍게 생각한다. 이 작품의 전반부가 오빠가 죽기 전후까지의 피난생활이 주된 이야기라면, 후반부는 PX에 일하게 되면서 겪게 되는 체험이 주된 이야기이다. 따라서 이야기의 후반부는 오빠의 죽음이라는 상처를 극복하는 과정과 더불어 전쟁 동안 잊혀졌던 우리 민족의 궁핍하고 암담했던 역사적 삶을 재현하고 있다. 한국전쟁은 개인적인 것뿐만 아니라 사회적인 측면에서도 상처를 남긴 폭력이라는 점을 말해주는데, 이는 초기작인 『나목』보다 확장된 역사 인식에서 비롯된 것이라 할 수 있다.

　새로움을 추구하기 위해서는 과거의 기억을 지워야 한다. 들뢰즈는 새로운 것을 생성한다는 것은 기억에 반하는 것이며, 기억을 지우는 '망각능력'의 작용이라고 말한다. 대항기억이란 이처럼 현재를 과거에 사로잡는 기억에 대항하여 기억을 지우면서 다른 것이 되고, 새로운 삶을 구성하는 능력으로서 망각능력을 뜻한다. 이때 '망각능력'은 '건망증처럼 기억해야 할 것을 잊는 무능력'이 아니라 과거의 상처를 지우며 넘어설 수 있는 적극적인 능력이다. 따라서 잊어야 할 기억과 잊지 말아야 할 기억 모두 서사를 통해 구성되어야 하며, 이 과정에서 주체는 새로움을 생성하기 위한 기회를 갖게 된다.

3) 화해를 통한 자아 회복

들뢰즈와 가타리는 기존의 기억을 지우고 '반-기억'을 작동시키는 것을 '되기'라고 본다. 따라서 주체는 과거의 상처로 고통받는 모습을 드러냄과 동시에 그 상처로부터 벗어나려고 시도하는 과정을 서술해야 한다. '반-기억'을 작동시키는 것은 그 기억에서 벗어나려는 주체의 처절한 몸부림과 더불어 진행된다. 떠올리기조차 괴로운 기억을 구성해 이야기로 표현하는 과정에서 주체는 그 기억에 대해 객관적인 거리를 유지할 수 있게 된다. 이제 주체는 기억을 새롭게 배치해야 하는데, 이는 주어진 기억의 재영토화된 지대에서 벗어나 기억의 탈영토화를 함으로써 가능하며, 이 과정을 통해 주체는 자아 회복을 위한 새로운 의미를 만들게 된다.

> 처녀작 『나목』을 비롯하여 「부처님 근처」, 「카메라와 워커」, 「부끄러움을 가르칩니다」, 「세상에서 제일 무거운 틀니」, 「저녁의 해후」, 「아저씨의 훈장」, 「엄마의 말뚝」 등으로 이어지는 일련의 작품들은 이른바 분단 문제를 다룬 작품이고, 그런 작품들을 통해 나는 나의 비통한 가족사를 줄기차게 반복해 왔다. 내 작품세계의 주류를 이루는 이런 작품들의 결정적인 힘은 6 · 25 때의 체험을 아직도 객관화시킬 만한 충분한 거리로 밀어내고 바라보지 못하고 어제인 듯 너무 생생하게 간직하고 있는 데서 비롯됨을 알고 있다.[15]

작가는 등단작인 『나목』을 비롯한 초기작품들이 한국전쟁의 체험을 '아직도 객관화' 시키지 못하고 있음을 고백한다. 과거의 자신과 완전한 화해

---

15) 박완서 외, 앞의 책, 139쪽.

가 이루어지지 않았기 때문에 『나목』의 마지막 장면에서 서술주체는 자신과 자신을 둘러싼 상황에 대해 '서로의 거리를 조금도 좁히지 못한 채 바람이 간 후에도 마냥 떨고 있'는 '어린 나무들'과 같다고 말한다. 오빠의 죽음을 목격한 이후 '나'는 죄의식에 시달려야만 했고, 어머니와의 불편한 관계 때문에 늘 힘들어했다. 그 기억을 '단절'한 채 '옥희도'에게 집착하기도 했지만, 근원적인 외로움과 불안감을 해소할 수는 없다. 모든 기억을 한꺼번에 쏟아내고 일상적인 생활을 선택함으로써 어느 정도의 편안함을 느끼지만, 여전히 그 기억은 '나'의 삶에 영향을 준다. 물론 기억을 구성해 이야기로 드러내는 행위만을 놓고 보자면 작가는 기억 속의 자신과 화해를 시도한다고 볼 수 있다. 하지만 개인적인 의미이든 역사적인 의미이든 전쟁 체험을 충분히 객관화시키지 못했기 때문에 여전히 '떨고' 있고, 자신과의 완전한 화해도 이루지 못한다. 작가는 『나목』을 통해 기억을 구성하는 재영토화 작업은 어느 정도 이루어냈지만, 진정한 화해를 추구하는 탈영토화의 단계까지는 나아가지 못한 듯하다.

25년이라는 시간이 흐른 뒤 나온 『그 산이 정말 거기 있었을까』에서도 여전히 전쟁 체험의 상처들이 작품 곳곳에 드러나고 있다. 이 작품에서도

『나목』과 마찬가지로 '오빠의 상처로 인한 나와 엄마의 심화되는 갈등' 등의 기억의 재영토화 지대는 형성된다. 『나목』에서 어머니가 죽은 후에도 슬퍼하지도, 눈물도 흘리지 않던 '나'는, 딸을 시집보내며 울던 어머니를 보며 '온몸을 내던진' 울음을 운다. 슬퍼도 울 수 없었던 지난날의 모든 아픔이 이 울음을 통해 해소된다. 그 '울음'은 '나'와 '어머니'에게 과거의 상처에서 벗어나 자유롭고 '부드럽게' 살기 위한 '통과의례'인 동시에 '나와 어머니의 화해', '과거의 나와 현재의 나의 화해'를 상징한다.

화해는 기억의 탈영토화를 가능하게 하며, 자아를 회복하고 새로운 삶을 살기 위한 원동력이 된다. 기억을 구성해 서사로 표현하면서 주체는 과거의 상처를 고백하며, 그 고백을 통해 자신을 반성하면서 그 기억으로부터 자유로워질 수가 있다. 그래야만 주체는 과거에 더 이상 얽매이지 않고 자신의 삶을 새롭게 기획할 수 있게 된다. 따라서 기억을 구성해 서사로 표현할 때 주체는 과거의 기억과 화해하는 과정을 드러내야 한다.

4. 기억 구성의 표현교육적 의미

가르시아 마르케스는 콜롬비아의 현대사를 증인하는 가운데 자신의 삶의 궤적을 자서전으로 쓰면서 '삶은 한 사람이 살았던 것 그 자체가 아니라, 현재 그 사람이 기억하고 있는 것이며, 그 삶을 얘기하기 위해 어떻게 기억하느냐 하는 것'[16]이라고 하여 삶에서 기억하기와 이야기하기의 중요

---

16) G. G. Márquez, *Vivir para contarla*, 조구호 옮김, 『이야기하기 위해 살다』, 민음사, 2007,

성을 강조한다. 기억은 현재의 주체에게 무엇이 어떻게 구성되느냐에 따라 그 의미가 달라질 수 있다는 사실을 염두에 둔 것으로, 기억의 구성에서 그 내용과 방법을 함께 강조한 말이다. 이런 맥락에서 기능이나 전략을 교수-학습하는 수준의 표현교육이 아니라 삶 속에서 서사적 문제의식과 실천적·서술적 이해력을 증진시킬 수 있는 방안이 요구된다고 강조한 논의[17]는 기억 구성을 통한 서사 표현교육을 설계하는 데 많은 시사점을 준다. 기억 구성의 원리를 바탕으로 기억 구성의 표현교육적 의미를 살펴보면 다음과 같다.

첫째, 기억 구성을 통한 서사의 표현은 기억 구성이라는 내용적인 면을 제시함으로써 기존의 기능이나 전략을 중시하는 표현교육의 차원을 한 단계 끌어올릴 수 있다. 표현교육의 내용은 '방법'만이 아니며 '방법'과 '내용'이 조화를 이루도록 설계되어야 한다.[18] 인간이면 누구나 자신만의 기억을 가지고 있기 때문에 그 기억을 서사 표현의 내용으로 삼을 수 있다. 우리는 자신의 삶에서 꼭 기억해야 할 사건, 다른 사람들이 기억해주기를 바라는 사건, 사회적·역사적으로 기억해야만 하는 사건 등 다양한 기억들을 지니고 있다. 그 기억들은 현재의 주체에게 어떤 의미를 지니는

7쪽.

17) 임경순, 『서사표현교육론 연구』, 역락, 2003, 249쪽.

18) 이런 면에서 '방법'과 '내용'이라는 양분법 구도를 설정하고 전자만을 읽기 교육의 내용으로 고집하는 태도를 극복할 것을 주장하는 논의는 방법과 내용의 균형 있는 조화를 강조한다는 점에서 의미가 있다(김성진, 「서사 이론과 읽기 교육의 소통을 위한 시론」, 『문학교육학』 19호, 한국문학교육학회, 2006, 191~192쪽).

가에 따라서 다양하게 구성될 가능성을 지닌다. 물론 그 기억을 서사의 담론으로 구성할 때에는 그 내용과 성격에 적합한 표현방식을 선택할 수 있다.

둘째, 기억 구성을 통한 서사의 표현은 국어과 교육과정의 쓰기 영역과 문학 영역의 성취 기준에 대한 내용 요소를 풍부하고 구체화할 수 있다. 7차 교육과정에서는 텍스트 생산·수용과정에 작용하는 '내용'(본질, 원리, 태도)이 내용체계의 중심축이었으나, 개정 교육과정에서는 '실제'가 중심축으로 설정했기 때문에 구체적인 담화와 글을 수용하고 생산하는 활동 속에서 지식, 기능, 맥락이 통합될 수 있도록 하였다. 그러나 다양한 담화와 텍스트들을 제시하다 보니 각각의 담화와 텍스트들이 지니는 양식적인 특징에 대한 고려가 부족한 것은 사실이다. 예컨대 8학년 쓰기 (5)의 성취 기준은 '여러 가지 표현방법을 활용하여 자신의 삶이 잘 드러나게 자서전을 쓴다'인데, 그 내용 요소로 '자서전의 구성 및 표현의 특징 이해하기, 시간 순서에 따라 쓸 내용 정리하기, 여러 가지 표현방법을 활용하여 표현하기, 글에서 자기 자신을 드러내는 방법 이해하기' 등으로 제시되어 있다. 문제는 자서전 쓰기의 내용과 방법이 자서전 양식의 표현 원리에서 추출된 것이 아니라는 점이다. 자서전 쓰기를 한다면 그 장르의 한 특징인 '기억 구성의 원리'를 고려한 쓰기활동이 제시되어야 한다. 기억 구성의 원리는 자서전뿐만 아니라 수필문 쓰기, 문학작품 표현하기 등의 성취 기준을 달성하는 데에도 구체적인 교수학습방법과 내용을 제시해줄 수 있을 것이다.

셋째, 학습자들에게 서사로 표현할 수 있는 사건을 기억해내는 능력을 신장시킬 수 있다. 모든 기억이 이야기(story)의 질료(substance)[19]가 될 수는 없다. 구성할 수 있는 기억, 서사로 표현할 경우 새로운 의미를 발견할수 있는 기억, 자기반성과 성찰의 계기가 되는 기억 등을 발견하는 것도 서사능력의 한 부분이기 때문이다. 학습자들에게 서사로 표현할 사건을 떠올리게 한 다음, 그것이 자신에게 어떤 점에서 가치가 있는지에 대해 생각해보는 활동을 반복한다면 서사화될 사건을 기억해내는 능력을 신장시킬 수 있을 것이다. 이는 서사교육의 평가 항목 중에서 사건을 기억해내는 능력을 평가의 한 척도로 삼을 것을 주장하는 논의[20]와도 맞닿아 있다.

넷째, 학습자는 기억을 구성함으로써 기억에 대한 자기치유능력을 갖게 된다. 드러내기 싫었던 기억, 현재의 삶에도 영향을 미치는 기억, 상처받았던 기억 등을 서사로 구성하면서 자기고백을 하게 되는데, 이 과정에서 주체는 객관적인 시각에서 과거의 자신을 되돌아볼 수 있게 된다. 고백하기조차 힘든 기억은 주체의 삶에 대한 연속성을 깨뜨릴 수가 있다. 따라서 정리되지 않은 기억을 유기적으로 구성해 서사로 표현할 때 주체는 삶의 시간적 질서를 회복할 수 있다. 요컨대 기억을 구성하는 것은 자신의 삶을 플롯화하는 것이며, 이를 통해 주체는 자기이해뿐만 아니라 타자와의 소통 가능성도 추구할 수 있다. 이것이 기억 구성이 갖는 자기치유능력이라 할 수 있다.

---

19) 서사물에서 이야기의 형식과 질료의 문제는 채트먼의 논의를 참조(S, Chatman, 한용환 옮김, 앞의 책, 33쪽).

20) 문영진, 「서사의 교육적 작용」, 우한용 외, 『서사교육론』, 동아시아, 2001, 188~190쪽.

1. 자료

김소진, 「개흘레꾼」, 『열린사회와 그 적들』, 문학동네, 2002.

______, 「고아떤 뺑덕어멈」, 『열린사회와 그 적들』, 문학동네, 2002.

______, 「두 장의 사진으로 남은 아버지」, 『장석조네 사람들』, 문학동네, 2002.

______, 「자전거 도둑」, 『자전거 도둑』, 문학동네, 2002.

______, 「쥐잡기」, 『열린사회와 그 적들』, 문학동네, 2002.

김원일, 『마당깊은 집』, 문학과지성사, 1988.

______, 「어둠의 혼」, 『김원일중단편전집』 1, 문이당, 1997.

박완서, 『나목』, 세계사, 1995.

______, 『박완서 문학앨범』, 웅진출판, 1992.

현기영, 「거룩한 생애」, 『우정반세기』, 창작과비평사, 1991.

______, 「순이 삼촌」, 『창작과 비평』, 창작과비평사, 1978.

______, 『지상에 숟가락 하나』, 실천문학사, 1999.

2. 논저

구인환 외, 『문학교육론』, 삼지원, 1989,

권기숙, 「제주 4 · 3의 사회적 기억」, 『한국사회학』 제35집 5호, 한국사회학회, 2001.

권성우, 「김원일의 〈마당깊은 집〉 1954-1955:실존의 우울한 풍경」, 『문학사상』,
        1989. 8.

권영민, 『한국현대작가연구』, 문학사상사, 1991.

김남희, 「현대시의 서정적 체험 교육 연구」, 서울대 박사학위 논문, 2007.

김대행 외, 『문학교육원론』, 서울대 출판부, 2000.

김대행, 「국어교과학을 위한 언어 재개념화」, 『선청어문』 제30집, 서울대 국어교육과, 2002.

______, 『국어교과학의 지평』, 서울대 출판부, 1995.

김대행, 『문학교육의 틀짜기』, 역락, 2000.

김미혜, 「지식 구성적 놀이로서의 시 읽기 교육 연구」, 서울대 박사학위 논문, 2007.

______, 『비평을 통한 시 읽기 교육』, 태학사, 2009.

김상봉, 『자기의식과 존재사유』, 한길사, 1998.

김상욱, 「소설담론의 이데올로기 분석 방법 연구」, 서울대 박사학위 논문, 1995.

김성진, 「비평 활동 교육의 내용 연구」, 서울대 박사학위 논문, 2004.

______, 「서사 이론과 읽기 교육의 소통을 위한 시론」, 『문학교육학』 19호, 한국문학
　　　교육학회, 2006.

______, 『문학비평과 소설교육』, 태학사, 2012.

김소진, 『그리운 동방』, 문학동네, 2002.

김승종, 「미완으로 빛나는 민중의 작가―김소진론」, 『현대문학의 연구』 9집, 한국문
　　　학연구학회, 1997.

김원우, 「밤낮없이 일만 하는 나의 형님」, 권오룡 엮음, 『김원일 깊이 읽기』, 문학과
　　　지성사, 2002.

「김원형(88세, 표선면 성읍리) 씨의 증언」, 제민일보 4 · 3취재반 편, 『4 · 3은 말한다』
　　　5, 전예원, 1994.

김윤식 · 정호웅, 『한국소설사』, 예하, 1993.

김재희, 『베르그손의 잠재적 무의식』, 그린비, 2010.

김정우, 「시 해석 교육 내용 연구」, 서울대 박사학위 논문, 2004.

김종철, 「민족 정서와 문학교육」, 한국문학교육학회 편, 『문학교육의 민족성과 세계
　　　성』, 태학사, 2000.

김중신, 『소설감상방법론 연구』, 서울대 출판부, 1995.

______, 『한국 문학교육론의 방법과 실천』, 한국문화사, 2003.

김학이, 「얀 아스만의 "문화적 기억"」, 『서양사연구』 33, 한국서양사연구회(구 서울
　　　대 서양사연구회), 2005.

김　현, 「이야기의 뿌리, 뿌리의 이야기」, 『문학과 사회』, 문학과지성사, 1989 봄.

김형수, 「정신과 육체의 변증법―김소진의 소설」, 『사림어문연구』 11집, 사림어문학

회, 1998.

김형효, 『베르그송의 철학』, 민음사, 1991.

김혜영, 「문학독서 교육의 평가」, 『문학독서교육, 어떻게 할 것인가』, 푸른사상, 2005.

류보선, 「변두리의 귀환」, 『열린사회와 그 적들』, 문학동네, 2002.

문영진, 「한국근대소설의 신체성 중심의 읽기에 대한 연구」, 서울대 박사학위 논문, 1998.

박완서·권영민·호원숙, 「나에게 소설은 무엇인가」, 『박완서 문학앨범』, 웅진, 1992.

박인기, 「문학교육과 자아」, 문학과문학교육연구소 편, 『문학교육의 인식과 실천』, 국학자료원, 2000.

박인기, 『문학교육과정의 구조와 이론』, 서울대 출판부, 1996.

박진숙 외, 『마당발, 김원일의 '마당깊은 집'을 찾아가는 발걸음』, 청동거울, 2002.

방민호, 「이광수의 자전적 문학에 나타난 작가의식 탐구」, 『어문학논총』 제22집, 국민대 어문학연구소, 2003.

배수찬, 『근대적 글쓰기의 형성 과정 연구』, 소명출판, 2008.

송영진 편역, 『베르그송의 생명과 정신의 형이상학』, 서광사, 2000.

신승엽, 「고발과 화해정신을 넘어서서」, 『(한국소설문학대계 72)현기영―순이 삼촌 외』, 두산동아, 1995,

______, 「시적 민중성의 높이와 산문적 현실분석의 깊이」, 『민족문학을 넘어서』, 소명출판, 2000.

양정실, 「해석 텍스트 쓰기의 서사교육 방법 연구」, 서울대 박사학위 논문, 2006.

염은열, 『고전문학과 표현교육론』, 역락, 2000.

오카 마리(岡眞理), 『記憶, 物語』, 김병구 역, 『기억, 서사』, 소명출판, 2004.

우한용 외, 『서사교육론』, 동아시아, 2001.

우한용, 「문학교육의 평가―메타비평의 글쓰기 평가를 중심으로」, 『국어교육』 제100집, 한국국어교육연구회, 1999.

______, 「문학독서 교육의 이론과 실천을 위한 기반 검토」, 『문학독서교육, 어떻게 할 것인가』, 푸른사상, 2005.

_____, 『문학교육과 문화론』, 서울대 출판부, 1997.

_____, 『한국 근대문학교육사 연구』, 서울대 출판부, 2009.

유영희, 「이미지 형상화를 통한 시 창작교육 연구」, 서울대 박사학위 논문, 1999.

윤여탁, 「문학교육에서 상상력의 역할」, 『문학교육학』 제3호, 한국문학교육학회, 1999.

_____, 「문학교육에서 언어의 문제에 대한 연구」, 『문학교육학』 제15호, 한국문학교육학회, 2004.

이광복, 「문화적 기억과 .상호텍스트성, 그리고 문학교육」, 『독어교육』 제39집, 한국독어독문학교육학회, 2007.

이정모, 『인지심리학』, 아카넷, 2001.

이진경, 『노마디즘 2』, 휴머니스트, 2002.

이진우 외(계명대 철학연구소), 『하버마스의 비판적 사회이론』, 문예출판사, 1996.

이홍우, 『지식의 구조와 교과』, 교육과학사, 2004(증보, 초판은 1979.).

임경순, 『국어교육학과 서사교육론』, 한국문화사, 2003.

_____, 『문학의 해석과 문학교육』, 역락, 2003.

_____, 『서사표현교육론 연구』, 역락, 2003.

전진성, 『역사가 기억을 말하다』, 휴머니스트, 2005.

정기철, 「기억의 현상학과 역사의 해석학」, 『철학과 현상학 연구』 제36집, 한국현상학회, 2008.

정래필, 「김소진의 〈자전거 도둑〉에 나타난 기억의 의미 연구」, 『한중인문학연구』 제21집, 한중인문학회, 2007.

_____, 「서사의 기억 구성 원리와 그 표현 교육적 의미」, 『어문연구』 138호, 한국어문교육학회, 2008.

_____, 「플롯구성을 활용한 이야기 쓰기 교육」, 서울대 석사학위 논문, 2001.

_____, 「기억 재형상화 원리 중심의 소설 읽기 연구」, 서울대 박사학위 논문, 2013.

_____, 「자전소설의 읽기 방법 연구」, 『독서연구』 18호, 한국독서학회, 2007.

정재찬, 「현대시 교육의 지배적 담론에 관한 연구」, 서울대 박사학위 논문, 1996.

정호웅, 『한국문학의 근본주의적 상상력』, 프레스 21, 2000.

제주도경찰국, 『제주경찰사』, 1990.

조남현, 「긴장'의 인간학, 그 분광」, 『한국현대작가연구』, 문학사상사, 1991.

조성훈, 『들뢰즈의 잠재론』, 갈무리, 2010.

조하연, 「문학 감상 교육 연구」, 서울대 박사학위 논문, 2010.

조현일, 「리꾀르의 서사이론과 서사 교육」, 『국어교육학연구』 제22집, 국어교육학
　　　　회, 2005.

최신일, 「해석학과 구성주의」, 『구성주의 교육학』, 교육과학사, 1998.

최인자, 「정체성 구성 활동으로서의 자전적 서사 쓰기」, 『현대소설연구』 11, 한국현
　　　　대소설학회, 1999.

최지현, 「문학감상교육의 교수학습모형 탐구」, 『선청어문』 26, 서울대 국어교육과,
　　　　1998.

＿＿＿, 「문학정서체험 : 교육내용으로서의 본질과 가치」, 구인환 외, 『문학 교수 · 학
　　　　습 방법론』, 삼지원, 1998.

프랑수아즈 바레 뒤크로 외, 길혜연 옮김, 『나눔』, 솔, 2007.

하정일, 「눈물 없는 비관주의를 넘어서」, 『창작과 비평』 제27권 2호, 창비, 1999.

허영선, 「불온서적, '지상에 숟가락 하나'」, 『경향신문』, 2008. 8. 5.

홍경표, 「자전적 형식의 소설화 과정」, 『한국전통문화연구』 제7집, 대구효성가톨릭
　　　　대 인문과학연구소, 1991.

홍용희, 「재앙과 원한의 불 또는 제주도의 땅울림」, 『작가세계』 제10권 1호, 세계사,
　　　　1998.

황수영, 『물질과 기억, 시간의 지층을 탐험하는 이미지와 기억의 미학』, 그린비,
　　　　2006.

황종연, 「성장소설의 한 맥락」, 『문학과 사회』, 문학과지성사, 1996, 여름호.

황혜진, 「서사 텍스트 주제 진술 방식 연구」, 『독서연구』 제15호, 한국독서학회,
　　　　2006.

『국어과 교육과정』, 교육인적자원부 고시 제 2007-00호, 교육인적자원부, 2007.

Assmann, A., *Erinnerungsräume*, 변학수 · 백설자 · 채연숙 옮김, 『기억의 공간』, 경북
　　　　대 출판부, 1999.

Assmann, J., *Moses the Egyptian*, 변학수 옮김, 『이집트인 모세』, 그린비, 2009.

Bakhtin, M, M., *Formal'nyi method v literaturovedenii*, 이득재 역, 『문예학의 형식적 방법』, 문예출판사, 1992.

Bal, M., *Narratology : Introduction to the Theory of Narrative*, 한용환·강덕화 공역, 『서사란 무엇인가』, 문예출판사, 1999.

Barthes, R(entretien Nadeau, M)., *Sur la littérature*, 유기환 옮김, 『문학은 어디로 가고 있는가』, 강 출판사, 1998.

Benjamin, W., 반성완 편역, 『발터벤야민의 문예이론』, 민음사, 1994.

Bergson, H., *L'Évolution créatrice*, 황수영 옮김, 『창조적 진화』, 아카넷, 2005.

Bergson, H., *La pensée et le mouvant*, 이광래 역, 『사유와 운동』, 문예출판사, 1993.

Bergson, H., *Matière et mémoire*, 박종원 역, 『물질과 기억』, 아카넷, 2005.

Booth, W. C., *The Rhetoric of Fiction*, 최상규 역, 『소설의 수사학』, 새문사, 1985.

Borges, J. L., 황병하 옮김, 「기억의 천재 푸네스」, 『보르헤스 전집 2-픽션들』, 민음사, 1994.

Brooks, P., *Reading For the Plot: Design and Intention in Narrative*, Random House, 1984.

Chatman, S., *Story and Discourse-Narrative Structure in Fiction and Film*, 한용환 옮김, 『이야기와 담론』, 고려원, 1994.

Clark, S. H., *Paul Ricoeur*, London and New York, 1990.

Cohan. S & Shires, L. M, *Telling Stories: A theoretical analysis of narrative fiction*, 임병권·이호 옮김, 『이야기하기의 이론』, 한나래, 1997

Davis, L. J., *Resisting Novels : Ideology and Fiction*, Methuen, 1987.

Deleuze, G., *Différence et répétition*, 김상환 옮김, 『차이와 반복』, 민음사, 2004.

Deleuze, G., *Le Bergsonisme*, 김진성 역, 『베르그송주의』, 문학과지성사, 1996.

Dilthey, W., *Der Aufbau der geschichtlichen Welt in den Geisteswissenschaften*, 이한우 옮김, 『체험·표현·이해』, 책세상, 2002.

Dilthey, W., *Des Erlebnis und die Dichtung*, 김병욱 외 옮김, 『문학과 체험』, 우리문학사, 1991.

Eliade, M., *Images et symbols*, 이재실 역, 『이미지와 상징』, 까치, 1998.

Flower, L., *Problem-Solving Strategies for Writing*, 원진숙 역, 『글쓰기의 문제해결전략』, 동문선, 1998.

Freud, S., 서석연 역, 『정신분석학 입문』, 범우사, 1990.

Freud, S., 이한우 역, 『일상 생활의 정신병리학-프로이트 전집 7』, 열린책들, 1999.

Freud, S., *Gesammelte Werke*, 윤희기 외 역, 『정신분석학의 근본 개념-프로이트 전집 11』, 열린책들, 2003.

Freud, S., *Studien über Hysteria*, 김미리혜 역, 『히스테리 연구-프로이트 전집 4』, 열린책들, 1994.

Frye, N., *Anatomy of Criticism*, 임철규 역, 『비평의 해부』, 한길사, 1982.

Gadamer, H. G., trans Joel Weinsheimer & Donald G. Marshall, *Truth and Method*, Continuum:New York, 1999.

Genette, G., *Narrative Discourse Revisited*, Trans by J, Lewin, Cornell University Press, 1994.

Genette, G., *Narrative Discourse*, 권택영 역, 『서사담론』, 교보문고, 1992.

Habermas, J., *Strukturwandel der Öffentlickeit*, 한승완 옮김, 『공론장의 구조변동』, 나남, 2001.

Halbwachs, M., *On collective memory*, University of Chicago Press, 1992.

Hamlyn, D. W., *Experience and the growth*, 이홍우 외 옮김, 『경험과 이해의 성장』, 교육과학사, 1990.

Hirsch, E. D., *Validity in Interpretation*, Yale University Press, 1967.

Hirsch, H., *Genocide and Politics of Memory*, 강성현 옮김, 『제노사이드와 기억의 정치』, 책세상, 2009.

Holub, R. C., *Reception Theory*, 최상규 역, 『수용이론』, 삼지원, 1985.

Ingarden, R., *Das Literarische Kunstwerk*, 이동승 역, 『문학예술작품』, 민음사, 1985.

Iser, W., *Der Akt des Lesens*, 이유선 역, 『독서행위』, 신원문화사, 1993.

Jameson, F., *The Political Unconscious*, Methuen, 1981.

Kant, I., *Kritik der reinen Vernunft*, 백종현 옮김, 『순수이성비판 1』, 아카넷, 2006.

Kermode, F., *The Sense of an ending : Studies in the Theory of Fiction*, 조초희 옮김, 『종말 의식과 인간적 시간』, 문학과지성사, 1993

Lanser, S. S., *The Narrative Act-Point of View in Prose Fiction*, 김형민 역, 『시점의 시학』, 좋은날, 1998.

Lucius-Hoene, G. · Deppermann, A., *Rekonstruktion narrativer Identität*, 박용익 역, 『이야기분석』, 역락, 2006.

Lukács, G., *Der historische Roman*, 이영욱 역, 『역사소설론』, 거름, 1987.

Lukács, G., *Die Theorie des Romans*, 반성완 역, 『소설의 이론』, 심설당, 1989.

MacIntyre, A., *After Virtue*, 『덕의 상실』, 이진우 옮김, 문예출판사, 1997.

Maclean, M., *Narrative as Performance*, 임병권 역, 『텍스트의 역학-연행으로서 서사』, 한나래, 1997.

Manen, M. V., *Researching Lived Experience*, 신경림 · 안규남 옮김, 『체험 연구』, 동녘, 1994.

Márquez, G. G., *Vivir para contarla*, 조구호 옮김, 『이야기하기 위해 살다』, 민음사, 2007.

Martain, W., *Recent Theories of Narrative*, 김문현 역, 『소설이론의 역사』, 현대소설사, 1991.

Neisser, U., "Self-narrative:True and false", In U, Neisser & R, Fivush (Eds), *The Remembering self*, New York Univ, 1994.

New York State Education Department, *English Language Arts Syllabus K-12-A Publication for Curriculum Developers*, Albany, 1991.

Olick, J. K., *The Politics of Regret*, 강경이 옮김 · 김문조 감수, 『기억의 지도』, 도서출판 옥당, 2011.

Phelan, J & Rabinowitz, P., *Understanding Narrative*, Ohio State University Press, 1993.

Prince, G., *A Dictionary of Narratology*, 이기우 · 김용재 옮김, 『서사론사전』, 민지사, 1992.

Prince, G., *Narratology*, 최상규 역, 『서사학』, 문학과지성사, 1988.

Proust, M., *A la recherche du temps perdu*, 김창석 역, 『잃어버린 시간을 찾아서 1』, 국일미디어, 1998.

Ricoeur, P., *Hermeneutics and the Human Science*, 윤철호 옮김, 『해석학과 인문사회과학』, 서광사, 2003.

Ricoeur, P., *Interpretation Theory*, 『해석 이론』, 김윤성 · 조현범 옮김, 서광사, 1994.

Ricoeur, P., *Temps et récit I*, 김한식 · 이경래 옮김, 『시간과 이야기 1』, 문학과지성사,

1999.

Ricoeur, P., *Temps et récit III*, 김한식 옮김, 『시간과 이야기 3』, 문학과지성사, 2011.

Ricoeur, P., translated Kathleen Blamey and David Pellauer, *Memory, History, Forgetting*, The university of Chicago Press, 2004.

Rimmon-Kenan, S., *Narrative Fiction:Contemporary Poetics*, 최상규 역, 『소설의 시학』, 문학과지성사, 1985.

Ronen, R., "Paradigm Shift in Plot", *Poetics Today*, Winter, 1990.

Ryan, M. L., "The Model Structure of Narrative Universe," *Poetics Today*, 1985.

Scholes, R & Kellogg, R., *The Nature of Narrative*, Oxford, 1979.

Scholes, R., *Semiotics and interpretation*, 유재천 옮김, 『기호학과 해석』, 현대문학사, 1988.

Scholes, R., *Structuralism in Literature*, 위미숙 역, 『문학과 구조주의』, 새문사, 1992,

Schramke, J., *Zur Theorie des Modernen Romans*, 『현대소설의 이론』, 문예출판사, 1995.

Silverman, H. J., *Hermeneutics and Deconstruction*, 윤호병 옮김, 『텍스트성 · 철학 · 예술』, 소명출판, 2009.

Stanzel, F. K., *Theorie des Erzählans*, 김정신 역, 『소설의 이론』, 문학과비평사, 1984.

Stanzel, F. K., *Typische Formen des Romans*, 안삼환 역, 『소설형식의 기본유형』, 탐구당, 1982.

Todorov, Z., *Qu'est-ce que le structuralisme Poétique*, 곽광수 역, 『구조시학』, 문학과지성사, 1985.

Toolan, M. J., *Narrative*, 김병욱 · 오연희 공역, 『서사론』, 형설출판사, 1993.

Valdés. M. J., *A Ricoeur Reader*, University of Toronto Press, 1991

Vygotsky, L. S., *Mind in society*, M. Cole 외 엮음, 정회욱 외 옮김, 『마인드 인 소사이어터』, 학이시습, 2009.

■■■ **저자 약력**

정래필 鄭來必

   홍익대 국어교육과를 졸업하고 서울대 대학원 사범대학 국어교육과에서 교육학 석사학위와 박사학위를 받았다. 서울대, 한양대, 한성대, 경인교대 등에서 강의하였으며, 현재는 서울대 국어교육연구소 연구원으로 근무하면서, 홍익대와 한국외국어대 등에 출강하고 있다.

   주요 저서로 『실용과 실천의 문학교육』(공저) 『근대, 삶 그리고 서사교육』(공저) 등이 있고, 주요 논문으로 「자전소설의 읽기 방법 연구」 「서사화에서 경험의 구체화 방법 연구」 「서사의 기억 구성 원리와 그 표현 교육적 의미」 등이 있다.

기억 읽기와 소설교육

인쇄 · 2013년 9월 24일 | 발행 · 2013년 9월 30일

지은이 · 정래필
펴낸이 · 한봉숙
펴낸곳 · 푸른사상
주간 · 맹문재 | 편집 · 김재호 | 교정 · 김소영

등록 · 1999년 7월 8일 제2-2876호
주소 · 서울시 중구 충무로 29(초동) 아시아미디어타워 502호
대표전화 · 02) 2268-8706(7) | 팩시밀리 · 02) 2268-8708
이메일 · prun21c@hanmail.net / prunsasang@naver.com
홈페이지 · http://www.prun21c.com

ⓒ 정래필, 2013

ISBN 979-11-308-0018-9 93810
값 25,000원